Jakob Redekopp

Mein Leben

Als Mennonit

unter dem Zaren,

Stalin, Hitler

und Stroessner

Autobiografie

Herausgeber:
Verein für Geschichte und Kultur der Mennoniten in Paraguay
(im Einverständnis der Nachkommen des Autors) Loma Plata, Kolonie Menno – Paraguay 2015

Bibliografische Information der Deutschen Nationalbibliothek:
Die Deutsche Nationalbibliothek verzeichnet diese Publikation in der

Deutschen Nationalbibliografie; detaillierte bibliografische Daten sind im Internet
Über http://dnb.dnb.de abrufbar.
Alle Rechte vorbehalten.
© Verein für Geschichte und Kultur der Mennoniten in Paraguay

Das Werk einschließlich aller seiner Teile ist urheberrechtlich geschützt. Jede Verwertung außerhalb der engen Grenzen des Urheberrechtsgesetzes ist ohne Zustimmung des
Autors unzulässig und strafbar. Das gilt insbesondere für Vervielfältigungen, Übersetzungen, Mikroverfilmungen und die Einspeicherung und Verarbeitung in elektronischen Systemen.

Umschlaggestaltung: Rudolf Dück Sawatzky
Satz und Layout: Rudolf Dück Sawatzky
Korrektur:: Rudolf Dück Sawatzky
Herausgeber: Verlagsagentur Justbestebooks.de Rudolf Dück Sawatzky.
25451 Quickborn, Deutschland
Herstellung und Verlag:
BoD – Books on Demand, Norderstedt, ISBN 978-3-7386-4421-0

Inhaltsverzeichnis

1-	Vorwort	005
2-	Kindheit	005
3-	Schule	007
4-	Banden und Revolutionäre	010
5-	Hungerjahre	013
6-	Studentenleben	014
7-	Rote Zeiten	017
8-	Auswandern	021
9-	Vetternwirtschaft	023
10-	Lehrerdasein	024
11-	Auf Klassenfahrt	033
12-	Untertauchen	038
13-	Der II. Weltkrieg	048
14-	Meine Tätigkeit als Geschäftsreisender	055
15-	Meine Tätigkeit als Schulreferent	061
16-	Meine Fahrt in den Westen	062
17-	Kreisleiter	066
18-	Unter der Zivilverwaltung	074
19-	KdF (Kraft durch Freude)	076
20-	Pokrowskoje	077
21-	Evakuierung	083
22-	Flucht	094
23-	Gutsinspektor	104
24-	In der Wehrmacht	107
25-	Krieg	111
26-	Unter amerikanischer Besetzung	136
27-	Nach Württemberg	137
28-	Fuhrunternehmer	140
29-	Wieder Schulleiter	142
30-	Unsere Reise nach Paraguay	146
31-	Im Gran Chaco	154
32-	Volendam	156
33-	Oberschulze	160
34-	Nach Friesland	164
35-	Schulreform in Menno	164
36-	Als Heimleiter in Deutschland	173
37-	Auf Kreuzfahrt	178
38-	Bibliografie	180

1- Vorwort

Jakob Redekopp hat seine Lebenserinnerungen aufgeschrieben, und dabei seine bewegte Geschichte lebhaft dargestellt. Einen zusammenfassenden Einblick in die Welt seiner Zeit bietet uns der Lebenslauf, den Enkel Uwe Neufeld für das Lexikon der Mennoniten in Paraguay aufgeschrieben hat. Er beschreibt in wenigen Worten, welche Stationen des Lebens Jakob Redekopp passiert ist, bevor Redekopp mit seinen Erinnerungen und Lebenserfahrungen selber zu Worte kommt.

Jakob Redekopp (1906 - 1996) wurde am 4. 11. 1906 in Gnadental, Ukraine, geboren. Die Wirren des Ersten Weltkrieges und die darauf folgende Revolution beeinträchtigten seine schulische Ausbildung. Trotz alledem hat er das Lehrerseminar in Chortitza erfolgreich abgeschlossen und anschließend in verschiedenen deutschen Schulen unterrichtet. Die Unruhen des Zweiten Weltkrieges brachten ihn schließlich nach Deutschland. Um einer Rückführung nach Russland zu entgehen, wanderte er 1947 mit seiner Familie nach Paraguay aus. Hier setzte er seine Lehrertätigkeit in den verschiedenen mennonitischen Kolonien fort. Von 1947 bis 1951 hat er in Fernheim und Neuland in Schule und Gemeinde mitgearbeitet. 1951 kam er auf Bitten der Allgemeinen Mennonitenkonferenz aus den USA nach Volendam. Hier war er maßgeblich an der kulturellen und sozialen Entwicklung der Kolonie beteiligt.

Vier Jahre hat Jakob Redekopp sich ganz der Schul- und Gemeindearbeit in Volendam gewidmet und wurde anschließend zum Oberschulzen der Kolonie gewählt. Dieses Amt hat er im Jahre 1959 niedergelegt. Nach einigen Monaten der Lehrtätigkeit in der Nachbarkolonie Friesland half er ab 1960 in der Kolonie Menno das Schulwesen aufzubauen.

1967 ging er nach Deutschland, wo er der Leiter des mennonitischen Altenheims in Enkenbach, Rheinland-Pfalz, wurde. Hier hat er in der Mennonitengemeinde sowie im Vorstand der Vereinigung der Mennoniten in Deutschland mitgearbeitet. Nach fünf Arbeitsjahren in Deutschland hatte er das Rentenalter erreicht und kehrte zurück nach Paraguay. Zum ersehnten Lebensabend kam es jedoch noch nicht.

Er hat in der Kolonie Menno noch einige Jahre als Bibelschullehrer gearbeitet und zog anschließend wieder nach Volendam, wo er sechs Jahre als Schulrat und von 1980 bis 1988 als Leiter des Waisenamts tätig war. 1988 zog er mit seiner Frau Lena nach Leopoldshöhe, Deutschland, um hier seinen Lebensabend zu verbringen.

In Deutschland hat er dann noch die Erinnerungen an die Ansiedlungsjahre in Volendam zusammengetragen und als Buch veröffentlicht. Er starb am 2. Februar 1996.

Nachdem die folgenden Lebenserinnerungen im Kreise der Familie und von einigen weiteren Interessenten gelesen wurden, sind sie nun von den Nachkommen Redekopps für die Öffentlichkeit freigegeben worden.

Uwe Friesen
Vorsitzender vom
Verein für Geschichte und Kultur der Mennoniten in Paraguay

2- Kindheit

Es war im November 1906. Die Ukraine lag in Nebel gehüllt. Das Blatt auf dem Wandkalender zeigte den 4. Tag des Monats an. An diesem Tage wurde dem Ehepaar David und Katharina Redekopp, geborene Klassen, in Gnadental ihr fünftes Kind, ein Sohn, geboren. Und das war ich, der fünfte an der Zahl der Kinder, und der zweite Sohn. Ich erhielt den Namen Jakob, somit war ich Namensnachfolger meines Großvaters, der bereits verstorben war, als sein Vorname auf mich fiel.

So trüb der Tag meiner Geburt auch war, so zuversichtlich schauten meine Eltern in die Zukunft. Mein Vater war Unternehmer. Einen kleinen Bauernhof, eine Ziegelei und einen Kaufladen nannte er sein Eigen. David, der älteste Bruder, sollte den Bauernhof erben, seine Erziehung wurde darauf abgestimmt. Ich hingegen wäre stolzer Besitzer einer Ziegelei geworden und vielleicht mein Lebtag gewesen, wenn nicht so vieles anders als nach Plan verlaufen wäre. Ob ich das Zeug dazu gehabt hätte, weiß ich nicht, doch der Vater hat mich so eingeschätzt, was die Neigung betrifft. Die Ziegelei lag nämlich auf dem gegenüberliegenden Ufer eines riesigen Teiches, den zu überqueren ein Kahn erforderlich war. Dieser Kahn hatte es mir angetan und ließ Träume von großen Wassern und ebenso großen Schiffen und weiten Reisen in mir erwachen. Jede Gelegenheit nutzte ich aus, mit Vater über das Wasser zu rudern. Notgedrungen ging die Fahrt immer zur Ziegelei, so dass sich bei meinem Vater allmählich der Eindruck verfestigte, mein ganzes Interesse gelte diesem Handwerk.

Die drei ältesten Geschwister waren Mädchen. Diese mussten sich halt früher um uns Jungen kümmern. Im Jahre 1909 wurde uns noch einer geschenkt, der den Namen Peter erhielt. Nun war nicht mehr ich der Mittelpunkt der Familie, sondern der jüngere Bruder. Dem galt die meiste Aufmerksamkeit. Dieser Einschnitt ist der Punkt in meinem Leben, an dem meine klaren Erinnerungen aus der Kindheit einsetzen.

Die Aufsicht über uns Jungen hatte gewöhnlich die jüngste Schwester Maria. Eines Tages fuhr sie den kleinen Peter im Kinderwagen auf dem Hofe spazieren. Ich trippelte nebenher und weinte, weil ich ihn fahren wollte. Schließlich gab die Schwester nach, und ich durfte schieben. Unser Hof war etwas abschüssig, und so kam der Wagen zu stark ins Rollen. Die Schwester sah schon das Unglück kommen und kam gelaufen. Leider zu spät. Der Kinderwagen mit dem kleinen Peter kippte um. Ich aber wartete nicht auf die Schwester, sondern flüchtete in den Garten und stellte mich hinter einen Baum. Von dort holte die Mutter mich später zurück. Es ging aber ohne Strafe ab, da dem kleinen Peter nichts passiert war.

Körperstrafe habe ich nur ein einziges Mal bezogen. Grund: In unserem Nebenhause wohnte eine arme Witwe. Diese half oft in unserem Haushalt aus und bei Tische bediente sie uns Jungen. Ich hatte es aber schon bemerkt, dass die russischen Dienstmädchen die fettigen Teller vor dem Abwaschen von den Katzen rein lecken ließen. Eines Tages nahm die gute Frau unsere Teller und strich sie mit Brot sauber. In meiner Begeisterung rief ich: „Jetzt brauchen wir keine Katzen mehr, das macht die Tante." Selbstverständlich war dies zu viel, und Mutter ließ ihren Lederpantoffel auf meinen Hosenboden klatschen.

Zu den unvergesslichen Kindheitserlebnissen gehört das Hochzeitsfest meines Kusins G. Redekopp. Seine Eltern waren nach Orenburg gezogen. Da er aber in Gnadental schon sein Mädchen hatte, blieb er in Gnadental, arbeitete bei meinem Vater im Laden als Verkäufer und wohnte auch bei uns. Als es dann zur Feier gehen sollte, nahm Mutter mich bei der Hand und so marschierten wir zur Hochzeit. Neidisch schaute ich auf den älteren Bruder David, der schon alleine gehen durfte. Die Hochzeiten fanden damals noch auf dem Hofe der Brauteltern statt. Festsaal war die Scheune, was mich im höchsten Maße beeindruckte: Wo sich sonst Hahn und Ziege gute Nacht sagten, stand nun Tisch an Tisch und an den Tischen die feinsten Gäste und auf den Tischen die köstlichsten Speisen.

3- Schule

Mit sechs Jahren begann für mich die Schulzeit. Mit einer neuen Schultasche und auch einer neuen Schiefertafel darin marschierte ich an der Hand meiner Schwester Maria stolz zur Schule. Die Anfänger aber wurden früher entlassen, worin wir eine gute Gelegenheit erkannten, den Heimweg zu einem Wettlauf zu gestalten. Unglücklicherweise fiel ich hin, und von meiner neuen Schiefertafel blieben nur Scherben. Dank der Fürsprache meiner Mutter, der ich das Unglück geklagt hatte, entfiel - ganz gegen die häuslichen Gepflogenheiten - die körperliche Züchtigung. Ich musste jetzt aber mit einer alten Schiefertafel zufrieden sein.
Die Gnadentaler Dorfschule wurde von zwei Lehrkräften bedient. Es gab zwei Klassen, eine mit den Schuljahren von eins bis drei, die andere von vier bis sechs. Die Fächer waren zu gleichen Teilen zwischen Russisch und Deutsch als Unterrichtssprache aufgeteilt. In der Regel war es so, dass ein Lehrer den deutschen und der andere den russischen Unterricht übernahm. Die Mathematik stieß bei mir auf einen großen Interessenten, das Lesen wollte mir nicht so recht von den Lippen gehen, was dazu führte, dass meine Schwester zu Hause kräftig mithelfen musste. Dieses wiederum führte dazu, dass sie nervös wurde, denn jede Lesestunde mit mir bedeutete eine Spielstunde weniger für sie.
1914 musste auch einer der Lehrer den Schulknüppel in die Ecke stellen, um das friedliche Klassenzimmer mit dem brutalen Feld der Ehre zu vertauschen. Nach damaligem Sonderrecht der Mennoniten wurde er als Sanitäter eingesetzt, denn die Wehrlosigkeit war und ist mennonitisches Prinzip und hatte als solches Eingang in das von Katharina der Großen gewährte Einwanderungsrecht gefunden.
Sein Abgang hatte zur Folge, dass der verbleibende Lehrer nun beide Klassen zu unterrichten hatte. Im Wechsel hatte dementsprechend jeweils eine Klasse Stillbeschäftigung. Doch auch da herrschte ein strenges Regiment. Der diensthabende Schüler musste jeden aufschreiben, der laut war. Dieses Zeugnis der Unartigkeit galt dem Lehrer als Grundlage, den Querulanten für die nächste Stunde in einer Ecke - nein, nicht stehen, - knien zu lassen!
Als ich die erste Klasse besuchte, wurde ein weiterer Bruder geboren. Und Vater hatte wieder Sorgen. Was sollte der Jüngste erben? Da beschloss das Familiengremium, dass ein Müller wunderbar ins Familienbild passen würde.

Während Vater noch glaubte, die Frage des Erbens sei eine ganz wichtige, braute sich am Horizont ein Süppchen zusammen, das uns Abschied nehmen ließ vom Bauernhof, vom Geschäft, von der Ziegelei und von der Mühle. Es war das Jahr 1917. Die große Oktoberrevolution brach aus. Sie vereitelte den schon bevorstehenden Mühlenkauf und so manch anderes Vornehmen.
Doch zunächst war Krieg, und das war ein Krieg gegen Deutschland, und wir waren doch Deutsche! Aus dem Grunde, so vermuteten wir damals, wurde ein Ersatzlehrer für den vom Militär eingezogenen Lehrer an unsere Schule geschickt, der auch die Aufgabe hatte, uns zu „russifizieren".
Meine Neigung zur Mathematik brachte mir, unbeschadet aller Entwicklungen, eines Tages ein eigenartiges Lob ein. Der deutsche Lehrer holte mich in die drei Oberklassen. Mein innerer Jakob wurde klein und kleiner, denn ich war der festen Überzeugung, dies könne nur eine Strafe bedeuten. Einmal vor den „Großen", forderte Lehrer Martens mich auf, eine bestimmte Aufgabe zu rechnen. Natürlich konnte ich sie lösen. Und dann wusste ich den Grund dieser Aktion. Die Schüler der Oberklasse bekamen eine Standpauke nach dem Motto, der Kleine kann es, ihr Großen nicht!
Der russische Lehrer, der uns davor bewahren sollte, allzu „deutsch" zu werden, war bestimmt kein guter Lehrer, dafür aber ein leidenschaftlicher Jäger, wenngleich ihm auch hier nur wenige Erfolge beschieden waren. Doch er mag ein guter Pädagoge (Kinderführer) gewesen sein, denn er „führte" uns regelmäßig mit auf die Jagd. Dabei pflegten seine Taschen neben Munition auch Konfekt zu beherbergen, ein Umstand, der unserem Jagdeifer zusätzlichen Antrieb verlieh. Er konnte sehr gut schießen, aber das Treffen war nicht seine Sache. Im Reden aber, da war er ein Meisterschütze. So kam es, dass ein kleiner Hirtenjunge durch ihn beinahe ertrunken wäre. Nach einem Schuss auf einen Schwarm aufflatternder Enten behauptete er, die eine tödlich getroffen zu haben. Weder er selber noch wir Schüler waren bereit, ins tiefe Schilfdickicht zu gehen, um den vermeintlichen Braten zu suchen. In der Nähe weidete ein Hirtenjunge seine Herde. Den konnte der Lehrer überreden, nach der Ente zu suchen. Als er mit platschenden Schritten im Schilf verschwunden war, sahen wir ihn plötzlich in einen wilden Kampf mit einem Bündel Schilf verwickelt. Das Gewässer war ein reißender Fluss. Offensichtlich hatte der Hirtenjunge sich am Schilf festgehalten und dabei ein Bündel losgerissen. Er klammert sich nun daran, schrie und jammerte ganz laut, in der Meinung, es würde ihn jemand retten. Indes, der Lehrer überließ solches dem Lieben Gott, den er durch fleißiges Bekreuzigen auch emsig darum bat, uns auffordernd, solches ebenfalls zu tun. Wir hingegen konnten mit dem Kreuzzeichen wenig anfangen, da wir nicht orthodox waren. Trotzdem muss der Allgütige unser aller Gebete, jedes auf seine Weise vorgetragen, verstanden haben, denn das Bündel mitsamt dem Jungen näherte sich dem Ufer. Die Rettung gelang dann mit Hilfe einer langen Peitsche.
Nach diesem Zwischenfall wurde diese Art praktischer Unterricht voll und ganz eingestellt. Schade war es uns allen!
Nach einem Schuljahr verschwand der Lehrer von unserer Schule - ich weiß nicht warum. Es kam eine Lehrerin, die erste meines Lebens und unserer Schule. Auch ihre Aufgabe war es, uns in der russischen Sprache voranzubringen. Das vollbrachte

sie in erster Linie durch Gedichte, die wir auswendig lernen mussten. Viele von diesen kann ich noch heute, nach über 75 Jahren!

Sie war eine ausgezeichnete Person. Nach dem ersten Schuljahr machte sie uns ein Angebot besonderer Art. Sie würde uns - das Einvernehmen der Eltern vorausgesetzt - mit in die Stadt nehmen, aus der sie kam, um uns für ein paar Tage die Stadt zu zeigen. Drei Mädchen und vier Jungen bekamen die Erlaubnis, ich war ebenfalls einer der Glücklichen, und aus der Idee wurde Wirklichkeit.

In der Stadt nahm sie uns eines Abends sogar mit ins Kino. Wir hätten so etwas nicht für möglich gehalten! Als im Film ein erwachsener Mann mit Eiern beworfen wurde, war es um unsere Selbstbeherrschung geschehen. Wir konnten uns vor Lachen nicht wieder einkriegen, bis dann die beherzte Lehrerin die Worte fand, uns wieder in normale Kinobesucher zurückzuverwandeln.

Auch das erste Rauchen gehörte zu diesem Ausflug. Zwei Jungs aus der sechsten Klasse hatten Zigaretten besorgt. Am Dnjeprufer hinter einem Strauch stiegen bald die blauen Dünste hoch, während wir Jüngeren Wache zu schieben hatten. Enorme Übelkeit und beachtliche Kopfschmerzen waren die Folge dieser Aktion, sodass unsere Lehrerin sich die größten Sorgen machte, welche Art von Krankheit sich die beiden in der fremden Großstadt zugezogen haben könnten. Den wahren Grund hat sie wohl nie erfahren. Die „Krankheit" verflüchtigte sich auch bald.

Im 5. Schuljahr kehrte der mennonitische Lehrer - es war ein Peter Hamm -, den ich während des ersten Schuljahres gehabt hatte, heil und unversehrt aus dem Kriege zurück. Es war im Jahre 1917. Streng war es bei ihm immer zugegangen, und darin war er sich treu geblieben. Stets lag eine Auswahl an Ruten auf dem Lehrerpult. Die Prügelstrafe gehörte zu seinem System. Vergessene Hausaufgaben bedeuteten Prügel: Mädchen auf den Rücken, Jungs auf den Hosenboden. Ebenso hart wurde bestraft, wer an der Tafel - die Blicke der Mitschüler, und die des gestrengen Lehrers im Nacken - nicht richtig vorrechnen konnte.

Im sechsten Schuljahr gab es wieder einen Lehrerwechsel. Diesmal ging der Altgediente, der die Fächer in deutscher Sprache erteilt hatte. Wir Jungen waren der Meinung, das Dorf habe ihn entlassen, um später im Alter nicht für seinen Unterhalt aufkommen zu müssen. Es galt als ungeschriebenes Gesetz, dass ein Lehrer, der 25 Jahre in einer Schule gedient hatte, vom Dorf sein Altenteil bekam. Eine Art, sich dieser Pflicht zu entledigen, bestand darin, rechtzeitig zu kündigen.

Nach dem Sieg der Revolution bekamen die Minderheiten das Recht zuerkannt, muttersprachlichen Unterricht durchzuführen. Auch Mathematik wurde in deutscher Sprache gegeben. Lehrer Hamm ließ uns nun auf Deutsch rechnen, was zu zahlreichen Fehlern führte, da alle daran gewöhnt waren, auf Russisch zu rechnen. Die „Korrektur" wurde dann mit dem Stock vorgenommen.

Ich selber bin an solcher Belehrung um Haaresbreite vorbeigekommen. Und dabei handelte es sich um ein Delikt, das vom Lehrer selber verübt worden war. Es war Diktatstunde. Ein Satz wurde vorgelesen, den ein Schüler zu wiederholen hatte. Dann ging es an das Schreiben. Hinter mir saß ein Schüler, der es nie fertigbrachte, den Satz zu wiederholen, was ihm dann jeweils die Prügel einbrachte. Bei einer Gelegenheit war der Lehrer besonders wütend. Sein Knüppel fuhr bereits auf meinem Tisch nieder, was wiederum zur Folge hatte, dass an meinem Heft mehrere

Seiten zerstört wurden.
Als Herr Hamm die Hefte einsammelte und die Ordentlichkeit überprüfte, entdeckte er mein zerrissenes Heft. So ein Heft gebe man nicht ab, schimpfte er. „Dableiben und nach dem Unterricht umschreiben!", hieß es. Ich hielt mein Wissen über die Ursachen des Heftzustandes noch für mich, fürchtete ich doch, solcherart Informationen würden den überreizten Herrn zum wilden Zuschlagen verleiten. Nach einigen Minuten kam er jedoch zurück, sichtlich beruhigt, und ich konnte ihm den Sachverhalt erklären, was zur Folge hatte, dass er mir ein neues Heft schenkte.
Als Lehrer Hamm Jahre später in Kanada zum Sterben kam, hat er alle ehemaligen Schüler, die er erreichen konnte, zu sich gerufen um Abbitte zu leisten.

4- Banden und Revolutionäre

Was Banditenbanden sind, wissen alle, die die Revolutionsjahre in Russland erlebt haben. Nach dem Abzug der deutschen Truppen aus der Ukraine, im Jahre 1918, herrschte das Bandenwesen. Oft fiel der Unterricht aus, weil wieder einmal das Gerücht aufgekommen war: Banden unterwegs!
Zwei Begebenheiten aus dieser Zeit sind mir besonders lebhaft in Erinnerung geblieben.
In Gnadental befanden sich drei deutsche entlassene Kriegsgefangene. Sie waren von weit her aus dem Osten gekommen. Die Weiterreise hatten sie verschoben, um ruhigere Zeiten abzuwarten. Diesen kam unsere Angst vor den Banden lächerlich vor.
Während ihrer Anwesenheit wurde gemeldet, dass eine Reiterbande sich unserem Dorfe näherte. Die Deutschen sammelten sämtliche Eggen zusammen, die es im Dorf gab und legten sie über die Einfallsstraße - mit den Zinken nach oben, versteht sich. Dort bezogen sie selber nun Stellung, obwohl sie keine Gewehre besaßen. Sie betrachteten das aber keineswegs als Problem, sondern äußerten sich dahingehend, dass die Herren Räuber beim Anblick der Soldaten sich so erschrecken würden, dass es in dem Durcheinander möglich sein würde, sich von ihnen Gewehre zu beschaffen. Was dann tatsächlich geschehen ist, weiß ich nicht genau. Auf alle Einfallsstraßen wurden Reiter geschickt, die das Herannahen der Banden melden sollten.
Erzählt wurde Folgendes: Eine Bande von 60 Mann sei bis in ein ukrainisches Nachbardorf, etwa 56 Kilometer von uns, gekommen. Ziel sei es gewesen, unser Dorf anzugreifen. Aus dem Grunde habe sich ein Spähtrupp auf den Weg zu unserem Dorf gemacht und dabei die Reiter beobachtet. Daraus hätten sie den Schluss gezogen, es müsse sich Militär, vermutlich deutsches, im Dorf befinden.
Gott hatte da wohl auch seine schützende Hand im Spiel, denn bei aller Achtung vor deutschem Militär, einer Bande von 60 Reitern hätten die drei Soldaten nicht viel entgegenzusetzen gehabt.
Der nächste Zwischenfall ereignete sich wenig später zu einer Zeit, in der sich das kommunistische System bereits zu etablieren begann. Gnadental und Neu-Chortitza sollten von der Bildfläche verschwinden - so hieß es, was immer darunter zu

verstehen gewesen sein mag -, da beide Ortschaften auch in Zukunft von den Deutschen als Militärbasis benutzt werden könnten, so fürchtete man wohl. Etwa 25 bis 30 Kilometer von uns entfernt befand sich ein Knotenbahnhof, wo sich deutsche Soldaten vor der Abreise nach Deutschland sammelten. Wer ihnen dieses Gerücht zugetragen hat, ist mir nicht bekannt, doch dass es ihnen mit der Bitte um Hilfe zugetragen worden ist, darf als sicher gelten, denn das Militär griff tatsächlich ein. Zu dem Zeitpunkt konnte sich deutsches Militär unbehelligt in der Ukraine bewegen, da der Friede von Brest-Litowsk der Ukraine eine - aus späterer Sicht sehr trügerische - Unabhängigkeit von der Sowjetunion beschert hatte.ein Leutnant mit einigen Soldaten kam in unser Dorf. Sie begaben sich zum Schulzen, bei dem sie um zwei Kutschen mitsamt ortskundigen Kutschern baten. Auch die beiden Soldaten, die uns vor den Banden geschützt hatten, wurden notdürftig bewaffnet und mitgenommen. Danach fuhren sie los in die in einem Tal liegende Kreisstadt. Am Ortseingang wurde das Gelände erkundet und die Lage gepeilt. Hier waren die mennonitischen Kutscher als Informanten von Bedeutung. Danach ging es dann im vollsten Galopp bis zum Kreisgebäude. Als die Kutschen hielten, waren keine Soldaten mehr darin. Während der Fahrt waren sie abgesprungen und an die Fenster des Gebäudes gerannt, in welchem gerade eine Sitzung abgehalten wurde. Der Leutnant drang in Begleitung zweier Soldaten, alle schwer bewaffnet, in den Sitzungssaal ein und verlangte nach dem „Predsedatjel" (Präsident). Der hielt gerade eine Rede. In diesem Augenblick griff er nach seiner Pistole, die auf dem Tisch lag. Vergeblich! Er wurde gefangen genommen, in die Kutsche verladen und in Gnadental erschossen.

Dieser Vorfall hatte ein böses Nachspiel. Die Deutschen verließen bekanntlich die Ukraine bis zum Spätherbst 1919. Die Kutscher mussten sich eins ums andere Mal loskaufen. Als dann aber die Sowjetmacht fest am Ruder war, behaupteten die neuen Machthaber, es seien mennonitische Jünglinge gewesen, die den kommunistischen Führer erschossen hätten. Sie hätten sich lediglich die Uniformen deutscher Soldaten angezogen. Zum Glück konnten sich die beiden Kutscher noch rechtzeitig ins Ausland absetzen: Man hätte sie ansonsten auch erschossen.

Beide Vorfälle haben Gnadental sicherlich vor Schlimmerem bewahrt, denn es sprach sich schnell herum, dass niemand in Gnadental so ohne Weiteres sein Unwesen treiben dürfe, wie es an anderen Orten der Fall war.

Wie sehr sich die Zeiten gewandelt hatten, war daran zu beobachten, welche Art von Sorgen wir zu besprechen hatten. Noch vor wenigen Monaten war es um die Frage gegangen, wer was erben würde. Jetzt ging es darum, wie man überleben konnte. Die Revolution und ihre Begleiterscheinungen erlösten Vater nach und nach von seinem Vermögen.

In diese Zeit fiel für mich der Abschluss der sechsjährigen Dorfschule. Es galt, in Grünfeld, einem Nachbardorf, in den Hauptfächern eine mündliche Prüfung abzulegen. Die dortigen Lehrer sprachen mit einem ganz anderen Akzent als dem, den wir gewohnt waren. Statt „a" sagten sie „au", und statt „u" „ü". Es kostete einiges an Überwindung, um nicht mitten in der Prüfung loszulachen. Anscheinend konnte ich mich aber gut beherrschen, denn ich bekam in allen Fächern eine Fünf (beste Note) außer in Erdkunde. Mir war es gar nicht aufgefallen, dass ich da schlechter geantwortet hatte.

Nach diesem Examen im Frühjahr 1919 wäre ich für das kommende Schuljahr in die Altkolonie, etwa 110 Kilometer von uns entfernt, ins Internat geschickt worden, um die so genannte Fortbildungsschule, die Zentralschule, zu besuchen. Daran war in dieser Zeit des gewaltsamen Umbruchs jedoch nicht zu denken. Erstens war kein Geld mehr vorhanden, zweitens wütete eine der schlimmsten Banden in der Altkolonie: die Machnowzy.

Bekanntlich ist es ja so, dass der Knochen zum Hund geht, wenn der Hund nicht zum Knochen geht. Nach diesem Motto organisierten unsere Eltern eine Fortbildungsschule in Gnadental. Sie holten schlicht und einfach einen Lehrer dorthin, wo die Schüler waren, also nach Gnadental. Sieben Jungs nahmen bei ihm den entsprechenden Unterricht. Selbstverständlich war ich einer von diesen.

Einmal wurde unsere Schule während des Unterrichts von einer Bande überfallen, die aber zu unserem großen Glück sehr bescheiden war. Die wild dreinschauenden Leute fanden offenbar Gefallen an den Hosen des Lehrers und eines Schülers. Beide mussten diese ausziehen und als Beute abgeben. Nun stand unser Lehrer in Unterhosen vor uns, ein durchaus ungewöhnlicher Anblick, der dem ganzen Überfall eine kaum zu überbietende Komik verlieh.

Eine der Folgen des Bandenwesens waren ansteckende Krankheiten. Schwarze Pocken wurden besonders rasch verbreitet. Medikamente gab es keine. Einziger Schutz vor der Krankheit war die Isolierung der Kranken. Als die Frau unseres Hirten daniederlag und niemand sie pflegte, schlug meine Mutter alle Warnungen in den Wind: Sie ging hin und pflegte die Kranke. Die Folge - absehbar - war, dass sie selber erkrankte. Als sie krank im Bette lag, kam ein Junge aus der Nachbarschaft jeden Tag angeritten, um zu fragen, wie es Mutter gehe. Peters hieß er mit Nachnamen. Seitdem hatte ich eine hohe Meinung von ihm.

Die Revolution griff gelegentlich auch direkt in unseren Alltag hinein. Es waren bekanntlich die Roten und die Weißen, die sich bekämpften. Wo die Kämpfenden hinkamen, kassierten sie ab, was sie brauchten, vor allen Dingen Pferdewagen. So kamen zu uns eines Tages zwei Offiziere der Roten, die eine Transportmöglichkeit einforderten. Mein Bruder, 16, musste mit ihnen fahren. Vater beschenkte die Offiziere und erkaufte sich so das Versprechen, dass sie David schon im nächsten Dorf freilassen würden. Als aber die Zeit um war, da wir mit ihm rechnen konnten, war nicht die Spur von ihm zu sehen. Es vergingen Tage, Wochen, während derer all jene zurückkehrten, die im gleichen Treck gefahren waren. Sie kehrten ohne Fuhrwerke heim, aber sie kehrten wenigstens heim. Das erhöhte unsere Sorgen, besonders aber die der täglich schwächer werdenden Mutter. Im Gebet war sie ständig bei ihm. Es war abzusehen, dass es zum Sterben kommen würde. Sie wartete auf ihr Kind. Es war, als ob der Tod ebenfalls auf ihn gewartet hätte, denn mein Bruder kam nach Hause, und gleich am nächsten Tag starb Mutter. „Ich will ihn sehen!", war eines ihrer letzten Worte gewesen.

David war so spät nach Hause gekomen, weil ausgerechnet er dazu bestimmt worden war, einen Spähtrupp zu befördern. Dafür hatten die Roten alle Fuhrwerke vorfahren lassen, um dabei die besten Pferde auszusuchen. Diese Wahl war auf unsere Pferde gefallen. Nun waren es jene Offiziere, die wir unserer Meinung nach „bestochen" hatten, die David zu befördern hatte. Die „Bestechung" wirkte sich dann wenigstens noch so aus, dass sie meinem Bruder einen Entlassungsschein ausstellten, so dass er - als Einziger - unbehelligt mit seinem Fuhrwerk nach Hause fahren konnte. Alle anderen Fuhrwerke waren nach getaner Arbeit einbehalten worden.

Mit dem Tod meiner Mutter ging für mich eine Welt unter. Niemand mehr, der mit uns abends Lieder sang, niemand, der kontrollierte, ob die Füße gewaschen waren. Zwar übernahmen die Schwestern teilweise ihre Aufgaben, aber, eine Mutter ist eine Mutter und durch nichts zu ersetzen.

5- Hungerjahre

Im Jahre 1921 kam das Hungerjahr. In der unruhigen Zeit hatten die Bauern nicht die Möglichkeit gehabt, ihre Felder richtig zu bearbeiten. Hinzu kam, dass der Regen ausblieb. War man vorher arm gewesen, so gab es jetzt nichts mehr, eine Folge davon war die Schließung der Fortbildungsschule.

Das Hungerjahr überbrückte Vater durch eine völlig neue Tätigkeit, da er sich selbst durch die aufkommende Not nicht dazu bringen ließ, den Bauernhof zu betreiben - an der Landwirtschaft hatte er sich verekelt. Darum errichtete er eine Walze zum Walzen von Hanfstoffen. Diese wurden zu dem Zeitpunkt emsig hergestellt, da es keine Fabrikstoffe zu kaufen gab. Außerdem waren diese, wenn es dann doch mal welche zu kaufen gab, zu teuer. Als es dann 1922 eine gute Ernte gab, war von allem wieder genug vorhanden. Die Walze hatte somit ausgedient, da Fabrikstoffe von einer wesentlich besseren Qualität waren. Wir vom Lande konnten sie gegen Lebensmittel eintauschen.

Gut die Hälfte der Gnadentaler wanderte 1923 nach Kanada aus. Grund: Hoffnungslosigkeit. Vater hingegen war voller Hoffnung, nämlich, dass die Banditenregierung nicht lange am Ruder bleiben würde. Dann würde alles wieder so sein wie früher.

Weder die Ziegelei noch der Kaufladen befanden sich in Betrieb. Das ging zu kommunistischer Zeit schlichtweg nicht. Wir waren also gezwungen, auswärts Arbeit und Verdienst zu suchen. Ich fand in einer Mühle Beschäftigung. Trotz eines Arbeitstags von zwölf Stunden gelang es mir, etwas für meine Bildung zu tun. In unserem Dorfe war ein Gutsbesitzersohn untergetaucht, der auch Universitätsbildung besaß. Er war bereit, eine Gruppe Bildungshungriger zu unterrichten. Die Arbeit in der Mühle dauerte von sechs Uhr früh bis 18 Uhr. Ich hatte gerade noch Zeit, mich umzuziehen, bevor der Unterricht begann. Er endete um zehn Uhr. Bis elf Uhr hatte ich dann noch Zeit für die schriftlichen Hausarbeiten, den mündlich zu übenden Stoff bewältigte ich in der Mühle während der Arbeit.

Und dann ergab sich gar noch die Gelegenheit, musikalische Künste zu erlernen. Es war ein Peter Friesen, der mir das Notenlesen beibrachte. Meinen Schwager bat ich um Hilfe beim Erlernen des Gitarrespielens. Er teilte mir mit, ich sei ein hoffnungsloser Fall, ich solle wer weiß was lernen, aber nicht Gitarre spielen. Friesen hatte da die größere Geduld. So lernte ich das Spielen verschiedener Instrumente wie Klavier, Gitarre, Geige und Mandoline.

6- Studentenleben

1924 verließ Friesen, der in unserem Dorf als Lehrer gedient hatte, Gnadental, um in Alt-Chortitza sein Wissen zu ergänzen. Nach einem Jahr kam er zu Besuch. Er machte mir Mut, ebenfalls Student am Chortitzer Lehrerseminar zu werden. Gern ließ ich mich überreden. Mein Vater war sofort einverstanden. Allerdings hatte die Angelegenheit einen Haken. Nicht jeder durfte studieren. Kulakensöhne wurden in Sippenhaft genommen und mit einem Bildungsembargo bestraft. Aus dem Grunde musste jeder Studienwillige vom Bürgermeister seines Dorfes eine Bescheinigung vorlegen, welche ausdrücklich bestätigte, dass der Betreffende kein Kulakensohn sei. Auf kaum jemand sonst dürfte der Begriff „Kulake" besser als auf meinen Vater gepasst haben, denn da machten die Kommunisten keinen Unterschied. Wohlstand wurde immer im Zusammenhand mit Ausbeutung gesehen. Er war inzwischen auch entrechtet worden. Bei Wahlen besaß er kein Stimmrecht. Das war der Grund, warum mich der Bürgermister denn auch sehr komisch ansah, als ich ihm meinen Wunsch vortrug. Eine Unmöglichkeit, wurde mir zu verstehen gegeben, ein Kulakensohn habe nicht das Recht auf ein Studium. Ich gab mich jedoch keineswegs geschlagen, argumentierte nach strammer sozialistischer Manier und bekam schließlich meinen Studienplatz. Der Bürgermeister bat mich nun darum, von der Sache kein großes Aufsehen zu machen. Dafür gab es einen guten Grund: Ihr Mitleid und ihre Nachsicht haben viele kleine Rädchen im Apparat des **Gulag** mit dem Leben bezahlt (**Gulag** bezeichnet ein umfassendes Repressionssystem in der Sowjetunion. Es bestand aus Zwangsarbeitslagern, Straflagern, Gefängnissen und Verbannungs-orten. Sie dienten der Unterdrückung politischer Gegner, der Ausbeutung durch Zwangsarbeit und der Internierung von Kriegsgefangenen. Das Lagersystem stellte ein wesentliches Element der stalinschen Herrschaft dar (www.de.wikipedia.org).). Mit der gewünschten Bescheinigung, nämlich kein Kulakensohn zu sein, bin ich dann auch gleich mit Peter Friesen mitgefahren. Kurz vorher hatte Vater ein zweites Mal geheiratet, sodass er auch wieder in bester Gesellschaft war.

Das Eintrittsexamen bestand ich auf Anhieb. Mit mir zusammen legten auch Lydia Wieler und ein junger Mann namens Buchholz die Eingangsprüfung ab. Wir schafften es! Das musste gebührend gefeiert werden. Frau Wieler schlug vor, eine gemeinsame Bootsfahrt zu unternehmen, und da Buchholz sogleich begeistert zustimmte, war ich der Meinung, er verstünde etwas vom Kahnfahren. Dem war nicht so. Sobald wir im Kahn saßen, stieß der Bootsverleiher uns vom Ufer ab, und nun saßen wir da wie die Schildbürger. Ich wartete auf Buchholz, Buchholz wartete auf mich. Natürlich dachte ich an meine Kahnfahrten mit Vater über den Teich. Doch das war lange her und außerdem auf einem stehenden Gewässer. Hier hatten wir es mit dem Djnepr zu tun, der das Boot auch sogleich in seine Obhut nahm, sodass wir uns um das Fortkommen nicht zu kümmern hatten. Um uns die Blöße vor dem Fräulein Wieler zu ersparen, ergriff ich die Ruder und bewegte sie schwungvoll. Anscheinend hatte der Dnepjr seine Freude an uns, denn er brachte uns buchstäblich in greifbare Nähe einer Insel. Buchholz langte nach den tief ins Wasser hängenden Ästen einer Weide und griff zu. So zogen wir uns ans Ufer. Ja, und das Fräulein Wieler hat wohl ein Leben lang gedacht, in uns geübte Kahnfahrer kennen gelernt zu haben, denn auch die Rückfahrt klappte ohne Gesichtsverlust. Mir sind aber zunächst beinahe die grauen Haare gewachsen, denn ich wusste nicht im Geringsten, wie wir mit dem Kahn gegen die Strömung nach Hause kommen wollten. Um Zeit zu gewinnen, schlug ich vor, die Insel gründlich zu untersuchen. Gesagt getan. Wir sammelten Blumen. Und als der Tag seinem Ende näherkam, da richteten sich die Blicke auf mich. Es gelang mir noch eine weitere Verzögerung herbeizuführen. Ich schlug vor, die Blumen zu sortieren, um auf die Art nicht so viel mitschleppen zu müssen. Ja, und während wir das machten, kam die Rettung in Form eines Russen daher. Er bat, mit uns mitfahren zu dürfen. Ganz kühl entgegnete ich, wenn er auch bereit sei zu rudern, dann hätte hier wohl niemand etwas dagegen. So kamen wir wieder dort an, wo wir losgeschwemmt worden waren.

Ich fand auch sogleich ein Quartier in Chortitza, die erste mennonitische Kolonie in Russland, gelegen in der Nähe des Dnjepr, gegründet 1789. Das Zimmer teilte ich mit drei weiteren Studenten. Ich war auf das Studentenleben sehr gespannt, hatte ich doch nach der Volksschule nur private Schulen besucht. Gleich am ersten Tag wurden die Klassenältesten und ein Studentenkomitee gewählt. Dieses bestand aus einem Vorsitzenden, einem Sekretär und je einem Leiter der Akademie-, der Wirtschafts- und der Kultursektion. Ich wurde Leiter der Kultursektion und somit Mitglied des Studentenkomitees. Natürlich hatte ich keine Ahnung, welches meine Aufgaben waren. Doch das stellte sich sehr bald heraus: Studentenabende, Theateraufführungen für die umliegende Bevölkerung vorbereiten, Ausflüge organisieren und Zeitungen verbreiten. Ich fand riesigen Spaß an dieser Tätigkeit und lernte Dinge, die mir auch später viel geholfen haben.

Eines Tages übten wir „Kabale und Liebe" von Schiller ein. Die Kostüme stellte uns ein Friseur aus Saporoshje zur Verfügung. Er half natürlich auch bei der Kostümierung, doch er musste schon um 10 Uhr abends den Zug nach Saporoshje nehmen, während das Theater bis zwölf Uhr ging. Also beschloss die Kultursektion, zu der neben mir noch Peter Wiebe und Peter Hildebrandt gehörten, die Sachen am nächsten Tag eigenhändig zurückzubringen. Wiebe - nicht unfleißig - hatte noch dafür gesorgt, dass wir nicht alles alleine tragen mussten. Drei Studentinnen waren breit, mit uns mitzufahren. Um ein Uhr hatten wir alles abgeliefert, der Zug zurück nach Chortitza ging aber erst um vier. Wiebe und Hildebrandt gingen in Begleitung zweier Studentinnen in den dortigen Park, während eine Studentin und ich uns einen amerikanischen Film mit dem Titel „Die kleine Mutter" ansahen. Es war ein wunderschöner Film, über den wir die Zeit vergessen hatten. Eine Uhr besaß niemand. Als wir uns nach der Uhrzeit erkundigten, erfuhren wir, dass es bereits zehn vor vier war. Im Eilmarsch ging es nun zum Bahnhof, der noch gut einen Kilometer entfernt war. Auf halber Strecke sagte die Studentin, sie könne nicht mehr. Da nahm ich sie bei der Hand. Doch 200 Meter vor dem Bahnhof machte sie wieder schlapp. Wiebe hatte uns bereits gesehen. Er kam gelaufen, und nun nahmen wir die Frau Klassen in die Mitte. Wir kamen gerade noch rechtzeitig. Ich hatte vom Laufen großen Durst bekommen und bestellte am Bahnsteig eine Limonade. Ich hatte gerade das Glas gefüllt, da rollte der Zug an. Alles stehen und liegen lassend erreichte ich gerade noch den letzten Waggon, wobei das emsige „bezahlen,

bezahlen" des Verkäufers noch an mein Ohr drang.

Als ich kurze Zeit später in Studentenangelegenheiten nach Saporoshje musste, legte ich dem Verkäufer das Geld auf den Tisch. Er langte nach einer Flasche, doch ich bedeutete ihm, dies sei die Zahlung für jene Flasche, die ich zwar bestellt, aber weder getrunken noch bezahlt hätte. Er schüttelte Kopf und sagte, so etwas sei ihm auch noch nie vorgekommen, dass jemand, der Schulden zu bezahlen habe, ihm nachgelaufen sei.

Die Ausflüge, die wir planten und durchführten, sind natürlich nicht mit heutigen Maßstäben zu messen. Wer etwa würde 50 Kilometer zu Fuß gehen, nur um Wasserfälle zu sehen? Wir machten das damals. Dabei fanden wir unterwegs in den Pausen noch Muße, die Höhe der Bäume mit Hilfe mathematischer Verfahren zu bestimmen. Auf dem Heimmarsch regnete es so stark, dass wir alle völlig durchnässt waren.

Auch in Sachen Unterkunft war damals alles anders. Nachdem ich zunächst privat untergekommen war, wurde uns im zweiten Halbjahr ein Internat zur Verfügung gestellt. Da galt das Prinzip der studentischen Selbstverwaltung. Wir hatten alles alleine zu organisieren, von der Versorgung bis zum Putzen. Selbst die Hausordnung war von uns zu gestalten. Ich wurde zum Wirtschafter gewählt, Peter Wiebe zum Heimleiter und O. Hamm zum Buchhalter. Jeden Abend um zehn Uhr musste Ruhe herrschen. Der Schlüssel wurde bei mir abgegeben. Wer später kam, musste außerhalb der Reihenfolge Dienst tun.

Im zweiten Studienjahr wurde ich zum Heimleiter gewählt. Ein Posten, der mit viel Arbeit verbunden war, sodass ich zum Studieren weniger Zeit fand als ich benötigt hätte. Die Folge war, dass ich in Algebra hängen blieb und die Prüfungsangst mich packte. Als der Tag der Prüfung gekommen war, setzte ich mich ganz nach vorn, in der Hoffnung, so einiges aufzuschnappen, während meine Mitstudenten an der Tafel geprüft wurden. Da ich nun besonders aufmerksam war, bemerkte ich einen Fehler einer Mitstudentin. Statt eines Pluszeichens hatte sie ein Minuszeichen geschrieben. Ich gab ihr darum ein Handzeichen, von oben nach unten. Das sah zunächst der Lehrer. Statt eines Donnerwetters bekam ich dafür die beste Note ausgestellt und zwar mit der Begründung, ich wisse ja eh alles und würde nur vorsagen. Also sei es für alle besser, ich ginge nach Hause. Glück für mich, wenngleich sich dieses Glück später so auswirkte, dass ich Algebra vernachlässigte und tatsächlich schlechtere Zensuren erzielte.

Geld ist bekanntlich dasjenige, womit jeder sich schlecht ausgestattet wähnt - so auch ich als Student. Doch damals hatte ich besonders viel Grund, solches zu denken, denn man sehe sich das rechnerisch an. Zwölf Rubel kostete das Internat, elf Rubel bekam ich Stipendium. Es galt also, ein monatliches Defizit von einem Rubel auszugleichen. Solches gelang mir dank der Musikstunden, die ich noch in Gnadental genossen hatte. Ich wurde Mitbegründer eines Orchesters. An Sams- und Sonntagen spielten wir in Hotels und Gastwirtschaften. Dabei kam weit mehr als ein Rubel im Monat heraus!

Das Chortitzer Lehrerseminar. Jakob Redekopp besuchte das
Chortitzer Lehrerseminar von 1925 - 1927.

7- Rote Zeiten

Der Anspruch des Sowjetkommunismus war totalitär. Erste Anzeichen dafür konnten wir damals als Studenten am eigenen Leibe verspüren. Ich machte mir ausgerechnet den Politruk (Politoffizier mit weitreichenden Kompetenzen) zum Widersacher.
Das kam so. Um den Chortitzer Theater-Gusto zufriedenzustellen, mussten wir uns damals schon etwas Besonderes einfallen lassen, da die Leute sowohl zu Theater als auch zu Kino in der nahen Stadt Zugang hatten. Wir versuchten es mit den „Räubern" von Schiller. An der Kostümierung wurde mitnichten gespart, sodass ein hohes Eintrittsgeld vorprogrammiert war: zwei, anderthalb und einen Rubel. Mitten in den Vorbereitungen beorderte mich der Politruk, ein deutscher Exilkommunist, zu sich ins Büro, um von mir den Preis der Eintrittskarten zu erfahren. Sein Spott rieselte sofort auf mich herab, ob denn dieses Theater nur für die Reichen gespielt werde, begehrte er zu wissen. Ich antwortete sehr spontan und ohne die Worte vorher im Munde zu wiegen, dass doch die Armen die Generalprobe für nur ganze 50 Kopeken sehen könnten. Nun hatte ich ihn vollends verärgert. „Ihr seid noch keine sowjetischen Studenten", geiferte er, und ich spürte noch im Nacken seine zornigen

Blicke, als ich ihn verließ. Eiligst hielten wir als Kultursektion eine Sitzung ab, auf der beschlossen wurde, bei den angegebenen Preisen zu bleiben. Hauptgrund war der Umstand, dass bereits zahlreiche Karten verkauft waren. Die „Räuber" kamen trotz Eintrittspreisen „nach kapitalistischem Prinzip", wie der Politruk sich ausgedrückt hatte, so gut an, dass noch Stehplätze verkauft werden mussten.

Doch ihm, dem Hüter der neuen sozialen Prinzipien, war ich seitdem ein Dorn im Auge. Überhaupt hat er sein Bestreben, uns umzuerziehen, seitdem verstärkt.

Als geeignetes Mittel betrachtete er dabei ausgerechnet das Geld. Er versprach allen Mitgliedern der Jugendorganisation **KOMSOMOL** ein Vollstipendium, welches sonst nur Vollwaisen zustand und mit 18 Rubeln ordentlich zu Buche schlug. Die stolze Zahl von vier Komsomolisten war alsbald das Ergebnis seiner Werbekampagne für die Partei, die schließlich die ganze Welt von allen Übeln zu befreien haben würde. Wohl nicht zuletzt aus dem Grunde war es dem Politruk darum zu tun, die so gewonnenen Vorkämpfer für eine bessere Welt auch in die nötigen Gremien zu kriegen. So hatte er sich unser Studentenkomitee als geeignete Plattform für den Siegesmarsch des Kommunismus auserwählt, ein Umstand, der zunächst unsere vertraute Welt durcheinanderbrachte. Neuwahlen wurden anberaumt. Wir Vertreter des bestehenden Komitees waren nunmehr gezwungen, eine Vollversammlung einzuberufen, deren Zweck die Auflösung eben dieses Komitees war. Natürlich wussten wir genauestens Bescheid, was da gespielt wurde und verzögerten aus dem Grunde die Sitzung so lange wie möglich. Die ganze Studentenschaft war im Bilde und wehrte sich. Zwölf Studenten versammelten sich vor der entscheidenden Sitzung heimlich, um den folgenden Plan auszuarbeiten. Die zwölf sollten sich auf den ganzen Saal verteilen. Die vier „Komsomolzy", die „zur Wahl standen", wurden ebenfalls verteilt und zwar auf die „Zwölf Geschworenen" - so der Name der Verschwörer -, die in der Tat ein gefährliches Spiel betrieben, dessen Folge gut und gern Sibirien hätte bedeuten können.

Auf der Vollversammlung sollte nun jeder der Geschworenen den ihm zugeteilten „Komsomolzy" persönlich diffamieren. Keinesfalls durfte irgendwie Kritik an der geplanten roten Politisierung durchklingen. Der Tag der Versammlung kam und zu ihr kam noch jemand, ein Vertreter aus dem Kreise, der uns eine Rede hielt, in welcher er uns die Bedeutung einer politisierten Lehrerbildungsanstalt vor Augen führte. Und als er damit fertig war, ja, da wurden vom Politruk auch prompt die vier Komsomolzy als einzige Kandidaten vorgeschlagen. Der Plan, eben dieses zu verhindern, funktionierte einwandfrei. Natürlich machten auch andere mit, denn die Viererbande erfreute sich keiner Beliebtheit. Dadurch verringerte sich die Gefahr für die „12 Geschworenen". Daran, dass man drei von ihnen sogar des öffentlichen Vergehens am Gemeingut beschuldigen konnte - der höchsten Sünde im Kommunismus - waren sie selber schuld. Vor einiger Zeit bereits besuchten wir mit dem Agronomen die Obstgärten der Kolonie. Der nette Mann hatte vorsorglich eine Kiste Äpfel gekauft und sie uns vor die Nase gesetzt mit der Bitte, uns doch bitte da und nicht im Garten zu bedienen. Wen sah man alsbald auf den Bäumen? Einige Studenten, unter ihnen die drei Komsomolzy! Dies bekamen sie natürlich auf der Versammlung zu hören. Es sei doch die Aufgabe des Komitees, dafür zu sorgen, dass die Studenten die Regeln einhielten. Wie aber sollten Obstdiebe dieser Aufgabe nachkommen? Ein klares Nein war das Ergebnis der Abstimmung. Die Viererbande war entmachtet!

Die Leser und Leserinnen, die nicht das Glück oder das Unglück hatten, den Aufgang des Kommunismus am eigenen Leibe zu erfahren, mag hier die simple Frage in den Sinn kommen, wieso man sich denn überhaupt Gedanken um diese Abstimmung gemacht hat.

War nicht von Anfang an klar, dass die vier Komsomolzy das Komitee früher oder später übernehmen würden? Aus heutiger Sicht bestimmt, doch damals wurde wenigstens der Schein gewahrt. Erst nach und nach wurde klar, dass das Regime alle Gegner auch physisch vernichtete.

Indessen war der Politruk nicht unfleißig. Er ordnete eine weitere Vollversammlung an, zu der er auch den Parteisekretär aus der Kreisstadt eingeladen hatte. Die Sitzung mit dem Parteisekretär als Gast fand bald danach statt. Und er merkte sofort, dass gegen uns auf dem Wege einer Abstimmung nichts zu machen sein würde. Nur eine „Säuberung" versprach hier Abhilfe.

Die „Schuldigen" waren auch bald gefunden. Söhne und Töchter der Bemittelten, also der Kulaken, waren die Ursache für die Missstände! Ebenso die Söhne und Töchter der Prediger. Sie wurden aus der Lehranstalt ausgeschlossen. Nachdem das geschehen war, beruhigte sich die Lage für eine gewisse Zeit.

Strengstens verboten war der Besuch der Gottesdienste. Mit mir waren es noch zwei weitere Studenten, denen es gelang, dieses Verbot für eine lange Zeit zu umgehen. Wir gingen am Sonntagmorgen im Djnepr baden. Auf dem Rückweg mussten wir an der Kirche vorbei, wo um die Zeit „zufällig" Andacht gehalten wurde. Als der Politruk dieses nach einiger Zeit entdeckte, bekamen wir nur einen Verweis, der aber keine weiteren Folgen hatte.

Trotzdem wurde zunehmend deutlich, welches Spiel in der Sowjetunion gespielt wurde, ein sehr ernstes. Es genügte die Abstammung von Kulaken, um als Halbverbrecher betrachtet zu werden, nicht würdig, ein Studium zu machen. Als die Mitstudentin Elfriede Vetter aus diesem Grunde von der Anstalt gewiesen wurde, erinnerte mich das daran, dass auch ich kein Recht hatte, laut Auffassung der Kommunisten, in der Sowjetunion zu studieren. Das Mitgefühl mit Elfriede war umso größer, als sie mit noch einem Studenten und mir zusammen ein Gesangtrio gebildet und ich mich mit ihr in der Zeit aus einem nichtigen Grunde vollends überworfen hatte: In meiner Funktion als Heimleiter hatte ich ihr irgendwann in einem schroffen Ton geantwortet, den sie sich wiederum nicht hatte gefallen lassen. Tröstlich daran ist lediglich, dass wir erwachsen genug waren, den Grund unseres Streits irgendwann zu bereinigen. Elfriedes Freund und ihr Vater wurden beide verschleppt, und man hat sie nie wieder gesehen.

Eines Tages beorderte der Politruk mich in sein Zimmer. Längst wusste ich, dass es um meine Abstammung von einem Kulaken ging. Jetzt war der Moment da. Man wisse Bescheid, wer mein Vater sei und dass er entrechtet worden war. Sogleich öffnete er mir ein Hintertürchen ins „Paradies". Eintritt: Verrat am eigenen Vater. Ich solle mich doch, so seine künstlich freundliche Stimme, von meinem Vater und meiner Familie lossagen und in den KOMSOMOL treten, dann könne ich beruhigt weiterstudieren. Ich winkte sogleich ab. Ich wurde jedoch nicht sofort hinausbefördert, konnte das zweite Studienjahr abschließen, doch zum dritten kam es schon nicht.

In den Ferien war ich in Gnadental. Dort bot man mir eine Lehrersteile an. Die Leute dort hatten eine Fortbildungsschule ins Leben gerufen. Ich nahm die Stelle nicht zuletzt auch deswegen an, weil ich davon ausging, dass auch mir das Schicksal des Ausschlusses von der Lehrerbildungsanstalt bevorstand. Als ich dann auch noch zum Jugendleiter gewählt wurde, fühlte ich mich ausgelastet. Die Welt war in bester Ordnung.

Leider nicht für lange Zeit, denn die Roten schliefen nicht. Wir schrieben das Jahr 1928. Zu diesem Zeitpunkt schickte die Regierung Bevollmächtigte in die Dörfer, die zu kontrollieren hatten, ob die Bauern auch wirklich die gesamten Getreidevorräte dem Staat abgeliefert hatten. Es ging bei dieser Maßnahme auch konkret um die Vorbereitung der Kollektivierung. Nach Gnadental kam ein aus Österreich ausgewiesener Kommunist. Es konnte nicht ausbleiben, dass er auch auf unsere kleine Privatschule aufmerksam wurde. Plötzlich war er da. Sofort untersagte er den weiteren Unterricht. Nur mit der Erlaubnis der Kreisverwaltung dürften wir die Schule weiterbetreiben - ein aussichtsloses Unternehmen!

Als er dann im Bürgermeisteramt auch noch erfuhr, dass mein Vater ein Entrechteter war, stand es schlimm um mich. Nur der Vermittlung des Bürgermeisters war es zu danken, dass ich nicht in die Arme der „Justiz" geriet. Trotzdem war die Lage ernst genug, denn ich war ohne Arbeit.

Als Ausgleich kam die Liebe hinzu. Diese nahm den Umweg über die Muse, denn wieder einmal nutzte ich die freie Zeit, Musik und Gesang schön sein zu lassen. Ein lieber Gesangbruder war mir dabei Aron Fröse, dessen Schwester Lena ab irgendeinem Zeitpunkt regelmäßig mit Begeisterung mitsang und dabei nicht nur den Noten die volle Aufmerksamkeit schenkte. Ja, und da muss dann Amor seinen Pfeil abgeschossen haben, denn die Lena ist seitdem nicht mehr von meiner Seite gewichen - und ich nicht von ihr.

Für kurze Zeit fand ich wieder Beschäftigung und - wichtiger - Verdienst. Da 1928 schon alles auf Kollektivierung hinauslief, und dies auf freiwilliger Basis nicht zu bewerkstelligen war, tat die Regierung alles, um den freien Bauern das Wirtschaften schwer zu machen. Eine dieser Maßnahmen bestand darin, dass sie keine Maschinen kaufen durften. Dieses war Vereinigungen und Gesellschaften vorbehalten. Also gründeten die Bauern in Gnadental die KOW (Komitee für gegenseitige Hilfe), dessen Vorsitzender ich wurde. Wir kauften eine große dampfgetriebene Dreschmaschine und pachteten eine Futtermühle. Arbeit war genug vorhanden, sodass wir am Ende des Jahres einen kleinen Gewinn verbuchen konnten.

Die Abrechnung musste in die Kreisstadt geschickt werden, aus der dann auch sogleich ein Kontrolleur angereist kam. Er fand, wir hätten den Bauern viel zu hohe Preise abverlangt. Als der Kontrolleur dann auch noch meine soziale Herkunft erfuhr, ging der ganze Ärger von vorne los. Fazit: Ich hatte für diesen moralisch so hoch stehenden Staat die falschen Eltern! Mit sofortiger Wirkung musste man mir kündigen.

In diese Zeit fiel ausgerechnet meine Musterung, die zwei Jahre hintenangestellt worden war wegen meines Studiums. Hier brachte mir mein „krimineller" Vater erstmalig einen Vorteil ein, der allerdings durch einen Nachteil wieder ebenbürtig ausgeglichen wurde. Die Rote Armee konnte mit einem Kulakensohn nichts anfangen. Das war selbstverständlich der Vorteil. Der Nachteil bestand darin, dass die Armee dafür sorgte, dass ich - wie mein Vater ehedem - entrechtet wurde. Solches wurde mir in meinem Wehrmachtsbuch eingetragen.

8- Auswandern

Ist es verwunderlich, dass viele Leute die Nase gestrichen voll hatten? Jedenfalls kam es nun, gegen Ende der 20-er Jahre, zu einem Versuch, die Auswanderung zu erzwingen. Tausende Sowjetmüde fuhren nach Moskau, um dort auf die Genehmigung ihrer Ausreise zu warten. Solches war dem Regime unangenehm, lenkte es doch die Aufmerksamkeit der Weltöffentlichkeit auf das Elend des im Aufbau befindlichen Arbeiter- und Bauernparadieses. Um weiteren Zuzug nach Moskau zu verhindern, ergriffen die Behörden Maßnahmen, deren eine darin bestand, den Leuten keine Fahrkarten nach Moskau zu verkaufen.

Die Eltern meiner Freundin und jetzigen Frau standen vor diesem Problem, als sie ebenfalls den Weg nach Moskau gehen wollten. Mein künftiger Schwiegervater bat mich darum, ihnen die Karten zu besorgen. Seinem Argument, ich kenne doch den Bahnhofsvorsteher, vermochte ich nichts entgegenzusetzen, denn ich kannte ihn tatsächlich als jemanden, der mir helfen würde.

Ich wollte gerade noch den Pferden Hafer geben, bevor ich zum Bahnhof ging. Da fiel ich doch in der Eile und Aufregung glatt vom Stallboden auf die platte Erde, wo zu allem Übel eine Häckselmaschine so unglücklich stand, dass sie durch meinen Sturz in Bewegung geriet, um mir einen weiteren Schlag zu versetzen. Ergebnis: Furchtbare Rückenschmerzen! Die hielten mich aber keineswegs davon ab, den Gang zum Bahnhof zu machen. Im Dorf konnte man schon die ortsfremde Polizei beobachten, die dafür zu sorgen hatte, dass niemand nach Moskau aufbrach.

Mein Bekannter, der Bahnhofsvorsteher, erfüllte die Erwartung, die mein künftiger Schwiegervater in ihn gesetzt hatte. Er verkaufte mir die Karten und gab mir den entscheidenden Tipp, wie die Polizei auszutricksen sei. Keinesfalls sollten die Reisenden auf dem Bahnsteig einsteigen, denn dort wurden alle von der Polizei kontrolliert und zurückgeschickt, wenn Fahrkarten nach Moskau gefunden wurden. Auf der gegenüber liegenden Seite befand sich ein Holzhäuschen, das im Dunkeln lag. Dort sollten die Leute einsteigen. Er, der Bahnvorsteher, würde darauf achten, dass der Zug nicht eher abgefertigt würde, bis nicht alle eingestiegen seien.

Das alles hat dann später reibungslos funktioniert. Sie kamen in Gnadental glücklich weg und in Moskau an, wurden aber von dort zurückgeschickt.

Nur sieben Gnadentaler Familien ist es gelungen, ins Ausland zu gelangen. Viele, die es versucht hatten, wurden nach Sibirien verbannt, für die meisten eine „tod"-sichere Reise ohne Wiederkehr.

Mir ging es inzwischen aus ganz normalen Gründen dreckig. Mein Kreuz setzte mich für zwei Monate außer Gefecht. Bettruhe war angesagt.

1929 ließ ich mich taufen. Es war das letzte Tauffest, das Ältester Rempel in Freiheit abhielt. Ob er überhaupt noch ein weiteres abgehalten hat, wissen er und der Liebe Gott. Er wurde gleich danach verbannt und ist nie wieder zurückgekehrt. Damit vollzog ich das, was schon 1922 angefangen hatte. Damals schon hatte ich mich in Gnadental nach der Ansprache eines jüdischen Reisepredigers bekehrt. Da ich damals erst 16 Jahre alt war, wurde ich nicht getauft. 18 Jahre musste man dafür sein! Danach wurden mir die Dinge des Glaubens immer gleichgültiger, zumal am Chortitzer Lehrerseminar Religion ganz verboten war. Doch nun, im Jahre 1929 beschäftigte ich mich damit, was dann zu meiner Taufe führte.

Bald danach heirateten wir, alles in allem ein sehr bescheidenes Fest, denn die Schwiegereltern hatten nach dem vergeblichen Versuch der Ausreise so gut wie nichts mehr. Arm wie Kirchenmäuse waren meine Frau und ich. Wovon wir leben würden, das wusste ich nicht. Überhaupt waren es wilde Jahre, denn in Gnadental herrschte Aufbruchsstimmung. Weg, nur weg, waren die Gedanken der Leute. Ich fuhr gleich nach der Hochzeit weg, aber nicht ins Ausland, sondern zum Markt, um einen Schweinskopf zu erstehen. Den konnten wir uns gerade noch leisten.

Bei meinen Eltern fanden wir für die erste Zeit Quartier. Eines Abends kam der Dorfschulze zu mir, um mir mitzuteilen, dass meine Schwiegereltern am nächsten Tag enteignet werden würden. Wenn wir noch etwas retten wollten, so sollten wir solches noch in der Nacht tun. Wir folgten dem Rat. Und am nächsten Tag geschah tatsächlich die Enteignung. Was war das? Stellen Sie sich vor, Sie müssten innerhalb einer Frist von 24 Stunden alles abgeben, was Sie an Gütern besitzen. Ich habe Platz und Zeit gespart, es zu beschreiben!

Es gelang uns allerdings, auf dem Weg der Verhandlung zu erreichen, dass die Eltern in ein Haus der Tochter unterkommen konnten. Diese zog in das Haus der Eltern. Selbst wir fanden dort Unterkunft.

Wie es in der Sowjetunion um die Freiheit bestellt war, zeigte sich immer deutlicher. Es liegt nahe, dass Menschen das Weite suchen, wenn die Politik das vertraute Leben nicht mehr gestattet. Dies eben wurde zunehmend schwieriger, allein die Absicht, das „Paradies" verlassen zu wollen, war gefährlich geworden. Immer mehr Personen, die über Moskau die Auswanderung erzwingen wollten, wurden zurückgeschickt. Ein Betroffener trat mit der Bitte an mich heran, eine Liste der Ausreisewilligen dem deutschen Konsulat in Charkow zu überbringen. Dazu hatten deutsche Diplomaten in Moskau geraten. Deutschland würde sich dann um die Ausreise der aufgeführten Personen kümmern.

Das war eine höchst brisante und gefährliche Aufgabe, die wir keineswegs öffentlich ausführen durften. Vielmehr stellten wir auf eigene Faust eine Liste zusammen von den Personen und Familien, von denen wir als sicher annahmen, dass sie ausreisen wollten. Diese Liste musste nunmehr nach Charkow gebracht werden - eine Aufgabe, die an mir hängen blieb. Ich fuhr mit dem Zug und fand auch bald die Straße, auf der das Konsulat war. Selbstverständlich vermied ich es, schnurstracks das Gebäude zu betreten. Dies wäre lebensgefährlich gewesen. Vielmehr ging ich daran vorbei, um erst einmal alles zu beobachten. Nach einiger Zeit kehrte ich um, und bevor ich das Konsulatsgebäude erreichte, näherte sich mir ein Russe, der mir im Vorbeigehen zuflüsterte, ich solle weniger auf das Konsulatsgebäude achten als vielmehr auf das gegenüber liegende Gebäude. Das tat ich dann auch. Da sah ich einen Mann mit einem Fotoapparat im Fenster stehen. Dass er kein weithergereister Tourist war, der sich um Fotos mit einer besonderen Perspektive mühte, konnte ich mir denken. Ich ging nicht ins Konsulat, sondern zur Post, um die Liste abzuschicken. Ob sie je angekommen ist, weiß ich nicht. Ich habe nie wieder etwas von ihr gehört.

9- Vetternwirtschaft

Wenn heute in Deutschland die DDR-Vergangenheit aufgearbeitet wird, dann geht es um die Frage nach der Schuld. Eines bedenken wohl die wenigsten Menschen, die von der Seite sehr schnell ein „schuldig" aussprechen. Man muss unter einem Zwangsregime gelebt haben, um es zu verstehen. Ich habe immer wieder erlebt, dass Menschen, die von Unbeteiligten heute aus der Ferne und von sicherer Warte aus das Urteil „schuldig" bekommen würden, vielleicht genau so sehr Opfer als Täter waren. Und auch hier gilt für mich, dass die „Schuldigen" nicht die Verkörperung des Bösen sind, sondern oft auch das Gute taten.

Die folgende Geschichte zeigt so einen Fall. In Gnadental wuchs ein schwäbischer Junge des Nachnamens Ruf auf, der sich bei den Bauern als Knecht verdingte und so auch bei meinem Schwager hin und wieder Arbeit gefunden hatte. Da er ebenfalls ein begeisterter Sänger war, fanden wir als Freunde zueinander, obwohl er drei Jahre älter als ich war. Das Basssingen wollte er von mir lernen. Das konnte ich ihm gut beibringen. Als nun die kommunistische Zeit anbrach, zeigte sich, dass seine Biografie haargenau das hergab, was man brauchte, um in den Genuss der Vorteile des Systems zu kommen: Er war Besitzloser und als Arbeiter automatisch auch ein Ausgebeuteter. Ihm wurden zwölf Hektar Land zugesprochen, und weil er gut reden konnte, wurde er von Seinesgleichen, deren es etliche in Gnadental gab, zum Vorsitzenden gewählt. Weil er weder des Lesens noch des Schreibens kundig war, kam er mit allem zu mir, und ich half ihm bereitwillig. Selbst das Unterschreiben übte ich eingehend mit ihm, bis er es fertigbrachte, seinen Namenszug in Form einer Unterschrift aufs Papier zu bringen.

Da es im Dorf keine Kommunisten gab, außer unter denen, die wie Ruf beschenkt worden waren, der Staat aber sämtliche Ämter ausschließlich an Kommunisten vergab, ergab es sich, dass die Armbauernorganisation nunmehr die Führung des Dorfes übernehmen musste. Mein Freund war plötzlich der erste Mann im Dorfe. Er war in die Partei eingetreten und bekam den Titel des Dorfratsvorsitzenden.

Das brachte wiederum mir enorme Vorteile ein. Allein schon aus dem Grunde, weil ich durch Ruf alle Neuigkeiten erfuhr, die es in der Politik gab. Nachrichten sind ein Kapital in einer totalitären Gesellschaft. So eine Neuigkeit gab es 1929. Es war der Zeitpunkt, zu dem Gnadental kollektiviert wurde. Die Bauern wurden zur Kolchose vereinigt, allerdings nicht alle. Wer zu reich war, wurde nicht aufgenommen. Insgesamt waren sechs Familien zu wohlhabend, darunter meine Eltern, meine Schwiegereltern und meine Familie. 1930 war die Kollektivierung abgeschlossen - ohne uns.

Doch ich hatte Glück im Unglück, denn mein Freund Ruf verschaffte mir eine

Arbeitsstelle in der Kolchose. Ich war mit Benzinmotoren vertraut, und so wurde mir der Arbeitsplatz eines Maschinisten an der Dreschmaschine zugeteilt.

Das Dorfsleben wurde nun zunehmend durch die Kolchose bestimmt. Alte Gewohnheiten mussten häufig weichen. Eine davon war das Samstagabendbad im Dorfteich, zu dem sich die Jungs regelmäßig trafen. Nun zur Kolchoszeit musste auch am Sonnabend zur Erntezeit bis zum Untergang der Sonne gedroschen werden. Eines Samstags kamen die Jungen mit der Frage an mich heran, ob ich denn keinen Weg wisse, wie sie zu einem Bad kommen könnten. Ich wusste einen. Ich holte mir von den Badebegierigen das Schweigeversprechen ein, um ihnen dann meinen Plan zu offenbaren. Ich würde melden, dass der Motor defekt sei.

Das tat ich dann auch. Der Abteilungsleiter meinte, ich solle ihn noch eine Stunde laufen lassen, dann sei es eh finster, und ich hätte die nötige Zeit für die Reparatur. Ich entgegnete ihm, dass das wohl möglich sei, er dann aber die volle Verantwortung trüge, wenn der Motor vollends auseinanderfliege. Diese Verantwortung wollte er nicht übernehmen. Also stand der Motor und die Jungs zogen fröhlich zum Dorfteich. Die Sache, die man als „Sabotage" betrachtet hätte, wäre sie denn ruchbar geworden, ist tatsächlich nie herausgekommen.

Während die Jungs sich im Wasser vergnügten, nahm ich den Motor auseinander, wischte an den Teilen herum und stellte ihn wieder zusammen. Der Vorsitzende erkundigte sich am Montag danach. Ich beruhigte ihn, es sei nur eine Kleinigkeit gewesen.

Ruf war inzwischen Dorfratsvorsitzender geworden, ein Titel, der dem des Bürgermeisters entspricht. Er wollte mich zu seinem Dorfratssekretär machen, denn den Posten hatte mein Schwager innegehabt, der versetzt worden war.

Mein Wehrbüchlein schloss mich jedoch von allen Ämtern aus. Ruf fragte eines Tages, was denn darin stand. Ich sagte es ihm. Nun gab er mir folgenden Rat: *„Verbrenn es! Dann kommst du aufs Amt. Wir werden dir dann eine Bescheinigung ausstellen, aus der hervorgeht, dass wir dir das Büchlein vor einiger Zeit abgenommen und später verloren haben. Dann fährst du in die Kreisstadt. Die werden dir ein anderes ausstellen."*

Ich tat, wie mir geheißen wurde und siehe da, ich bekam ein anderes Büchlein ausgehändigt. Sicherlich hat er dort angerufen. Ja, und danach wurde ich Sekretär des Dorfrates.

10- Lehrerdasein

Um die Zeit herum war die siebenjährige Schulpflicht eingeführt worden. Dadurch herrschte ein enormer Lehrermangel. Aus dem Grunde gab die Kreisverwaltung bekannt, alle Leute mit einer pädagogischen Bildung, die nicht im Schuldienst tätig seien, hätten sich zu melden. So musste ich mich auch melden und war somit den Posten als Sekretär los. Ruf hat es sehr bedauert.

Somit war der Weg frei für den Beruf, der den größten Teil meiner Berufstätigkeit ausgemacht hat: Lehrer. In Neu-Chortitza fand ich Anstellung. Die Schule wurde von einer Direktorin namens Isaak geführt. Von ihr habe ich mehr gelernt als im

Lehrerseminar. Sie wirkte durch ihr Negativbeispiel. Ihr Markenzeichen war ein strenger Blick, dem nichts, aber auch gar nichts entging, was tadelnswert erschien. Selbst auf dem Pausenhof vermochten die Schülerinnen und Schüler nie einen freundlichen Blick von ihr zu erhaschen. Dabei half ihr die ganze Strenge nicht viel, denn es kam vor, dass ich in ihre Klasse gehen musste, um für Ruhe zu sorgen.
Das war denn wohl auch der Grund, aus dem sie ihre Tätigkeit für das zweite Schuljahr aufkündigte. Die Schulleitung wurde mir übertragen! Trotzdem befand ich mich in einer prekären Wirtschaftslage.
Der Grund war wieder einmal in der von den Kommunisten geübten Sippenhaft zu suchen. Mein Vater war, wie bereits erwähnt, entrechtet worden. Als solcher hatte er weit höhere Steuern und Abgaben zu leisten als normale Bürger. Sein Tatendrang hatte ihn dann auch noch in den späten 20-er Jahren dazu verleitet, einen Laden zu eröffnen. Da langte der Fiskus erst recht zu, ohne sich die Frage vor Augen zu führen, wie der Geschäftsmann das Volumen an Steuern überhaupt erwirtschaften könnte.
Inzwischen war der Vater verstorben. Mein älterer Bruder befand sich im Arbeitsdienst, der Zweitälteste hatte sich vom Vater losgesagt, um doch noch studieren zu dürfen, und der Jüngste befand sich im Ausland. Das hatte zur Folge, dass alle Zahlungsorders an mich adressiert wurden. Als nun wieder so eine Ordre kam, fuhr ich damit in die Kreisstadt, in der ich einen Sekretär der Kreisverwaltung als alten Freund meines Vaters kannte. Ihm vertraute ich meine Lage an. Sein Rat war mir einleuchtend. Ich könne durchaus vor Gericht gehen und würde aller Wahrscheinlichkeit nach von der Zahlpflicht befreit werden. Doch dabei würde vor dem Gericht offenbar werden, dass ich der Sohn eines Kulaken war. Die Folge wäre der Entzug der Lehrerlaubnis. Seiner Einschätzung nach handle es sich hierbei eh um die letzte Forderung, ich solle zahlen, um Schlimmeres zu verhindern. Ich befolgte seinen Rat, und das stellte sich als richtig heraus.
Im kommenden Schuljahr übrnahm ich die Klasse, die der Leiterin das Leben zur Hölle gemacht hatte. Wer dort den Ton angab, war mir längst bekannt. David Rempel, ein Sitzengebliebener, der nach einem sehr alten Prinzip verfuhr: Misslingt es, durch positive Leistungen die Aufmerksamkeit auf sich zu lenken, dann gelingt es ganz sicher durch negatives Verhalten. Ich rief den guten David darum gleich am ersten Schultage zu mir, um ihm eine sehr verlockende Frage zu stellen: Ob er mein Freund sein wolle oder mein Feind? Nun, Ersteres war ihm lieber. Ich nannte ihm die Bedingung, unter der solches möglich sein würde. Er habe in der Klasse für Ordnung zu sorgen. Sprach's und tat's. Ich habe mit der Klasse nie Disziplinschwierigkeiten gehabt!
Mit dem Sieg des Kommunismus endete die lange Zeit mennonitischer Selbstverwaltung in Russland. Auch das mennonitische Schulwesen hatte der Selbstverwaltung unterlegen. Es gab folgedem einen Systemunterschied. Unsere Grundschule umfasste sechs Schuljahre, während die ukrainische lediglich vier Jahre währte. Die Folge war, dass die Schule, an der ich in Neu-Chortitza Direktor war, nunmehr nur die vier Jahre Grundschule erteilen durfte. Die Schulpflicht war jedoch auf sieben Jahre heraufgesetzt worden. Unseren Kindern fehlten somit drei Schuljahre, die sie auswärts zu absolvieren gehabt hätten. Die Eltern waren von der

Idee, ihre 13- bis 15-jährigen Kinder in den 13 Kilometer entfernten Nachbarort, wo sich eine Mittelschule befand, zu schicken, wenig begeistert.

Eine Mittelschule musste her! Dem in Gnadental operierenden Kreisbeamten, der für die Ablieferung der Ernte an den Staat zuständig war, bat ich um Rat. Er sah unsere Not und schlug vor, wir sollten in der Kreisstadt den entsprechenden Antrag stellen.

Gesagt getan, doch es erfolgte eine Absage. Daraufhin wurden wir uns als Dorfgemeinschaft einig, den Antrag direkt an den Präsidenten der Ukraine zu richten. Der residierte in der Landeshauptstadt, die damals noch Charkow war. Ich fand den Palast und kam auch bis vor das Zimmer des Präsidenten, unzählige Durchsuchungen über mich ergehen lassend. Doch die letzten Wächter ließen mich nicht durch. Was denn mein Begehren sei, wünschten sie zu erfahren. Ich breitete ihnen meinen ganzen Papierkram aus. Ja, meinten sie, da sei ich beim Präsidenten an der falschen Adresse. Da fragte der eine, ob ich denn schon in Zimmer vier gewesen sei. Das war ich nicht - wie auch!

Sie brachten mich in Zimmer vier. Mich beschlich ein ungutes Gefühl, waren doch genau auf dem Wege zahlreiche Menschen für immer verschwunden. Ein Stoßseufzer stieg zum Himmel empor.

Doch meine Furcht war unbegründet. Hinter dem Schreibtisch saß ein freundlicher Jude, dem ich meine Argumentation in voller Länge vortrug. Ich argumentierte dabei gezielt sozialistisch, wonach es nunmehr, nachdem wir zur Zarenzeit eine sechsjährige Grundschule gehabt hatten, doch nicht abwärts gehen könne in der neu angebrochenen Zeit. Auf diese meine Rede meinte er, ich sei ja dann wohl ein Mennonit. Dabei machte er auf mich den Eindruck, dass er die Mennonitenkolonien gut kenne. Als ich das bejaht hatte, fügte er hinzu, ich solle beruhigt nach Hause fahren, die Mittelschule wäre mir sicher.

Perplex stand ich da, denn so einfach hatte ich mir das nicht vorgestellt und bat um eine schriftliche Zusicherung. Die sei nicht nötig, beteuerte er, die Kreisverwaltung werde Bescheid wissen, noch bevor ich dort angekommen sei. Mit dieser Nachricht fuhr ich nach Hause und löste dadurch große Freude aus.

Wenig erfreut hingegen war der Schulinspektor in der Kreisverwaltung, den ich am folgenden Tage aufsuchte. Der Kreis musste schließlich die Finanzierung übernehmen. Warum um alles in der Welt ich denn gleich an die Zentralregierung geschrieben habe? Solches habe ich nicht getan, behauptete ich, und das wollte er mir nicht glauben: „Wer würde außer Ihnen dorthin schreiben?" Nicht geschrieben, persönlich vorgesprochen hätte ich, so meine Beteuerung. Da sprang er auf, ergriff sein Lineal und meinte, verprügeln müsse man mich! Zum Glück befand sich noch der Schreibtisch zwischen uns, denn er war wirklich sehr zornig.

Dieser Zorn zeigte aber nur seine Ohnmacht, denn der Anordnung aus Charkow zuwiderzuhandeln hätte sich sehr schlecht auf seine Gesundheit auswirken können. Ich verabschiedete mich von ihm mit der Bemerkung, ich würde nach Erledigung einiger Geschäfte zurückkommen, um die Einzelheiten zu planen. Ich wollte ihm auf dem Weg Zeit einräumen, sein Gemüt abzukühlen.

Tatsächlich empfing er mich wenig später ganz ruhig und sachlich. Es gab wenig zu besprechen. Er teilte mir jedoch mit, dass es Schwierigkeiten bereiten würde, so kurz vor Beginn des Schuljahres deutsche Lehrkräfte zu finden und dass die Wahl des

Schulortes uns überlassen bliebe.

Da ich aus meiner Chortitzer Studienzeit viele Lehrer kannte, breitete es mir wenig Mühe, zwei Lehrkräfte anzuheuern. Schwieriger war die Wahl des Schulortes. Ich plädierte für Neu-Chortitza und zwar aus zwei Gründen. Zum einen gab es da geeignete Gebäude, die zuvor enteignet worden waren. Zum anderen lag Neu-Chortitza für die umliegenden Dörfer zentraler als Gnadental. Doch ausgerechnet Ruf wollte die Schule nach Gnadental haben. Daran änderte auch die Tatsache nichts, dass sogar ein schwäbisches Dorf näher zu Neu-Chortitza lag als zu Gnadental.

Um zu entscheiden, wurde eine Versammlung der Dorfräte und der Kolchosen veranstaltet. Meine Gründe schienen auch anderen einleuchtend zu sein, sodass ich mir ziemlich sicher war, dass die Abstimmung zugunsten Neu-Chortitzas ausfallen würde. Auch Ruf muss diesen Eindruck gewonnen haben, denn er setzte eine urkommunistische Waffe ein: die Verunsicherung. Er nahm in Andeutungen Bezug auf meine persönliche Vergangenheit als Kulakensohn, nach dem Motto: Was hat denn der Redekopp hier eigentlich zu suchen? Ja, und demnach fiel dann auch die Abstimmung zugunsten Gnadentals aus.

Nur ein Jahr funktionierte die Mittelschule in Gnadental. Da sah man auf allen Ebenen den Fehler ein und verlegte die Schule nach Neu-Chortitza.

War das schon ein Grund der Freude gewesen, so kam noch ein weit bedeutenderer hinzu. Uns wurde ein Sohn geboren. Ernst nannten wir ihn. Und noch etwas Erfreuliches geschah in dieser Zeit. Die Enteignung meiner Schwiegereltern konnte rückgängig gemacht werden. Der Grund lag darin, dass mein Schwiegervater seit 1919 ununterbrochen Mitglied der professionellen Mühlenarbeitervereinigung gewesen war.

Als die Mittelschule nach Neu-Chortitza umgesiedelt wurde, arbeitete ich auch da als Lehrer. Meine Fächer waren Ukrainisch, Russisch, Anatomie und Chemie.

Die zwei von mir angeworbenen Lehrer waren Mitglieder der Jugendorganisation und hatten bereits im ersten Jahr einen KOMSOMOL aufgebaut. Wie die Schule dann nach Neu-Chortitza verlegt wurde, zählte sie 6 Komsomolze.

Leider wurde das erste Schuljahr in Neu-Chortitza von einem unangenehmen Ärger überschattet. Die örtliche kommunistische Partei und Lehrer Rath, der auch Direktor war, gerieten unselig aneinander. Die Partei, die in Gnadental durch lediglich drei Mitglieder vertreten war, wollte dem Direktor in Schulsachen den Marsch blasen. Rath wiederum dachte nicht daran, nach deren Pfeife zu tanzen, war er doch ebenso eine Parteigröße wie sie... Und dann wurde die Fehde so ausgetragen, wie es damals üblich war: Sippenhaft. Die Herren von der Partei erkundigten sich nach der Herkunft Raths und wurden bald fündig. Sein „Verbrechen" bestand darin, dass sein Vater ein Pastor war. Er wurde nun beschuldigt, sich als Agent in den KOMSOMOL eingeschlichen zu haben, was zur Folge hatte, dass ihm der Beruf verboten wurde.

Den Direktorenposten bekam ich dann zugesprochen. Ich fand auch einen weiteren Lehrer, der Rath ersetzte. Wenn man diese Entwicklung aus parteipolitischer Perspektive betrachtet, dann war die Abberufung Raths ein Eigentor erster Güte. Denn nach Abschluss des zweiten Schuljahres gab es keinen Komsomolzen mehr in der Schülerschaft. Die Zelle hatte sich aufgelöst. Dafür hatten wir ein gutes Orchester, welches bei einer Olympiade einen Preis auf der Kreisebene gewann.

Im Jahre 1932 wurde ein Regierungsbeschluss bekannt gegeben, wonach Schülern in der Stadt die Industrie und Schülern auf dem Land die Landwirtschaft praktisch nahe zu bringen sei. Jede Schule musste die entsprechenden Voraussetzungen dafür schaffen.

Hier kam uns die Neu-Chortitzer Kolchose sehr entgegen. Sie zweigte fünf Hektar für die Mittelschule ab. Der Gärtner der Kolchose errichtete mit unseren Schülern eine kleine Baumschule. Selbst zwei Werkstätten zur Verarbeitung von Holz und eine zur Verarbeitung von Metall wurden eingerichtet. Auch die Viehzucht war im Stoffplan vorgesehen. Zu dem Zweck legten wir eine Kaninchenzucht an mit englischen Silberkaninchen. Da es auch ein Internat gab, in welchem die Schülerinnen und Schüler aus den Dörfern wohnten, gab es eine Küche, die genügend Abfälle für eine kleine Schweinezucht abwarf.

Wenn dann Inspektionen von der Kreisverwaltung kamen, dann waren die Leute jeweils sehr beeindruckt von unserer Leistung, und darin sehe ich den Grund dafür, dass man es uns nachsah, dass wir auf politischer Ebene geringere „Erfolge" vorzuweisen hatten. Man ließ uns gewähren.

Bei einer Gelegenheit sagte ein Inspektor zu mir, wie angenehm er es empfinde, dass unsere Schüler nicht auf dem Treppengeländer sitzen würden und dass sie stets grüßten, wenn Jemand vorbeikäme. Das war nicht nur mein Verdienst, sondern eine kollektive Leistung der Elternschaft und der Kolchosverwaltung. Auch meine Frau hat ein gut Teil dazu beigetragen, besonders in allen Wirtschaftsangelegenheiten.

Auch hier hing ich meiner Leidenschaft für Theater und Gesang nach, indem ich die Jugendlichen für solche Freizeitbeschäftigung gewann. Gesungen werden durften nur Natur- und Volkslieder. Und die Theaterstücke mussten allesamt von den Behörden abgesegnet werden. Da diese kein Deutsch verstanden, verkaufte ich alle Stücke - ob von Goethe, Schiller oder Körner, den wir viel spielten - als revolutionäre Dramen, wodurch mir die Genehmigung auch sogleich erteilt wurde.

Eine Begebenheit in dem Zusammenhang ist mir besonders deutlich in Erinnerung geblieben. Unter der Jugend war ein Mädchen, das besonders hingebungsvoll und überzeugend zu spielen vermochte. Bei einem Gastspiel in einem Nachbarort ergab es sich, dass während eines Gespräches mit dem dortigen kommunistischen Leiter das Schauspieltalent vorbeidefilierte. Sofort erregte sie die allerhöchste Aufmerksamkeit meines Gesprächspartners. Was ich mit der hier wolle?

Das Mädchen verstand, was gesprochen wurde. Ich gab zur Antwort, sie spiele mit. Darauf bedeutete er mir, die brauche man hier nicht. Der Grund dieser Ablehnung war keineswegs künstlerischer Natur, sondern politischer. Der Vater des Mädchens war ein Entrechteter. Ich schenkte diesem Gespräch keine große Aufmerksamkeit. Als ich dann kurz vor dem Beginn der Vorführung den Raum betrat, in welchem sich die Schauspieler befanden, fand ich die genannte Schauspielerin unverkleidet vor. Ich machte ihr Mut und sagte, wir wollten gern pünktlich anfangen. Da ging sie und sie spielte so gut wie immer. Später erzählte sie mir, dass sie große Angst vor einem Nachspiel gehabt habe. Deshalb sei sie immer in meiner Nähe geblieben. Dabei habe sie zu ihrer Beruhigung einen Kommentar des Kommunisten gehört: *„Spielen, das kann sie gut!"*

1932 mussten sämtliche Kühe abgegeben werden. Da die mennonitischen Bauern alle große Stallungen hatten, bereitete es keine Schwierigkeiten, einen Stall zu finden, in dem alle Kühe Platz hatten. Auf Kolchosbasis entstand so eine Mustermilchwirtschaft.

Der Gebietsverwalter sandte einen Reporter nach Neu-Chortitza, um diese Milchwirtschaft zu fotografieren und darüber zu berichten zu lassen. Der Betrieb sollte auf diesem Wege anderen als Beispiel dienen. Werbung oder Propaganda? Der Leser und die Leserin mögen darüber urteilen!

Für uns ergab sich zunächst das Problem der Unterbringung des Reporters. Da es mir gelungen war, durch Beziehungen etwas Mehl und Zucker in der Stadt zu kaufen, erbot ich mich, dem Herrn von der Berichterstattung Kost und Logis anzubieten. Die Kolchosverwaltung nahm das sehr dankbar an. Der Reporter kam und alles verlief nach Plan.

Als ich kurze Zeit später zu einem Lehrertreffen in die Gouvernementstadt geschickt wurde, fand sich auch der Reporter dort ein, der bei uns gewohnt hatte. Er war hoch erfreut über diesen Zufall und fotografierte mich sogleich, und am nächsten Tag erschien mein Bild in der Zeitung, versehen mit zahlreichen Lobsprüchen über meine Arbeit.

Das führte dazu, dass ich auf diesem Treffen zu den Prämierten gehörte. Als Preis wurde mir ein Gutschein auf 120 Rubel ausgestellt, dessen Wert jedoch viel mehr als 120 Rubel betrug. Er berechtigte nämlich zum Einkauf in einem geschlossenen Laden, der sonst nur Parteibonzen vorbehalten war. Dieser Laden hatte zwei entscheidende Vorteile anderen Geschäften gegenüber: Alles war billiger, und die Auswahl war ungleich größer.

Ich kaufte mir einen Mantel und etwas Wäsche für das Geld und war somit für eine halbe Stunde nicht nur gleich gewesen, sondern sogar gleicher, um mit Orwell zu sprechen.

Auch die Neu-Chortitzer Kolchose, besser gesagt, deren Mitglieder, kamen in den Genuss einer Auszeichnung von höchster Stelle. Der Preis war folgender: Rinder, darunter 22 Kühe, sollten an die besten Bauern - nein, nicht verschenkt - verkauft werden. Dass dadurch der Kommunismus einen Purzelbaum geschlagen hatte, war wohl niemandem aufgefallen. Es sollte ja doch jeglicher Privatbesitz abgeschafft werden, worum denn auch alle 84 Familien ihre Kühe traurigen Herzens hatten abliefern müssen. Nun durften 28 von ihnen wiederum ein Rind in ihren Besitzstand aufnehmen!

Ausgesucht wurden die schlechtesten Rinder. Nun wurde eine Sitzung einberufen, auf der die Kolchosverwaltung die Familien bestimmte, die kaufen durften. Als Protokollant war ich dabei. Das war ein langes Reden und Verhandeln, denn welche Kriterien wendet man an, wenn es gilt, die besten Bauern auszumachen? Vor allen Dingen dann, wenn diese Bauern dank Stalin zu lauter Habenichtsen degradiert worden waren?

Als ich das Protokoll geschrieben hatte, kam der Dorfratsvorsitzende Ruf, mein alter schwäbischer Freund, herein. Er ließ sich von mir das Protokoll vorlesen. Danach wandte er sich an die Versammelten: *„Ihr seid alle Egoisten und denkt nur an euch. Habt ihr keine Lehrer bei euch, die euch behilflich sind? Ihr müsstet wenigstens* *einem Lehrer eine Kuh spenden. Wer von den Lehrern hilft euch am meisten?"* Da antwortete der Kolchosvorsitzende: *„Lehrer Redekopp. Der muss ja auf Sitzungen und Versammlungen immer die Schreibarbeiten machen."* Darauf meldete sich Ruf: *„Seht ihr, an den denkt ihr aber nur, wenn er arbeiten soll."* Ich musste die Liste umschreiben und mich selbst eintragen.

Wir waren auch sehr froh dazu. Nicht nur wegen der Kuh, sondern auch wegen Ruf, der mir in der Angelegenheit der Mittelschule so unschön mitgespielt hatte. Ganz ohne Egoismus war aber auch Ruf nicht, denn er brauchte meine Hilfe ganz dringend. Schreiben und lesen konnte er immer noch nicht, und tatsächlich entwickelte sich seit diesem Kuhhandel wieder eine fruchtbare Zusammenarbeit.

Die Milch der neuerstandenen Kuh mussten wir bis auf einen Liter abliefern. Dabei habe ich dann ordentlich geschummelt, und bis auf den heutigen Tag plagen mich keine Gewissensbisse darum, auch wenn mir bekannt ist, dass so etwas damals Sabotage hieß.

Das Schummeln ließ sich wie folgt bewerkstelligen. Einmal im Monat war Kontrolltag. Da kam jemand untersuchen, wie viel Milch die Kuh an einem Tag gab, um daraus die Abgabemenge zu bestimmen. Da wir vorher wussten, wann dieser Tag war, stellten wir die Futterei so ab, dass das Tier an dem Tag auch garantiert den tiefsten Stand ihrer Milchleistung erreichte. Was muss doch diese Kuh über die neuen Zeiten gedacht haben?

Die Neu-Chortitzer Kolchose machte indessen weitere Schlagzeilen. Den Hang zum Theatralischen hatte ja der Kommunismus von Beginn an. Das manifestierte sich damals darin, dass in der Gouvernementstadt Dnjepropetrowsk eine Marmortafel mit den Namen der Kolchosen errichtet wurde, die das Soll erfüllt hatten. In unserem Kreise war es nur die Kolchose von Neu-Chortitza, die solches geleistet hatte. Dies war natürlich Grund genug, ordentlich gefeiert zu werden. Die gesamte Kreisverwaltung schickte sich nun an, solches zu tun. Alkoholisches durfte dabei nicht fehlen - so der ausdrückliche Wunsch der Kreisbeamten.

Vor dem Festmahl fand eine öffentliche Feier statt, von der ich weder Lobens- noch Erwähnenswertes behalten habe. Einziger Tagesordnungspunkt waren Lobreden auf unsere Kolchose. Danach ging es zu dem Teil über, der besonders für die Beamten von existenzieller Bedeutung zu sein schien, dem Festmahl, das ein kollektives Besäufnis zu werden versprach. Die Tische in den Klassenzimmern, die festlich hergerichtet worden waren, bogen sich vor lauter Wodkaflaschen.

Ich hielt weniger auf das Trinken und ordnete darum an, für acht Personen im Lehrerzimmer zu decken - ohne Alkohol. Dort nahm ich Platz, mit mir die Lehrer und einige Freunde. Unverhofft öffnete sich die Tür und herein kam zuerst eine Fahne, die sich zwar nicht sehen, dafür umso besser riechen lassen konnte. Ihr folgte der Staatsanwalt! *„Hier sitzt die Gesellschaft! Und dann noch ohne Alkohol! Das geht nicht!"* Sprach's und verschwand. Er kehrte zurück mit zahlreichen weiteren Flaschen, die allesamt Alkohol enthielten und deren einige menschliche Formen angenommen hatten. Unter diesen der Leiter des NKWD (Volkskommissariat für Inneres), der politische Leiter der kommunistischen Partei, ein Herr Braun, der Polizeichef und besagter Staatsanwalt.

Während einige Flaschen leerer wurden, wurden andere immer voller, was unter anderem an der Lautstärke der Plauderei ablesbar war. In diesem Moment erhob sich der Staatsanwalt, um eine Rede zu halten.

Ein Ende derselben war wohl nicht eingeplant. Außerdem war sie mit Peinlichkeiten dermaßen gespickt, dass es selbst den abgebrühten NKWD-Mann trotz Alkoholdunstglocke regelrecht vom Hocker holte.

Er versetzte mir erst mäßige, dann kräftige Puffer unterhalb der Tischkante, die ich ab irgendeinem Zeitpunkt nicht mehr als versehentliche Ausrutscher ignorieren durfte und bedeutete mir, diesen Mann da zu stoppen. Für mich, der ich bei Verstande war, eine höchst gefährliche Situation.

Gehorchte ich dem NKWD, so machte ich mir den Staatsanwalt zum Feinde. Gehorchte ich ihm nicht, wer weiß, was das NKWD dann gegen meinen „Ungehorsam" zu unternehmen gedächte. Nun, der Geheimagent schien für sein Fach geeignet zu sein, denn er merkte, in welch einem inneren Kampf ich mich befand und ergriff wohl aus dem Grunde höchst persönlich das Wort: *„Genossen, so geht das nicht. Wir müssen einen Vorsitzenden haben, und der muss das Wort erteilen."*

Leider schrien nun alle, dass ich es sein solle - genau das, was der NKWD-Mann beabsichtigt hatte, denn als nun der Staatsanwalt sofort weitersprach, sagte er zu mir: *„Jetzt verbiete es ihm. Du darfst es jetzt."* Ich stand auf und sagte: *„Meine Freunde! Durch die Rede des Staatsanwaltes haben wir heute erfahren, dass er ein mutiger Kämpfer für den Sozialismus ist. Unser Staatsanwalt lebe hoch!"*

Nun brüllte das ganze Lehrerzimmer: *„Er lebe hoch! Er lebe hoch!"* Mittendrin die Stimme des Staatsanwaltes: *„Ich bin noch nicht fertig!"* Aber umso lauter schrie die versammelte Schar der Genossen. Der so verhinderte Redner ruderte hilflos mit den Armen durch die Luft, um dann auf dem Stuhle die Rettung zu suchen.

In dem Augenblick öffnete jemand die Tür und rief den Geheimagenten heraus, der nach wenigen Minuten wiederkam und auf ein Wort alle verschwinden ließ. So habe ich die ehrenwerten Genossen an dem Tage nicht wieder gesehen.

Am Abend gab die Polizei ein Theaterstück zum Besten, „Natalka Poltawka", eine ukrainische Komödie. Die gesamte Kreisprominenz - noch nicht ausgenüchtert - war dabei. Ich hatte das Stück bereits gesehen und blieb zu Hause. Meine Frau aber ging hin.

Als sie um zehn Uhr abends noch nicht wieder da war, machte ich mir Sorgen. Ich ging hin. Die Vorstellung war vorbei, aber es wurde noch getanzt. Als der Vorsitzende der Kolchose mich sah, kam er sofort auf mich zu, um mir mitzuteilen, dass etwas ganz Dummes passiert sei: *„Vor Beginn der Vorführung waren schon alle Plätze besetzt. Da kam der Sekretär der kommunistischen Partei, Braun, in Begleitung seiner Frau. Er wollte dort Platz nehmen, wo die großen Mädchen aus unserer Schule saßen. Die erklärten ihm, dass die Plätze nicht verkauft worden seien und jeder da sitze, wo er wolle. Darauf habe Braun, der Sekretär, über den ganzen Saal gebrüllt: „Das sind noch kapitalistische Auffassungen und die hat Redekopp euch eingeimpft! Aber jetzt werden wir Schluss damit machen! Morgen fliegt einer von euch, entweder du oder Redekopp!"* Braun sei dann sogleich mit dem Schulinspektor an die Seite gegangen, um ihm eine Menge dummes Zeug zu erzählen.

Der Vorsitzende der Kolchose, der mir solches alles im Vertrauen mitteilte, hatte bereits einen Plan gefasst, wie mein Hals aus der Schlinge zu ziehen sei. Er werde mit dem Schulinspektor zu Abend essen und ich solle dann mit dem Vorsitzenden des Dorfrates nachkommen. Dabei müssten wir dem Schulinspektor reinen Wein einschenken.

Solches hatte der Vorsitzende der Kolchose mir gerade mitgeteilt, da kam auch schon der Schulinspektor daher und meinte, er müsse dringend mit mir sprechen. Wir gingen in eine Umkleidekabine, und er erzählte mir alles das, was ich gerade schon gehört hatte. Er stellte das Ganze jetzt aber schon als eine politische Angelegenheit dar. Ich wusste ja Gott sei Dank, woher der Wind wehte und entgegnete ihm: *„Solche Hirngespinste kann nur Braun haben und der versteht vom Schulwesen nichts."* Darauf meinte er, es sei weniger wichtig, von wem die Auskunft stamme, als vielmehr die Sache als solche, die er zu untersuchen habe, wie ihm vermeldet worden sei. Ich solle ihm doch ein Nachtquartier besorgen!

Als ich später sah, dass der Kolchosleiter mit ihm verschwand, suchte ich den Ratsvorsitzenden auf und wir folgten ihnen. Es gab nun Abendbrot, und auch dabei lief der Alkohol feucht und fröhlich weiter. Als wir nun feststellten, dass der Inspektor „gesprächsreif" war, fingen wir an, ihn zu bearbeiten.

Der Ratsvorsitzende meinte, dass er - der Inspektor - sich nicht so sehr auf die Aussagen Brauns verlassen solle. Der Kolchosleiter schlug in die gleiche Kerbe, indem er behauptete, Braun habe manchmal ganz verkehrte Vorstellungen, die er durch Geschrei durchsetzen wolle. Überhaupt sei Braun wenig zuverlässig; und so fort, und so fort.

Diese zugegebenermaßen nicht ganz saubere Art und Weise, den Inspektor im Vollsuff mit einschlägigen Informationen zu bombardieren, verfehlte ihre Wirkung nicht. Nein, er, der Inspektor sei ganz froh, dass Braun einen einsamen Standpunkt vertrete, was in diesem Falle den Lehrer Redekopp angehe, der sich ja einiger Auszeichnungen erfreue, doch, er, der Schulinspektor, müsse der Sache trotz allem auf den Grund gehen, Braun verkörpere hier schließlich die kommunistische Partei.

So nahm ich ihn mit zu uns nach Hause, woselbst in der kleinen Zweizimmerwohnung eine Schlafstätte aufgemacht wurde. Als meine Frau dies erledigte, gefiel sich der Inspektor in seiner Rolle als Philologe, die er ausfüllte, indem er meiner Frau einen längeren Vortrag über Leo Tolstoi hielt.

Als er gar kein Ende finden konnte, entschuldigte seine einzige Zuhörerin sich, um sich in das eheliche Schlafgemach zurückzuziehen, wohin ihr der Gastredner auch sogleich bei Fuß folgte.

Ich hätte hier gerne den NKWD-Mann dabei gehabt, der auch dieser Rede ein Ende gesetzt hätte, denn ich brauchte einiges an Überredungskunst, ihn aus dem Schlafzimmer hinaus zubekommen. Nachdem es mir gelungen war, muss er selig geschlafen haben.

Am nächsten Morgen ließ er Braun herbeirufen, und zu zweit besuchten sie meinen Unterricht. Braun kam mir nun sogleich ungewollt entgegen, was die Sache für mich sehr erleichterte. Es wehte ein kühles Lüftchen, und da er am Fenster saß, setzte er sich die Mütze auf. Sofort machte ich ihn darauf aufmerksam, dass solches in der Klasse vor den Schülern wenig schicklich sei. Ein Sturm der Entrüstung schickte sich an, aus ihm herauszuplatzen. Doch der blieb im Halse stecken, denn der Inspektor betonte sogleich, wie wichtig es sei, in allem und jedem die Schulregeln durch das Lehrerbeispiel zu veranschaulichen.

Nach drei Stunden der Visitation verlangte der Inspektor nach einem Wagen für seine Abreise. Ich aber bestand darauf, dass die Angelegenheit zuerst geregelt sein müsse, bevor er abreisen könne. Da meinte er, hier sei alles geregelt, er werde Braun mitteilen, dass er sich wie ein Dummkopf aufgeführt habe. Er ging mit Braun zusammen in den Schulgarten, wo mein Blick sie zwar festhielt, mir es aber nicht möglich war, dem Gespräch zu folgen.

Eines jedenfalls darf als sicher gelten: Das Vertrauen der Kreisverwaltung hatte ich nicht verloren. Trotzdem schätzte ich meine Lage nicht allzu rosig ein, denn den lokalen Vertreter der Partei als Gegner zu wissen, war kein gutes Gefühl. Braun wirkte auch weiter gegen mich, doch dieses Mal vermochte ich ihn selber zu stoppen. Es ging immer noch um diesen Vorfall beim Theater, wo ihm Sitzplatz verweigert worden war. Neben derjenigen Schülerin, die ihm die „kapitalistisch angehauchte" Antwort erteilte, hatte - wie er in detektivischer Kleinarbeit unter Beweis stellte - die Tochter eines Predigers gesessen. Die wollte er nun von der Schule gewiesen wissen. Ich lehnte dieses ab, und führte gar den großen Stalin als Argument ins Feld. Der hatte irgendwann und irgendwo gesagt, man solle die Kinder nicht für die Taten der Eltern verantwortlich machen. Natürlich wusste Braun genau so gut wie ich, dass Stalin in der Praxis gerade derjenige war, der die Kinder für die „Missetaten" der Eltern büßen ließ. Trotzdem galt hier sein Wort, gegen das auch die lokale Parteigröße in diesem Falle nichts unternehmen konnte. Also blieb die Predigertochter in der Schule.

Braun war nun zweifach unterlegen gewesen, saß aber politisch gesehen am längeren Hebel, ein Umstand, den ich mit einer gewissen Beunruhigung zur Kenntnis nahm und an dem ich nichts ändern konnte.

Neben diesen doch recht anstrengenden und gefährlichen Dingen - es war die Zeit, in der aus nichtigen Gründen Millionen von Menschen umgebracht wurden - gab es durchaus auch unbefleckte Lichtblicke im Schulleben. Dazu zahlreiche Schülergesichter, die mehr zum Ausdruck brachten als damals in Worte gefasst werden durfte.

11- Auf Klassenfahrt

Ein Ausflug 1934 auf die Krim gehörte ebenso zu den Lichtblicken. Ich hatte einen solchen einer Abschlussklasse versprochen für den Fall, dass alle das Abschlussexamen bestehen würden. Wie mir die Schülerinnen und Schüler später bekannten, hätten sie heimlich bis spät in die Nacht mit den Schwächeren geübt.

Trotzdem musste einer Nachexamen machen. Doch um eines einzigen Willen das Ganze abblasen? Nein, pädagogische Konsequenz hin, pädagogischer Bezug her, der Ausflug musste gemacht werden!

Es herrschte aber gerade wieder einmal Hungersnot in Russland. Zu kaufen gab es nichts in den Läden. Aus dem Grunde begab ich mich in die Kreisstadt, um dem Leiter für Bildungsarbeit mein Anliegen vorzubringen. Dabei führte ich aus, dass hier kein gewöhnlicher Feld-, Wald-, und Wiesenausflug gemacht, sondern dass auch Forschung betrieben werden sollte. Da die Schüler von zu Hause keine Verpflegung mitbekommen könnten, bäte ich darum, aus dem geschlossenen Lager etwas Mehl bekommen zu dürfen.

Es war das Lager, wo diejenigen einkaufen durften, die schon „gleicher" waren. In anderen Worten, die Bonzen hungerten nicht. Nun wollte er wissen, wie viele Schüler das denn betreffe. 26 gab ich zur Antwort. Er ergriff das Telefon, und nach wenigen Minuten stand fest, dass uns 160 kg Mehl zur Verfügung gestellt worden waren.

Sogleich fuhr ich zum Lager, doch dort beteuerte man mir, Mehl sei gerade ausgegangen, aber am 19. des Monats, da werde es wieder welches geben.

Ich verließ mich darauf und kaufte für 28 Leute Bahnfahrkarten für den 20. des Monats. Das war notwendig, da man kurzfristig keine Fahrkarten bekam.

Zum 19. fuhr ich wieder in die Kreisstadt. Fehlanzeige! Kein Mehl, hieß es. Da ich die Karten gekauft hatte, ließ ich nicht locker, denn nichtgenutzte Karten wurden nicht erstattet.

Ich begab mich wieder zum Leiter der Schulabteilung und schilderte ihm meine Lage. Da ging er mit mir zum Hauptsekretär der kommunistischen Partei. Das war die örtliche Parteispitze, und somit waren wir an der Stelle angelangt, an der die Entscheidungen fielen.

In blumigen Worten schilderte ich dem Sekretär mein Unternehmen, wobei ich auch nicht vergaß, die Bedeutung solcher Ausflüge für die sozialistische Erziehung hervorzuheben. Meine Begeisterung hatte ihn irgendwann angesteckt, denn er führte weiter aus: *„Das ist eine gute Idee! Ihr macht in diesem Jahr den Anfang, und wenn es klappt, dann schicken wir im nächsten Jahr auch die ukrainischen Schulen."*

Dazu muss bemerkt werden, dass die Neu-Chortitzer Mittelschule die einzige deutsche Schule in dem ukrainischen Kreis war. Nun griff er zum Telefon, rief im Lager an und teilte mir mit: *„Jetzt fahren Sie hin, jetzt werden Sie es bekommen."* Tatsächlich! Ohne Schwierigkeiten bekam ich das Mehl!

Da es der letzte Tag vor der Reise war, musste das Mehl noch verbacken werden. Jeder Schüler bekam sechs Kilo Mehl zur Verarbeitung überreicht. Nach der Verteilung setzte ich mich in mein Arbeitszimmer, um endlich noch etwas auszuruhen. Weit gefehlt. Ich wurde ans Telefon gerufen. Es befand sich im Amt. Am Apparat waren Gnadentaler Schüler. Sie baten mich darum, unverzüglich nach Gnadental zu kommen, da einige Eltern gegen die Fahrt auf die Krim seien.

Es gab in Neu-Chortitza ein einziges Fahrrad, und meine erste Sorge galt der Frage, ob ich es um diese Zeit würde geliehen bekommen. Ich bekam es, fuhr die acht Kilometer nach Gnadental, innerlich doch etwas enttäuscht, dass ausgerechnet mein Heimatdorf mir jetzt Schwierigkeiten machen wollte. Am Dorfeingang traf ich Franz Unger, dessen Kinder Katj und Hein in der betreffenden Klasse waren. Er hielt mir entgegen, dass wir allesamt verhungern würden. Ich erklärte ihm, wie wir vorgesorgt hatten. Er meinte dann: *„Na, mit dir ist ja nicht zu reden. Hein ist mir schon aus den Händen gewachsen, aber Katj ist meine!"* Ich entgegnete ihm, dass ich da nicht so sicher sei, Hein sei schließlich schon 21, aber Katj sei noch jung, und sie sei meine. Er schlug mit den Händen und ging.

Als ich dann die Eltern alle versammelt hatte, war es wie so oft nach großem Sturm.

Niemand hatte etwas gegen diese Fahrt einzuwenden! Ganz umsonst war dieser Ausflug vor dem Ausflug jedoch nicht gewesen, denn bei der Gelegenheit ergab es sich, dass die Kolchosleitung sich erbot, uns zum Bahnhof (zehn Kilometer) zu bringen. Tatsächlich waren alle vor dem Eintreffen des Zuges an Ort und Stelle. Nach einmaligem Umsteigen kamen wir glücklich auf der Krim an.

Das waren schätzungsweise 600 Kilometer. Krim-Simphitopol, die Hauptstadt der Krim-Republik, interessierte uns nicht, da es eine Neugründung war. Nach einem kurzen Rundgang sind wir weiter nach Bachtschisaraj, der ehemaligen Hauptstadt des von Russland zerschlagenen Tatarenreiches gefahren.

Zuerst zeigte man uns das ehemalige Gefängnis der Tataren. Es bestand aus Höhlen, die man künstlich in einen Berg gearbeitet hatte. Gleich nebenan befand sich die Hinrichtungsstätte, ebenfalls in den Berg gehauen. Im Fußboden war eine Öffnung, die in einen Abgrund führte. Davor gab es eine in den Steinfußhoden gehauene Mulde, in die der Verurteilte gelegt und enthauptet wurde. Dabei fiel der Kopf sogleich durch die Öffnung in den Abgrund, wohin ihm dann auch der Rumpf folgte. Dort unten hatte man wilde Tiere eingesperrt - ihre Nahrung war Menschenfleisch!

Besonders interessant war der Palast des Khans. Hier fanden wir ein Potjompkinsches Dorf vor, allerdings in Form eines Palastes. Als die berühmte Visitation der Zarin angekündigt worden war, wurden bekanntlich überall die Fassaden verschönert, um der Herrscherin einen totalen Aufschwung vorzugaukeln. So auch hier. Der Palast war von innen neu gestrichen worden. Auf einem Streifen von sieben Metern hatte man nun zu Museumszwecken die neuere Farbe entfernt und die alte freigelegt. Diese zeigte sich besser erhalten als die „potjomkinsche".

Am nächsten Tag fuhren wir nach Sewastopol. Hier kamen die Schüler aus dem Staunen nicht mehr heraus. Besonders interessant fanden wir das Sewastopoler Panorama, ein Rundbild, das die Erstürmung Sewastopols durch Engländer, Franzosen und Türken zeigt, das bis zu einer Höhe von 50 Metern emporragt. Es fängt ganz klein an mit Wachsfiguren, die dann allmählich in ein Gemälde übergehen, sodass man als Betrachter durchaus das Gefühl hat, man stehe draußen in der Landschaft.

Sogar den Kriegshafen durften wir sehen. Er liegt hinter hohen Felsen versteckt, wodurch er vom offenen Meer aus nicht zu sehen ist.

Dann folgte der schönste Abschnitt der Reise, ein Fußmarsch von Sewastopol nach Jalta, 82 Kilometer. Auf halber Strecke sollte es eine Übernachtungsmöglichkeit geben, so hatte man uns erklärt. Das Gepäck ließen wir in Sewastopol. Verpflegung für drei Tage schleppten wir mit. Für die Schüler war dies eine vollkommen neue Erfahrung, und zwar nicht allein wegen des Fußmarsches, sondern auch wegen der Andersartigkeit der Landschaft. Wir kamen aus den Weiten der Ukraine mit ihren endlosen Horizonten, die die Steppe bis an den Erdkreis reichen ließen. Hier liefen wir durch gebirgige Landschaften, die den Blicken die Welt häppchenweise darboten. Einige Schüler hatten Gefallen daran gefunden, verschiedene Felsen zu erklettern. Fortwährend kamen sie um Erlaubnis bitten. Sie begriffen nicht, was ich ihnen sagte, dass sie unnötig ihre Kraft vergeudeten.

Zur Unterhaltung erzählte ich Geschichten. Um die Mittagszeit kamen wir an einem tropischen Garten vorbei. Für einen Rubel Eintrittsgeld durfte man sich an Obst sattessen. Der Grund dafür, dass hier tropische Früchte wuchsen, war darin zu suchen, dass dieses Fleckchen Erde durch Berge nach Norden hin völlig abgeschirmt ist, sodass die Sonne von Süden her für ein Mikroklima sorgen kann. So interessant das auch war, wohl ebenso wichtig war uns, dass wir etwas Verpflegung gespart hatten.

Mit Sonnenuntergang kamen wir bei Bojdarskije Worotta an. Auch das war ein Potjompkinsches Dorf, obwohl es nicht nur Fassade war, sondern ein riesiges Tor, mit den allerverschiedensten Steinen wundervoll verziert. Das Tor führte direkt ans Schwarze Meer, sodass es den Rahmen für das herrliche Blau des Wassers abgab. Neben dem Tor standen etliche Baracken - eindeutig die versprochene Übernachtungsmöglichkeit, so dachte ich. Und schon erschienen etliche Tataren, die ich fragen konnte. Nein, die Baracken seien nur für die Wegarbeiter, erklärten sie uns, führten uns aber zu ihrem Vorgesetzten, einem Russen. Er wies uns schroff ab und meinte, acht Kilometer weiter befände sich ein Hotel. Ich versuchte ihm zu erklären, dass die Schüler müde seien und ich es nicht wagen wolle, bei Dunkelheit noch weiterzumarschieren. Da fasste mich ein Tatar am Arm und sagte, wir könnten bei ihnen übernachten.

Er führte uns in ein leeres Barackenzimmer in der Größe von fünf auf fünf Metern. Die Tataren brachten Strohsäcke und Decken, sodass wir den ganzen Fußboden damit auslegen konnten. In der Zwischenzeit hatten die Frauen draußen ein Aufgebot an Speisen bereitgestellt. Es gab Schafskäse, Ziegenmilch, Süßkartoffeln und sehr viel Obst und sogar etwas Brot. Alle wurden satt, und wieder hatten wir unsere Nahrungsmittelreserven geschont. Wir sangen unseren freundlichen Gastgebern einige deutsche Lieder vor und zogen uns zur Ruhe zurück.

Raum ist in der kleinsten Hütte, doch eng, das war's. Vor allen Dingen musste auch hier die Geschlechtertrennung beachtet werden, denn wir wollten den Eltern keine Extraüberraschungen mit nach Hause liefern. Also legten sich die Jungs in eine Reihe, die Köpfe zur Mitte und die Mädels auf der gegenüberliegenden Seite, ebenfalls die Köpfe zur Mitte. Dazwischen fand der Lehrkörper seinen Platz. Da die Tür nicht zu verriegeln war, legte ich mich so davor, dass man mich hätte zur Seite schieben müssen, um den Raum zu betreten. Zu meinem Glück verspürte niemand das Begehren, solches zu tun. Als ich erwachte, war es bereits hell. Ich hörte Stimmen. Durch einen Türspalt sah ich die Tatarenfrauen mit einem Frühstück auf uns warten. Es war kein Frühstück nach unserem Brauch, doch wir wurden satt. Den Dank drückten wir in Form weiterer deutscher Lieder aus.

Nach zwei Stunden Fußmarsch erreichten wir das uns angekündigte Hotel, wo es einen Ersatzkaffee (mennonitisch ausgedrückt: Prips) gab, den unsere jedoch verschmähten. Lehrer Hein, mein Begleiter, und ich ließen uns die Gelegenheit nicht entgehen, etwas Warmes zu trinken.

Während wir noch am Tisch saßen, kamen Schüler herein mit der Nachricht, draußen sei ein Tatare mit einem Pferdefuhrwerk, der sich erböte, unser gesamtes Marschgepäck kostenlos zu befördern. Ich traute der Sache wenig, und begab mich sofort zu dem Tataren. Es stellte sich heraus, dass er unseren Schutz suchte, denn er hatte vor, seine Tochter von Jalta abzuholen, die dort studierte, und er war die

Strecke noch nie gefahren und fürchtete sich.
Wir einigten uns dahingehend, dass er das Gepäck und drei Jungen mitnehmen würde: Wieso denn Jungen und nicht Mädchen? Es waren die Helden vom Vortage, die auch jeden Felsen hatten erklimmen wollen. Nun waren ihre Füße wund.
Der Tatare hielt Wort. Er fuhr immer in Sichtweite von uns. Mit Sonnenuntergang kamen wir in Jalta an. Dort fanden wir auch bald eine Schule, die bereit war uns ein Dach über dem Kopf zu bieten. Die Mädchen schliefen im Lehrerzimmer, für die Jungen konnten wir ein Zelt auftreiben, Lehrer Hein fand im Gasthaus und ich im Direktorenkabinett Unterschlupf.
Am nächsten Morgen ging es an die Besichtigung Jaltas. Als wir so auf der Straße marschierten, hörte ich meinen Namen rufen. Nachdem ich zuerst niemanden gesehen hatte, wiederholte sich das Rufen, und ich erblickte einen ehemaligen Kaufmann, der meinen Vater gut kannte. Er war oft zu uns gekommen, und daher war auch ich ihm wohlbekannt. Er gehörte ebenfalls zu jenen Leuten, die damals verfolgt wurden, und er war hier unter falschem Namen untergetaucht, um nunmehr als Bäcker sein und andrer Leute Brot zu machen.
Als ich ihm auf seine Frage hin unsere Lage geschildert hatte, machte er uns ein hervorragendes Angebot. Er würde am Abend für jeden ein Brötchen bringen. Das war sehr gefährlich für ihn, denn das Mehl wurde ihm abgemessen und dafür hatte er eine bestimmte Anzahl an Gebäck abzuliefern. Sein Plan ging so, dass er an dem Tag alle Brötchen etwas kleiner gestalten würde, um die größere Anzahl herauszuschlagen.
Nicht nur am Abend, sondern sogar noch am nächsten Morgen brachte er jedem ein Brötchen. Allerdings bat er mich inständig darum, den Schülern nicht zu verraten, wer er sei. Das hätte ihm den Kopf kosten können.
An Jalta fanden wir besonders das Schloss Woronzowo interessant. Eine Löwenterrasse führte zu ihm empor. Früher war es eine Erholungsstätte der Zaren gewesen, jetzt diente es dem gleichen Zweck, doch erholen durften sich nunmehr die wahren Vertreter des sozialistischen Volkes: die Parteibonzen.
Am folgenden Tage machten wir noch einen Besuch im Nikitjesky-Garten und dann ging's los mit dem Schiff zurück nach Sewastopol, wo wir die Bahn bestiegen. In Saporosche mussten wir drei Stunden auf den Anschlusszug warten. Da mein Bruder an dem Ort als Lehrer arbeitete, kam ich auf die Idee, die drei Stunden durch einen Besuch bei ihm zu verkürzen.
Seine Schule lag einen Kilometer vom Bahnhof entfernt. Er lud uns herzlich ein, noch einen Tag in Saporoshje zu bleiben. Davon waren wir alle begeistert, doch unsere sorgsam eingeteilten Vorräte waren bereits erschöpft.
Dieses Problem ließ sich zum Glück noch beheben. Die Schule verfügte über ein Internat. Dort fanden unsere Schüler Unterkunft und wurden mitverpflegt. So konnten wir am nächsten Tag noch das Wasserkraftwerk am Djnepr besichtigen.
Als wir dann auch die letzte Strecke bis nach Hause geschafft hatten, waren wir zwölf Tage unterwegs gewesen. Niemand war verhungert, und verloren hatten wir auch keinen.
Ich war allerdings zwei Tage zu spät nach Hause gekommen. Ich hatte mich in die Fernuniversität Odessa einschreiben lassen. Mit zwei Tagen Verspätung traf ich dort

ein, doch zum Glück ließ sich noch alles regeln.

Ich habe dann zwei Jahre neben meiner sonstigen Arbeit die Uni Odessa als Fernstudent besucht und später auf dem gleichen Wege die Uni Melitopol für den Zeitraum von drei Jahren. Als ich dann bis zum Staatsexamen war, brach der Zweite Weltkrieg aus, und dadurch war an ein Examen nicht zu denken.

Als ich am 5. August nach Hause kam, wurde unsere erste Tochter Erna geboren. Bis zum mennonitischen Dutzend - für Unsachkundige: besteht aus 13 Einheiten - haben wir es nie gebracht, aber der Anfang für eine Großfamilie war getan.

12- Untertauchen

Das Rad der Vernichtung, von Stalin und vielen kleinen „Stalins" in Schwung gebracht und gehalten, hatte sich nun so weit gedreht, dass es mich erfasst hätte, wären da nicht auch neben den „Stalins" all jene gewesen, die trotz grausamer Zeiten nicht alles mitmachten.

Es war Braun, der mich auf die Abschussliste gesetzt hatte, der Vorsitzende der lokalen kommunistischen Partei. Sein weiter oben beschriebener Versuch, mich in der Kreisstadt anzuschwärzen, hatte sich wie ein Bumerang ausgewirkt. Nun griff er zu stärkeren Mitteln: NKWD.

Als ich eines Tages zum Schulinspektor in die Kreisstadt kam, schloss dieser sofort hinter uns ab und bat mich, Platz zu nehmen. Er kam ohne Umschweife zum Thema. Das NKWD sei gestern dagewesen. Die Männer hatten Unterlagen über meine Vergangenheit angefordert. Braun hatte darüber schon reichlich Informationen geliefert. So sei es dem NKWD bereits bekannt, dass mein Vater ein „großer" Unternehmer gewesen sei und kein Stimmrecht gehabt habe. Auch dass ich zur Roten Armee nicht zugelassen worden war, habe das NKWD gewusst. Nunmehr hätten sie ihn, den Schulinspektor, gebeten, schriftliches Material über mich abzugeben. Er habe sich dafür einen Tag Zeit erbeten. Und dann kam es: *„Ich werde dir eine gute Referenz ausstellen, und dann verschwinde! Ich sage dann einfach: Der ist weg! Damit müssen die dann zufrieden sein."*

Ich habe keinen Augenblick gezweifelt. Er stellte mir die Referenz aus und machte mir dann noch einen Vorschlag, wo ich hingehen solle. Der dortige Schulinspektor sei sein Freund, und der werde Bescheid wissen, wenn er seine Unterschrift sehe. Außerdem empfahl er mir, dort besonders zu Anfang durch nichts - auch nicht durch Positives - aufzufallen. Jede Auffälligkeit würde das dortige NKWD aktivieren, was unweigerlich zu einer Erkundigung beim hiesigen NKWD führen würde.

Ich fuhr in den Kreis Boshedarowka, den der Schulinspektor mir empfohlen hatte. Wie der dortige Inspektor die Bescheinigung gelesen hatte, stand er auf, reichte mir die Hand und sagte, Leute dieses Schlages würden hier gerade gebraucht. Ich muss noch anmerken, dass mein alter Schulinspektor stark übertrieben hatte, was meine Arbeit in Neu-Chortitza angeht.

Jedenfalls bekam ich hier im Kreise Boshedarowka sofort den Posten eines Mittelschuldirektors. Diese Schule, so der Inspektor, sei erheblich herabgekommen, ich solle ihr Niveau doch wieder anheben. Er, das solle ich wissen, werde da voll hinter mir stehen.

Auch bei dieser Mittelschule handelte es sich um die einzige deutsche Mittelschule im ganzen Kreis. Die Schüler waren zum Teil älter als die Lehrer. Dafür gab es eine einfache Erklärung. Sie hatten früher in der väterlichen Wirtschaft gearbeitet und sollten nun in der Kolchose tätig sein. Da die Schule umsonst war, zogen sie es vor, weiter zur Schule zu gehen. Der Ort, an dem sich die Schule befand, hieß Miloradowka. Er lag an der Eisenbahn, sodass ich von der Kreisstadt Boshedarowka mit der Bahn weiterfuhr. Ich meldete mich sofort beim Dorfrat (Bürgermeister).

Nachdem wir alles geregelt hatten, gab er mir ein Schreiben für die Schule. Ich steckte es in meine Rocktasche. Da fragte er: *„Haben Sie keine Aktentasche? Ihr Vorgänger hatte eine sehr feine Aktentasche."* - *„Nein"*, sagte ich, *„mein Wissen trage ich im Kopfe und nicht in einer Aktentasche."* Darauf sah er mich mit großen Augen an, - denn auch er hatte auf dem Tisch eine große Aktentasche liegen.

Nachdem ich in der Schule das Nötigste geregelt und auch Quartier gefunden hatte, fuhr ich zurück nach Neu-Chortitza, um die Familie nachzuholen. Abends kam der Vorsitzende der Kolchose. Er wollte wissen, ob ich freiwillig ginge oder ob ich geschickt würde.

Sollte es nicht freiwillig sein, so wolle man eine Elterndelegation in die Kreisstadt schicken mit der Bitte, mich doch hier weiterarbeiten zu lassen. Ich erklärte ihm, es sei ein freiwilliges Muss. Er hat es wohl verstanden, denn er sagte: *„Hoffentlich hört diese Geschichte bald auf!"*

Zu meinem großen Bedauern hat sie für ihn sehr grausam aufgehört. Er wurde später - er zählt zu den 50 oder 60 Millionen Stalin-Opfern - abgeholt, und man hat nie wieder etwas von ihm gehört.

In Miloradowka versuchte ich mich in meine neue Arbeit hineinzufinden. Es handelte sich um eine durch die Kommunisten ruinierte, einstmals reiche Mennonitensiedlung. Die alten Bauern waren fast vollständig verbannt oder enteignet worden, wodurch sich auch das Populationsbild gewandelt hatte. Die meisten Siedler waren verarmte Schwaben oder Sachsen.

Anfangs haderte ich mit unserem Schicksal. Das Quartier war schlecht, von der Kolchose bekamen wir keine Unterstützung, weil sie auch arm war. Später habe ich dem Lieben Gott dafür gedankt, dass ich dort gelandet bin, denn all meine Freunde in Neu-Chortitza sind in den 30-er Jahren verbannt worden. Allein diese Versetzung hat mich vor dem gleichen Schicksal bewahrt. Dabei ging es nicht um die Frage, ob schuldig oder unschuldig. Nein, in Sibirien wurden Arbeiter gebraucht, hier im Süden Russlands holte man sie - umsonst!

Miloradowka lag in der Beziehung abseits. Das hatte seine Ursache wohl darin, dass man hier einmal gründlich aufgeräumt hatte und wusste, dass lauter hinzugezogene Arme hier ansässig waren. Lediglich zwei Parteimänner wurden hier während unserer Anwesenheit „genommen". Man machte sie für die hiesige Armut haftbar, was natürlich absoluter Quatsch war. Die Hauptschuldigen für die Armut saßen auf der höheren Kommandoebene und in Moskau, denn dieses war eine reiche Siedlung gewesen, bevor die Leute hier verbannt und enteignet worden waren. Die beiden örtlichen Parteigrößen konnten nichts dafür.

Mir und anderen hat das aber möglicherweise das Leben gerettet, wie sich später herausstellte. Der Kolchosleiter war einer der beiden Kommunisten, die abgeholt wurden. Dabei hat er es in dem Augenblick, als er dran war, nicht einmal begriffen. Als nämlich das NKWD in dieser Angelegenheit bei ihm auftauchte, war auch der Vorsitzende der Revisionskommission anwesend. Dieser berichtete mir später den Hergang. Freudig hatte der Vorsitzende der Kolchose geäußert: *„Ich wusste, dass ihr kommen würdet. Ich habe schon eine Liste angelegt."* Diese habe er dem NKWDisten überreicht. Obwohl dieser die Liste immer so gehalten habe, dass niemand sie lesen können solle, habe er doch seinen und meinen Namen darauf erkennen können.

Der NKWDist hatte darauf geantwortet: *„Diese Menschen brauche ich nicht. Ich brauche dich. Du bist arretiert."* Dann wurde der Kolchosleiter abgeführt und dabei sagte er zu seiner Frau: *„Mich haben die Kulaken besiegt, aber du kämpfe weiter gegen die Kulaken!"* Dieser Vorfall war aber auch der einzige, der für alle gefährlich war. Danach hatten wir weitgehend Ruhe.

Doch nun zurück zur Schule. Es dauerte einige Tage, bis ich mich eingelebt hatte. Nicht nur lernmäßig herrschte eine Unordnung vor, sondern auch auf dem Hof. Um diese zu beseitigen, ordnete ich an, dass an einem bestimmten Tag alle Lehrer mit ihren Klassen nach der letzten Stunde auf den Hof gehen sollten, um dort aufzuräumen. Ich ging schon etwas früher, um im Geiste den Einsatz zu koordinieren. Als es so weit war, fehlte die Austrittsklasse. Ich betrat den entsprechenden Klassenraum. Vorn stand der Klassenlehrer Peters.

Auf meine Frage, was hier los sei, antwortet er, die Schüler würden protestieren und nicht arbeiten wollen. Ich sah auf meine Uhr und erwiderte ziemlich scharf: *„Wenn ich den Befehl erteile, dann gibt es kein Protestieren. In zwei Minuten seid ihr draußen zur Arbeit angetreten, Marsch!"* Alle liefen zur Tür. Nur der Vorsitzende des Schülerkomitees, Andreas Klass, der aus dem Nachbardorfe kam, stellte sich frech vor mich hin und sagte: *„Wir gehören überhaupt nicht in diese Kolchose und sollen hier arbeiten?"* Ich packte den Jungen am Arm und stieß ihn so schroff in Richtung Tür, dass er gegen dieselbe prallte, wodurch sie aufschlug. Aber als ich dann auch hinaustrat, stand er schon mit den anderen in einer Reihe, fertig zur Arbeit.

Dieses aber hätte schlimme Folgen nach sich ziehen können, wenn die Eltern mich verklagt hätten. Ich hoffte, der Inspektor würde mir in so einem Fall weiterhelfen können. Die Eltern verhielten sich ruhig. Nachher lockerte das Verhältnis zu diesen Jungen zunehmend auf, und da erzählten mir die Schüler, sie hätten sich nach diesem Vorfall dahingehend geeinigt, dass sie jetzt wohl von ihren Streichen würden lassen müssen.

Den Andreas, den ich so unsanft hinausbefördert hatte, traf ich nach Jahren wieder. Da war ich Schulinspektor und er Lehrer. Da fragte ich ihn, wie es um die Disziplin in seinem Unterricht bestellt sei. *„Oh"*, antwortete er verschmitzt, *„wie man Ordnung macht, das haben Sie ja gezeigt und das hilft auch jetzt noch."* Über diese Antwort war ich sehr erfreut.

Nun war der Herbst bereits herbeigekommen und das Obst im Schulgarten reifte heran. Ich erkundigte mich im Lehrerzimmer, was denn hier üblicherweise mit dem anfallenden Obst geschähe. Ob es unter den Lehrern verteilt oder verkauft würde und mit dem Erlös Schulausflüge finanziert würden.

Da sagte Lehrer Peters, damit wolle er nichts zu tun haben. Das Obst würde ständig gestohlen, und bei einer Gelegenheit habe er solches verhindern wollen mit der Folge, dass es ihm fast das Leben gekostet habe.
Kurze Zeit später gab es eine Versammlung in der Kolchose. Ich ging ebenfalls hin. Zum Schluss gab ich Folgendes bekannt: *„Im Schulgarten reift das Obst. Wie mir gemeldet wurde, wird es immer nachts weggeholt. Das Obst ist Schulobst, und wer sich daran vergreift, wird die Folgen tragen müssen."*
Nach der Versammlung gingen sofort vier Jungen mit Gesang und Halleluja in Richtung Schule ab. Auch ich begab mich auf den Weg, zunächst nach Hause. Wir wohnten etwa hundert Meter von der Schule entfernt. Ich schlug die Haustür diesmal besonders laut zu, damit auch nicht der geringste Zweifel darüber aufkommen konnte, dass ich nunmehr das Bett aufsuchen würde. Solches jedoch tat ich nicht, sondern suchte den Schulgarten auf, indem ich mich von hinten leise anschlich, um mich dann der Straße zu nähern. Da hörte ich die vier „Sänger" auch schon sprechen. Dank einer dichten Fliederhecke war es mir möglich, in Lauschnähe heranzukommen. Beim Gespräch ging es um Mädchen, wer mit welcher Dame was angestellt hatte und welche Pläne noch ausstanden und wer bereits Körbe eingefangen hatte. Schließlich erhob sich ein Schellenberg und sagte: *„Jetzt wird er schon schlafen. Wollen in den Garten gehen, Obst essen."* - *„Nein"*, sagte ein anderer namens Seel, *„ich traue der Sache heute nicht. Der hatte so einen ernsten Blick."* Schellenberg setzte sich also wieder, und es wurde weiter geplaudert. Schließlich meinte Schellenberg: *„Ich habe Hunger auf Obst. Kommt! Wenn du Angst hast, Seel, dann wollen in euren Garten gehen. Ich habe Hunger."* Da erhoben sich alle und gingen zu Seels.
Später entstand zwischen diesen Jungen und mir ein freundschaftliches Verhältnis. Gelegentlich habe ich ihnen von meiner Lauschaktion erzählt und da sagte Seel, er habe so etwas geahnt. Dabei erzählten sie mir den Fall, bei dem Peters nach eigener Aussage beinahe das Leben gelassen hatte. Gerade die „Viererbande" war damals im Garten gewesen, als Peters sich diesem genähert habe. Gerhard Dick, ein gut gewachsener, starker Junge, war so hoch auf dem Baum gewesen, dass er nicht weggekommen war, bevor Peters unter dem Baum stand. Vom letzten Ast sei er gesprungen und ausgerechnet in den Armen des verdutzten Peters gelandet. Der, klein von Wuchs, habe ihn sofort gepackt und festgehalten. Um freizukommen habe Gerhard dem Lehrer die Gurgel zugedrückt, was zu dem erhofften Ergebnis, nämlich der Freiheit, geführt habe. Dank der Dunkelheit und einer allgemeinen Verwirrung habe Peters ihn nicht erkannt.
Der Winter näherte sich. Es gab kein Heizmaterial für die Schule. Die Kolchose war verpflichtet, solches zu liefern. Bekanntlich hat auch der Kaiser dort sein Recht verloren, wo nichts zu holen ist. Da die Kommunisten aber keine Kaiser waren, verloren sie selbst in so einem Falle nicht das Recht, zu holen, beziehungsweise, nach den Schuldigen zu suchen. Denn für den Fall, dass Schüler wegen der Kälte im Klassenzimmer krank werden sollten, würde man zuerst auf die Kolchose verweisen, dann aber wohl im Schulmeisterlein den Schuldigen erkennen.
Um solches zu vermeiden, fuhr ich durch die Lande, um alte Bäume zu kaufen, die ich zu Brennholz verarbeiten ließ. Die Schulkasse reichte dafür nicht aus, doch ich

butterte von meinem Gehalt dazu. Besser arm leben, aber leben und nicht nach Sibirien verschleppt werden, war dabei meine Devise. Ich scheute auch nicht davor zurück, der im Kommunismus üblichen Schattenwirtschaft zu frönen. Der Heizer einer Wasserpumpe am Bahnhof war bereit, mir gegen ein Ferkel Kohlen mitnehmen zu lassen. Die Kolchose gab mir das Ferkel und spät nachts wurde der Tausch vollzogen. Auf diese Art schleppten wir uns durch den Winter.

Im zweiten Winter konnte das Problem noch besser, wenn auch mit der gleichen Methode gelöst werden. Ein Russe, dem wir vor Jahren geholfen hatten, arbeitete unter falschem Namen in einer Eisenerzgrube. Das mit dem falschen Namen hatte seinen Grund darin, dass auch er enteignet worden war. Wir hatten damals viele seiner Sachen versteckt, die er dann später abholen konnte. Dadurch waren wir gut miteinander bekannt. Als er uns nun wieder einmal besuchte, stellte er fest, dass wir es ziemlich kühl in den Klassenzimmern hatten. Ich erklärte ihm unsere Lage. Da meinte er, eine Hand wasche die andere.

Kurze Zeit später erreichte uns sein Brief, in welchem er mitteilte, wir könnten bei der Elektrostation fünf Tonnen Kohlen zum Regierungspreis bekommen.

Mit fünf Pferdefuhrwerken legten wir die etwa 40 Kilometer Wegstrecke zurück. Als wir ihn gefunden hatten, fuhr er mit uns mit zur Elektrostation. Auf dem Hof lagen große Vorräte an Kohlen, von denen wir die fünf Tonnen aufluden. Er ging sofort an seine Arbeit, sodass wir alleine wieder wegkommen mussten.

Wie wir dann den Hof verlassen wollten, standen dort zwei Wachen mit Gewehren, die den Passierschein sehen wollten. Da entschuldigte ich mich und sagte, ich habe es nicht gewusst, dass ein solcher hier vonnöten sei. *"Ach"*, meinte jener, *"ihr seid die Leute ohne Passierschein. Fahrt schnell ab!"* Also war auch der Posten mit von der Partie. Nun ließ ich die Wagen fahren, um mit dem Grubenarbeiter zu verrechnen. Das ging alles reibungslos. Ich dankte Gott, dass alles so glatt lief, denn auch diese Aktion war lebensgefährlich. Ein schlechtes Gewissen habe ich auch wegen dieses Betruges bis auf den heutigen Tag nicht, denn ich denke, dass es meine Pflicht war, den Kindern ein warmes Klassenzimmer zu bescheren.

Auch in Miloradowka sollte der Kommunismus aufgebaut werden. Es gab einen Regierungsbeschluss, wonach in jeder Schule ein Jungkommunist als Pionierführer eingestellt werden musste. In Miloradowka hatten wir einen Schwaben, der Kommunist war und in Frage kam. Er war gleichzeitig Musikant. Ich kannte ihn nicht näher, da er von Odessa zugezogen war. Ich fuhr mit ihm in die Kreisstadt, und er wurde von der Jungkommunistenzentrale eingestellt. Meine Hoffnung, er würde einen Musikzirkel eröffnen, zerschlug das NKWD. Eines Nachts wurden er und sein Vater abgeholt. Nie haben wir erfahren, was mit ihnen geschehen ist.

Das führte dazu, dass auch ich es mit dem NKWD zu tun bekam. Ich wurde etliche Male verhört und dabei beschuldigt, dass ich als Direktor der Schule hätte wissen müssen, dass dieser Jungkommunist ein Volksschädling sei. Ich aber weiß bis auf den heutigen Tag nicht, wessen er sich schuldig gemacht hatte.

Leider blieb es nicht bei dieser ersten NKWD-Geschichte. Ich bekam im Zusammenhang mit den Wahlen zum Obersten Sowjet der Ukraine erneut mit diesen ehrenwerten Herren zu tun.

Es oblag den Schulen, für den Wahlkampf die Plakate zu malen und aufzuhängen.

Die Partei, für die da geworben wurde, stand ja als Wahlgewinnerin bekanntlich fest, doch welchen Inhalts die Plakate sein sollten, sagte uns niemand. Da suchte ich Rat beim Direktor der Landwirtschaftsschule, der als alter Kommunist bekannt war. Er besuchte mich gelegentlich und so eine Gelegenheit packte ich beim Schopfe, ihn um Rat zu bitten.

Er wusste auch Rat. In einer Zeitung, da habe er viele Losungen gesehen. Die würde er mir schicken. Am folgenden Tag zeichneten die Schüler die Losungen und brachten sie überall auf der Straße an. Auf den Losungen wurde das Volk aufgerufen, echte und ehrliche Ukrainer in den Rat zu wählen.

Am nächsten Tag kam ein Vertreter der Propagandaabteilung des Kreises in unsere Ortschaft gefahren. Ganz aufgebracht begab er sich umgehend zum Vorsitzenden des Dorfrates, um ihn mit diesen Worten zurechtzuweisen: *„Mit euren Losungen entwickelt ihr ja einen ukrainischen Nationalismus. Es wird ja nur das ukrainische Volk erwähnt."*

Der Vorsitzende des Dorfrates wusch seine Hände in Unschuld, indem er alle Verantwortung der Schule zuschob. Nun kamen beide zu mir in die Schule, wo auch ich meine Hände in Unschuld wusch. Und schon fuhren wir zu dritt zum Direktor der Landwirtschaftsschule. Dieser hörte sich den Sermon an von wegen Nationalismus und so weiter, beschied dann aber dem Vertreter der Propagandaabteilung, was er denn erwarte. Ob man denn hier Juden, Tataren oder sonst jemand in den Obersten Sowjet wählen solle? Es sei doch ein ukrainischer Staat, und der müsse sinnigerweise auch eine ukrainische Regierung haben. Dabei blieb es dann auch.

Wir fuhren zu dritt den Weg zurück, den wir gekommen waren. Unterwegs ließ der Propaganda-Herr vor einem Plakat halten. *„Das ist doch ein Faschistenzeichen!"*, bellte er uns an.

Die Schüler hatten den Anfangsbuchstaben reichlich verziert. In der Gewissheit, vom Vorsitzenden des Dorfrates Rückendeckung zu haben, antwortete ich ihm: *„Gut, wenn die Sache so steht, dann werde ich die Schüler gleich schicken, alle Losungen herunterzunehmen. Aber die Verantwortung dafür, dass hier nichts zur Aufklärung vor den Wahlen gemacht worden ist, werde ich dann von mir abwälzen."* Er sagte nichts, setzte sich in sein Auto und fuhr davon. Da musste der Dorfratsvorsitzende lachen: *„Den sind wir los, der kommt so schnell nicht wieder!"*

Damit war die Gefahr wieder einmal abgewendet, doch nicht endgültig, nicht für immer. Jederzeit konnte jeder, der eine gesellschaftliche Funktion innehatte, als Staatsfeind erkannt und liquidiert werden. So brauchte ich auch hier nicht lange auf die nächste Gefahr zu warten.

Ich hatte es mir zur freiwilligen Pflicht gemacht, von den Lehrern immer als Erster am Morgen die Schule zu betreten. Eines Morgens hörte ich schon von der Straße her ein lautes Gejohle. Wie ich eintrat, sah ich die ganze Bescherung. Einem Schüler hatten die Mitschüler mit Kreide ein Hakenkreuz von hinten auf sein Hemd gemalt. Dieser ging durch die Klasse und rief: *„Ich bin ein Faschist!"*

Die Tragweite dieses Ereignisses war den Schülern keineswegs bewusst, mir dafür umso bewusster. Sie betrachteten es als einen lustigen Streich. Ich verteilte meine Stunden auf die Kollegen, setzte mich in mein Direktorenzimmer und fasste einen Bericht ab. Dabei unterließ ich es, Namen zu nennen, denn das würde unweigerlich zur Folge gehabt haben, dass die betreffenden Eltern zur Verantwortung gezogen worden wären. Mit dem Bericht fuhr ich in die Kreisstadt, um ihn dort persönlich der Schulabteilung zu überreichen.

Als der Inspektor ihn gelesen hatte, sagte er: *„Eine sehr unangenehme Geschichte, und besonders noch, weil es eine deutsche Schule ist. Dein Vorteil ist, dass du es persönlich gemeldet hast. Schlimmer wäre es gewesen, wenn wir es durch andere erfahren hätten. Dieses ist aber ein schwerer Fall, und ich bin genötigt, die Sache dem NKWD zu übergeben. Was dann herauskommt, bleibt offen."*

Niedergeschlagen begab ich mich auf den Heimweg. Im Geiste rechnete ich mir schon aus, wie viele Jahre im Norden es für mich wohl bedeuten könnte. Dass gerade bei solchen Angelegenheiten nicht gezögert wurde, war mir schon klar, denn der Faschismus galt bekanntlich als größter Feind der Kommunisten. Würde es ein Gericht geben? Würde ich vielleicht nur abgeholt und verschickt werden? Mit den Schülern besprach ich, dass niemand von diesem Vorfall sprechen solle. Den Betreffenden sprach ich unter vier Augen. Dabei trachtete ich danach, ihn auf mögliche Folgen vorzubereiten.

Das war kurz vor dem 8. März geschehen, der stets als Frauentag ordentlich gefeiert wurde, so auch dieses Jahr. Es fand eine große Versammlung statt, auf der ein Vortrag unter dem Titel „Die Bedeutung der Frau in der Sowjetunion" gehalten wurde. Ich musste - auch hier hatte sich das eingespielt - wie immer das Protokoll schreiben und saß darum auf der Bühne, wo ich mit dem Schreiben beschäftigt war. Da sah ich, wie die Außentür geöffnet wurde und ein NKWDist eintrat. Wie ein Elektroschock durchzuckte es mich. Mit den Augen suchte ich meine Frau zu finden, um mich - sollte es denn nun wirklich losgehen - wenigstens von ihr zu verabschieden.

Zum Glück war auch der Direktor des Staatsgutes Budyne im Saal. Sofort erhob er sich, um den NKWDisten zu begrüßen und zum Sitzen einzuladen. Dann setzten sich beide auf die hinterste Bank. Das Gut Budyne grenzte an unsere Ortschaft, und der Direktor war uns stets wohlgesonnen. Seine Tochter besuchte unsere deutsche Schule und nicht die ukrainische. Darum hoffte ich, von ihm Unterstützung zu bekommen.

Gleich nach dem Ende der Versammlung kam der Geheimagent zu mir mit der Frage, ob ich der Direktor der Schule sei. Nachdem ich dieses bestätigt hatte, sagte er, er müsse unter vier Augen mit mir reden. In diesem Augenblick kam der Dorfratsvorsitzende und bat zu Tisch. Er hatte für uns im Umkleidezimmer einen Tisch decken lassen. Der NKWD-Agent, der Direktor des Staatsgutes, der Dorfratsvorsitzende und ich nahmen daran Platz. Es gab reichlich Wodka zu trinken. Der NKWDist ließ verlauten, dass er keinen Alkohol trinke. Als aber alle mit ihm anstoßen wollten, vergaß er von seinem Vorsatz und war bald so weit betrunken, dass er im Sitzen einnickte.

Ich hatte mich, was den Wodka betrifft, sehr zurückgehalten, ging es doch um Kopf und Kragen. Der NKWD-Mann saß auf einem Sofa und schlief den Schlaf der Seligen. Wir ließen ihn schlafen und begaben uns in den Saal, wo die Jugend sich vergnügte. Der Direktor - ich hatte mich in ihm nicht getäuscht - berichtete mir, wie er den Agenten schon über mich aufgeklärt habe und dass daraus nichts Ernstes entstehen würde.

Um zwölf Uhr war die Feier aus. Der Agent schlief noch. Ich sah mich gezwungen, ihn zu wecken. Ich tat es mit der Begründung, dass jetzt der Moment für das Gespräch gekommen sei. Er erkundigte sich nach der Uhrzeit und wollte dann wissen, ob es im Ort eine Übernachtungsmöglichkeit gäbe. Da lud ich ihn ein zu uns, und er nahm die Einladung an.
Am nächsten Morgen hatte er es sehr eilig. Noch vor dem Frühstück verabschiedete er sich mit der Bemerkung, er werde wegen des angekündigten Gespräches noch einmal kommen. Er ist Gott sei Dank nie wieder gekommen.
Zwei Jahre später wurde dieser Agent zu acht Jahren Zwangsarbeit im Norden verurteilt. Grund: Er habe Beschuldigungen verschwinden lassen, anstatt sie zu verfolgen. Da dachte ich an meinen Fall mit dem Hakenkreuz und war mir ziemlich sicher, dass das einer der Fälle war, in denen die Beschuldigung verschwunden war. So war das System: Wer andere schützen wollte, war selber dran.
Ein Unglück kommt selten allein, sagt das Sprichwort. Auch hier folgte das zweite auf den Fuß.
Ein Junglehrer unserer Schule, Absolvent der Odessaer Universität, hatte dank der Mildtätigkeit meiner Frau bei uns Kost und in der Nähe von uns auch Quartier gefunden. Als er nach den Winterferien wieder bei uns am Tische saß, sah ich ihm an, dass ihn irgendetwas bedrückte. Er kam aus der Kolonie Saradowka und war in den Ferien zu Hause gewesen, und da musste etwas vorgefallen sein. Schließlich kam er mit der Sprache heraus.
Er habe sich für ein Mädchen interessiert, auf das auch der Sekretär der Jungkommunisten ein Auge geworfen habe. Dieser habe ihn zu sich gerufen und ihm bedeutet, von dem Mädchen zu lassen, denn es sei seines. Er habe darauf geantwortet, dass es keinen was anginge, für welches Mädel er sich interessiere. Aufgeregt habe der Sekretär darauf gesagt, er sei schließlich Kommunist und habe als solcher viel zu sagen. In seinem Eifer habe er ihm sogleich entgegengehalten: „Auf euch Kommunisten sch... ich!" - „Diese Antwort wird schwere Folgen nach sich ziehen, denn ich weiß, dass du kein Rempel, sondern ein Zacharias bist!" Und nun platzte ich heraus: „Womöglich noch von den Gutsbesitzern?" Dem war so. Das hatte die folgende Bewandtnis. Zacharias war der Name einer reichen Gutsbesitzerfamilie, die in der Revolutionszeit fast gänzlich umgebracht worden war. Der Vater meines Jungkollegen war auch unter den Toten, doch seine Mutter hatte sich und den etliche Monate alten Jungen, der nun vor mir saß, retten können. Sie hatte dann einen Rempel geheiratet, der den Jungen adoptierte. Durch die Adoption hieß er tatsächlich Rempel, ein sehr intelligenter und tüchtiger Lehrer. Ich hatte ihn angeworben und eingestellt, was eigentlich Sache der Schulbehörde war, aber weil es hier um deutsche Lehrer ging, waren die nie so recht in der Lage, welche zu finden. Darum war die Schulbehörde ganz froh dazu, wenn ich die Lehrer suchte. Um der Form zu genügen, musste ich dann jeweils eine Charakteristik der anzustellenden Lehrer aufstellen, und da ich wusste, worum es dabei ging, wurden auch alle von mir gesuchten Lehrer akzeptiert. Es durften keine „Reichen" dabei sein, auch nicht von der Abstammung her. Also waren keine dabei!
Doch jetzt sagte ich zu Rempel, er hätte mir die Geschichte seiner Abstammung gleich erzählen sollen, dann hätte ich sie in der Charakteristik entsprechend frisiert.

Nun werde es mir schwer fallen, für ihn etwas zu tun.
Er gab zu, in der Beziehung einen Fehler gemacht zu haben. Ihm gehe es nunmehr darum, dass ich die volle Wahrheit wisse, wenn das NKWD käme. Es kam nicht so weit, dass ich etwas für ihn hätte tun können. In der darauf folgenden Nacht wurde er abgeholt. Auch von ihm ist keine Nachricht durchgesickert - spurlos verschwunden.
Im Jahre 1938 war es mit der deutschen Schule endgültig vorbei. Die Lehrer unserer Schule wurden an russische Schulen versetzt, wo sie Deutsch als Fremdsprache gaben.
Eine weitere Änderung betraf auch mich. Es sollte keine parteilosen Direktoren mehr geben. Somit schied ich. aus. Wir erhielten einen alten Kommunisten als Direktor. Er mag ein guter Kommunist gewesen sein, vom Schulwesen hatte er keinen blassen Schimmer. Das war der Grund, warum ich zum Leiter des Lehrteils ernannt wurde. Dadurch entstand eine äußerst merkwürdige Konstellation. Ich als Nicht-Parteimitglied war lauter Genossen vorgesetzt.
Ich pflegte auch weiterhin den Unterricht der anderen Lehrkräfte zu kontrollieren, und zwar einmal wöchentlich bei jedem Lehrer eine Stunde. Dabei hatte ich mir angewöhnt, auch in die Hefte der Schüler zu sehen. Als ich eine neu hinzugekommene Lehrerin für die russische Sprache besuchte, entdeckte ich in den Heften unverbesserte Fehler in einem Diktat. Eines dieser Hefte zeigte ich ihr im Lehrerzimmer. Sie sagte mir ganz kaltblütig: „Die habe ich halt übersehen." Da antwortete ich ihr, wenn sie hier noch länger Russischlehrerin sein wolle, dann habe sie mir am nächsten Morgen die kontrollierten Hefte vorzulegen. So geschah es auch.
Das Verhältnis zwischen uns gestaltete sich später ausgezeichnet, sodass sie mir eines Tages erzählte, sie habe sich damals aufs Bett fallen lassen und geweint. Nicht, weil sie die Fehler übersehen hatte, sondern weil ein Deutscher sie in ihrer Muttersprache korrigiert habe. Anbei bemerkt, sie war eine ausgezeichnete Lehrerin.
Trotzdem war die Arbeit mit vielen Schwierigkeiten verbunden, die durch die neue Situation entstanden waren. Viele Schüler konnten gar kein Russisch, sodass zahlreiche Missverständnisse entstanden, wo ich dann jeweils zu vermitteln hatte.
Auch im Lehrerzimmer gab es manchmal heikle Situationen wie die folgende. Im Jahre 1940, mitten im Frankreich-Feldzug der deutschen Wehrmacht, waren wir alle sehr begierig, schnellen Zugang zu den neuesten Nachrichten zu bekommen. Darum hatten wir es mit dem Postboten so geregelt, dass er uns die Zeitungen zur großen Pause brachte. Dann saß jeder davor und las erst einmal, was denn nun schon wieder an Neuem passiert war.
Bei so einer Gelegenheit sagte der Vorsitzende des Lehrerverbandes: „Ich weiß nicht, was die „Germanzy" noch wollen? Sie haben schon die Tschechoslowakei, Holland, Norwegen usw. Und jetzt wollen sie auch noch Frankreich." Peters, einer von zwei mennonitischen Lehrern, die an der Schule geblieben waren, ließ sich hinreißen: „Wer weiß, was ihr sagen würdet, wenn man euch auf so einen engen Raum zusammengedrängt hätte wie die ´Germanzy`, ob ihr dann nicht auch würdet mehr Raum haben wollen."
Mir fiel im Geiste der Unterkiefer herunter. Diese Äußerung war ein Stich mit der bloßen Hand ins Wespennest. Ich hatte daneben gesessen und es nicht verhindern

können! Die „Wespen" stürzten sich auf den armen Peters, und der hatte keine Ahnung, wie weittragend diese Diskussion sein könnte. Partout wollte er diesen Kommunisten die Rechtmäßigkeit des deutschen Vorgehens unter Beweis stellen.
Ich forderte Peters auf, mir sein Tagebuch vorzulegen (solches hatte jeder Lehrer über seine Stunden anzulegen). Er legte mir sein Tagebuch auf den Tisch, ohne im Geringsten die „Botschaft" verstanden zu haben. Er diskutierte eifrig weiter. Ich riss ihn durch Fragen zu seinem Tagebuch immer wieder heraus, er aber ließ sich nicht davon abhalten, seinen Standpunkt zu verteidigen.
Als es zur Stunde läutete und die anderen Lehrer alle in ihre Klassen gegangen waren, fuhr ich ihn an: „Aber Kollege Peters, was treiben Sie für ein gefährliches Spiel? Diese Männer sind Kommunisten und somit verpflichtet, dass hier Gesprochene weiterzumelden. Und dann sind Sie wohl übel dran." - „Die sollen machen, was sie wollen, die können mir nichts machen. Stalin hat Hitler versprochen, dass den Deutschen in Russland nichts passieren wird."
Nun, er war jung und sah die Gefahr nicht. Denn diese Diskussion hat aller Wahrscheinlichkeit nach seinen Tod in der Verbannung zur Folge gehabt. Als nämlich der „Fall Barbarossa" 1941 anlief, wurde Peters eines Nachts abgeholt, und wie von vielen, hat man auch von ihm nie wieder etwas gehört.
Ringsum verschwanden Leute, die an „Verbrechen" nichts anderes begangen hatten als ich: Wohlhabende Eltern gehabt zu haben. Jeder Fall machte mir deutlich, dass ich der Nächste sein könnte. Es galt, noch mehr auf der Hut zu sein.
Trotz dieser angespannten Lage gab es auch hier Angenehmes. Ich leitete wieder einmal einen Jugendchor. Da wurden wir zu einer Sänger-Olympiade in die Kreisstadt eingeladen. Wir sangen vierstimmig, während alle anderen nur dreistimmig sangen. Das wurde sehr gründlich kontrolliert. Beim Vortrag mussten die vier Stimmen getrennt voneinander Aufstellung nehmen, damit die Prüfer dazwischen hin und her gehen konnten. Das Urteil fiel sehr positiv aus: Kein Misston, vierstimmig. Einziger Schatten: Die Melodien seien religiös, befand die Prüfungskommission.
Gesungen hatten wir: Wasserfall, Gondelfahrt, Waldecho und Turnlied. Ich bat um das Wort: „Ich habe alle Lieder übersetzt. Die Texte liegen Ihnen vor. Es handelt sich um Volkslieder. Dass die Melodien religiös klingen, hat einen einfachen Grund. Die religiösen Lieder kommen, wie auch die Religion, aus dem Westen. Doch die ukrainischen und russischen Volkslieder stammen aus dem Osten und sind auf Moll-Tonart aufgebaut. Bei uns Deutschen stammen aber sowohl die religiösen als auch die volkstümlichen Lieder aus dem Westen, und beide sind auf Dur-Tonart aufgebaut. Aus dem Grunde haben sie Ähnlichkeiten mit den religiösen Liedern."
Die Kommission gab sich mit dieser Erklärung zufrieden, sodass wir den Preis mit nach Hause nehmen konnten. Das brachte den Übstunden neuen Schwung!
Im Jahre 1939 ging eine Welle der Hoffnung durch das Land. Der Nichtangriffspakt zwischen Hitler und Stalin bewirkte besonders bei den Deutschen einen gewissen Optimismus. Die Männer würden nun aus der Verbannung zurückkehren, so die allgemeine Erwartung. Es war auch die Rede davon, dass nunmehr selbst die Übersiedlung nach Deutschtand erlaubt werden würde.
Bereits nach kurzer Zeit wurden diese Hoffnungen zerschlagen. Deutsche, die in der Roten Armee dienten, wurden in den fernen Osten geschickt oder gleich entlassen.

Jeder dachte sich seinen Teil dabei. Die Propaganda sprach weiter davon, dass es einen Friedensvertrag mit Deutschland gebe. Die getroffenen Maßnahmen sprachen hingegen eine andere Sprache.

Wie bereits erwähnt, hatte ich mich in die Odessaer Universität als Fernstudent einschreiben lassen. Zwei Jahre studierte ich an der deutschen Universität Odessa. Dann wurden die sehr guten deutschen Professoren in den Jahren 1937-38 verbannt. Nun war daraus eine russische Uni gemacht worden.

Ich wurde an die ukrainische Uni in Melitopol verwiesen. Hier gewann ich einen Mitstudenten, der ebenfalls Lehrer war und nebenbei das Fernstudium machte, zum Freund. Er hieß Minajew und arbeitete im gleichen Kreise, sodass wir uns gegenseitig besuchen konnten. Vor dem Abschlussexamen mussten wir ein russisches Diktat schreiben. Wer mehr als vier Fehler machte, wurde zum Examen nicht zugelassen. Da war er so freundlich, mir anzubieten, sein Heft so hinzulegen, damit ich bei ihm abschauen konnte. Als wir die Hefte zurückbekamen, hatte ich zwei Fehler, er hingegen drei. Somit hatten wir die Zulassung zum Examen, doch dazu ist es nie gekommen. Der Krieg kam, wie bereits erwähnt, dazwischen.

Nie werde ich den Augenblick vergessen, in dem ich die Nachricht davon bekam. Ich pflegte jeden Tag ein Mittagsschläfchen zu halten. Auch am 22. Juni 1941. Da hörte ich einen alten Freund der Familie, der bei uns als Kutscher gedient hatte, vor meinem Fenster schreien: „Jakob, du schläfst hier und im Westen führen sie Krieg!"

13- Der II. Weltkrieg

Meine erste Begegnung mit ihm hatte mit dem Radioapparat zu tun, den ich glücklich zu meinem Besitzstand zählte. Ich hörte Nachrichten vom Angriff auf die Sowjetunion. Der Ausdruck aus einer Hitlerrede „Der Herr hat Reiter, Ross und Wagen geschlagen" blieb mir haften.

Am Montagmorgen brachte ich mein teures Gerät zum Amt. Dort befand sich gerade der Sekretär der kommunistischen Partei, der den Vorfall mitbekam und mich nach meinen Beweggründen fragte. Dass es mir schlicht und einfach darum ging, mein Leben zu retten, unterließ ich natürlich ihm mitzuteilen. Stattdessen sagte ich: „Jetzt werden sich verschiedene Informationen über die Feldlage verbreiten, selbstverständlich auch falsche. Wenn dann die Frage auftaucht, wer sie verbreitet hat, dann kann es heißen: Der Redekopp hat es im Radio gehört." Darauf sagte er: „Du tust sehr klug daran, dass du es abgibst."

Ich ging davon aus, dass nun eine neue Verhaftungswelle vom NKWD ausgehen würde. Darum ging ich zum Kolchosleiter, den ich darum bat, mir eine Arbeit zu geben, die nachts zu erledigen sei. Nachts war die Zeit, in der die Todesengel kamen. Der Kolchosleiter verstand mich sofort. Er schmunzelte: „Soso, dann wollen Sie nur des Nachts arbeiten?" Doch er half mir. 28 Kilometer von Miloradowka sollte bei dem Bahnhof Dewladowo in aller Eile ein Feldflughafen angelegt werden. Auch die Kolchose musste Arbeiter dafür freistellen. Die wiederum mussten von hier aus versorgt werden. Das war meine Arbeit. Mit einem Fuhrwerk sollte ich den Nachschub sicherstellen. Die Fahrzeit könne ich mir dabei

nach Belieben einrichten. Das Angebot war gut, ich nahm sofort an, zumal fünf Kilometer von Dewladowo Gnadental lag, wo meine Schwiegereltern und mein Bruder wohnten. Dort würde ich dann übernachten, nahm ich mir vor.
Am nächsten Tag ging es los. Zeit hatte ich, da noch Sommerferien waren. Ich fuhr sehr langsam, um den ganzen Tag unterwegs zu sein. Zum Abend begab ich mich zu meinem Bruder. Da kam die Bescherung. Es war in Gnadental bekannt gegeben worden, dass niemand mehr berechtigt sei, Nachtbesuch aufzunehmen. Für die eine Nacht konnten wir den Vorsteher der Kolchose in Gnadental überreden, dass ich bei meinem Bruder bleiben konnte. Für die Zukunft sei so etwas aber vollkommen ausgeschlossen. Mein Plan war also gescheitert. Ich fuhr darum nachts mit dem Fuhrwerk, aber auch das war nicht die Lösung, da ich fortwährend von Streifen angehalten wurde. Das erzählte ich dem Leiter der Kolchose.
Nun wollte er von mir wissen, ob ich zu mähen verstände. Natürlich verstand ich es! Da sagte er, er würde mir noch einen Gehilfen bestimmen und wir hätten ein Haferfeld, neun Kilometer von der Kolchose entfernt, abzumähen. Wir dürften dort bleiben, bis das ganze Feld abgemäht sei. Futter für die Pferde wäre vorhanden, lediglich die Verpflegung sollten wir mitnehmen. Ein hervorragendes Angebot, zumal, ich später zu hören bekam, dass in der Zeit, in der ich auf dem Haferfelde verweilte, fünf Leute aus der Nachbarschaft abgeholt worden waren.
Gleich in der ersten Nacht, als wir auf dem Felde waren, saßen wir am Wagen und unterhielten uns. Da merkten wir, dass sich ein Auto ohne Licht unserem Standort näherte. Da wir uns am Wege befanden, hielt es an. Ich ging hin. Auf dem Beifahrersitz saß ein Offizier in russischer Uniform. Er stellte verschiedene Fragen. Besonders für die Lage an der Front interessierte er sich. Um nicht in Gefahr zu geraten, sagte ich ihm einfach, dass wir schon einige Tage hier seien und keine Verbindung mit der Außenwelt hätten, daher seien wir nicht im Bilde. Da hob der Offizier die Hand mit den Worten „Heil Hitler!", um dann abzufahren.
Mein Kumpel wollte von mir wissen, was das denn zu bedeuten habe. Da ich es selber nicht wusste, haben wir darüber nur gelacht. Am folgenden Tag wurde angeordnet, dass alle Bewohner nach deutschen Fallschirmspringern zu suchen hätten. Es hieß, solche seien in der Nacht davor über dem Gebiet abgesprungen. Mein Kumpel und ich einigten uns darin, von dem nächtlichen Besuch auf dem Felde nichts zu erzählen, damit wir nicht in Gefahr gerieten, verhört zu werden.
Nach einigen Tagen war der Hafer abgeerntet, und unser Alibi war somit hinfällig, wir konnten nicht anders als zurückfahren. Die Lage war sehr gespannt. Ständig zogen aus Richtung Westen Flüchtlingstrecks durch unsere Ortschaft, Richtung Osten.
Ich war gerade angekommen, da bat mich der Direktor der Schule, schuleigenes Geld aus der Kreisstadt zu holen. Es hieß, jederzeit könne eine Evakuierung möglich sein. Nachdem ich die 18 Kilometer gefahren war, stand ich vor dem zweistöckigen Gebäude. Ein Holzturm war auf dem Dach errichtet worden, auf dem ich einen Posten sah. Gerade als ich zu ihm hochsah, hörte ich, wie er telefonisch meldete, es befänden sich acht feindliche Flugzeuge im Anflug. Sollte ich doch schnell umkehren? Da sah ich drei Flugzeuge in Richtung Werchowewo fliegen.

Dort befand sich ein Bahnknotenpunkt. Dass dort Bomben fallen würden, war mir schon klar, aber die Kreisstadt verfügte über keine nennenswerte Industrie und somit war ich sicher, dass der ganze Angriff lediglich dem Bahnhof gelten würde.

Ich schritt, nachdem ich mich auf die Art selber beruhigt hatte, zum rechten Flügel des Gebäudes, wo sich die Finanzabteilung befand. Im Flur hatte ich bereits den Türgriff in der Hand, als es einen ohrenbetäubenden Knall gab. Der Putz rieselte von den Wänden und verfinsterte den Flur, in dem ich mitsamt der Tür zu liegen gekommen war. Es folgten weitere Detonationen. Drei Meter von mir befand sich die Kellertreppe. Ich befreite mich von der Tür, um schleunigst die Treppe hinunterzurutschen. Dort vernahm ich Weinen und Schreien.

Schließlich hörten die Detonationen auf. Ich verließ mein Versteck und stieg nach oben, um dort zu helfen. In den Durchgängen lagen Tote und Verwundete. Da traf ich einen mir sehr gut bekannten Agronomen. Wir waren fast befreundet, da er berufsbedingt - er beschäftigte sich mit der Raupenzucht - unsere Schule besuchte und dadurch öfter bei uns zum Essen gewesen war. Nun kam er mit vor Zorn funkelnden Augen auf mich zu, um mir zu sagen: „Dieses ist eure deutsche Kultur? Ihr mordet unschuldige Menschen!"

Doch ich merkte, dass es für mich gefährlich sein könnte, mich hier länger aufzuhalten. Wenn ein Bekannter mich zornig beschimpfte, könnten Unbekannte mich auch lynchen, wenn einmal klar wäre, dass ich ein Deutscher war. Mein Fahrrad war vom Luftdruck etwas zur Seite geschleudert worden, doch es hatte keinen Schaden genommen. Eilig machte ich mich auf den Heimweg.

Dort hatte man auch schon sehr auf mich gewartet, aus nahe liegenden Gründen: Es war Mittagszeit und meine Frau hält auf Pünktlichkeit! Ich war allerdings zu aufgeregt, um zu essen. Ich legte mich aufs Bett, doch schlafen konnte ich ebensowenig. Da ich in der Schule zu tun hatte, begab ich mich dorthin. Ich saß gerade am Tisch, da hörte ich erneut Motorengeräusch. Da flogen mir auch schon die Fensterscheiben um die Ohren. Als ich dann nach draußen kam, sah ich ein Flugzeug über der Bahnlinie - von der Schule 500 m entfernt - kreisen. Da war ich beruhigt, denn ich hatte schon den Eindruck gehabt, sie hätten es auf mich abgesehen. Es stellte sich heraus, dass die Fensterscheiben durch die Druckwelle gesprungen waren.

Es war wohl eine Fügung Gottes, dass ich wegen des Haushaltsgeldes der Schule in die Kreisstadt geschickt worden war. In der Zeit war nämlich das NKWD da gewesen, mich und den Wirtschaftsleiter Stellwag abzuholen. Der Vorsitzende der Kolchose hatte versprochen, uns nachzuschicken, denn auch Stellwag war nicht zu Haus gewesen.

Nun stand kein Fuhrwerk zur Verfügung, sodass wir auf den nächsten Tag „vertröstet" wurden. Zum großen Glück (und unserer Rettung) kamen wir erst am Mittag des nächsten Tages weg. Vor dem Gebäude des NKWD angekommen, teilte uns der Polizeiposten mit, das NKWD sei bereits evakuiert worden. Die Zentrale befände sich nun 25 Kilometer weiter östlich. Sie hätten die Anweisung, alle nachzubringen. Da er uns kenne, so meinte der Posten, würde er darauf vertrauen, dass wir alleine hinfahren würden. Wir fuhren auch in der gewünschten Richtung aus der Stadt hinaus, änderten sie jeodoch, als wir einmal aus dem

Sichtfeld waren, um nach Hause zu fahren.

Dort stießen wir mitten in die Evakuierungsvorbereitungen. Alle Männer zwischen 15 und 65, alles Vieh und alle Maschinen sollten nach Osten hin auf den Weg gebracht werden. Wie bereits bemerkt, war der Direktor meiner Schule ein hoher Kommunist. Als solcher war er für die Evakuierung verantwortlich. Er suchte mich auf und teilte mir mit, dass auch mein Name auf der Liste der zu evakuierenden Personen gestanden habe, doch er habe ihn gestrichen. Ich solle mit ihm zusammen fahren, so sein Wille. Das war ein Beweis großen Vertrauens, da die anderen Männer alle unter Bewachung, sprich Haftbedingungen, gereist sind.

Am kommenden Morgen herrschte eine unheimliche Stille im Dorfe. Eine Stille, die mit vielem schwanger ging, doch wo niemand wissen konnte, was sie wie und wann gebären würde.

Als ich mich auf den Weg machte, um zu erfahren, was konkret die Situation war, in der wir uns nun befanden, begegnete ich dem Schuldirektor. Er wohnte in Schulnähe und ich auf dem Südende des Dorfes. Er fragte, ob wir zur Abfahrt fertig wären, denn er habe gehört, dass in Dewladowo (28 Kilometer) in der Nacht deutsche Panzer eingefahren seien. Er wolle nur noch schnell mit dem Fahrrad zum Dorfrat fahren, um sich dieser Nachricht zu vergewissern. Stimme sie, dann wolle er sogleich abfahren, natürlich mit mir zusammen. Er werde sogleich zurückkommen.

Dazu muss bemerkt werden, dass es die Pflicht der Funktionäre war, die Ortschaft bei der Evakuierung als Letzte zu verlassen. Ich log, als ich sagte, ich wisse nicht, wo meine Frau sich aufhalte, worauf er mich aufforderte, sie doch schnell zu suchen. Ich suchte sie auch schnell - auf -, um ihr die Lage zu schildern. Falls jemand nach mir fragen sollte, dann solle sie zur Antwort geben, dass sie nicht wisse, wo ich geblieben sei.

Ich lief zur Mühle und folgte dem Tal des Mühlbächleins bis zu einer Tränke, die schon zu einem ukrainischen Dorf gehörte. Hier suchte ich im Schilf ein trockenes Plätzchen aus, und legte mich so hin, dass niemand mich sehen konnte. Denn in Grünfeld hatte eine Nachhut zwei Jungen aufgespürt, die - genau wie ich nun - zurückgeblieben waren, und standrechtlich erschossen. Vorsicht war darum oberstes Gebot. Als die Nacht hereingebrochen war, schlich ich nach Hause. Dort erfuhr ich, dass auch der Direktor den Ort verlassen hatte. Es muss ihn dabei eine Panik sondergleichen erfasst haben, denn dort, wo er geglaubt hatte, die Information über den Vormarsch der deutschen Panzer bestätigt zu bekommen (beim Dorfratsvorsitzenden), waren die Leute längst selbst getürmt. Querfeldein sei er zu seiner Frau gefahren, und sei dann wiederum querfeldein in Richtung Osten abgefahren. Bei uns hatte er sich nicht mehr blicken lassen.

Ich war vorläufig der einzige Mann im Alter zwischen 15 und 65 im Dorf. Nun war es im Dorfe erst recht still. Da grassierte immer noch die Furcht, ein Vernichtungskommando könnte im letzten Augenblick auftauchen. Nichts dergleichen geschah.

Am folgenden Morgen hörte ich auf der Straße unzensiertes Schimpfen - das brachte wohl das Niemandsland mit sich - auf die örtliche Kolchose. Die Schimpfenden waren Frauen, die sich dort spontan zusammengefunden hatten.

Es ging um Mehl und um eine Mühle. Ich gesellte mich dazu und erfuhr auf dem Wege die näheren Zusammenhänge. Die Verwaltung hatte die Frauen und Kinder

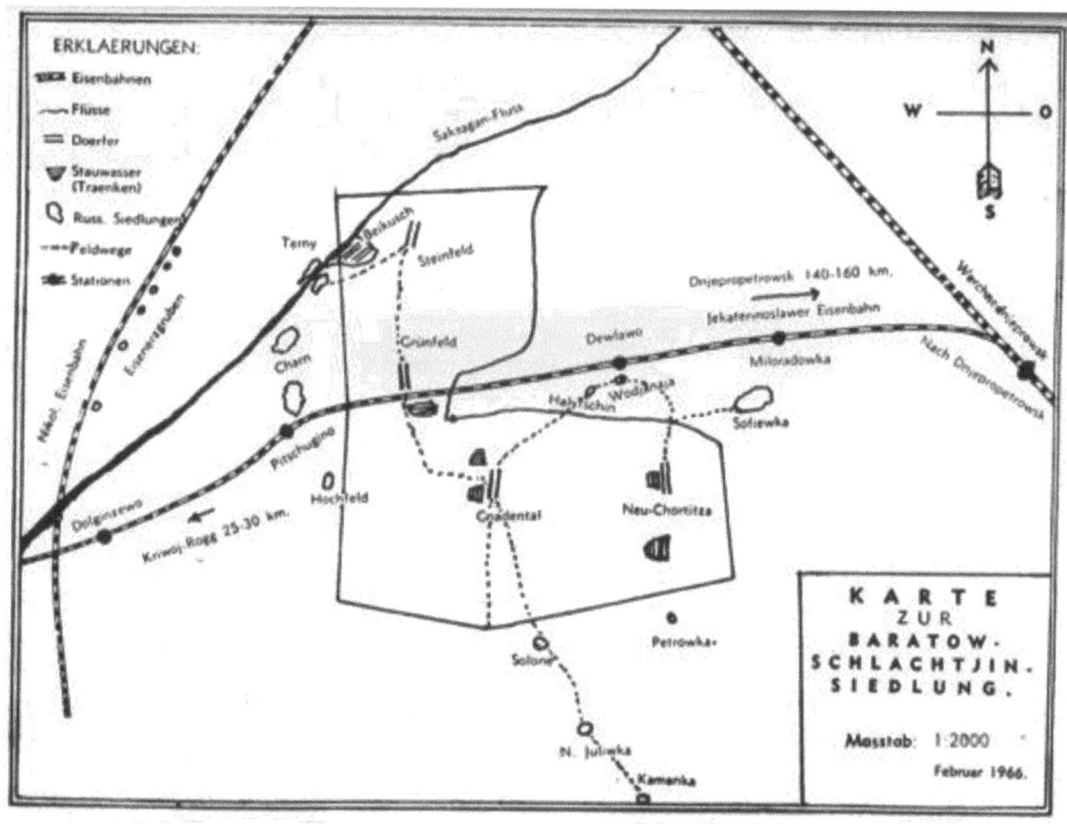

Karte zur Baratow - Schlachtjin - Siedlung. Quelle: ES WAR DIE HEIMAT: Jakob Redekopp, 1966.

ohne Mehl zurückgelassen. Doch bereits seit einem Monat war die Mühle kaputt und der Verwalter habe sie immer wieder vertröstet. Sie sollten sich gegenseitig mit Mehl aushelfen, demnächst würde es wieder reichlich Mehl geben, und da könne dann jede das Geliehene zurückgeben.
Dabei war es geblieben, und nun waren die Männer weg und die Mühle stand still. Dahinter steckte - laut Aussage dieser Frauen - System, denn die Hiergebliebenen sollten lieber verhungern als der deutschen Wehrmacht eine Stütze zu sein.
Da wurde mir eine Idee eingegeben. Der ehemalige Maschinist der Mühle, der aus Altersgründen den Dienst quittiert hatte, lebte noch im Ort. Ich schlug den Frauen vor, doch einmal hinzugehen. Falls er sich dazu bereit erklären würde, die Dampfmaschine loszulassen, wäre ich bereit, die Walze zu bedienen.
Zwei Frauen liefen sofort los, und nach kürzester Zeit kamen sie mit dem Maschinisten wieder. Er bekam einen Stuhl in den Maschinenraum gesetzt, auf dem er Platz nahm und mit einem langen Stock, den wir ihm in die Hand drückten, zeigte

er jeweils auf eine bestimmte Schraube und gab Anleitung, in welche Richtung sie zu drehen sei. In der Zwischenzeit studierte ich die Walze. Und wirklich, die Maschine fing an, sich zu bewegen.

Die Frauen waren in der Zwischenzeit nicht unfleißig gewesen. Sie hatten bereits den ersten Weizen herbeigekarrt, der nun prompt gemahlen wurde. Tatsächlich kam Mehl dabei heraus, wenn auch nur zu einem geringen Prozentsatz. Zum Glück kontrollierte uns ja auch keiner. Zwei Drittel der Weizenmenge fiel als Kleie ab. Wir ließen nun bekannt geben, dass jede Familie einen Sack Mehl und zwei Säcke Kleie bekommen könne. Später erzählten die Leute, es habe hier noch nie so gutes Mehl gegeben.

Der gute Ruf tat sein Übriges, sodass auch die Nachbarkolchose um Hilfe bat. Während wir für unser Dorf das Mehl säckeweise geliefert hatten, musste hier nun schon sorgfältig gewogen werden.

So verstrich die Zeit wie im Fluge. Nach zwei Tagen kamen einige Jungs ganz aufgeregt zur Mühle gelaufen mit der Meldung, im Dorf ständen die ersten deutschen Panzer. Natürlich ging ich nachsehen, und da sah ich sie und um sie herum einige Frauen. Nach und nach tauchten sieben Männer auf. Alle hatten sich irgendwo versteckt und es erst angesichts der Deutschen gewagt, ans Tageslicht zu treten. Zu meiner besonderen Freude war auch Stellwag unter ihnen.

Vor zwei Tagen war einer der Hirten, die unsere Viehherde weggetrieben hatten, zurückgekehrt, um Lebensmittel zu holen. Er hatte berichtet, wie beschwerlich und darum langsam das Fortkommen mit der Viehherde sei und dass sie sich mit dem Vieh noch ganze 15 Kilometer vor der einzigen Brücke befänden, die über den Fluss führte, der zu überqueren war. Da das Militär und die Flüchtlinge auf allen Verkehrswegen den Vortritt hatten, sei mit großen Zeitverlusten zu rechnen. Das machte mich hellhörig.

Laufend kamen Leute zurück, denen unterwegs ebenfalls die Flucht gelungen war, und sie bestätigten die Information, wonach die Viehherde nur sehr langsam vorankäme. Stellwag, der Wirtschaftsleiter der Kolchose, kam zur Mühle, um sich ein Bild von meiner Tätigkeit als Müller zu machen. Ich schlug ihm sofort vor, einige Männer zum Vieh zu schicken mit dem Auftrag, die Herde zurückzuholen. Er hielt das für wenig realistisch, da die Herde sich im russisch kontrollierten Gebiet befand. Darauf gab ich ihm einen Rat, wie das zu machen sei. Er solle den Leuten eine Bescheinigung ausstellen, auf der angeordnet wurde, die Herde schneller voranzutreiben.

Persönlich aber sollte er mit den Männern besprechen, dass sie alles tun würden, den Abtransport zu verlangsamen. Damit erklärte Stellwag sich einverstanden. In der folgenden Nacht gab es einen Fliegerangriff, der allerdings keinen Schaden anrichtete, denn die Bomben fielen alle außerhalb des Dorfes. Ausgerechnet zu dem Zeitpunkt hatten sich die zwei Männer, die Stellwag beauftragt hatte, zur Viehherde zu fahren, auf den Weg gemacht. Die Bomben hatten ihnen allen Mut genommen, sie waren gleich umgekehrt.

Das teilte Stellwag mir am Morgen in der Mühle mit. Ich wollte von ihm wissen, ob das Fuhrwerk noch zur Verfügung stände. Das konnte er mir bestätigen. Da sagte ich zu ihm, er solle einen anderen Müller besorgen.

„Was, Sie wollen doch nicht selber fahren?", wollte er ganz erschrocken wissen. Er konnte mich nicht davon abhalten. Eine Stunde später kam ein Mann, der die Mühle übernahm. Zwei 15-jährige Jungen kamen mit mir als Gehilfen mit.

Nach zwölf Kilometern Fahrt sahen wir in einer Schlucht einen Mähdrescher stehen. Wir untersuchten ihn gründlich und stellten fest, dass er intakt war, allerdings ohne Brennstoff. In der Nähe wohnte ein Ukrainer, der zwei halbwüchsige Söhne hatte. Mit deren Vater besprach ich, dass die Jungen zu unserer Kolchose gehen sollten. Dort würde man ihnen etwas an Lebensmitteln geben. Die waren damals überall knapp. Damit war der Vater einverstanden. Ich schrieb eine Nachricht für den Wirtschafter der Kolchose und vergaß natürlich nicht mein eigentliches Anliegen, den Mähdrescher!

Nun fuhren wir weiter und erreichten am nächsten Tag die gesuchte Viehherde. Sie befand sich immer noch schätzungsweise zehn bis zwölf Kilometer von der Brücke entfernt. Das russische Militär war so gut wie abgezogen. Einzelne Soldaten liefen dort umher und einer sagte zu uns, wir sollten uns nicht zu sehr beeilen. Was er damit sagen wollte, weiß ich nicht. Fragen stellte ich natürlich keine, um uns nicht in Gefahr zu bringen.

Die Herde weidete ganz friedlich in einem Tal, in das ein Nebental mündete. Wir folgten ihm. Es war schon fast die Richtung nach Hause, die wir dann, als wir einmal außer Sichtweite waren, schleunigst einschlugen. Zwischenfälle: Keine! Bereits am zweiten Tag begegneten wir deutschem Militär. Wir wurden sogar Zeugen eines Luftkampfes. Wenn es nicht um Menschenleben gegangen wäre, hätte man daran viel Spaß haben können. Ein russischer und ein deutscher Jäger bekämpften sich. Jeder versuchte, über den anderen zu kommen, bis es schließlich dem deutschen gelang. Sogleich brannte das russische Flugzeug und stürzte etwa einen Kilometer von uns entfernt zu Boden. Das Wrack brannte weiter, wobei die restliche Munition nach und nach explodierte und wir uns scheuten, näher heranzutreten. Nach kurzer Zeit war die Wehrmacht da, um die Absturzstelle abzuschirmen.

Die Viehtreiber brachten die Herde bis nach Hause. Bestimmt waren alle froh. Die Tiere, weil sie nun wieder in die gewohnte Umgebung kamen, die Menschen ebenso, denn die Hirten waren allesamt Leute aus unserer Gegend, die nur unter Zwang dem Evakuierungsbefehl gefolgt waren.

Wir machten noch einen Abstecher zu dem Ukrainer. Dort erfuhren wir, dass alles bestens geklappt hatte. Er habe seine Lebensmittel erhalten und die Kolchose den Mähdrescher.

Als wir mit dem Vieh ankamen, herrschte eitel Freude und Sonnenschein. Nicht zuletzt auch wegen des Mähdreschers. Man hatte bei allen Privatpersonen nach Brennstoff gesucht und so viel zusammentreiben können, dass einige Hektar gedroschen werden konnten.

Am gleichen Nachmittag, an dem wir mit dem Vieh angekommen waren, berief der deutsche Major eine Versammlung ein. Er forderte die Siedler auf, das Getreide einzubringen, die Wehrmacht brauche Brot. Er bekam von uns zu hören, dass wir keine Zugkraft besäßen. Da hatte er eine Lösung anzubieten. Weil wir eine deutsche Siedlung seien, würde man uns an der Front Gespanne zukommen lassen, die dort fortwährend beschlagnahmt würden.

Im Anschluss nahm ich den Major mit zu uns nach Hause zum Kaffee.

Am Abend erschien Stellwag mit der Bitte, ich solle mich doch an der Pferdesuche an der Front beteiligen. Er fände keine Freiwilligen. Ich willigte unter der Bedingung ein, dass wieder jemand als Helfer mitführe, zum Füttern der Pferde und für sonstige Tätigkeiten. Da kamen wir auf die zwei Jungen, die mich bei der Viehrückholaktion begleitet hatten. Sie waren Feuer und Flamme, wieder auf Abenteuer gehen zu dürfen. Am nächsten Tag sollte es losgehen.

14- Meine Tätigkeit als Geschäftsreisender

Es kam etwas dazwischen. Wir wollten gerade losfahren, da kam der Wirtschaftsleiter mit der Meldung, bei der Schule befände sich eine Abteilung Italiener, die dort Quartier beziehen wollten. Ich nahm die Schulschlüssel und ging hin. Ich hätte die Schlüssel auch zu Hause lassen können. Die Türen waren gewaltmäßig geöffnet worden. Auf dem Schulhof wurde gerade unsere Schulbibliothek verheizt. Ich eilte zum Offizier. Er konnte kein Deutsch, ich kein Italienisch, aber mit ihm war sowieso nicht zu reden, so mein Eindruck. Wie ich nun wieder auf den Schulhof kam, da waren die Schulmöbel dran. Und auch die große Schuluhr lag bereits im Sande.
Die Fahrt an die Front, um Pferde zu holen, sagte ich ab. Stattdessen fuhr ich in die Kreisstadt, wo sich die deutsche Kommandostelle befand. Sofort begab sich der Kommandant mit mir im Auto zurück nach Miloradowka und ohne Verzögerung zur Schule. Was die beiden Offiziere miteinander sprachen, verstand ich nicht. Es war Italienisch. Die Wirkung des Gesprächs allerdings war eine sehr angenehme. Nach vier Stunden war von den Italienern nichts mehr zu sehen, abgesehen von der Spur ihrer Vernichtung von Kulturgut.
Da inzwischen niemand für mich eingesprungen war, nach Pferden zu fahren, übernahm ich den Part. Zum Abend hin ging es los. Als es bereits finster war, sahen wir auf einem Felde einen Schuppen. Dort blieben wir zur Nacht. Selbst Futter für die Tiere fand sich darin.
Wenn ich heute daran zurückdenke, dann war das doch ein gewagtes Stück, so nah an der Front in einer unbekannten Hütte zu übernachten. Damals war mir das nicht bewusst. Denn wir schliefen hervorragend auf dem frischen Heu.
Am nächsten Morgen ging es dann weiter. Dabei bewegten wir uns langsam durch das Gelände, um nicht unverhofft in eine Gefahr zu geraten. Das Knattern der Gewehre wurde immer lauter. Als wir vor Krinitschki den Berg hinunterfuhren, bemerkten wir überall deutsche Soldaten in Stellung. Plötzlich fingen alle an zu knattern. Jemand brüllte uns an: „Seid ihr verrückt? Wo wollt ihr hin? Der Russe greift doch an!"
Geschossen wurde nun auf beiden Seiten, sodass man hätte taub werden können. Ich sagte zu dem Jungen, der gerade kutschierte: „Schnell, zu der Baumgruppe da, aber Tempo!" Dort standen wir dann, um der Dinge zu harren, die da kommen würden. Ich beobachtete das Gefecht und konnte bald feststellen, dass die Russen sich zurückzogen. Schließlich wurde es ganz still. Wir konnten den Weg fortsetzen.
Krinitschki war von der Bevölkerung geräumt worden. Wir suchten uns einen großen

Stall, in den wir mit dem Pferdefuhrwerk fuhren. Die Jungen gaben den Pferden Futter und verschwanden dann, ich setzte mich zum Abendbrot in eine Ecke. Da kamen die Jungs ganz aufgeregt zurück mit der Meldung, sie hätten einen deutschen Offizier getroffen und der habe gesagt, wir könnten Pferde bekommen, so viele wir wollten.

Ich machte mich umgehend mit einem der Jungen auf den Weg. Der andere hatte unsere Pferde zu bewachen. Es handelte sich um einen Feldwebel, der mit seiner Kompanie auf dem Schulhofe einen Gegenangriff der Russen erwartete. Natürlich nahm er mich gründlich ins Verhör, denn ich hätte ja auch ein Spion sein können. Dass ich keiner war, hat er dann wohl festgestellt, denn er meinte, ich solle am nächsten Morgen wiederkommen. Jetzt sei es finster und das sei die Zeit, wo der Russe anzugreifen pflege. Also ging ich mit dem Jungen wieder zum Stall, wo wir übernachteten. Es erfolgte kein Angriff in dieser Nacht.

Am nächsten Morgen fuhren wir im Wagen des Feldwebels zu seinem Stab, den man etwas hinter der Front in der Schule einer Ortschaft eingerichtet hatte. Ich blieb im Wagen, während er uns wohl anmelden ging und studierte das neuartige Schild „Wirkungsstab Nr. X an der Mittelfront" das war für mich ganz neu. Wie ich noch in meinem Studium vertieft war, kam der Feldwebel zurück und meinte, ich solle mich in Zimmer acht melden. Als ich nach meinem Klopfen aufgefordert wurde, einzutreten, wollte ich meinen Augen nicht trauen. Dort saß der Major, der bei uns zum Kaffee gewesen war und der die Idee mit den Pferden gehabt hatte. Auch er war überrascht und wollte wissen, was denn der „volksdeutsche Lehrer" hier zu suchen habe. Das war ja nun schnell erklärt. Und wie viele Pferde wir haben wollten. So viele wie möglich, gab ich zu verstehen. Darauf stellte er mir eine Anweisung auf 30 Pferde aus und versah diese mit der Bemerkung, dass die Tiere am nächsten Tag von Kamenskoje abgeholt werden müssten (30 Kilometer).

Ich sah darin auch keinen Hinderungsgrund, bat aber darum, sofort losfahren zu dürfen. Das ginge nicht. Die Pferde müssten dort noch gegriffen werden. Auch das brachte mich nicht in Verlegenheit, und ich erklärte ihm, dass ich zwei Jungen dabei hätte, die würden beim Einfangen ordentlich helfen. Da schmunzelte er und meinte, sie müssten mit dem Gewehr „eingefangen" werden. Endlich begriff ich den Sachverhalt. Kamenskoje war von der Wehrmacht zwar eingeschlossen worden, doch man rechnete erst am nächsten Tag mit der Kapitulation. Wir fuhren auch gleich los nach Kamenskoje.

Der Ort liegt am Dnjepr an einer Stelle, wo dieser durch ein tiefes Tal fließt. Etwa 2500 Meter vor dem Zentrum liegt der Bahnhof. Bis dahin waren wir gekommen, als die SS uns anhielt. Es waren Posten der Division Wiking. Sie meldeten uns, dass die halbe Stadt noch in russischen Händen sei und niemand sie betreten dürfe. Ich zeigte nun meine Anweisung. Daraufhin führte er mich zum Obersturmführer, der mein Anliegen wohl falsch verstanden hatte, denn er bedauerte sehr, sie seien vollkommen motorisiert und hätten mit Pferden nichts am Hut und könnten unserem Wunsch demzufolge nicht nachkommen.

Als ich ihm erklärt hatte, worum es ging, da wurde er sehr freundlich und schickte mich sogleich mit seinem Fahrer in die Stadt mit der Bemerkung, jetzt würde mich niemand mehr anhalten. Im Vorbeifahren konnte ich meinen Jungs noch zurufen, dass sie dort auf mich warten sollten. Mit großer Geschwindigkeit ging es nun Richtung Stadtmitte.

Wie bestellt und nicht abgeholt bemerkte ich eine Herde Pferde auf einem Hof gleich neben dem Markt. Ich bat den Fahrer, gleich zu stoppen. Der wiederum hatte Befehl, mich zur Kommandantur zu bringen, die zu finden er sich dann aber nicht imstande zeigte. Also bekniete ich ihn regelrecht, mich nun doch zu den Pferden zu bringen. Er gab schließlich nach. Auf dem Weg dorthin merkten wir, dass wir nahe an der Front waren, denn es wurde ziemlich heftig und gar nicht weit weg von uns geschossen, sodass ich mich in einer Straße ordentlich bücken musste.

Bei den Pferden angekommen, stellte ich fest, dass es Kosakenpferde waren. Die Tiere dampften noch, die Kosakenabteilung war wohl soeben erst gefangen genommen worden. Die Wachen schickten mich zu einem Feldwebel, der über die Pferde zu gebieten hatte.

Das folgende Gespräch entspann sich zwischen uns:

„Diese Pferde sollen für die ungarische Reiterei bleiben, denn es sind alles echte Reitpferde."

Ich entgegnete: „Aber da sind ja Pferde dabei, die den Rücken wund haben. Bis die Wunden ausgeheilt sind, ist der Krieg aus."

„Und was wollen Sie dann damit? Die helfen Ihnen ja dann auch nichts!"

„Die Ernte einbringen!", entgegnete ich, „damit die deutsche Wehrmacht Brot hat."

Da lachte er und sagte: „Sie sagten doch, dass die Pferde tiefe Wunden haben?"

Hier rettete mich sein Schreiber, der den Blick nun über seine Schreibmaschine hob. Er war ein Bauernsohn, denn er sagte: „Herr Feldwebel, ein Bauer kann jedes Pferd nutzen, wenn es nur vier Beine hat."

Und wieder der Feldwebel: „Ja, wer kann das bestimmen, welches Pferd für die Reiterei untauglich ist?"

Er war unsicher und ich sagte schnell: „Ich, Herr Feldwebel!"

Etwas misstrauisch sah er mich an, willigte dann aber ein. Wir gingen zu den Pferden. Die Schießerei war nun noch näher gekommen und der Fahrer rief mir zu: „Machen Sie schnell, sonst ist der Russe bald hier!"

Mir aber waren in diesem Moment die Pferde, nicht aber die Russen wichtig. Wir kamen an das erste Pferd heran. Es hatte einen wunden Rücken. „Da sehen Sie", sagte ich, mit der Hand auf die Wunde deutend, „wenn diese Wunde verheilt ist, ist der Krieg längst aus!" Genehmigt!

Das nächste Pferd war ein Schimmel wie aus dem Bilderbuche. Den sollte ich nicht bekommen, hieß es. „Herr Feldwebel, den Schimmel würde ich auch nicht annehmen. Es ist ein echtes Reitpferd!"

Als wir so die Herde durch waren, zählte ich 21 Pferde für mich und elf für die ungarische Reiterei!

Da es längst spät am Abend war, besprach ich mit dem Feldwebel, dass wir die Pferde am nächsten Tag abholen würden. Nun ging ich zum Wagen, doch, oh Schreck! Der war weg. Dem Feldwebel klagte ich mein Leid, doch er wähnte sich weder so noch so in der Lage, mir zu helfen. Einen Wagen habe er nicht und übernachten könne ich da auch nicht, da jederzeit mit einem Gegenstoß der Russen zu rechnen sei. Ich hielt dagegen, dass er mir wohl helfen könne, nämlich, indem er mir ein Pferd und einen Sattel zur Verfügung stelle. Da lachte er und sagte, damit ich mitsamt Pferd und Sattel auf Nimmerwiedersehen verschwinden könne! „Herr Feldwebel, " erwiderte ich, „halten Sie mich für so dumm, dass ich mit einem Pferd abhauen würde, wenn ich doch die vielen haben kann?" Da gab er sich geschlagen und mir Recht, doch ich solle nun schleunigst verschwinden. Jederzeit könne der Angriff erfolgen.

Ich sattelte ganz schnell das Pferd, und als ich los ritt, begann es zu nieseln. Um nicht völlig durchnässt zu werden, ließ ich das Pferd im vollsten Galopp laufen. Da die Hufe beschlagen waren und die Straße gepflastert war, machte dieser Ritt einen großen Krach. Plötzlich traf mich von zwei Seiten der Schein von Taschenlampen und eine Stimme war deutlich herauszuhören: „Ein Russe geht durch!" Mit brachialer Gewalt ließ ich das Pferd zum Stillstand kommen, und dabei schrie ich: „Nein, ein Deutscher!" Mit gezogener Pistole näherten sich die beiden. Dabei erklärte ich ihnen, wer ich war und was ich wollte. Sie schenkten mir Glauben, erteilten mir aber den dringenden Rat, langsam zu reiten, sonst könnte ich über den Haufen geschossen werden.

Die Jungen waren nicht mehr da, hatten aber beim Posten eine Nachricht hinterlassen, wo ich sie finden könnte. Dorthin begab ich mich. Sie hatten ein Dach über dem Kopf gefunden, ein Schuppen, in dem auch Stroh war, sodass wir eine gute Schlafstätte, auch für das Pferd, gefunden hatten. Obwohl die Schießerei in der Stadt ziemlich laut war, habe ich selten so gut geschlafen wie dort.

Am Morgen war die Knallerei vorbei. Wir begaben uns in die Stadt. Die Soldaten sagten, der Russe würde nur nachts angreifen, sodass hier keine Gefahr im Verzuge sei. Der Posten ließ uns anstandslos durch, denn nun waren wir hier bereits bekannt. Bei den Pferden angekommen, sah ich, dass auf dem Nachbarhof auch fünf Pferde um einen Wagen herum angebunden waren und gerade von einem Soldaten gefüttert wurden. Ich fragte ihn, was denn mit diesen Pferden sei. Da meinte er, sie wären ganz froh, wenn sie die mitsamt Wagen auch loswürden. Sofort schoben wir den Wagen auf die Straße und spannten an. Die wilderen Pferde banden wir nun an unsere beiden Wagen, die zahmeren koppelten wir zu Vierergruppen zusammen.

Bevor es losging, bat ich den Feldwebel noch um ein Begleitschreiben, mit der Bemerkung, dass die Wehrmacht wohl keine Probleme machen würde, wir aber ungarischen und rumänischen Verbänden etwas vorzuzeigen haben wollten. Als ich darum bat, 26 Pferde in dieses Schreiben aufzunehmen, wunderte ihn das, und er fragte, ob es nicht 21 gewesen seien, die ich mitnehmen wolle. Nein, sagte ich, ich hätte lediglich gesagt, dass er elf behalte. Er willigte ein, ohne noch viel zu fragen.

Wie ich zu den Jungen kam, baten diese darum, einen Sattel mitnehmen zu dürfen, und schon begab ich mich zurück zum Feldwebel, der darüber nicht wenig erstaunt war und meinte, er warte jetzt nur noch darauf, dass ich ihn bitten würde, er solle mir eine ganze Kompanie als Begleitschutz zur Verfügung stellen! Ich konnte ihn sogleich beruhigen, denn es ginge nur um einen Sattel. Den Wunsch vermochte ich auch ausreichend zu begründen, denn es musste ja einer von uns stets zu Pferde sein, um die Herde zusammenzuhalten. Resigniert stellte er fest, dass die Sättel ja eh keinen Nutzen hätten, wenn die Pferde dazu fehlten, ich also den Sattel mitnehmen könne." Endlich ging es los, ein Wagen vorn, der andere hinten,

dazwischen die Pferde, die der Reiter bewachte.
Unsere alten Klepper bekamen die Freiheit, die sie dazu nutzten, uns auf dem Fuße zu folgen. Unterwegs spannten wir dann auch mal die wilderen Pferde vor die Wagen, um sie daran zu gewöhnen. Ohne Zwischenfälle erreichten wir Miloradowka. Wie wohltuend waren da ein heißes Bad und ein warmes Bett! Wohltuend war auch der Anblick der erfreuten Gesichter am nächsten Morgen.
Doch der Wirtschaftsleiter trat sofort mit einer Bitte an mich heran. Ich solle doch noch mehr Pferde besorgen! Der Wunsch war verständlich, denn alle rechneten mit der Auflösung der Kolchose und somit würde es im Dorf wieder über 70 Höfe geben, und die müssten alle mit Zugkraft versehen werden. Es waren zwar auch Fuhrwerke mitsamt Pferden von der Evakuierung zurückgekommen, doch das alles reichte keineswegs für eine Landwirtschaft, wie wir es aus vorkommunistischer Zeit kannten.
Also ging es wieder los! Da man mir die Bescheinigung, nach der ich in Kamenskoje 30 Pferde abholen dürfe, nicht entzogen hatte, lag es auf der Hand, mit eben derselben Bescheinigung in ebendieselbe Stadt zu fahren.
Dort angekommen, ließ man uns nicht in die Stadt, die inzwischen ganz von der Wehrmacht eingenommen worden war. Die Lage hatte sich aber noch nicht vollends beruhigt, denn die Stadt wurde nun von den Russen beschossen.
Am Stadtrand machte ich mich an eine dort lebende deutsche Familie. Sie bot uns eine Übernachtungsmöglichkeit an und verriet außerdem einen Schleichweg, über den man unkontrolliert in die Stadt kommen konnte, in die ich mich schnurstracks begab, um die Kommandantur aufzusuchen. Ein Major - leider nicht mein alter Kaffeefreund – empfing mich. Er erklärte mir, dass sie hier mit Pferden wirklich nichts am Hut hätten. Wenn überhaupt, dann sollten wir nach Dnipropetrowsk fahren (40 Kilometer flussabwärts). Das ginge nicht, erklärte ich ihm, da unsere Pferde alt und schwach seien und so eine lange Fahrt nicht durchstehen würden. Das stimmte auch, denn wir nahmen zu solchen Reisen immer ganz alte Klepper aus dem einfachen Grund, damit uns die Ungarn oder die Rumänen unterwegs nicht die Pferde beschlagnahmten.
Er wollte nun von mir wissen, ob es denn nicht besser sei, die Ernte maschinell einzubringen. Da schilderte ich ihm das Drama mit dem Mähdrescher, der ohne Benzin nutzlos herumstehe. Ja, mit Benzin, da könne er aushelfen. Dieses Angebot ließ ich mir kein zweites Mal machen. So schrieb er mir einen Gutschein für 2.000 Liter Benzin aus, abzuholen in Dnipropetrowsk. Ich bat ihn noch darum, nach meiner Rückkehr von Djenpropetrowsk noch einmal bei ihm vorbeikommen zu dürfen.
Dort angekommen, schickte man mich von Pontius zu Pilatus, niemand wollte zuständig sein. Aber durch mein Herumlaufen entdeckte ich ein Lager mit Waschmitteln, das von der Wehrmacht beschlagnahmt worden war. Ich stritt und diskutierte so lange, bis man mir erlaubte, für jede Familie ein Stück Seife und etwas Waschsoda mitnehmen zu dürfen. Außerdem fand ich in dem Lager einen Treibriemen, was ich als einen sehr glücklichen Umstand betrachtete, denn der Treibriemen unserer Mühle war alt und musste ständig genäht werden. Ein weiteres Kunststückchen der Redekunst war der Preis dafür.
Reich beladen, leider aber ohne Pferde, machten wir uns auf den Rückweg nach Kamenskoje. Als wir den Ort verließen, stießen wir auf eine italienische Einheit.

Diese wollte uns Messer in die Hand drücken zum Kartoffelschälen!
Ich versuchte, ihnen deutlich zu machen, dass wir Wichtigeres zu tun hätten als Kartoffeln schälen. Aber sie ließen sich davon nicht beeindrucken. Ich mich von ihnen aber auch nicht, denn ich legte nun die finsterste Miene an, die ich überhaupt anzulegen vermochte und sagte: „Nichts Kartoffeln schälen!" Und zum Jungen: „Fahr los, Tempo!" Mit offenem Munde - kartoffelgroß - blickte der Italiener uns nach, aber dabei blieb es auch.
In Kamenskoje angekommen, hieß ich die Jungen außerhalb des Ortes warten, um dann alleine zum Major zu gehen. Wir hatten etwas an Lebensmitteln von der Kolchose mitgebracht. Diese waren für die Wehrmacht bestimmt, doch für den Fall, dass wir keine Pferde bekommen sollten, würde die Wehrmacht sich die Sachen selber abzuholen haben.
Eben das war der Fall. Der Major hatte angeblich keine Pferde für uns. Da sein Wagen nicht zur Stelle war, schickte er mich in die Kantine, wo ich auf seine Kosten Kaffee und Kuchen bekam. Die Dame, die dort bediente, war keine Reichsdeutsche, sondern eine Mennonitin, deren Vater - wie sich bald zu beider großer Überraschung herausstellte - ich gut kannte.
Das führte dazu, dass wir uns lebhaft unterhielten. Da kam ein Gendarmeriefeldwebel in den Saal und wunderte sich darüber, dass Zivilisten hier deutsch sprächen. „Wie sollen Deutsche denn in einem deutschen Lokal sprechen?", wollte ich von ihm wissen. Er interessierte sich nun dafür, ob ich Deutscher sei und was ich hier mache. „Das möchte ich auch gern wissen", gab ich zu verstehen, „wir brauchen Pferde zur Einbringung der Ernte, damit die Wehrmacht Brot hat, und der Herr Major narrt mich nun schon drei Tage mit Versprechungen, aber Pferde gibt es anscheinend keine." Darüber zeigte er sich verwundert. Er verschwand sofort und kam nach einiger Zeit zurück mit der Bemerkung, ich solle nun zum Major gehen.
Tatsächlich! Plötzlich hatte der Major Pferde für uns. Er fragte, wie viele wir wollten, und ich gab das zur Antwort, was ich immer bei solchen Gelegenheiten zu sagen pflegte: „Brauchen können wir hundert, aber wir sind für jedes einzelne dankbar." Er stellte mir einen Gutschein für 50 Pferde aus, wofür ich mich sehr bedankte, und dann teilte ich ihm mit, dass wir nun die Lebensmittel hierher bringen würden.
Auch dabei half mir der Gendarmeriefeldwebel. Er nahm mich in seinem Wagen mit, wofür wir ihm den Löwenanteil überließen. Den Rest lieferten wir in der Küche ab, und danach brachte der Feldwebel uns zu einer Wiese außerhalb der Stadt, wo 100 Pferde weideten. 50 durften wir uns aussuchen. Und auch jetzt banden wir je vier Pferde zusammen, diesmal mit Telefondraht, den das russische Militär unterwegs überall hatte liegen lassen. Als wir abfahrbereit waren, durften wir uns noch als persönliches Geschenk jeder ein Pferd aussuchen. So konnten beide Jungs reiten, denn der Feldwebel fand sogar einen Sattel, den er uns mitgab. Spät abends kamen wir zu Hause an, begaben uns mit den Pferden sogleich zum Wirtschafter, wo wir sie abgaben.
Ich verzichtete auf das Pferd, das ich mir hatte aussuchen dürfen mit der Bedingung, dass mir eine Araberstute, die mir sofort ins Auge gefallen war, zugesprochen würde. Der Wirtschafter war damit einverstanden. Mit dieser Gewissheit und der Hoffnung auf etwas Ruhe begab ich mich ins Bett...

Die erhoffte Gemütlichkeit blieb aus! Am nächsten Morgen erhielt ich die Nachricht, dass ich mich in der Kreisstadt beim deutschen Kommandanten zu melden hätte. Dieser teilte mir mit, ich sei zum Schulreferenten ernannt worden. Meine Aufgabe: Die volksdeutschen Schulen sollte ich voll komplettieren, die ukrainischen bis zur vierten Klasse Grundschule! Ich lehnte sofort ab mit der Begründung, dass es überhaupt keine deutschen Schulbücher gäbe. Außerdem hätte ich nur in der Sowjetzeit studiert und befände mich keineswegs im Bilde, wie eine deutsche Schule auszusehen habe.

Er wollte nun wissen, ob ich denn nicht vor der Sowjetzeit zur Schule gegangen sei. Nun, ich hatte in der Zarenzeit die Volksschule besucht. Und so wie die gewesen war, so sollte ich die Schulen wieder einrichten und das bereits zum Oktober. Danach würde man mich nach Deutschland schicken, damit ich das deutsche Schulwesen kennen lernen und für die deutschen Schulen in der Ukraine die passenden Bücher besorgen könne.

Das war mehr als verlockend, und so sagte ich unter einer Bedingung zu. Ich wollte zuerst noch die 2000 Liter Brennstoff von Dnipropetrowsk holen. Das wurde mir erlaubt. Ohne Zwischenfälle verlief diese meine letzte Reise als Geschäftsreisender und neben Benzin brachten wir auch noch etwas an Maschinenöl mit.

15- Meine Tätigkeit als Schulreferent

Als das schwierigste Problem stellte sich die Lehrerfrage heraus. Koch, der Kommissar für die besetzte Ukraine, hatte ein Rundschreiben ergehen lassen, wonach alle Mitglieder der Partei und ehemaligen Mitglieder der Jungkommunisten zu entlassen seien. Ich kannte alle Lehrer, alle kannten mich. Es waren 362 Lehrerinnen und Lehrer. Ein Drittel von ihnen war in der Partei gewesen. Einige kamen zu mir mit der Erklärung, dass sie nie aus Überzeugung in der Partei gewesen wären, sondern nur eingetreten seien, um den Posten nicht zu verlieren.

Ein Beispiel: Ein Direktor erzählte mir, wie froh er sei, dass jetzt Schluss mit der kommunistischen Regierung sei. Das Ganze sei ihm schon lange ein Ekel gewesen. Leider kannte ich ihn und seine Schule. Er hatte den sowjetischen Verdienstorden bekommen, und zwar nicht wegen seiner akademischen Leistungen, sondern weil seine Schülerschaft zu 100 Prozent dem KOMSOMOL beigetreten war.

Das wollte ich ihm nun keineswegs vorhalten und verwies ihn darum an die übergeordnete Instanz. Ich wusste ja, dass die dann wieder bei mir anfragen würden. Wendehälse gab es also bereits damals. Doch ihm nutzte die Wendigkeit nichts, den Posten bekam ein anderer.

Ich habe mich nicht streng an die mir erteilte Weisung gehalten. Wo bekannt war, dass Jungkommunisten gute Arbeit geleistet hatten und leisteten und politisch unbedenklich waren, habe ich sie im Amt gelassen.

Am ersten Oktober meldete ich dem Kommandanten, dass alle Schulen mit Lehrkräften versorgt seien.

Ich konnte das Tricksen wieder einmal nicht lassen. Die ukrainische Schule durfte ja nur die vierjährige Volksschule umfassen. Die Lehrer baten mich aus dem Grunde

darum, doch wenigstens eine Schule im Kreis bis zur Mittelschule und zum Abitur einzurichten. Ich willigte ein. Eine Schule in der Kreisstadt führte bis zum Abitur, sie figurierte im Haushaltsplan jedoch als Volksschule.
Als ich nun den Bericht abgab, begehrte der Kommandant, einige Schulen zu besichtigen. Wie es das Schicksal wollte, begann er mit der „Volksschule!"
Als wir sie wieder verließen, sagte er: „Die haben aber große Volksschüler!" Ich lenkte das Gespräch sofort auf einen anderen Gegenstand, und so ist diese Angelegenheit nie mehr zur Sprache gekommen.
Ich erinnerte den Kommandanten bei der Gelegenheit an die Büchernot, was zur Folge hatte, dass ich noch Mitte November die entsprechenden Papiere für die Fahrt nach Deutschland ausgehändigt bekam.

16- Meine Fahrt in den Westen

Ich war jetzt der Ansicht, dass ich etwas Besonderes erreicht hatte. Aus unserer Gegend war noch nie jemand in Deutschland gewesen - soweit mir bekannt war.
In meinem besten Anzug machte ich mich auf den Weg. Doch es war Krieg, und die Wehrmacht regelte den Bahnverkehr. Außerdem waren noch nicht alle Kriegsschäden beseitigt worden. Das war der Grund, warum ich mit einem Bahnauto zum nächstgelegenen Knotenbahnhof mitfahren musste.
Am Abend kamen wir da an, um vier Uhr morgens sollte der Zug abfahren. Man brachte mich in einen unbeleuchteten Raum, dessen Fensterscheiben bei Bombenangriffen zerschlagen und noch nicht wieder ersetzt worden waren. Zum Glück kam ein deutscher Bahnbeamter vorbei, der meine verzweifelte Lage - schließlich ist der November in Russland kein Pappenstiel - erkannte und mich in sein Arbeitszimmer einlud. So verging die Nacht erzählenderweise wie im Fluge. Um vier Uhr fuhr der Zug vor.
Ich stand in freudiger Erwartung auf dem Bahnsteig, als mich jemand ganz frech zum Kohlenschaufeln anstellte. Das entsprach keineswegs der Rolle, die ich mir beimaß. Als ich mich weigerte, solche Tätigkeit - ich verwies auf meinen Anzug – auszuführen, hieß es, dann würde ich halt nicht mitfahren. Unvermeidliches muss man als Schicksalsschlag hinnehmen, was nicht bedeutet, dass man vorher nicht alles versucht, das Unvermeidliche in Vermeidliches zu verwandeln. Solches gelang mir hier mit der Hilfe eines Bahnbeamten. Als ich ihm meine Mission erklärt hatte, wies er mir einen Platz mitten unter Landsern zu, nicht ohne diesen die Umstände zu erklären, unter denen ich hier unterwegs war.
Ich war bei einem Leutnant zu sitzen gekommen. Ein strenger Katholik. Mit der Politik Hitlers war er keineswegs einverstanden, doch um den Krieg zu gewinnen, müssten jetzt alle zusammenhalten, so erläuterte er. Für mich galt Hitler als Retter vor dem Kommunismus.
Viel zu schnell erreichten wir den nächsten Knotenbahnhof Umanj, wo uns mitgeteilt wurde, dass es innerhalb einer Woche wohl kaum eine Möglichkeit zur Weiterfahrt geben würde. Nur Verwundete sollten befördert werden. Die Landser, allesamt Urlauber, könnten warten. Der Leutnant meinte gleich dazu, das würden die sich

nicht gefallen lassen, eine Woche des kostbaren Urlaubs auf einem Bahnhof verbringen zu müssen.

Tatsächlich wurden am nächsten Tag einem Zug zwei Güterwagen angehängt, in denen die Urlauber und ich mitreisen durften. Der Wind pfiff durch die Ritzen, Schnee flog herein und bewegen, um sich so zu erwärmen, konnte man sich auch nicht. Man war zum Stehen verdammt, da die Wagen total überfüllt waren. Trotzdem kamen wir von der Stelle, und das war weit besser als auf dem Bahnhof herumzustehen.

Als dann der Zug wegen einer kleinen Panne halten musste, fanden die Landser ein Fass aus Metall. Dieses wurde schleunigst zu einem Kanonenofen umgerüstet, sodass wir es bald wenn auch nicht warm, so aber doch weniger kalt hatten. Den Rauch musste man dabei als Wermutstropfen in Kauf nehmen.

Zum Glück wurden in Winniza noch einige Personenwagen angehängt, sodass wir endlich normal reisen konnten. Neu war mir, dass unter Deutschen ein einmal belegter Platz für die Dauer der Reise gehalten werden kann, auch wenn man mal eine Zeitlang den Platz verließ. In Russland saß dann sofort ein anderer auf der Stelle.

Erstaunt war ich auch über die große Anzahl an russischen Panzern, die hier zerstört am Wege standen. Stellenweise hatte man sei zweistöckig aufgetürmt.

Die Soldaten hatten generell die Anweisung, ihre Gasmasken immer griffbereit zu haben. Das hatten diese Landser keineswegs, bis auf einen Leutnant. Den fragte ich nach dem Grund. Ganz leise flüsterte er mir zu, es sei keine Maske in dem Behälter, sondern Butter. Nun verstand ich den Grund der Wachsamkeit, denn Butter war damals Mangelware.

Als wir in Lemberg ankamen, stellte ich fest, dass ich nun als normaler Zivilist gelten würde, der auch eine Fahrkarte benötigte. Da ich am Bahnhof auch erfuhr, dass es in Lemberg eine Schulbehörde gab, machte ich mich schleunigst auf in die Stadt, und ich fand sie auf Anhieb.

Nach längerer Wartezeit wurde ich um 14 Uhr von Dr. Hasselich empfangen. Als ich ihm erklärt hatte, woher ich käme und was ich wolle, interessierte er sich besonders für Russland.

„Ja, jetzt kommen Sie aus Russland. Aber wo waren Sie, als die Kommunisten dort regierten?", wollte er wissen.

„Ebenfalls dort. Dort bin ich geboren, dort habe ich die Schule besucht und dort habe ich auch gearbeitet." Darauf er: „Dann erzählen Sie einmal, wie war es dort zur Zeit der Kommunisten?"

Das war mir zu allgemein, und ich bat ihn, mir Fragen zu stellen. Dann kam er mit der folgenden Frage:

„Unsere kommunistischen Zeitungen schrieben, dass in Russland die Leute wie im Paradies lebten. Wie war das?" - „Es war so! Wir lebten wie im Paradiese." Nun zitierte er sogleich eine weitere Quelle, der er offensichtlich mehr Glauben schenkte als der ersten: „Aber entschuldigen Sie, ich habe einen Sohn an der Ostfront und der schreibt von einer großen Armut, sodass Teile der Bevölkerung sogar hungern müssen."

„Aber jetzt entschuldigen Sie mich. Was hatte der Mensch im Paradiese für Kleider?"
„Er hatte noch keine."

„Was hat er gegessen?"
„Das, was er in der Natur vorfand."
„Genau so war es im Sowjetparadies!"
Da fing er an zu lachen, und wir unterhielten uns noch lange über Russland.
Er besorgte mir dann noch über die SS ein Nachtquartier in einem wunderschönen Hotelzimmer, was mir außerordentlich gut tat nach all den Reisestrapazen.
Am nächsten Morgen suchte ich Dr. Hasselich erneut auf, und gemeinsam besuchten wir zuerst ein Gymnasium und dann eine Volksschule. Einigen Stunden wohnten wir bei. Dr. Hasselich war davon überzeugt, dass sie mich über alle Maße beeindruckt hätten. Ich fand den Unterricht zwar nicht schlecht, merkte aber, dass auch hier mit Wasser gekocht wurde und wartete nun die Gelegenheit ab, meinem stolzen Gönner einen sanften Dämpfer zu verpassen. Auf dem Rückweg forderte er mich auf, meinen Eindruck vom deutschen Schulwesen wiederzugeben. In einem Ton, der nicht beleidigen konnte, sagte ich: „Ich bin mit diesem Besuch sehr zufrieden. Ich habe wieder viel hinzugelernt. Aber entschuldigen Sie, wenn ich hier etwas offen sage. Fehler im Unterricht, die wir im Ausland so ziemlich ausgemerzt haben, die existieren hier noch."
Es entwickelte sich nun eine eifrige Diskussion, deren Ergebnis Dr. Hasselich durch die folgende Bemerkung lachend zusammenfasste: „Wir wollen uns dahingehend einigen, dass die Lehrer heute einfach gezeigt haben, wie man nicht unterrichten darf."
Somit war das Tagwerk vollbracht, und er hieß mich, am nächsten Morgen wiederzukommen, um in der Bücherangelegenheit Weiteres zu unternehmen.
Früher als gewohnt ging ich zu Bett, sodass ich am nächsten Morgen sehr früh erwachte. Die Zeit nutzte ich zu einem Spaziergang. Da kam ich an einem Laden vorbei, der um die Zeit schon geöffnet hatte. Schon stand ich in der Tür, um einzutreten, als mich jemand am Arm zurückriss: „Wer sind Sie, und was wollen Sie hier?"
Mit Schrecken stellte ich fest, dass es ein Polizist war. Ich musste mit! Noch auf der Straße klärte er mich über mein „Vergehen" auf. Ich war, ohne es selber bemerkt zu haben, in ein Judenviertel geraten. Natürlich war auch das Geschäft, in das ich hatte gehen wollen, ein jüdisches. Dort, so erfuhr ich, durften Deutsche nicht einkaufen. Er bekannte, dass er mich schon länger beobachtet hatte. Mit der Anordnung, dieses Viertel künftig zu meiden, entließ er mich.
Bei Dr. Hasselich angekommen, erfuhr ich, dass alle Bücher in Lemberg vergriffen waren. Er hatte aber dafür gesorgt, dass ich nach Hindenburg weiterkam, denn dort würde ich die gewünschten Bücher bekommen. Bevor ich mich verabschieden konnte, versuchte er mich abzuwerben. Ich lehnte ab mit der Begründung, dass ich meine Unterlagen nicht dabei hätte. Er muss es ernst gemeint haben, denn er hatte sich detaillierte Gedanken darüber gemacht, wie meine Familie umzusiedeln sei. Ich dachte ja nicht daran, die schöne Ukraine zu verlassen.
Er hatte auch weiter hervorragend für mich und meinen Auftrag vorgesorgt. Wieder war es die SS, an die er mich verwies. Ich nutzte das gute Quartier noch für eine weitere Nacht, um mich am nächsten Morgen zur SS zu begeben. Dort lag meine Rückfahrkarte nach Hindenburg bereits vor, und ich bekam auch einen Begleiter

zugestellt, der mich zum Bahnhof brachte. Unterwegs kam mir der Gedanke, dass es hier weniger um meinen Schutz, als vielmehr darum gehen könnte, mich von weiteren Ausflügen ins Judenviertel abzuhalten. In Lemberg unterließ man es auch nicht, mich darüber aufzuklären, dass die Juden vernichtet werden sollten.
Bevor es nun losging, musste ich der SS versprechen, mich nach der Rückkehr aus Hindenburg wieder bei ihr zu melden.
Da ich in Krakau zwei Stunden auf den Anschlusszug zu warten hatte, begab ich mich in die Buchläden, wo ich genau die Bücher, die ich suchte, in ausreichender Anzahl vorfand. Da ich die Fahrkarte bis nach Hindenburg hatte, fuhr ich trotzdem weiter. Doch Hindenburg hatte bei weitem nicht das an Büchern zu bieten was Krakau. Am folgenden Tag fuhr ich also zurück nach Krakau, wo ich die Bücher kaufte. Ich ließ sie mir zu Bündel von jeweils 30 bis 40 kg zusammenbinden und zum Bahnhof bringen. Ohne Probleme kam ich so in Lemberg an. Hier hatte ich vier Stunden Aufenthalt, sodass noch Zeit für die SS vorhanden war.
Da blieb ich zu lange bei der SS, sodass ich mich von Dr. Hasselich leider nur noch telefonisch verabschieden konnte.
Auf dem Weg zum Bahnhof machte ich mir Sorgen, wie ich die Bücher verladen würde. Es war ein Wehrmachtszug, der mich mitnahm und dort gab es keinen Gepäckservice. Doch auch diese Sorge war überflüssig. Die SS hatte jemanden zum Bahnhof beordert, der alles Nötige regelte. Ein Teil der Bücher fand keinen Platz in meinem Abteil, sodass sie auf die Plattform gelegt wurden.
Im Abteil kam ich neben einem Fliegerleutnant zu sitzen, der bis dahin über England eingesetzt gewesen war und nun an die Ostfront musste. Schnell wurden wir Freunde. Wir mussten oft umsteigen. Dabei rief er jedes Mal einige Soldaten herbei, die meine kostbaren Bücher ruck zuck umluden. Dem Leutnant bin ich noch heute dankbar für seine Hilfe. Seinen Namen habe ich vergessen. Seine Adresse haben mir die Russen mit allen anderen Papieren abgenommen, als ich in Gefangenschaft geriet. Er kam aus Bayern und ist möglicherweise wie so viele an der Ostfront gestorben.
Am 23. Dezember 1941 kam ich unversehrt und mit allen Büchern zu Hause an. Gerade rechtzeitig, denn an Heiligabend fand nach 25 Jahren des Verbots wieder ein religiöses Weihnachtsfest statt - nach mennonitischer Tradition mit Liedern, Gedichten und Krippenspiel. Ich schloss die Augen, und meine Kindheit zog wie ein wunderschöner Film im Geiste an mir vorüber. Und das Auge blieb nicht tränenleer.
Als der Traum zu Ende war, trat der Dorfvorsteher mit der Bitte an mich heran, am ersten Weihnachtsfeiertage die Predigt zu halten. Mit klopfendem Herzen willigte ich ein. Neben meiner fehlenden theologischen Ausbildung kam ein weiteres Handikap hinzu. Durch den Eingriff der Kommunisten war die Bevölkerung in Miloradowka fast ganz ausgetauscht worden. Die wohlhabenden Mennoniten waren enteignet oder verbannt worden. Die Zugezogenen waren überwiegend evangelischen Glaubens.

17- Kreisleiter

Das hat aber die Menschen anscheinend nicht gestört, denn gleich nach dem Gottesdienst baten die Evangelischen mich, das Pfarramt zu übernehmen. Ich hätte es gerne angenommen, doch ich musste ablehnen. Der Grund war ein Schreiben der nunmehr deutschen Kreisverwaltung, das ich bei meiner Ankunft zu Hause vorgefunden hatte. Darin hieß es, dass ich die Leitung des Kreises übernehmen solle. Ich solle mich umgehend bei ihnen melden.

Nun, ich wollte mir keineswegs die erste christliche Weihnachtsfeier nehmen lassen, und darum habe ich mitgeteilt, ich würde mich im neuen Jahr präsentieren. So fuhr ich dann am 2. Januar 1942 in die Kreisstadt. Der Kommandant erklärte mir, sie müssten nunmehr weiter nach Osten vorrücken, und darum solle ich das Amt übernehmen.

Ich berief mich darauf, dass ich ja bereits den Posten des Schulreferenten innehätte und mit zwei Ämtern überfordert wäre, sodass ich beiden nicht gerecht werden könnte. Er hielt dagegen, dass das Schulproblem seines Erachtens sehr gut geregelt worden sei und dass es sich ja nur um eine vorübergehende Tätigkeit handeln werde, denn demnächst würde die Zivilverwaltung aus Deutschland nachrücken. Außerdem sei Krieg, und da habe nun einmal jeder mehr zu leisten als in Friedenszeiten.

Ich erbat mir zwei Tage Bedenkzeit. Die nutzte ich, um im Familien- und Freundeskreis Rat zu halten. Man riet mir, den Posten anzunehmen mit dem Argument, ich könne möglicherweise Schlimmes verhindern. Es ging nämlich ein Gerede um, dass einige Ukrainer, die durch die Kommunisten enteignet worden waren, nunmehr Rache üben wollten.

So fiel die Entscheidung positiv aus. Zunächst aber zog ich alleine in die Kreisstadt, denn erstens befanden wir uns mitten im Schuljahr, und die Kinder waren doch in der Schule, und in der Stadt gab es noch keine deutsche Schule. Zweitens hatten wir einiges an Hausrat mitzunehmen. Besonders der Keller stand voller Einweckgläser.

Nun war ich vom Titel her eine Provinzgröße, in der Tat jedoch ein bedauernswerter kleiner Ordnungshüter. Mir standen lediglich zwölf ukrainische Polizisten und ein Dienstpferdefuhrwerk zur Verfügung. Das Gefährt erlaubte mir zumindest, die 18 Kilometer Wegstrecke nach Hause zu den Wochenenden zu fahren.

Meine Hauptaufgabe bestand darin, verübtes Unrecht wiedergutzumachen - sofern es denn überhaupt annäherungsweise möglich war. Jeden Tag hatte ich einen riesigen Stapel Eingaben durchzusehen. Um mir den Überblick zu verschaffen, ordnete ich an, dass alle Eingaben von mir gegengezeichnet werden mussten. Das Hauptproblem bestand darin, dass zahlreiche Häuser enteignet worden waren, nun aber neue Besitzer hatten, die ihren Besitz von der Regierung gekauft hatten. Es ihnen zu nehmen, wäre einer neuen Enteignung gleichgekommen. Einfacher war die Angelegenheit hingegen, wenn privater Besitz als öffentliche Einrichtung Verwendung gefunden hatte. Dazu gehörten Clubhäuser, Theater, Lagerräume, Schulen u.a.m. Solche Gebäude ließen sich leichter zurückführen, obwohl auch da in zahlreichen Fällen die Regelung getroffen wurde, dass der Altbesitzer die Hälfte des Wertes an den öffentlichen Träger zahlte. Oft waren es Kolchosen, die enteignete

Gebäude bekommen hatten.
Um acht öffnete die Behörde die Türen - ich war jeden Morgen früher da, um die neuen Eingaben zu lesen. Als Vorsteher musste ich schließlich um jeden Fall Bescheid wissen. Eines Morgens saß ich bereits um sechs Uhr am Schreibtisch. Da kam der Wachposten herein mit der Meldung, draußen befände sich eine Frau, die dringend mit mir reden wolle. Ich verwies natürlich auf die offizielle Öffnungszeit, doch der Posten meinte, es sei sehr dringend.
Nun, ich war weder ein Pedant noch ein Tyrann, also ließ ich bitten.
Sie war eine Deutsche, die allerdings nur gebrochen Deutsch sprach. Sie kam aus Rotfeld, etwa fünf Kilometer von der Kreisstadt entfernt. Ja, da kam sie mit einer Geschichte, die ich ihr nicht glauben konnte. Eine russische Fallschirmeinheit sei bei Rotfeld heruntergekommen, berichtete sie. Drei Soldaten seien bei ihr gewesen und hätten ein Frühstück verlangt. Am Gurt hätten sie viele Handgranaten gehabt. Zu ihr hätten sie gesagt, dass noch viele Fallschirmjäger niedergegangen seien.
Mir kam der Gedanke, es müsse sich dabei um entlassene Rotarmisten handeln. Solche gab es zu der Zeit zahlreich. Sie folgten der Front in gebührendem Abstand und behängten sich gern mit allerhand Zeugs, das man für Handgranaten halten konnte, um sich so den nötigen Respekt zu verschaffen. So ließ sich dann auch ein Frühstück organisieren. Als ich der Frau diese meine Bedenken mitteilte, behauptete sie stur und steif, sie habe Uniformen und ganz neue Maschinengewehre gesehen.
Was sollte ich machen? Die Wehrmacht war weit weg. Die einzigen Deutschen waren drei Wirtschaftsberater, die kürzlich eingetroffen waren. Diese versuchte ich telefonisch zu erreichen. Vergeblich! Sie befanden sich In Dnipropetrowsk.
Ich rief die ukrainische Polizei an und gab folgende Anweisung: Drei Polizisten und der Polizeichef sollten die Bahnlinie entlang nach Sorja fahren. Ich hatte vor, ihnen mit drei weiteren Polizisten zu folgen. Zwei sollten die Polizeistation bewachen und die letzten zwei das Verwaltungsgebäude.
Die ersten drei Polizisten mitsamt dem Polizeichef waren schon unterwegs, als mir gemeldet wurde, dass in der Nacht ein deutscher Offizier eingetroffen sei. Er schlief im „Deutschen Haus". Ich weckte ihn und erläuterte ihm meinen Plan. Den fand er gar nicht gut. Zuerst - so belehrte er mich - müsse festgestellt werden, wie viele Fallschirmjäger es seien. Um das herauszufinden, müsse jemand, der auch zuverlässig sei, in Zivil hingeschickt werden. Der solle sich der Gruppe anschließen und dann zurückkehren und berichten.
Wie wir zum Verwaltungsgebäude kamen, stand der Schlitten, mit dem die drei Polizisten und ich fahren wollten, schon bereit. Der Offizier meinte, ich solle nicht mitfahren. Als einzige Deutsche müssten wir nun zusammenbleiben. Da hörte ich aus der Richtung der Eisenbahnlinie nach Sorja Schüsse. Ich sagte zu dem Offizier, dass ich die Polizisten jetzt nicht im Stich lassen könne, zumal ich erst einen Monat im Amt sei und folgedem nicht genau wisse, wie zuverlässig die hiesige Polizei sei. Unter der Bedingung, dass ich in Zivil fahren müsse, willigte er ein. Diese Bedingung zu erfüllen war ganz leicht, da ich keine Uniform besaß.
Die drei Polizisten setzten sich mit entsicherter Waffe hinten auf den Schlitten. So kamen wir nach Rotfeld, wo ein großer Menschenauflauf die Straße säumte, voll der Reden über die niedergegangenen Fallschirmjäger, die - so die Leute - sich in

Richtung Sorja bewegt hätten.

Also schlugen wir auch diese Richtung ein. Es herrschte ein undurchdringlicher Nebel. Die Sicht lag um die 100 Meter. Nach einem Kilometer Fahrt bemerkte ich in der weißen Suppe einige dunkle Gestalten. Ich befahl einem Polizisten abzuspringen und sich einzugraben. Schießen sollten er und die anderen aber erst, wenn die Russen das Feuer eröffneten.

Ich fuhr einen Bogen, und nach einem guten Stück sprang der nächste Polizist vom Schlitten, um sich einzugraben. Mein Ziel war es, die dunklen Gestalten einzukreisen. Sie haben diese Absicht wohl erkannt, denn sie eröffneten das Feuer. Ein Pferd fiel sogleich.

Die Sicht war nun etwas besser. Der Polizist und ich warfen uns mit dem ersten Knall vom Schlitten. Gerettet hat mich mein dunkler Mantel. Durch den Wind wurde er hochgehoben und muss ein hervorragendes Ziel abgegeben haben, denn ich zählte später sieben Einschüsse. Gott hatte mich beschützt!

Die Fallschirmjäger hatten zum Glück keine Ahnung davon, mit welch schwachen Gegnern sie es zu tun hatten, denn sie zogen sich in den Nebel zurück. Ich befreite das getroffene Pferd vom Schlitten und gab den Polizisten den Befehl, den Russen zu folgen. Einen Kampf sollten sie nach Möglichkeit vermeiden.

Schnell fuhr ich zurück, um ein zweites Pferd zu besorgen. In Miloradowka angekommen, fand ich eine große Ansammlung aufgeregter Menschen vor. Sie hatten das Bellen der russischen Maschinengewehre gehört. Es hatten sich noch zwei deutsche Eisenbahner und ihr Dolmetscher eingefunden. Diese bestanden darauf, dass sie statt meiner fahren würden. Herr Siemens, der deutsche Offizier, schlug vor, dass ein Polizist an meiner Stelle mitfahren sollte. Die Eisenbahner besaßen bessere Gewehre als unsere Dorfpolizei. Als sie abgefahren waren, brachte der Offizier seine große Freude darüber zum Ausdruck, dass ich dageblieben war.

Als nun die Eisenbahner sich dem Geschehen näherten, fanden sie die folgende Situation vor: In der Nähe von Rotfeld hatten die Fallschirmjäger einen Strohschober in Brand gesteckt und ihre Granaten hineingeworfen. Die Explosionen hatten die Polizisten auf Distanz gehalten. Den Rauch hatten die Russen schließlich als Deckung benutzt, um das Weite zu suchen. Da tiefer Schnee lag, war es ein Leichtes gewesen, die Spur zu finden. Diese führte ein Tal entlang.

Als nun die Eisenbahner eintrafen, nahmen sie gemeinsam die Verfolgung auf.

Auf jeder Seite gingen zwei Polizisten, in der Mitte des Tales, den Spuren folgend, fuhren die Deutschen, die bald eine Überraschung erlebten. Aus unmittelbarer Nähe wurden sie unter Feuer genommen. Sie machten das, was in der Situation einzig angemessen erscheint, nämlich sich schleunigst vom Schlitten in den Schnee werfen.

Die Pferde aber setzten ihren Marsch ohne Lenker fort, schnurstracks auf die Russen zu, die den Schlitten als ein Geschenk des Himmels betrachtet haben müssen. Wie beim Staffellauf übernahmen sie in voller Fahrt das Gespann. Doch zu ihrem Unglück wurden die Rollen auch in einer anderen Beziehung getauscht:

Im Schießen. Natürlich bot der Schlitten ein gutes Ziel. Als ein Pferd getroffen wurde, ergaben sich die Fallschirmjäger. Einer von ihnen war tot, zwei verletzt. Danach konnten sie noch zwei weitere Fallschirmspringer festnehmen. Auch von der

Kolchose Sorja wurden uns fünf Gefangene gebracht. Diese hatten sich kampflos ergeben. Selbst Ukrainer, die mit dem Militär nichts zu tun hatten, brachten uns weitere Gefangene.
Es stellte sich heraus, dass der Nebel in diesem Fall unser Verbündeter gewesen war. Die abgesprungenen Soldaten hatten sich gegenseitig aus den Augen verloren und irrten darum in kleinen Grüppchen ziellos umher.
Als wir bereits alle in Gewahrsam wähnten, rief der Kolchosleiter von Potoki an, dort befände sich noch ein Soldat. Ich schickte die Polizisten hin. Es kam zu einem Kampf, der für den Russen tödlich endete.
Insgesamt waren es 25 russische Fallschirmspringer gewesen. Zwei waren tot, unter ihnen der Befehlshaber, drei verwundet, und 20 wohlauf. Wir brachten sie getrennt in Zellen unter, und ich habe alle persönlich verhört. Dabei erzählten sie mir durch die Bank, dass sie ziemlich enttäuscht seien. Gesagt habe man ihnen, sie würden über Feodossia-Krim abgeworfen werden. Dort sollte eine deutsche Einheit eingekesselt sein. Ihr Befehl habe gelautet, bei der Vernichtung dieser Kompanie zu helfen. Das Gelände dort hatte man ihnen als gebirgig beschrieben und darum seien sie verwirrt gewesen, als sie hier nun auf offener Steppe gelandet waren.
Am folgenden Tag kam ganz in der Frühe ein Ukrainer an, der uns meldete, dass bei ihm auf der Ofenpritsche ein weiterer Russe schlafe. Wir holten ihn ab. Er ließ sich widerstandslos festnehmen und erzählte mir die gleiche Geschichte. Er war ganz alleine gewesen. In einem Strohschober habe er Schutz vor der Kälte gesucht, doch als ihn mehr und mehr gefroren habe, sei er kurzerhand zum Bauern gegangen. Als er mir dieses erzählte, weinte er.
Hatten wir sie nun alle? Alle sagten, dass sie 26 gewesen seien. Es waren junge Burschen zwischen 19 und 23 Jahren. Die Enttäuschung war ihnen deutlich anzumerken, und ich sah keinen Grund, ihnen nicht zu glauben. Es sind dann auch keine weiteren aufgetaucht. Die Verwundeten fanden im Krankenhaus die nötige Pflege: Mit Einzelnen habe ich mich in meiner Freizeit unterhalten. Sie waren alle der Meinung, dass sie unter Zwang gehandelt hätten. Nun, das ist Krieg, Da schießen Menschen aufeinander, die sich nichts getan haben.
Am nächsten Tag erschien der SD (Sicherheitsdienst, ein Nachrichtendienst innerhalb der SS) von Dnipropetrowsk, um die Gefangenen abzuholen. Da die ukrainische Polizei Hervorragendes geleistet hatte, bat ich - darauf verweisend - darum, die erbeuteten Maschinengewehre für die Polizei behalten zu dürfen. Der Unteroffizier sagte spöttisch: „Für die Ukrainer sind die Gewehre noch gut genug."
Da handelte ich eigenmächtig. Noch bevor der SD die erbeuteten Waffen zu Gesicht bekam, ließ ich fünf Maschinengewehre wegnehmen und dafür fünf Gewehre unserer Polizei an die Stelle legen. Der Tausch blieb unbemerkt. Der Unteroffizier hielt die fünf alten Gewehre, die allesamt aus dem I. Weltkrieg stammten, für die Bewaffnung der Fallschirmspringer, und wieder hatte er einen Spott auf den Lippen: „Mit diesen alten Gewehren wollen die den Krieg
gewinnen!"
Somit kam dieser Zwischenfall zum Abschluss. Auf unserer Seite war lediglich ein Polizist verwundet worden.
In der dritten darauf folgenden Nacht wurden Flugzeuge gemeldet. Telefonisch gab

ich in alle Dörfer durch, dass die Flugzeuge im Auge zu behalten seien und dass mir sofort gemeldet werden müsse, wenn irgendetwas Verdächtiges beobachtet worden sei.

Es dauerte nicht lange, da wurde mir von Schitlowa gemeldet, dass dunkle Gestalten in einer Entfernung von drei bis vier Kilometern vom Dorf niedergegangen seien. Ich gab die nötigen Anordnungen und hatte vor, mit einigen Polizisten, auf zwei Schlitten verteilt, sogleich loszufahren.

Nun aber befanden sich auch die drei deutschen Wirtschafter, die beim ersten Fall in Dnipropetrowsk gewesen waren, am Ort, und der Chef bestand darauf, an meiner Stelle mitzufahren. Ich solle den Stab verteidigen. Ich gab zu bedenken, dass vom Stab aus die Befehle erteilt würden und dass er sich in dem Falle mir zu fügen haben würde. „Werde ich auch!", meinte er und war schon so gut wie unterwegs. Ich blieb mit zwei Deutschen und einem Polizisten zurück.

Als sich nun unsere Leute der Stelle näherten, untersuchten sie zunächst einmal, ob von dort aus, wo man die Gestalten hatte niedergehen sehen, Spuren im meterhohen Schnee hinweg führten. Man fand keine.

Also mussten die Abgesprungenen noch da sein. Das waren „sie" auch, aber „sie" bestand nicht aus menschlichen Gestalten, sondern aus Nachschub! Unter anderem auch Schlauchboote.

Als der Anführer unter den Deutschen mir dieses nun berichtete, war für mich klar, dass man die jungen Soldaten tatsächlich nicht über ihren eigentlichen Auftrag aufgeklärt hatte, wie sie mir gegenüber alle beteuert hatten. Den hat nur der Anführer gekannt, und der war bei der Überwältigung ums Leben gekommen. Die Ausrüstung deutete auf Sabotage- und Partisanentätigkeit hin.

Der Deutsche fragte mich nun - getreu seinem Versprechen, mir Gehorsam zu leisten -, was mit den gefundenen Sachen geschehen solle. Ich ordnete an, dass für unsere Polizei alles Brauchbare herausgesucht und der Rest versenkt werden sollte. So geschah es auch.

Als nun die drei verwundeten russischen Soldaten wieder gesund waren, wollte das Krankenhaus sie los sein. Ich besorgte ihnen Beschäftigung. Einer wurde mein Kutscher und Pferdejunge, einer musste die Büroräume säubern und der dritte arbeitete beim Bürgermeister. Nachts wurden sie eingesperrt, am Tage waren sie frei.

Eines Tages erschien der SD, um die Gefangenen abzuholen. Von mir wollten sie wissen, wo sie die denn vorfänden. Ja, sagte ich, an drei verschiedenen Stellen. Als hätte ich einen Donner vom Himmel geholt, brüllte er mich an: „Dieser Fall gehört vor das Kriegsgericht! Ihr unterstützt die Spione und lasst sie frei herumlaufen!"

Nun, wenn ich bedenke, dass wir Sprengstoff unter dem Nachschub gefunden hatten, dann ist das schon ein deutlicher Hinweis auf die Vorbereitung von Partisanentätigkeit. Für mich aber waren diese Jungen, zu denen ich ein freundliches Verhältnis aufgebaut hatte, keine Spione, nein, nicht einmal Feinde. Es war für mich darum auch nicht einfach, zusehen zu müssen, wie sie nunmehr brutal weggebracht wurden. Der Himmel weiß, was mit ihnen geschehen ist. Besonders mein Kutscher weinte bittere Tränen. Er versprach, alle Arbeiten, auch die übelsten, verrichten zu wollen, wenn er bloß hier bleiben könne. Doch leider konnte ich nichts für ihn tun. Es war eine grausame Kriegsmaschinerie, die das verhinderte. Vors Kriegsgericht hat man mich nicht gebracht.

Gleich nach diesen Zwischenfällen tobte ein heftiger Schneesturm. Mitten im Sturm war das Motorengeräusch eines Flugzeugs zu vernehmen. Nun waren wir vorgewarnt und machten uns auf alles gefasst. Ich ließ also wieder überallhin melden, dass man auf der Hut sein solle. Um 13 Uhr meldete mir der Bürgermeister von Teplowka, dass bei ihnen ein deutsches Flugzeug gelandet sei.

Die Piloten hatten die Orientierung verloren und waren darum niedergegangen, um sich diese wieder zu verschaffen. Sie hatten vom Teplowkaer Bürgermeister - es war die nördlichste Gemeinde unsres Kreises - verlangt, dass er umgehend Männer herbeischaffen solle zur Anlegung einer provisorischen Startbahn.

Doch da der Bürgermeister kein Deutsch und die Piloten kein Russisch sprachen, klappte es mit der Verständigung nicht sonderlich. Aus dem Grund bestellte ich einen Piloten ans Telefon. Ich konnte ihm von dem Gedanken, eine Startbahn anzulegen, abbringen - bei dem Schneegestöber ein aussichtsloses Unterfangen. Hinter der Eile stand natürlich die Furcht vor Partisanen. In der Beziehung konnte ich ihn jedoch beruhigen. Ich bat dann noch den Bürgermeister von Teplowka darum, für die Piloten ein gutes, vor allen Dingen aber sicheres Nachtlager zu organisieren.

Nun machte ich mich daran, in den umliegenden Dörfern Leute anzuheuern, die am nächsten Morgen die Startbahn herrichten sollten. Das lief dann auch problemlos an, selbst Frauen und Kinder halfen freiwillig mit. Der Sturm hatte etwas nachgelassen.

Doch um 9 Uhr läutete das Telefon. Gemeldet wurde mir, dass aus dem nördlich angrenzenden Kreis Kamenskoje ein deutscher und ein ukrainischer Polizist, beide blau, gekommen seien und sich einen Spaß daraus machten, die Arbeitenden zu schlagen. Die drei Polizisten aus unserem Kreis, die ich zur Bewachung der Aktion bereitgestellt hatte, hatten versucht, die Störenfriede zu entwaffnen, doch da habe der Deutsche geschossen. Darauf ließ ich einen der Piloten ans Telefon rufen, um ihn zu bitten, diese Angelegenheit persönlich in die Hand zu nehmen. Er fand sich dazu auch sogleich bereit. Der Bürgermeister von Teplowka stellte ein Fahrzeug zur Verfügung, und es war nichts, da brachten sie die beiden Trunkenbolde wohlverschnürt in mein Amtszimmer. Ich fertigte ein Schreiben an für den dortigen Polizeichef, der schon - im Gegensatz zu mir - zur deutschen Zivilverwaltung gehörte. Mitsamt den Waffen wurden die Festgenommenen nun in die Kreisverwaltung Kamenskoje gebracht.

Für mich war die Angelegenheit damit erledigt. Nicht so für den dortigen Polizeichef. Gleich am nächsten Tag stand er auf der Matte. Ich hieß ihn Platz nehmen, doch da polterte es schon aus ihm heraus: „Ich bin nicht gekommen um hier zu sitzen! Wer hat Ihnen erlaubt, meine Polizei zu entwaffnen? Diese Person will ich mir vorknöpfen!" Es folgten derbe Beschimpfungen auf meine Person. Ich ließ ihn ausreden, wenn man das als Reden bezeichnen darf, und entgegnete dann in aller Ruhe: „Herr Hauptmann, die Person, die es wagte, bin ich. Und alles, was den Vormarsch der deutschen Truppen hindert, muss beseitigt werden. Wenn solche Hindernisse in unserem Kreise auftauchen, bin ich sogar verpflichtet, sie zu beseitigen."

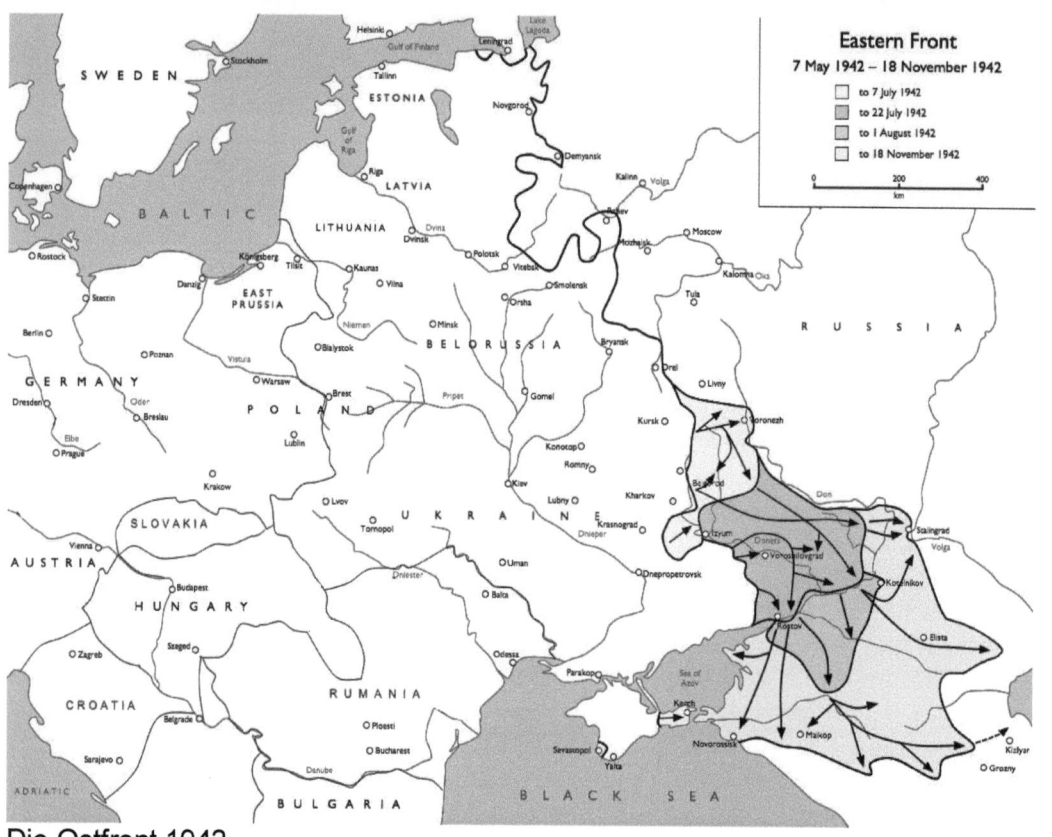

Die Ostfront 1942.

Nun fing er erst recht an zu toben, drohte mit allem, womit das Hitlerreich zu drohen hatte. Auch hier ließ ich ihn zu Ende schimpfen, um ihm dann klarzumachen, wer mich hier eingesetzt hatte und dass meine Zuständigkeit mein Kreis sei und die seinige sei sein Kreis, da könne er ab- und einsetzen, wen er wolle.

Als er nun merkte, dass ich mich nicht einschüchtern ließ, stellte er die Frage, die eigentlich schon gleich zu Anfang fällig gewesen wäre: „Was war hier eigentlich los?" Ich erzählte den ganzen Hergang, betonte dabei, dass die Piloten eine wichtige Nachricht von der Front weiterzumelden hätten und dass ich aus dem Grunde alles unternommen habe, um ihnen zu helfen. Und auf die Kamenskojer Polizisten bezogen sagte ich, dass sie vielleicht tatsächlich die Absicht gehabt haben könnten, zu helfen. Doch in ihrem betrunkenen Zustand hätten sie eher Schaden angerichtet. Nun kamen wir ins Plaudern, und hinter der strengen Gebärde entpuppte sich ein freundlicher Mensch, der schließlich sagte: „Herr Redekopp, Sie gefallen mir. Aber ich will Sie nicht länger aufhalten. Im Wartezimmer sitzen noch viele Leute, die zu Ihnen wollen, aber ich würde gerne auch mit Ihrer Familie bekannt werden." Nun musste ich ihm erklären, dass meine Familie auf dem Dorf lebte. Ich lud ihn zu Mittag ins „Deutsche Haus" ein, und unter der Bedingung, dass wir in Miloradowka übernachten und erst am nächsten Morgen zurückkehren würden, fand ich mich

bereit, mit ihm nach Hause zu fahren. Er willigte ein.
Da auch er Familienvater war, gab er sich besonders mit unseren Kindern ab. In der Morgendämmerung ging es zurück in die Kreisstadt. Es war eine Schlittenfahrt von anderthalb Stunden. Unterwegs stellte er erstaunt fest, dass ich kein Gewehr bei mir hatte. Ich erklärte ihm, dass ich keines benötige. Nun wusste er von mir, dass ich immer zu den Sonntagen nach Hause fuhr. Ob ich denn da auch kein Gewehr bei mir habe, begehrte er zu wissen. Natürlich hatte ich nie eine Waffe mit. Ja, was ich denn zu tun gedächte, wenn ich von Partisanen überfallen werden sollte. „Nun", gab ich zu verstehen, „in dem Falle hilft mir auch ein Gewehr nicht weiter. Ich hoffe aber, dass die Partisanen es nicht auf mich abgesehen haben. Der Ukrainer will eine gerechte Behandlung, die durchaus streng sein kann. Dann empfindet er keinen Hass! Dem versuche ich bei meiner Amtsausübung Rechnung zu tragen."
So trennten wir uns dieses Mal und zwar als Freunde. Er schickte mir eine Pistole als kleine Anerkennung und bei späteren Gelegenheiten haben wir gut zusammengearbeitet.
Eine solche Gelegenheit war die folgende. Noch bevor ich das Amt übernommen hatte, war an einer Mittelschule ein deutsch-ukrainischer Direktor von der Wehrmacht eingesetzt worden, über den die Lehrer sich arg beklagten. Ich hatte mir von ihm längst ein ähnliches Bild machen können. Die Lehrer baten mich darum, ihn aus dem Amt zu nehmen.
Das durfte ich mir nicht erlauben, denn er könnte mich bei den Deutschen verklagen, und dann würde ich den Kürzeren ziehen. Da kam wieder einmal der Polizeichef von Kamenskoje vorbei mit der Frage, ob ich nicht einen guten Dolmetscher für ihn habe. Da blitzte mir der Gedanke durch den Kopf, wie ich die Schule von dem Direktor erlösen könnte. Ich sagte nun, dass ich da durchaus jemanden an der Hand hätte, der dafür geeignet sei. In zwei Tagen würde ich Bescheid geben.
Nun ließ ich den Direktor zu mir kommen. Ich erkundigte mich nach seinen wirtschaftlichen Verhältnissen. Nun, er habe eine große Familie, und das Gehalt wolle nicht so recht ausreichen. Da erzählte ich ihm von dieser Stelle als Dolmetscher und dass er da mehr an Gehalt, aber auch noch weitere Vergünstigungen zu erwarten habe. Seine Augen weiteten sich, doch er gab zu bedenken, dass er doch die Schule mitten im Schuljahre nicht verlassen könne. Ich machte ihm nun deutlich, dass er sich nun genug für die ukrainischen Kinder aufgeopfert habe, jetzt gelte es, auch an die eigenen Kinder zu denken. Es klappte. Der Polizeichef kam nach zwei Tagen, um ihn abzuholen. Er war ganz froh zu seinem Dolmetscher, aber noch glücklicher waren die betroffenen Schüler und Lehrer.
Auch die Judenvernichtung wirkte sich bis in mein Amtszimmer hinein aus. Seit meinem Aufenthalt in Krakau wusste ich in etwa Bescheid. Es hieß eines Tages, alle Juden müssten sich an einem bestimmten Punkt sammeln, von wo man sie nach Deutschland zur Arbeit schicken würde. Die SS hatte acht Uhr als den Zeitpunkt der Versammlung bekannt gegeben. Um zehn kam ein jüdischer Buchhalter, den ich gut kannte, zu mir. Er fragte, was er tun könne, um die anderen noch zu erreichen. Ich kannte den Sammelpunkt. Ich sagte es ihm, doch mir war auch die Abfahrtszeit bekannt. Um den Buchhalter zu retten, sagte ich ihm, er solle ganz langsam gehen,

dann würde er gerade noch rechtzeitig ankommen! Doch es brachte ihm nichts. Bereits im nächsten Russendorf wurde er erschlagen. Nicht von Deutschen, sondern von Ukrainern. Auch diese befanden sich den Juden gegenüber in Pogromstimmung. Ich machte wegen dieses Mordes Meldung bei der Wehrmachtsbehörde. Als ich sagte, es sei ein Jude gewesen, wurde mir beschieden: „Ein Jude? Dann ist gut, dass man ihn beseitigt hat!"

Eines Tages brachte die ukrainische Polizei zwei Männer in mein Büro mit der Meldung, sie hätten zwei Juden gegriffen. So wie sie im Büro waren, begann der eine heftig zu bestreiten, dass sie Juden seien. Ich bedankte mich bei der Polizei und schickte sie weg. Zu den Männern sagte ich: „Dass ihr Juden seid, habt ihr soeben bewiesen. Ein Ukrainer wartet ab, bis er gefragt wird, ein Jude spricht gleich los. Verschwindet aus unserem Kreis, und seid vorsichtiger, damit man euch nicht ein zweites Mal erwischt!" Ich hoffe, dass sie sich in Zukunft zurückhaltender gegeben haben.

Im Februar traf aus Dnipropetrowsk die ukrainische Geheimpolizei ein. Ihre Aufgabe war es, das Partisanenwesen zu bekämpfen. Zu den Maßnahmen gehörte die Verfolgung ehemaliger Kommunisten. Da wurde mir eines Tages gemeldet, dass aus dem Polizeigebäude abends Schreie zu hören seien. Wohl zu Recht gingen die Leute davon aus, dass da gefoltert wurde. Ich ließ darauf den Chef der Geheimpolizei zu mir rufen. Auf meine Frage, ob bei den Verhören auch gefoltert würde, antwortete er beinahe stolz: „Und wie!" Ich sagte ihm, dass ich als Verantwortlicher im Kreise solches nicht dulde. Sie sollten damit aufhören. Da sah er mich betroffen an und meinte: „Herr Redekopp, Sie sind wohl nicht in den Händen des NKWD gewesen? Wenn Sie bei denen gewesen wären, würden Sie so etwas nicht verbieten. Die sind ganz anders mit uns verfahren."

Was sie weiter gemacht haben, weiß ich nicht, aber die Nachbarn berichteten mir, die Schreie seien danach seltener geworden.

18- Unter der Zivilverwaltung

Noch im Winter traf die Zivilverwaltung aus Deutschland ein. Es waren dieses Vertreter für Landwirtschaft, Industrie, Verwaltung, Finanzen, Arbeitsamt und Polizei. Der Chef führte den Titel Gebietskommissar. Von ihm wurde ich zum Referenten für Schul- und Kirchenwesen des Gebietes ernannt. Dieser Aufgabe galt auch mein ganzes Interesse.

Es war keine leichte Aufgabe, die ukrainische Kirche neu zu organisieren. Schließlich war in den letzten 25 Jahren jegliche Kirchenarbeit verboten gewesen. Alle Pfarrer und sonstigen Kirchenleute waren verschleppt worden. Besondere Schwierigkeiten gab es mit der autokephalen Kirche.

Auf schulischem Gebiet fand ich willkommene Hilfe in der Person des Gebietskommissars von Pekrowskoje. Dieses Gebiet, nämlich Pekrowskoje, befand sich noch nicht unter deutscher Besatzung, so dass der dafür bestimmte Gebietskommissar bei uns Zwischenstation machte. Er wurde als Vizekommissar eingesetzt. Von Beruf war er Reitlehrer.

Ausgang Februar erhielt ich vom Generalkommissariat die Nachricht, dass ich zusammen mit anderen volksdeutschen Lehrern nach Deutschland zu einem Lehrerkurs fahren sollte. Der Gebietskommissar legte dagegen jedoch sogleich Protest ein, und zwar mit der Begründung, er sei gerade erst im Amt und als sein Vorgänger würde er meine Hilfe zur Einarbeitung dringend nötig haben.
Zu mir sagte er, bei solchen Kursen sitze man in irgendwelchen langweiligen Räumen und kriege eh nichts zu sehen. Als Ausgleich würde er mir später eine Besichtigungstour durch ganz Deutschland organisieren.
Ich verzichtete also auf die Teilnahme an dem Kurs, um gleich ins nächste Abenteuer zu schlittern. Wieder gab es eine Meldung, wonach auf dem Staatsgut „Petrowsky" in der Nacht Fallschirmspringer gelandet seien. Man hatte dort sieben Fallschirme gefunden. Nun, da die deutsche Zivilverwaltung bereits funktionierte, gab es auch deutsche Polizisten am Ort, sieben an der Zahl. Außerdem standen zwölf ukrainische Polizisten den Deutschen zur Seite.
In Begleitung eines Freundes begab ich mich sofort nach Erhalt der Nachricht von den Fallschirmspringern zur Polizeiwache. Dort herrschte die übliche Aufregung nach solchen Meldungen. Gerade bestieg eine Gruppe Polizisten einen LKW, um an den Ort des Geschehens zu fahren. Wir boten unsere Hilfe an.
Der Polizeichef gab zur Antwort, dass Zivilisten nicht gebraucht würden. Ansonsten müssten sie noch auf uns aufpassen. Sprach's und verschwand, um mich am Abend - nach erfolgloser Suche - kleinlaut zu sich zu bitten. Nun besann er sich dessen, das es mir damals gelungen war, die Fallschirmspringer dingfest zu machen. Ich solle, so schlug er vor, am nächsten Tag die gesamte Polizei bei einem neuen Einsatz führen. Dabei unterließ er es nicht, die Gründe für seinen Misserfolg hervorzuheben. Er habe nur einen Dolmetscher zur Verfügung gehabt, und so sei es enorm schwierig gewesen, die Leute zu befragen.
Ich gab zu verstehen, dass der Zeitpunkt für die Ergreifung der Fallschirmjäger bereits verstrichen sei. Die sieben Soldaten (oder mehr) würden sich längst nicht mehr in der Gegend aufhalten, da es hier keine Industrie gäbe. Vielmehr vermutete ich sie weiter weg an Bahnlinien, Brücken oder in der Nähe von Industrieanlagen.
Der Polizeichef pflichtete mir bei, doch er bestand trotzdem darauf, dass ich am nächsten Morgen mit der ganzen Polizeitruppe losziehen solle, damit die Leute - gemeint waren die unter Besatzung lebenden Ukrainer - sähen, dass wir „auf dem Platze" waren.
Doch da entgegnete ich ihm, dass wir am folgenden Tage nur noch zeigen könnten, dass wir zum richtigen Zeitpunkt nicht „auf dem Platz" gewesen waren. Und jetzt kam er damit heraus, worum es ihm ging. Ich sollte mit der Polizei durch die Lande ziehen, Verhöre abhalten und ruhig mal „einen durchpeitschen". Nun war für mich endgültig klar, dass das nicht mein Fall war, und so blieb es bei den sieben gefundenen Fallschirmen.
Wenig später muss jemand dem Polizeichef erzählt haben, dass ich Besitzer einer Pistole war. Das war natürlich streng verboten. Überall hingen die Aufforderungen, wonach Gewehre abzuliefern seien. Darum hatte ich mich nie gekümmert. Nun ließ er mich zu sich kommen, um mich mit erzürnter Stimme zu fragen, warum ich der öffentlichen Aufforderung nicht gefolgt war.

Ich argumentierte dahingehend, dass doch aufgefordert worden war, Gewehre abzuliefern und dass ich meiner Pistole nichts Gewehrhaftes abgewinnen könne. Doch auch der Polizeichef sah ein, dass ich die Pistole zu Recht besaß, denn sie war mir ja von einem Angehörigen der Wehrmacht geschenkt worden. Er erbot sich, mir die Pistole vorläufig abzunehmen, um sie mir später zurückzugeben. Da befürchtete ich jedoch, dass ich die vernickelte Pistole belgischer Herkunft nicht wieder sehen würde. Wenig später ließ der Gebietskommissar mich zu sich rufen. Bei ihm befand sich bereits der Polizeichef Schulze. Nach wenigen Minuten hielt ich die Erlaubnis zum Tragen einer Pistole in Händen.

19- KdF (Kraft durch Freude)

Im kommenden Sommer wurde wahr, was mir versprochen worden war. Statt der Fortbildungsreise bekam ich einen Urlaub nach Deutschland geschenkt, organisiert von KdF (Kraft durch Freude). Es war eine herrliche Reise, die uns nach Marienburg, Danzig, Zoppot, Berlin, Leipzig, Nürnberg, München, Würzburg und Stuttgart führte.
In Nürnberg hatte man ein Zusammentreffen mit ukrainischen Arbeitern organisiert. Etwa 2000 waren erschienen. Zum Programm gehörte auch Chorgesang, vorgetragen von den Ukrainern. Als der Chor auftrat, erkannte ich sogleich die Nachbarstochter Katja unter den Sängern.
Plötzlich fiel ihr mitten im Gesang der Unterkiefer herunter. Neben mir saß ein Herr Frei vom Propagandaministerium. Er sagte: „Sieh mal, die ist verrückt geworden!" Natürlich war sie nicht verrückt geworden, sondern so erstaunt, dass sie weder singen noch den Mund schließen konnte vor Überraschung. Als wir uns miteinander unterhielten, meinte sie, sie habe gar nicht geglaubt, was man ihnen erzählt habe. Erzählt hatte man ihnen, dass Leute aus der Heimat gekommen seien, um mit ihnen Kontakt aufzunehmen. Sie hatte das für Propaganda gehalten.
Ich wurde auf die Rednertribüne gebeten, um zu den Landsleuten zu sprechen.
Katja nahm mich mit in ihr Quartier. Nach der Behandlung gefragt, sagte sie, dass diese gut sei. Das Zimmer, das sie sich mit zwei weiteren Mädchen teilte, war geräumig, zu essen gab es genug. Doch als ich fragte, was ich für sie tun könne, da meinte sie, dass sie nach Hause wolle. Sie habe Sehnsucht. Gerade das war ja nicht erlaubt, und so musste ich es ihr sagen, dass ich da nichts unternehmen könne. Sie und andere Ukrainer schrieben nun noch Briefe, die ich mitnahm. Gehört habe ich von Katja nie wieder etwas.
Auf dem Rückweg wurde uns zu Ehren in Königsberg ein Essen gegeben. Dabei lernte ich einen mennonitischen Juwelier kennen. Er schenkte mir einen goldenen, edelsteinbesetzten Ring, und für meine Frau gab er eine goldene Brosche mit. Leider besitzen wir beides nicht mehr, da es auf der später erfolgten Flucht den Russen in die Hände gefallen ist.
Als ich nach Hause kam, wartete dort die nächste Überraschung auf mich. Der stellvertretende Gebietskommissar Hacker wurde nach Pokrowskoje versetzt und mit ihm ich. Zunächst stand ich der Sache ablehnend gegenüber. Doch Hacker klärte mich über die Vorteile auf. Pokrowskoje lag weiter im Osten, also näher an der Front.

Dieses Risiko wurde durch besseres Gehalt und bessere Verpflegung entgolten. Meine Frau war einverstanden und der Gebietskommissar auch. Er scherzte noch, nach dem Motto, zuerst organisiere er eine Reise für mich, und zum Dank würde ich ihn verlassen. Es stellte sich jedoch heraus, dass Hacker längst alles mit ihm abgesprochen hatte.

Eine Sorge plagte mich nun ganz besonders. Ich war der stolze Besitzer eines Araberhengstes. Wie sollte ich das Pferd die 280 Kilometer bis nach Pokrowskoje kriegen? Jemand müsste damit reiten. Als dieser „jemand" meldete ich mich, zumal ich wie immer auch jetzt zuerst alleine an den neuen Dienstort reisen wollte, um alles für den Umzug der Familie vorzubereiten.

Allerdings hatte der Hengst sich während meines Aufenthalts in Deutschland keiner besonders guten Behandlung erfreuen dürfen. Angekettet hatte er in der Box gestanden, unfähig, den Hals nach rechts oder links zu strecken. Der Ausgang war ihm verwehrt gewesen. Entsprechend nervös war das Tier denn auch. Darum halfen mir zwei Männer beim Aufsitzen. Dann hieß es, Zügel frei! Im vollsten Galopp ging es durch die Straßen. Draußen auf dem Felde lenkte ich den Hengst auf ein gepflügtes Feld, was sehr bald zu einer Nervenberuhigung führte.

Nach vier Tagen war ich am Ziel. Unterwegs hatte ich Briefe, die Katja und ihre Freundinnen mir mitgegeben hatten, verteilt und die Landschaft und das Gelände erkundet, was sich später als sehr nützlich herausstellen sollte.

20- Pokrowskoje

Über diese Stadt war die Front dreimal hinweggefegt, sodass alles in Trümmer lag. Außer Hacker und mir gab es zu Anfang niemanden, der sich um den Wiederaufbau kümmerte. Erst nach und nach trafen die Vertreter anderer Bereiche wie etwa Finanzen, Landwirtschaft, Arbeitsamt usw. ein, sodass ich mich mehr und mehr meiner spezifischen Aufgabe widmen konnte: dem Schulwesen.

Leider wurde uns so wenig Brennstoff zugeteilt, dass wir nur einmal monatlich das Gebiet abfahren konnten. Zu unserem großen Glück gesellte sich bald Herr Schütte zu uns. Er war für den Handel zuständig. Dass er sein Fach gut beherrschte, stellte er sehr bald unter Beweis. Er versorgte uns ausreichend mit Brennstoff, indem er mit frischem Gemüse an die Front fuhr und es dort gegen Benzin eintauschte.

Mir versprach er Benzin für den Fall, dass ich meine Familie nachholen wolle. Als es so weit war, sandte ich einen LKW zu ihm. Ich hatte an den Fahrer 200 Liter bestellt. Herr Schütte hat sich darüber sehr erstaunt gezeigt, doch er händigte die 200 Liter aus. Dem Fahrer sagte er dabei: „Grüßen Sie Herrn Redekopp, und sagen Sie ihm, dass ich nicht so dumm bin zu glauben, dass er für die Fahrt 200 Liter Benzin benötigt. Aber ich werde sie ihm geben, denn er verdient es."

In der Tat, ich brauchte nicht den ganzen Brennstoff, um meine Familie zu holen. Den Rest verwendete ich für Schulbesuche, für die ich allerdings kaum noch Zeit hatte. Dafür gab es einen konkreten Grund: Die Deutschen, die eine offizielle Funktion innehatten, hielten sich alle junge Mädchen als Dolmetscherinnen. Diese verstanden wohl viele Dinge besser als das Übersetzen, und somit war an höherer

Stelle bald bekannt, dass zahlreiche Übersetzungen fehlerhaft waren. Darum erließ der Gebietskommissar einen Befehl, der beinhaltete, dass ich alle Übersetzungen zu kontrollieren hatte. Es ging unter anderem um Zuschriften des Generalkommissars, die den ukrainischen Lokalbehörden in Übersetzung weitergeleitet werden mussten.
In welche Angelegenheiten mich diese Übersetzerei verwickeln konnte, zeigt die folgende Geschichte.
In der Ambulanz von Katarinowka waren ein lediger Arzt und drei ebenfalls ledige Krankenschwestern angestellt. Naturgemäß entspann sich ein Kampf um den Arzt. Ebenfalls naturgemäß konnte dieser Kampf nur von einer gewonnen werden, womit dann die zwei anderen als klare Verliererinnen hervorgehen mussten. Eine von diesen gedachte, Rache zu nehmen, indem sie den Arzt der Vergewaltigung bezichtigte.
In solchen Fällen galt für die ukrainische Bevölkerung das altrussische Gesetz, welches für eine Vergewaltigung als Höchstmaß an Strafe drei Jahre Gefängnis vorsah. Nach deutschem Recht hätte der Beschuldigte bis zu sieben Jahre Haft verbüßen können.
Der Klägerin lag viel daran, dem deutschen Recht Genüge zu tun. Dazu aber bedurfte der Richter einer Sondererlaubnis seitens des Gebietskommissars. Bevor nun der Richter zum Gebietskommissar kam, waren wir über den Fall bestens informiert. Der Bürgermeister von Katerinowka hatte mir erzählt, dass der Vater der Klägerin den Richter bestochen habe. Als nun der Gebietskommissar und der Richter kurze Zeit später in mein Büro kamen, gab ich den Rat, dass alle Prozessakten zwecks näherer Einsicht bei uns auf dem Amt verbleiben sollten. Schließlich war alles auf Ukrainisch abgefasst, und von mir wurde die Übersetzung erwartet.
Nun hatte ich die Gelegenheit, diesen seltsamen Fall zu studieren. Von 17 Zeugenaussagen war eine gegen den Angeklagten gerichtet, alle übrigen entlasteten ihn. Aus allen Aussagen ergab sich der folgende Sachverhalt: An dem Tag X war der Arzt auf Krankenbesuch gewesen. Sein Kutscher hatte bezeugt, ihn nach dem Krankenbesuch beim Bürgermeisteramt abgesetzt zu haben. Der Bürgermeister hatte bezeugt, dass der Arzt bis spät in den Abend hinein bei ihm gesessen habe, bis seine Frau ihn schließlich abgeholt habe.
Am folgenden Tage kam Hacker, der Gebietskommissar, mit dem Richter zu mir, um die Übersetzung abzuholen. Ich sagte zu ihm: „Uns kommt die ganze Angelegenheit verdächtig vor. Sollte es sich doch erweisen, dass der Arzt schuldig ist, so sind wir der Meinung, dass drei Jahre Zwangsarbeit ausreichen."
„Wir müssen", hielt der Richter dagegen, „in solchen Fällen hart durchgreifen. Wo kommen wir hin, wenn das Nachahmer findet?"
„Einverstanden", gab ich zu bedenken, „aber wie wird es sich auswirken, wenn der Arzt unschuldig ist, wenn es nur um Rache geht? Dann sitzen demnächst vielleicht auch wir auf der Anklagebank, nur weil jemand sich über uns geärgert hat."
An dem Sonntag vor der Gerichtsverhandlung kam die Frau des Arztes zu uns. In der Hand trug sie eine große Tasche. Sie bat mich darum, auch zu der am Montag angesetzten Gerichtsverhandlung zu kommen. Ich lehnte ab mit der Begründung, dass ich keinen Einfluss auf diesen Prozess zu nehmen gedächte. Darauf sagte sie, dass ihr Mann dann wohl verurteilt werden würde, da der Richter bestochen sei. Sie

fügte noch hinzu, dass sie für uns Geschenke mitgebracht habe. Ich stellte mich etwas ahnungslos und fragte, ob auch Lebensmittel wie Butter, Speck und Eier dabei seien. Das bestätigte sie mir ganz freundlich. Nun stellte ich mich ganz ernst: „Dann nehmen Sie jetzt ganz schnell Ihre Tasche und sehen Sie zu, dass Sie nach Hause kommen, denn andernfalls kommt zuletzt Ihr Mann frei und Sie werden wegen versuchter Bestechung eingesperrt!" Sie verschwand augenblicklich.
Ich empfand großes Mitleid mit ihr, doch ich konnte nicht anders handeln. Wenn ich einmal Geschenke angenommen hätte, wäre das Haus davon immer voll gewesen, doch wo wäre dann das Recht geblieben?
Am Montag wurde der Arzt zu drei Jahren Zwangsarbeit verurteilt. Die Bevölkerung hatte das Gerichtsgebäude umstellt und auf die Art die Abführung des Verurteilten verhindert. Sie hatten die ganze Zeit geschrien: „Er ist unschuldig, er ist unschuldig!" Erst als deutsches Militär eingesetzt worden war, war es möglich gewesen, den Arzt abzuführen.
Schon am Dienstag erschienen der Gebietskommissar und die Frau des Arztes bei mir. Auch ihm war sonnenklar, dass der Arzt unschuldig war. Er wollte nun von mir wissen, was zu tun sei. Ich sagte, dass ich am Nachmittag nach Katerinowka fahren würde, um zu retten, was zu retten war. Auch der Gebietskommissar kam mit.
Dort angekommen, bat ich den Bürgermeister darum, uns zehn Leute zur Verfügung zu stellen. Diese wollten wir ausfragen. Es sollten darum Personen sein, die mit dem Arzt und den Krankenschwestern nichts zu tun hatten. Der Bürgermeister gab zu bedenken, dass unterschiedslos alle Bewohner des Dorfes zu Gunsten des Arztes aussagen würden. Nach kurzer Zeit fanden wir das Bürgermeisteramt von lauter Aussagewilligen umstellt. Nachdem wir sieben Personen angehört hatten, die alle dasselbe erzählten, brach ich die „Vernehmung" ab.
Da kam noch ein altes Mütterlein, das unbedingt angehört werden wollte. Als ich sie gar nicht hören wollte, meinte sie, es sei nicht nötig, dass ihre Aussage aufgeschrieben würde. Sie erzählte frei heraus, dass sie die Tante der Klägerin sei und dass der Arzt nicht der erste „Heiratskandidat" sei, der von ihr auf die Anklagebank gebracht worden sei. Immer seien es Ärzte gewesen, denn dem Vater der Klägerin liege viel daran, einen Vertreter dieses Berufsstandes zum Schwiegersohn zu bekommen.
Diese Aussage bestätigte den Trend, den wir bei den sieben anderen festgestellt hatten. So begaben wir uns mit den gewonnenen Unterlagen auf den Heimweg.
In meinem Schreibtisch lagen gestempelte und vom Gebietskommissar unterschriebene Vordrucke, deren eines ich nun zur Hand nahm, um den verurteilten Arzt aus dem Gefängnis zu holen. Dieses „amtliche" Schreiben ließ ich umgehend der Polizei zukommen. Nach etwa einer Stunde erschien der Arzt in Begleitung seiner Frau. Unter Tränen bedankten sie sich. Da sagte ich zu der Frau: „Wenn Sie uns jetzt einmal zum Kaffee einladen würden, dann wären wir dazu gern bereit, denn jetzt könne das nicht mehr als Bestechung ausgelegt werden." Sie entgegnete, sie habe mich nicht bestechen, sondern lediglich ihren Mann zurückhaben wollen. Ich sah keinen Anlass, ihr das nicht zu glauben.
Ähnliche Fälle, in denen Ukrainer an Ukrainern Rache üben wollten, gab es viele in der Zeit.

Die wirtschaftliche Lage verbesserte sich unter der deutschen Besatzung rasch. Die Rote Armee hatte bekanntlich alles Brauchbare mitgenommen, doch die Versorgung mit neuen Maschinen ließ nicht lange auf sich warten. Die Kolchosen der deutschstämmigen Bauern, aber auch einige der Ukrainer, wurden aufgelöst und folgedem fiel die erste Ernte nach der Besetzung höher aus als die letzte in der Kolchoszeit. Der größte Mangel herrschte auf dem Gebiet der Treibstoffversorgung. Wenn ich alle Schulorte in dem mir unterstellten Gebiet besuchen wollte, hatte ich etwa 1.000 Kilometer zurückzulegen.

Das ließ sich dank der Handelskünste des Herrn Schütte, der es zu einem richtigen Handel - Gemüse gegen Brennstoff - mit der Front brachte, alles regeln. Als er aber versetzt wurde, versiegte diese Quelle sofort, denn was Herr Schütte gemacht hatte, war selbstverständlich verboten. Der neue Handelsvertreter bekam frühzeitig Wind von den Geschäften seines Vorgängers, und er machte ein großes Aufsehen davon. Vor ein Kriegsgericht würde er Herrn Schütte stellen, so seine scharfen Töne. Dem Gebietskommissar und mir war gar nicht wohl zumute, konnten wir doch als Mitnutznießer ebenso angeklagt werden.

Wenig später konnten wir den neuen Handelsvertreter ebenfalls unter die Decke kriegen, unter der wir steckten, ohne dass er das merkte. Es war im Herbst. Ich nahm an einer Dienstfahrt teil. Neben dem Fahrer saß der Gebietskommissar, und hinten saßen Herr Ott, der neue Handelsvertreter und ich.

Auf der Station Demurino besichtigten wir eine Porzellanfabrik. Der Ingenieur persönlich führte uns durch das Werk. Nach dem Rundgang lud er uns zu einem Kaffee ein. Die Deutschen sprachen deutsch miteinander, und ich unterhielt mich auf Russisch mit dem Ingenieur. Er erzählte mir, dass seine Tochter demnächst Hochzeit feiere und dass wir herzlich eingeladen seien. Ich bedankte mich für die Einladung, gab aber zu bedenken, dass wir keinen Brennstoff hätten und somit nicht kommen könnten. Daraufhin sagte er, dass er mir den Brennstoff besorgen könne. Durch die Station Demurino führen beständig Treibstoffzüge, und gegen eine Henne sei da stets ein Eimer Benzin zu bekommen.

Nun konnte ein Handel abgeschlossen werden: 20 Hühner versprach ich zu liefern, wofür ich 200 Liter Benzin erhalten würde. Da dieses Gespräch russisch abgehalten wurde, hatte Herr Ott nichts davon verstanden.

Auf der Weiterfahrt kamen wir an ein Feld, auf dem ungeerntetes Gemüse zu faulen begann. Wieder war es Herr Ott, der sich maßlos erzürnt zeigte und auch hier das Kriegsgericht ins Feld führte. So drehten wir auch sofort auf den Hof der Kolchose. Ich zog mich zurück. Der Fahrer übernahm die Übersetzung. Nachdem der Kolchosleiter lange Schimpfreden hatte anhören müssen, kam er endlich auch zu Wort und schilderte nun dem Handelsvertreter die Lage.

Die Front sei mehrfach über die Kolchose hinweggefegt. Ob Deutsche oder Russen, alle hätten jeweils das beste Vieh als Beute mitgehen lassen, sodass die Kolchose keine Zugtiere mehr habe, geschweige denn Traktoren. Nun wollte Herr Ott wissen, wie man denn überhaupt hätte pflanzen können, so ganz ohne Tiere. Nun, so der Kolchosleiter, im Frühjahr habe man halt noch ein paar Tiere gehabt. Doch zuletzt hätten die Frauen alles auf ihren Rücken geschleppt. Auch die Ernte sei so erledigt worden, aber zu mehr als einer Lagerung gleich auf dem Felde hätten die Kräfte nicht

gereicht. Ob denn, so der Kolchosleiter, von den Frauen erwartet werden könne, dass sie das Gemüse nun auch noch auf dem Buckel zur Front schleppten?
Nun war dem Herrn Ott jeglicher Wind aus den Segeln genommen. Auf der Weiterfahrt jammerte er darüber, dass es doch nicht angehen könne, dass hier das Gemüse verfaule, während es an der Front dringend benötigt würde. So sehr er nun an Plänen schmiedete, das Unmögliche doch noch wahrzumachen, so sehr endeten diese Überlegungen immer an einem Punkt: Er verfügte nicht über ausreichende Vorräte an Treibstoff.
Nun sah ich meine Stunde für gekommen: „Brennstoff ist doch genug zu bekommen, man muss nur wollen."
Interessiert wandte er sich mir zu: „So, wissen Sie vielleicht, wo man Benzin herbekommen kann?"
Ich gab ihm zur Antwort, dass ich es wüsste, aber es ihm nicht sagen dürfe, denn ich wolle nicht vors Kriegsgericht. Das hat er wohl als üblen Scherz aufgefasst, denn er wandte sich deutlich von mir ab. Schließlich war ihm der „Fall Schütte" bitterernst.
Doch Neugier ist oft stärker als das Ehrgefühl, und er wandte sich nach kürzester Frist erneut an mich: „Nein, im Ernst, wissen Sie, wo wir Brennstoff herkriegen können?"
Ich wiederholte meine Aussage von vorhin, ergänzte sie aber um Folgendes: Er solle mir 20 Hühner besorgen, dafür würde ich ihm 100 Liter Benzin verschaffen. Damit könne er das Gemüse zur Front bringen, denn die befand sich in Stalino, etwa 40 bis 50 Kilometer von Delino entfernt. Sofort willigte er ein. Hühner zu beschaffen war für ihn kein Problem, denn die Kooperative in Poprowskoje hatte eine große Hühnerfarm.
Im Handumdrehen konnte dieser Deal abgewickelt werden. Ein Deal, der vielerlei Gutes bewirkte: Die Soldaten bekamen ihr Gemüse, ich konnte meine Kontrollfahrten durchführen und Herr Ott gehörte nun genau so vors Kriegsgericht wie Schütte und ich! Als ich solches dem Gebietskommissar mitteilte, konnte er sich eines Lachens nicht erwehren.
Es gab aber auch Fälle, die weder mit der Übersetzerei noch mit der Schulinspektion zu tun hatten. So der folgende.
Beim Rückzug hatte die Rote Armee die Brücke, die über den Fluss bei Pokrowskoje führt, gesprengt. Die Wehrmacht ließ sie durch Strafgefangene wieder aufbauen. 127 Gefangene arbeiteten bereits seit geraumer Zeit daran, als plötzlich der ukrainische Chef unseres Kreises zu mir kam und mir mitteilte, dass der Chefagronom des Kreises sich im Lager befände. Ich solle mich doch darum kümmern, dass er freikäme, denn er würde dringend in der Landwirtschaft gebraucht. Ich verwies ihn an den Gebietskommissar, doch er beteuerte, dass er dort schon gewesen sei. Die Dolmetscherin habe ihm mitgeteilt, dass so etwas nicht möglich sei. Nun, das musste ich ihm auch sagen, doch er befand, dass ich es doch wenigstens versuchen könne. Oft hätte ich doch einen Ausweg aus schwierigen Lagen gefunden. Und darum versprach ich ihm, mit dem Lagerkommandanten zu sprechen.
Den hatte ich längst kennen gelernt. Er verkehrte regelmäßig beim Gebietskommissar, dem er Rechenschaft schuldig war. Dabei hatte er es sich zur Angewohnheit gemacht, mich zuerst aufzusuchen. Von mir erfuhr er die Laune des

Kommissars. War diese schlecht, so vermeldete er 100-prozentigen Arbeitseinsatz. War sie gut, so fehlten auch mal welche. Diese Fehlenden schickte er in die Kolchose, wo sie Lebensmittel für das Lager verdienen mussten, denn die Lagerversorgung war schlecht.

Als nun der Lagerkommandant, Herr Schmitgal, wie gewohnt am nächsten Morgen bei mir hereinkam, fragte ich ihn, ob er einen Gefangenen namens Ponomarenko kenne. „Sehr gut!", beschied er. Der könne etwas Deutsch und er habe ihn als Sekretär eingesetzt. „Welche Möglichkeit besteht, ihn zu entlassen?", fragte ich ohne Umschweife. Für ihn zähle nur der Adler (gemeint waren der Stempel und die Unterschrift), blitzte er mich ab. Formulare mit dem „Adler" hatte ich noch genug und so war das entsprechende Dokument im Handumdrehen ausgestellt. Es waren jene signierten Vordrucke, die bereits den verurteilten ukrainischen Arzt aus dem Gefängnis geholt hatten, die hier das Wunder vollbrachten. Ich händigte es Herrn Schmitgal aus. Er ging. Nach wenigen Augenblicken erschien die Dolmetscherin des Gebietskommissars. Ich solle sogleich zu ihrem Vorgesetzten kommen. Ich kam, und fand ihn sehr nervös vor. Mit dem „von ihm" unterzeichneten Schreiben in der Hand empfing er mich: „Was soll das bedeuten?" Ich blieb ganz ruhig und erklärte, dass der Agronom freikommen solle. Darauf er: „Was heißt hier Kriegsgefangene freilassen?" Ich entgegnete: „Täglich bekommen wir Zuschriften, dass wir Getreide liefern sollen, denn die Wehrmacht braucht Brot. Doch den Mann, der hier für mehr Brot sorgen könnte, halten wir gefangen. Da muss man Käse im Kopf haben, um so weitermachen zu können."

Das schlug ein. Doch Schmitgal hatte noch nicht ganz alles begriffen. Er bot sich dem Gebietskommissar durch die folgende Frage als Blitzableiter an: „Ich weiß nicht, was ich jetzt machen soll? Soll ich ihn freilassen oder nicht?" - „Was heißt hier", explodierte Hacker, „nicht wissen? Lesen Sie doch. Da steht es Schwarz auf Weiß. Strengen Sie Ihr Gehirn einmal etwas an!" In diesem Ton wurde der „Dialog" noch für eine Zeit fortgeführt. Der Ärger war damit auch weg, denn mein Vorgesetzter hat die Angelegenheit nie mehr zur Sprache gebracht. Herr Schmitgal war mir hinfort auch zugetan, denn er erbot sich, mir bei irgendwelchen Schwierigkeiten behilflich sein zu wollen. Er habe überallhin gute Beziehungen.

Dieser Fall sprach sich schnell herum, und so trat eines Tages ein ukrainisches Mädchen mit der Bitte an mich heran, ihren Bräutigam zwecks anstehender Heirat aus dem Lager zu befreien. Ich zögerte nicht, denn den „Adler" hatte ich ja im Schreibtisch, und diesmal gab es kein Nachspiel.

Natürlich ging ich auch meiner Hauptbeschäftigung nach. Um in Kirchenangelegenheiten mitsprechen zu können, besuchte ich regelmäßig den Gottesdienst. Durch die Kenntnis der Probleme war es möglich, hier und da helfend einzugreifen.

Im Schulwesen hatte ich es hier mit einer mir unbekannten Lehrerschaft zu tun, denn Pokrewskoje befand sich 300 Kilometer weiter östlich von meinem früheren Wohnsitz. Bei einer Gelegenheit lud ich zu einer Lehrerkonferenz ein. Ich sprach in ukrainischer Sprache über „Die Schule der Zukunft".

Viel später, als wir besser miteinander bekannt waren, erzählten mir die Lehrer, wie sie nach jenem Vortrag gerätselt hätten, ob ich ein Deutscher oder ein Ukrainer sei.

Für einen Deutschen habe ihnen der Akzent gefehlt. Ein Ukrainer hätte ich aus dem Grunde nicht sein können, weil die Deutschen so einen hohen Posten nur an Deutsche vergaben.

Ein anderes Erlebnis hatte ich bei einer Dienstfahrt mit dem Gebietskommissar. Auf der Rückfahrt erblickte ich bei den Eisenbahnern eine ehemalige Schülerin von mir. Sie hieß Toni Kaljuga, der Vater war Pole, die Mutter Ukrainerin. Sie war in einer deutschen Ortschaft aufgewachsen und sprach daher perfekt Deutsch. Als sie mich sah, trat sie mit der Bitte nach einem Gespräch unter vier Augen an mich heran. Dabei erzählte sie mir, dass sie sich als Deutsche ausgegeben habe und als Dolmetscherin arbeite. Ich solle doch bitte nichts verraten. Natürlich habe ich sie nicht verraten. Ich erkundigte mich lediglich bei den Eisenbahnern, ob sie mit ihrer Dolmetscherin zufrieden seien. Das waren sie.

21- Evakuierung

Dass der Krieg nicht zu gewinnen sein würde, hatte ich seit Beginn an geahnt. Nahezu zur Gewissheit war mir diese Ahnung nach dem Durchbruch in Stalingrad geworden. Es war lediglich die Frage, wann der Rückzug der Wehrmacht stattfinden würde. Im Winter 1942/43 wurde der Kanonendonner zunehmend besser vernehmbar. Die Front näherte sich. Sollten wir daran noch Zweifel gehabt haben, so wurden diese durch eine italienische Einheit gänzlich hinweggefegt. Diese eilte durch Pokrowskoje hindurch, zu Beginn noch geordnet, dann aber in zunehmender Auflösung. Es bildeten sich bandenartige Gruppen von zehn bis 20 Personen, die alles plünderten, was sich ihnen verlockend in den Weg stellte. Es musste deutsches Militär eingesetzt werden, um diesen Zustand zu beenden. Diese Erscheinung wirkte sich deprimierend auf die ukrainische und besonders auf die deutsche Bevölkerung aus.

Die Umstände, die uns die italienische „Invasion" bescherte, hatten mit der Wende des Krieges zu tun. Es ging um die Umzingelung Stalingrads, der die Italiener den Rücken kehrten. Eines Morgens kam der Gebietskommissar mit der Meldung in mein Büro, russische Panzer hätten den Eisenbahnknotenpunkt Grischino genommen. Der befand sich von uns zwar noch in einer Entfernung von 100 Kilometern, doch 15 Kilometer von Grischino entfernt befand sich die deutsche Siedlung Meschewaja, die noch zu unserem Gebiet gehörte. Er wolle sich sofort dorthin begeben, um die Bevölkerung zu evakuieren. Ich bot ihm angesichts der gefährlichen Situation meine Begleitung an, und so waren wir zusammen mit dem Fahrer drei Personen im Auto.

Die Hälfte der Strecke legten wir unter halbwegs normalen Verhältnissen zurück, obwohl viel deutsches Militär und Fuhrwerke unterwegs waren. Danach waren die Straßen leer. Die Schießerei wurde lauter. In der Kreisstadt Meschewaja befand sich alles in heller Auflösung. Die Wehrmacht war bereits abgezogen. Wir mussten aber noch weitere 15 Kilometer nach Osten, wo Deutsch-Meschewaja lag. Als wir dort ankamen, zeigte sich uns ein trauriges Bild. Mütter liefen mit ihren Kindern weinend über die Straßen. Sie schimpften auf die Wehrmacht, die versprochen hatte, sie zu evakuieren. Und nun war sie verschwunden mitsamt ihrem Versprechen.

Die Kolchose verfügte über lediglich sieben Fuhrwerke, doch es gab 32 Familien zu evakuieren.

Wir beriefen eine Versammlung ein, auf der es uns darauf ankam, die Leute zu beruhigen. Das gelang uns auch, zumal wir ja der beste Beweis dafür waren, dass wir gekommen waren, die Evakuierung vorzunehmen. Wir schickten alle nach Hause, das Notwendigste zu packen. Auf der Versammlung war beschlossen worden, dass der Gebietskommissar in die nächste Ortschaft fahren würde, um weitere Fuhrwerke aufzutreiben, während es mir oblag, möglichst viele Familien mit kleinen Kindern auf die sieben Fuhrwerke zu bekommen.

Ich war damit noch nicht ganz fertig, als der Kommissar erschien mit der ernüchternden Meldung, es gäbe dort keine Fuhrwerke mehr, die Wehrmacht habe alles mitgenommen. Er übernahm nun die weitere Evakuierung der Familien mit kleinen Kindern und für mich hieß es, in die nächste Kolchose - Richtung Front - zu fahren, um dort nach Fuhrwerken zu sehen.

Ich nahm den volksdeutschen Polizisten mit, und außerdem war ja noch der Fahrer dabei. Als wir dort ankamen, erzählte man uns, dass alle Verantwortlichen bereits geflohen seien. Das waren die Deutschen, aber auch Ukrainer, die in der Verwaltung gearbeitet hatten. Lediglich der Abteilungsleiter war noch da. Ihm trug ich mein Anliegen vor. Doch auch er sagte, dass er keine Pferde habe.

Sehr bedrückt ging ich zum Auto zurück, lehnte mich daran und überlegte, was zu tun sei. Ich konnte unmöglich wieder zurückfahren und mitteilen, wir seien nicht in der Lage, die restlichen Bewohner zu retten. Wie ich da so herumstand, kam ein alter Ukrainer vorbei, der so tat, als bewundere er das Auto. Dabei sagte er ganz leise, dass der Abteilungsleiter lüge. Der habe nämlich Pferde. Ich verharrte ganz ruhig auf der Stelle, bis der Ukrainer weg war, ging dann in Begleitung des Volkspolizisten zum Abteilungsleiter. Noch einmal fragte ich ihn. Ich bekam die gleiche Antwort zu hören. Nun, sagte ich zu ihm, es täte mir leid, aber in dem Fall müsse ich ihn verhaften. Der Polizist nahm ihn mit zum Auto, und wir fuhren los.

Wir hatten den Ort noch nicht verlassen, da sagte er, er werde uns zeigen, wo die Pferde seien. Wir fuhren aus dem Ort hinaus in eine Schlucht, in der ein langer Schuppen stand. Im Schuppen war eine ganze Menge Pferde untergebracht. Auch die Wärter waren dabei. Ich ließ sie zusammenrufen und erklärte ihnen, dass sie mir 15 Fuhrwerke zu besorgen und nach Meschewaja zu bringen hätten. Danach seien alle frei, es bleibe jedem anheimgestellt, entweder zurückzubleiben oder nach Westen zu ziehen. Es gelang uns, 17 Fuhrwerke aufzutreiben und im Gänsemarsch ging es nun Richtung Meschewaja, der Fahrer vorne, der Polizist in der Mitte und ich folgte als Letzter mit dem Auto.

Als wir in Meschewaja ankamen, war die Freude groß, denn der Kanonendonner hatte sich weiter genähert, und man hatte die Hoffnung schon aufgegeben.

Nun wurde schnell verladen, und sogleich ging es los. Auf halber Strecke nach Pokrowskoje wusste ich eine Schule. Den Lehrer dort kannte ich. Ich habe Anordnung, dort Rast zu machen, vor allen Dingen um die Pferde zu füttern. Mit dem Einbruch der Dunkelheit fuhr der letzte Wagen ab.

Wie wir schon im Wagen saßen, kam der ukrainische Lagerverwalter und meldete, dass im Lagerraum noch drei Fässer mit Honig ständen. Ob wir die nicht auch

mitnehmen sollten, denn ansonsten würden die Rotarmisten die nehmen. Doch wie sollten wir die drei Fässer in unser kleines Auto laden? Außerdem, so gab ich zu bedenken, seien wir gekommen, Menschen zu evakuieren.
Trotzdem musste ich auf der Fahrt, die wir gleich darauf antraten, beständig an den Honig denken. Etwa einen halben Kilometer außerhalb der Ortschaft kreuzte sich die Straße mit dem Weg nach Saporoshje. Hier stießen wir auf zwei Männer mit einem großen Schlitten, ebenfalls auf der Flucht. Ich fragte sie, ob sie nicht Lust hätten, ein paar Fässer mit nach Pokrowskoje zu nehmen. Sie waren sogleich bereit dazu, aber der Gebietskommissar hatte weiche Knie, denn das Schießen von der Front hatte sich bedrohlich genähert. Wir einigten uns jedoch dahingehend, dass der Kommissar und sein Fahrer unter einem Baum Schutz suchen würden, während ich und die Leute mit dem Schlitten zurück zum Honig fahren würden.

Inzwischen war es finster geworden, und nun sahen wir das Leuchten der Geschosse im Osten ganz deutlich vor uns. Beladen mit zwei Fässern Honig ging es nun zurück zum Auto. Der Motor lief, und der Gebietskommissar war der Meinung gewesen, die Russen hätten uns schon geschnappt. Ich sagte den Männern, sie sollten den Honig im Kommissariat abgeben, und los ging's.
Als wir bis zur Schule kamen, waren dort erst ganz wenige Fuhrwerke angekommen. Beim Lehrer sah ich noch Licht, und so ging ich hin. Er konnte sein Staunen nicht lassen. Er sagte, dass sie schon Anordnung hatten, Quartier für die Rotarmisten einzurichten. Ich besprach dann noch schnell mit ihm, dass er alle ankommenden Fuhrwerke ohne Pause weiterschicken solle. Den Flüchtlingen, denen ich begegnete, sagte ich, sie sollten ohne Unterbrechung weiterfahren. Wenn ein Pferd fiele, solle man es liegenlassen und mit einem Tier weitermachen.
Auch wir fuhren nun in aller Eile weiter. In Pokrowskoje angekommen, ging ich sogleich ins Büro, um die eingegangene Post zu sichten. Alle reichsdeutschen Funktionsträger waren hier bereits versammelt, um auf den Gebietskommissar zu warten, denn der Evakuierungsbefehl war bereits eingegangen. Seit unser Verwaltungsgebäude vor einiger Zeit abgebrannt war, befanden sich die Büroräume des Kommissariats in einem Nebenhaus. Das Zimmer des Kommissars war von dem meinigen nur durch eine Tür getrennt. Durch die trat der Kommissar nun sogleich, um mir mitzuteilen, dass sofort geräumt werden müsse. Ein russischer Vorstoß nach Pokrowskoje werde jederzeit erwartet.
Ich bat darum, dass man meine Familie mitnehme, ich wolle noch bleiben. Nach dem Grund gefragt, sagte ich, dass ich ein heilloses Durcheinander erwarte, falls wir alle weg seien und der Flüchtlingstreck aus Meschewaja hier ankomme. Darauf drehte der Kommissar sich auf den Fersen um und gab Anordnung, schlafen zu gehen. Die Evakuierung finde erst morgen statt. Mir war aber nicht ganz wohl dabei. Nach meiner Einschätzung befand sich die Front etwa 30 Kilometer von uns entfernt. Falls sie auf keinen bedeutenden Widerstand stießen, dann könnten die Roten schon in der Nacht bei uns sein.
Alle befolgten die Anordnung - außer mir. Ich machte Pferde und Wagen zur Abfahrt bereit, legte mich dann angezogen ins Bett, um dem Kanonendonner zu lauschen. Es schien, als behalte die Wehrmacht die Überhand. Langsam nahm der Lärm ab und

verstummte schließlich ganz.

Am Morgen trafen die ersten Wagen mit Flüchtlingen ein. Da auch viele Ukrainer Passierscheine für die Flucht haben wollten, bat der Kommissar mich, ins Büro zu gehen und die entsprechenden Scheine auszustellen.

Er ging indessen zur Brücke, um dort alles im Zusammenhang mit dem Durchzug der Leute aus Meschewaja zu regeln. Wir hatten beschlossen, dass Familien mit kleinen Kindern in Pokrowskoje Rast machen sollten, während die anderen gleich weiter bis nach Kronsberg, 12 Kilometer westlich, fahren würden.

Um 10 Uhr kam der Gebietskommissar und meldete, dass jetzt alle durch seien. Nun galt mein Interesse dem Honig. Ich wollte vom Kommissar wissen, ob der angekommen war. Das war er!

Er hatte die Leute, die den Honig geladen hatten, zum Büro weitergeschickt. Doch bei mir im Büro fand ich ihn nicht. Es stellte sich später heraus, dass die Männer auf dem Schlitten bis nach Kronsberg weitergefahren waren. Da der Gebietskommissar des Russischen nicht mächtig war, hatten sie seine Äußerung „Kommissariat" so verstanden, dass sie weiterfahren sollten - und zwar am Kommissariat vorbei -, zumal alle anderen das auch taten. Dadurch war der Honig in Kronsberg gelandet.

Um 12 Uhr rief der Bürgermeister von Kronsberg an und fragte mich, was er mit dem Honig anstellen solle. Ich sagte, er solle ihn verwahren, später würden wir die Fässer abholen. Zwei Stunden nach diesem Gespräch erhielten wir die Nachricht, dass die russischen Panzer geradewegs auf Pokrowskoje zukämen. Ich rief nun noch schnell in Kronsberg an und bat den Bürgermeister darum, den Honig unter den Flüchtlingen zu verteilen. Und so ist es dann auch geschehen, und ich weiß nicht einmal, ob er gut war, denn ich habe davon nie mehr etwas gesehen.

Meine Bürosachen hatte ich schon gepackt. Ich lieferte sie ab und ging nach Hause, um mit der Familie aufzubrechen. Die Pferde hatte ich beschlagen, der große Arbeitswagen war mit einem Dach versehen worden. Wir waren gerade beim Aufladen, da kam der Gebietskommissar. Er bat mich darum, dass wir mit ihm im Auto führen, denn ich sei der Einzige, der die Gegend richtig kenne. Nach langem Zureden entschlossen wir uns, mit dem Auto mitzufahren. Unser ukrainischer Wachposten wollte ebenfalls fliehen. So beluden wir den Pferdewagen mit verschiedenen nicht so wichtigen Sachen wie der Bibliothek, Küchengeschirr u.a.m. Bevor er losfuhr, verabredeten wir das 280 Kilometer weiter westlich liegende Bogedorowka als Treffpunkt.

Wir luden unsere Sachen auf den LKW und fuhren mit ihm und zwei Personenwagen los. Es war Februar. Am Tage war Schnee geschmolzen, nun zum Abend gefror das Schmelzwasser wieder. Diese Eisschicht bedeckte den Schnee. Für die leichten Autos waren das ideale Fahrbedingungen, doch der LKW brach auf einer Straße in einem Tale ein. Wir schafften es nicht, ihn wieder herauszubekommen. Wir beschlossen, bis zum Morgen zu warten. Der Gebietskommissar brachte meine Familie und die Dolmetscherin ins nächste Dorf, damit sie im Warmen übernachten konnten. Beim LKW blieben der Mann der Dolmetscherin, ein Herr Friesen, ein Reichsdeutscher und ich.

Nachts hörten wir ein verdächtiges Geräusch. Nicht lange danach sahen wir auch die Ursache davon: russische Panzer. Sie fuhren das Tal entlang. Nun ließen wir alles stehen und liegen und liefen ebenfalls Richtung Ortschaft. Dort angekommen, fanden wir den Gebietskommissar schon wartend auf der Straße vor.

Die übrigen Reichsdeutschen und die Dolmetscherin waren bereits abgereist. Meine Familie hatte der Gebietskommissar der Wehrmacht anvertraut, die sie bis nach Saporoshje zum dortigen Stadtkommandanten bringen sollte. Wir sausten nun ebenfalls los. Der Frost war stark, sodass die Straße gut befahrbar war.

Etwa zehn Kilometer vor der Ortschaft Lukaschewa kam uns ein deutscher Militärlaster entgegen. Von den Leuten erfuhren wir, dass Lukaschewa von den Roten eingenommen worden war. Alle Deutschen, egal ob Militär oder Zivil, habe man erschossen. Der Gebietskommissar sah mich an: „Und was jetzt?"

Ich schlug vor, drei Kilometer zurück, um dann querfeldein zu der Hauptstraße zu fahren, die aus südöstlicher Richtung nach Saporoshje führte. Ich war da damals mit dem Hengst geritten und kannte die Straßenverhältnisse daher. Tatsächlich fanden wir die gesuchte Straße, doch unser Glück war nicht von langer Dauer. Zwei deutsche Soldaten kamen uns entgegengelaufen mit der Meldung, dass auch die nächste Ortschaft von den Russen genommen worden war. Und auch da habe man alle Deutschen unterschiedslos erschossen. Diesen beiden Soldaten war die Flucht durch die Gärten gelungen.

Wieder sah der Gebietskommissar mich mit besorgter Miene an: „Und was jetzt?" Ich sagte, dass die Sache jetzt schwieriger sei. Wir müssten nun, gab ich zur Antwort, quer über die Felder nach Süden fahren in der Hoffnung, dort eine Straße zu finden, die in den Westen führe. Zu dieser Überlegung kam ich, weil der russische Vorstoß aus nordöstlicher Richtung vorgenommen wurde.

Ein Soldat fand Platz im Wagen, der andere legte sich oben auf den Dachgepäckträger. Auch hier konnten wir gut fahren. Der Boden der Stoppelfelder war gefroren. Nach einer halben Stunde Fahrt gelangten wir auf einen Feldweg und mit Finsterwerden kamen wir in Orechowo, etwa 100 Kilometer südlich von Saporoshje, an. Hier übernachteten wir. Die Soldaten blieben dort und wir fuhren am Morgen weiter nach Saporoshje.

Der Gebietskommissar ging zur Kommandantur, um sich nach der Frontlage zu erkundigen. Man sagte ihm, dass die eingebrochenen Panzer vernichtet worden seien. Der Weg nach Lukaschewo sei wieder frei. Dort befand sich ja unser LKW mit den Sachen. Dem Kommissar hatte man ein gepanzertes Fahrzeug angeboten, um die Sachen zu holen. Ich säumte auch nicht, mein Einvernehmen zu geben und so fuhren wir los.

Hier muss ich etwas zurückgreifen. Als wir mit dem LKW im Eis stecken geblieben waren, kam der ukrainische Wächter mit unserem Fuhrwerk vorbei. Er bot an, die Sachen mitzunehmen. Ich lehnte es ab. Ich war misstrauisch, denn er war ein Ukrainer, und so dachte ich, er könnte mit den Sachen das Weite suchen. Später habe ich festgestellt, dass das ein Fehler war.

Wir machten uns nun auf den Weg eben zu der Stelle, an der unser LKW feststeckte. Zwei Soldaten fuhren abwechselnd den gepanzerten Wagen. Als wir nach Osten die Stadt verließen, sah ich, dass überall Geschütze mit den Läufen nach Osten eingegraben worden waren. Also stand man hier vor dem Feindeinbruch, ein Umstand, der mich bedenklich stimmte. Darum ließ ich in der nächsten Ortschaft - es

war der Bahnhof Sofiewka - halten, um mich nach der Lage zu erkundigen. Auf der Kommandantur sagte man uns, dass alle eingebrochenen Panzer noch dort waren, bis wo sie am Vortage gekommen waren. Doch bis zur nächsten Ortschaft könnten wir ganz getrost fahren. Da befinde sich noch deutsches Militär.
Hier entstand ein großes Missverständnis. Mit der „nächsten Ortschaft" hatte die Kommandantur ein kleines Dorf, 2 Kilometer weg von der Hauptstraße gemeint. Wir verstanden es so, als sei Lukaschewo „der nächste Ort", und gleich hinter Lukaschewo lag doch unser LKW fest. Wir fuhren nun in dieser falschen Annahme weiter, und alles kam uns ziemlich unheimlich vor, überall lagen zerschossene Fahrzeuge herum. Tote Pferde säumten die Straße. Doch wir kamen bis nach Lukaschewo. Der Ort liegt in einem Tal, das von einer Hauptstraße durchzogen ist. Drei Straßen verliefen quer über die Hauptstraße, wobei die Hauptstraße zwischen der ersten und der zweiten Querstraße über eine große Brücke führte.
Wie wir bis ans Dorf kamen, sahen wir, dass die Straße verbarrikadiert war. Kein Mensch weit und breit. Also ging ich ins erste Haus. Auch hier schien alles menschenleer zu sein, bis dann auf mein Rufen ein alter Ukrainer von hinterm Ofen hervorkroch. Ich fragte ihn, warum die Straße verbarrikadiert sei. Er meinte, es sei wohl nichts Gefährliches. Nun wollte ich wissen, wer sie verbarrikadiert habe. Die Rote Armee. Die hätten Angst vor den Hitleristen. Ich wollte wissen, ob es hier im Ort russisches Militär gebe. „Oho! Jene Straße steht voll. Sie sagen, dass dort zwölf Panzer und 15.000 Soldaten sind."
Ich ging zum Fahrzeug zurück und stattete dem Gebietskommissar einen Bericht ab. Ich war ja in Militärangelegenheiten ungebildet, doch er kannte sich aus, und was er nun von sich gab, klang nicht gerade beruhigend: „Wir sitzen in der Falle. Die haben ihre Geschütze auf den Berg und auf die Brücke gerichtet. Wenn wir zurückfahren, dann kriegen wir auf dem Berg eins verpasst, und wenn wir bis zur Brücke weiterfahren, wird ebenfalls geschossen werden. Hierher haben sie uns über den Berg kommen lassen, da sie wussten, dass wir nicht zurückkönnen. Aus Gefangenen könnten sie vielleicht Informationen herauspressen."
Wir vermochten nicht einmal zu wenden, da der Weg schmal und von tiefen Gräben umsäumt war. So fuhren wir im Rückwärtsgang zurück bis in die Nähe des Berges. Da gab es Schutz, da der Weg eingegraben worden war.
Ich stieg aus, um die Umgebung zu erforschen und für den Notfall einen Fluchtweg zu haben. Etwa 100 Meter vom Weg entfernt erblickte ich einen Heuhaufen. Auf allen Vieren kroch ich zum Haufen, zog etwas Heu heraus und setzte mich auf der dem Dorf abgekehrten Seite. Ich arbeitete einen Fluchtplan aus. Nicht lange danach hatte Hacker mich dort entdeckt. Er erklärte mir, dass ich es falsch angestellt hätte. Der Heuhaufen biete den Schützen ein gutes Ziel. Besser wäre es gewesen, sich einfach irgendwo in den Schnee zu setzen. Aber auch er setzte sich zu mir.
In dem Augenblick kamen zwei deutsche Soldaten den Straßengraben entlang gekrochen. Sie bemerkten uns und kamen ebenfalls zum Heu. Sie bildeten einen Spähtrupp. Ich musste ihnen erzählen, was der alte Ukrainer mir von den Roten erzählt hatte. Während wir uns unterhielten, kam ein deutsches Flugzeug, ein Aufklärer geflogen.
So wie es über dem Dorfe war, wurde es unter Feuer genommen. Getroffen wurde es

wohl nicht, denn es drehte ab und flog über uns hinweg. Dabei ließ die Besatzung eine Nachricht folgenden Inhalts fallen: „Nordöstlich von hier steht feindliche Artillerie und eine Panzereinheit." Der Spähtrupp nahm die Meldung an sich und begab sich wieder zurück. Nach ungefähr zwei Stunden rückte deutsches Militär heran. Es waren ein Panzer, ein Panzerspähwagen und drei Sturmgeschütze. Eine Kompanie Soldaten folgte ihnen in den Gräben. Sie standen unter dem Befehl eines Hauptmanns, und dieser ließ mich sogleich rufen, und ich musste wieder die Geschichte von dem alten Ukrainer erzählen. Die Sturmgeschütze wurden in Stellung gebracht und nahmen auch sofort jene Straße unter Beschuss, die ich dem Hauptmann bezeichnet hatte. Die Rotarmisten antworteten mit schwerem Artilleriefeuer, das jedoch zu hoch eingestellt war und über unsere Köpfe hinweg flog. Es gelang den Deutschen schließlich, das Dorf zu erobern. Dort konnten wir die Spuren vergangener Kämpfe begutachten. Überall lagen Tote herum. Es war nicht auszuschließen, dass auch meine Familie hier überrollt worden war. Darum begab ich mich auf die Suche nach bekannten Gesichtern. Zum Glück fand ich keines.
Der Hauptmann ließ mich holen, um beim Verhör der russischen Gefangenen zu übersetzen. Einige von ihnen hatten Weizenkörner in den Taschen. Sie erzählten, dass sie schon einige Tage ohne Verpflegung seien.
Mit der Wehrmacht begaben wir uns zu unserem liegen gebliebenen LKW, doch von den Sachen war nichts mehr da. Selbst die Reifen hatte man zerschnitten.
Wir hatten hier nun nichts mehr zu bestellen und begaben uns auf den Weg zurück nach Saporoshje. Nun fing die Suche nach der Familie an. Sie musste bis nach Saporoshje gekommen sein. In der Stadtkommandantur meldete man uns, dass auch dort der Evakuierungsbefehl eingegangen sei und dass man aus dem Grunde alle ankommenden Flüchtlinge weiter nach Chortitza geschickt habe.
In Chortitza teilte uns der dortige Gebietskommissar mit, dass die SS für die Flüchtlinge verantwortlich sei. Bei der SS erfuhren wir, dass Chortitza von Flüchtlingen überfüllt sei, und man daher alle Neuankommenden sofort weiterschicke. Über Telefon fragte ich in allen umliegenden Dörfern nach einer Frau Redekopp mit drei Kindern. Nirgendwo wusste man etwas über sie.
Nun fiel mir der Kutscher ein, mit dem ich Bogedarowka als Treffpunkt vereinbart hatte. Möglicherweise war er auf meine Familie gestoßen und hatte sie mitgenommen.
Die Front war wieder zurückgedrängt worden, und auch wir sollten wieder zurückfahren. So fuhr der Gebietskommissar in Begleitung des Dolmetschers zurück, und ich sah zu, wie ich nach Bogedarowka kam. Tatsächlich hatte ich den richtigen Gedanken gefasst. Ich fand meine Frau, doch leider fehlte unser Sohn, der elfjährige Ernst. Bis nach Saporoshje war er noch gewesen, doch dann hatte meine Frau ihn aus den Augen verloren. Ich begab mich zum Kreisleiter, erklärte ihm den Sachverhalt und bat um einen Wagen, um nach Ernst suchen zu können. Tatsächlich konnte ich ihn von der Dringlichkeit meines Anliegens überzeugen, ja, er war bereit, mit mir mitzufahren, bat mich lediglich um etwas Geduld, bis er hier alles erledigt habe.
Ich hatte am Fenster Platz genommen, sodass ich die Straße im Blick hatte. Der Strom der Flüchtlinge, der am Fenster vorbeizog, war endlos. Doch plötzlich sah ich

auf einem Wagen meinen Sohn sitzen. Auf dem kurzen Weg bis zum Wagen hatte ich mir eine ordentliche Standpauke überlegt. Am Wagen angekommen, sagte ich: „Ernst, was machst du für Sachen, wo warst du überhaupt?" Darauf antwortete er mir: „Papa, diesem Manne war der Wagen kaputtgegangen und er brauchte Hilfe, aber niemand hielt an. Da habe ich ihm geholfen." Für so einen Missionseinsatz fand ich nicht den Mut zu schelten, und so dankten wir Gott dafür, dass wir nun wieder alle beieinander waren.

Mittlerweile war der Befehl eingegangen, dass die Flüchtlinge gleich ins Reich gebracht werden sollten. Am nächsten Tag war ich etwas überrascht, als der Kreisleiter mich ganz aufgeregt fragte, was ich denn verbrochen habe. Die SS habe mich über Rundfunk ausrufen lassen, und zwar mit der Aufforderung, sofort nach Pokrowskoje zurückzukehren. Natürlich dachte ich an die Brennstoffgeschichte. Besorgt war ich, weil die SS dahinter steckte. Als Familie fuhren wir mit dem Pferdewagen zurück nach Pokrowskoje, wo sich die „SS-Fahndung" sehr bald aufklärte. Hacker hatte Angst gehabt, man könne uns ebenfalls mit den Flüchtlingen in den Westen schicken, und darum hatte er die SS eingeschaltet.

Unser Haus war von den Rotarmisten heimgesucht worden und sah entsprechend hergerichtet aus. Alles, was nicht Niet- und nagelfest war, fehlte natürlich. Andere Dinge waren so stark beschädigt, dass sie nicht mehr zu gebrauchen waren.

Unser Büro war angezündet worden. Wir verlegten es mehr ins Zentrum. Auch das Quartier wurde verlegt. Etwas Bekleidung bekam ich für das letzte Geld auf dem Schwarzmarkt, denn Geschäfte gab es keine. Der Molkereichef, mit dem ich gut befreundet war, überließ mir 20 kg Butter, die ich ebenfalls in Bekleidung und Wäsche umsetzen konnte.

Die Kreisverwaltung war uns behilflich bei der Beschaffung von Möbeln, sodass sich unser Leben langsam wieder normalisierte. Selbst unsere Kuh brachte man uns wieder.

Schließlich kamen wir noch zu einem Motorrad. Als wir nämlich auf der Flucht bei Lukaschewo mit dem Lkw im Eis festgesessen hatten, war ein Kradfahrer auf einem großen englischen Motorrad mit Beiwagen herangekommen. In der Nähe stand ein Schuppen. In diesen Schuppen hatte er das Motorrad geschoben, es mit Stroh bedeckt, und war dann zu Fuß verschwunden. Wir dachten uns so, dass ihm wohl das Benzin ausgegangen sein würde.

Als nun alles wieder friedlich herging, kam der Gebietskommissar auf den Gedanken, wir sollten doch einmal nachsehen, ob die Rotarmisten vielleicht das Gefährt übersehen hätten. Und so kamen wir zu einem Motorrad! Unversehrt stand es unter dem Stroh, mit einem völlig leeren Tank. Zum Glück kam ein LKW der Wehrmacht des Weges, der das Motorrad bis nach Pokrowskoje mitnahm.

Da es auch noch einen Beiwagen hatte, ersetzte es weitgehend den Dienstwagen, und wir konnten mit dem wenigen Treibstoff, den wir bekamen, weit mehr erledigen als mit dem Auto.

Leider wurden der Gebietskommissar, Herr Hacker, und sein Stellvertreter zur Wehrmacht einberufen. Beide wurden durch neue Leute ersetzt. Sie konnten ihren Vorgängern nicht das Wasser reichen. Der neue Gebietskommissar schimpfte stets auf das Personal. Etwa zweimal die Woche ließ er sich in irgendeine Ecke fahren, in der es was zu trinken gab um sich voll laufen zu lassen. Nur mich hat er nie ausgeschimpft.

Hacker, der ehemalige Gebietskommissar, war in Konstantinowka, etwa 200 Kilometer nordöstlich von uns, im Wehrmachtsstab eingesetzt worden. Dadurch konnte er öfter zu uns kommen, um zusätzliche Verpflegung zu holen. Offiziell war das verboten, aber da ich die Kolchosleiter alle gut kannte, machten sie mit, vor allen Dingen bei der genauen Koordinierung der Verladung am Bahnhof. Natürlich bekam jede Kolchose ihre Ware auch bezahlt.

Eines Sonntags war Hacker wieder da. Es war ein schöner Tag, und so saßen wir an der Straße und plauderten. Da fuhr der stellvertretende Gebietskommissar, Herr Rockhausen, mit dem Motorrad an uns vorbei, und im Beiwagen saß ein russisches Mädchen. Da stieß Hacker mich an und fragte: „Haben wir dafür das Motorrad geholt?" - „Nein", sagte ich, „aber nun führt halt Rockhausen das Regiment."

Trotzdem bat er mich darum, ihm möglichst schnell die Seriennummer zu besorgen. Die übergab ich ihm am Montag. Am Abend fuhr Hacker dann wieder mit Lebensmitteln an die Front.

Nun wurde es allgemein wieder unruhiger. Kanonendonner machte sich bemerkbar. Eines Nachts klopfte es an mein Fenster. Auf Russisch fragte ich, was eigentlich los sei. Auf Deutsch kam die Antwort, ich solle sie hereinlassen. An der Stimme erkannte ich Hacker.

Ich war der Meinung, er und sein Begleiter befänden sich schon auf der Flucht. Doch er zeigte mir lediglich ein Schreiben, aus dem hervorging, dass die Wehrmacht Nr. 14 beim Rückzug bei Lukaschewo ein Motorrad zurückgelassen habe. Ihnen sei zu Gehör gekommen, dass der Gebietskommissar von Pokrowskoje es geholt habe. Hiermit werde um die Auslieferung gebeten. Widrigenfalls werde das Wehrmachtsgericht eingeschaltet.

Der Unteroffizier, der mit Hacker mitgekommen war, begab sich denn auch sogleich früh am nächsten Morgen ins Kommissariat. Als ich auf Arbeit ging, kam Rockhausen mir schon mit dem Schreiben entgegen: „Lesen Sie einmal! Die Wehrmacht will das Motorrad haben. Was machen wir?" Ich sagte ihm darauf, dass wir wohl keine andere Wahl hätten, wenn wir nicht vors Kriegsgericht kommen wollten. Wir sollten dankbar sein, dass wir es so lange hätten nutzen können.

Nun gingen wir zurück zur Garage, wo er mich mit dem Unteroffizier bekannt machte, den ich ja längst kannte. Der bedankte sich, und fuhr in entgegengesetzter Richtung von meinem Quartier auf und davon. Wie ich dann zu Mittag nach Hause kam, da waren der Unteroffizier und Hacker beide noch da; und wir lachten über den gelungenen Streich. Da wir einen zwei Meter hohen Zaun um unser Grundstück hatten, konnte uns von der Straße aus niemand beobachten.

Trotzdem sickerte die Sache durch. Rockhausen trat wenige Tage später mit der Frage an mich heran, ob es stimmt, was die Leute erzählten, wonach Hacker das Gefährt geholt habe. Ich sagte ihm, wenn wir anfangen wollten, das Gerede der Leute auf die Goldwaage zu legen, dann hätten wir alle Hände voll zu tun. Damit war der Fall erledigt.

Trotz Kanonendonners in der Luft lief auch die schulische Arbeit weiter. Von Berlin aus war angeregt worden, für ukrainische Jugendliche Fachschulen zu eröffnen. Um diese Angelegenheit zu befördern, wurden alle Schulreferenten beim Generalkommissariat zu einer Konferenz geladen. Der Generalreferent stellte uns kurz den Plan vor und erteilte dem Plenum das Wort. Alle äußerten sich sehr verächtlich über den Bildungsstand der ukrainischen Jünglinge, etwa dahin gehend, wie denn Fachhochschulen einzurichten seien, wenn die in Frage kommenden Schüler Analphabeten seien?

Ich empfand das als sehr naiv und arrogant. Darum meldete ich mich ebenfalls zu Wort. Ich wies darauf hin, dass die in Frage kommenden Personen alle die Mittelschule besucht hätten und somit mit Physik, Chemie und Algebra bekannt seien. Ob wir nicht lieber darüber diskutieren sollten, welche Berufe als Ausbildungsziele in Frage kämen, wie hoch die Schülerzahlen sein könnten usw.

Nach dem Ende der Diskussion bedankte sich der Generalreferent für die Redebeiträge und fügte die Bitte an, dass der Schulreferent von Pokrowskoje noch einen Moment dableiben solle. Nun durchfuhr mich der Gedanke, dass ich womöglich doch zu viel gesagt hatte. Schließlich gab es neben mir nur noch einen einzigen volksdeutschen Schulreferenten, alle anderen waren Reichsdeutsche und somit uniformiert. Nun kam der Generalreferent auf mich zu und sagte: „Hiermit ernenne ich Sie zum Hilfsreferenten für Fachschulen beim Generalkommissariat. Ganz perplex stand ich da, denn ich hatte, wie bemerkt, eine Standpauke erwartet. Ich wies die Ernennung zurück, mich damit entschuldigend, dass ich Angestellter im Gebietskommissariat sei. Darauf er:

„Das lassen Sie unsere Sorge sein. Das werden wir schon regeln." Ich erbat mir zwei Monate Bedenkzeit, wobei es mir um ganz Naheliegendes ging. Es war immer noch Winter 1942/43. Im Keller hatten wir Eingemachtes. Das könnte durch den Transport schlecht werden. Darum wollte ich bis zum Frühling warten.

Ich nahm an, dass unser Gebietskommissar darüber informiert war, denn er war sehr freundlich zu mir. Er hat mir überhaupt nie ein böses Wort gesagt, wenn ich es vielleicht auch mal verdient hätte. Ein Beispiel. Bei einer Fahrt nach Dnipropetrowsk sollte ich ihm Bier und Wein mitbringen. Der stellvertretende Gebietskommissar gab mir dafür Rechnungen, mit deren Hilfe ich das Gewünschte bekommen würde. Ich gab sie meinem Fahrer, der auch alles erledigte und beim Gebietskommissar ablieferte. Am Abend kam der Posten mit der Mitteilung, ich solle sogleich zum Gebietskommissar kommen. Dort angekommen, sah ich ihn und Herrn Kless, den Kreislandwirt, beim Bier sitzen. Nach der Begrüßung wollte er wissen, wieso ich denn Fassbier und nicht Flaschenbier gebracht habe. „Herr Gebietskommissar, das müsste ich dann vorher wissen, denn raten kann ich es nicht." Nun schaltete sich Kless ein: „Siehst du, ich habe es dir gesagt, wenn der Redekopp es gewusst hätte, dann hätte er ganz bestimmt auch Flaschenbier gebracht." Nun wurde alles auf Rockhausen, den Stellvertreter abgewälzt, den beide wohl nicht leiden konnten. Ich hingegen hatte die Ehre, mit den Herren Bier zu trinken.

Der Kanonendonner näherte sich unaufhaltsam. Eine Abteilung des SD kam, um die Strafgefangenen abzuholen. Dabei hatten die Gefangenen bereits eine Odyssee hinter sich. Man hatte sie nach Dnipropetrowsk evakuiert und jetzt, wo Pokrowskoje wieder deutsch besetzt war, waren alle wieder zurückgebracht worden.

Dabei vergaß der SD nicht das genaue Zählen. Drei Leute fehlten! Der

Gebietskommissar klagte mir dieses. Zu meinem Glück war auch Schmitgal versetzt worden, sodass hier niemand außer mir den wahren Sachverhalt kannte. Ich gab zur Antwort, dass keiner entlaufen sei, sondern dass zu Schmitgals Zeiten Leute entlassen worden seien. Damit gab er sich zufrieden, fügte aber noch hinzu, dass sich die Sache dann ja noch klären würde.

Nun konnten wir immer mehr deutsches Militär westwärts ziehen sehen, und das fasste jeder normale Mensch als Rückzug auf. Auch unsere ukrainischen Dolmetscher merkten das. Sie traten eines Tages mit der Bitte an mich heran, gemeinsam zum Gebietskommissar zu gehen und die Erlaubnis einzuholen, unsere Familien evakuieren zu dürfen. Es durfte nämlich ohne Erlaubnis niemand das Gebiet verlassen. Doch ich kannte die Einstellung des Gebietskommissars und wusste, dass er es nicht erlauben würde, denn er sah angeblich noch keine Gefahr. Daher lehnte ich ab und sagte, sie sollten doch alleine gehen. Sie entgegneten darauf, dass der Kommissar sie nicht einmal anhören würde, wenn sie alleine gingen, ja, er würde sie vielleicht gar wegjagen.

Der Grund, warum sie so besorgt waren, lag darin, dass sie am Vortage mit Ukrainern gesprochen hatten, die sie kannten und deren Ortschaft etwa 30 Kilometer weiter östlich lag. Dort sei die Rote Armee bereits eingezogen. Aus dem Grunde ließ ich mich dann doch noch überreden. Dazu muss erwähnt werden, dass der Kommissar das Trinken in dieser unruhigen Zeit vollkommen gelassen hat.

Wir unterbreiteten ihm also unser Anliegen, und darauf entwickelte sich folgendes Gespräch:

Kommissar: „Ihr seid nur Angsthasen. So gefährlich ist die Lage noch gar nicht."

Ich: „Herr Gebietskommissar. Ich bin bereit zu bleiben, bis ich den Russen über den Berg kommen sehe. Aber dann will ich wissen, dass ich nur für mich und nicht für die Familie zu sorgen habe."

Kommissar: „Stimmt, das wollen wir auch. Zurzeit haben wir erst Alarmstufe eins. Bei Alarmstufe zwei bringen wir die Familien und das Vieh weg, und bei drei gehen wir."

Das war gut geplant, aber die Theorie stimmt oft nicht mit der Praxis überein. Wir mussten unverrichteter Dinge wieder heimgehen.

Inzwischen hatte zurückflutendes Militär in unserer Stadt Quartier bezogen. Unsere Büroräume waren dafür in Beschlag genommen worden, wir waren in eine Schule umgezogen. Der General vertrat die Ansicht, dass eine Zivilverwaltung wegen der Anwesenheit der Armee völlig überflüssig sei.

Wir setzten unsere Arbeit trotzdem fort. Am 8. September 1943 fuhr ich wie gewohnt mit dem Fahrrad zur Arbeit. Draußen stand schon eine Menschenschlange. Es waren Ukrainer, die einen Passierschein haben wollten, um fliehen zu können. Dabei musste ich mir in jedem Fall einen besonderen Grund ausdenken, da es immer noch verboten war zu flüchten. Der Gebietskommissar hielt die Lage nach wie vor für ungefährlich. Unter diesen Wartenden befand sich auch ein Bürgermeister, er bat um eine Bescheinigung, die ihn berechtigte, Lebensmittel in den Westen zu transportieren. Er meinte, ich könne ruhig den Ort bestimmen, wo er sie hinbringen solle. Wir könnten ja später teilen. Denn dass es zur Flucht kommen würde, daran zweifelte hier niemand mehr. Natürlich erteilte ich ihm die gewünschte Erlaubnis. Dafür war er so dankbar, dass er mich nach Hause fuhr. Hier nun lud ich ihn ein, und wir speisten gemeinsam zu Mittag. Nach dem Essen fuhr er mich zurück zu meinem neuen Büro.

Auf dem Schulhofe kam mir der Stellvertreter des Kommissars entgegen mit der Meldung: „Herr Redekopp, wo bleiben Sie so lange. In zwei Stunden sollen wir geräumt haben, denn dann sind die russischen Panzer hier." - „Ganz ruhig", antwortete ich, „halb so schlimm. Wir haben erst Alarmstufe eins, und da haben wir noch genügend Zeit." Darauf er: „Alarmstufe zwei ist schon vorbei, wir haben jetzt Alarmstufe drei, höchste Alarmstufe!"

Nun wollte er mich sogleich nach Orechowka schicken, einen dort bereitstehenden LKW anzufordern, der laut Evakuierungsplan unsere Bürosachen mitnehmen sollte. Ich gab den Vorschlag, dass man den doch telefonisch bestellen könne. Nun sagte er, die Partisanen hätten die Leitung längst gekappt. Ich bat um einen PKW, um hinzufahren. Doch die sollten bereitstehen, falls es sehr schnell gehen sollte. Er erwartete tatsächlich von mir, dass ich mit der Pferdekutsche zwei Stunden vor Eintreffen der russischen Panzer nach Orechowka führe, damit von dort ein LKW käme, um unser Büro aufzuladen. Diese Zumutung versuchte ich ihm nun zu erläutern, woraufhin er sagte: „Dann müssen Sie wohl hierbleiben!" Sehr deutlich gab ich zu verstehen, dass dem nicht so sein würde, sondern was dabliebe, das würden die Bürosachen sein.

Diese stellte ich noch in den Durchgang und begab mich nach Hause.

22- Flucht

Nun musste ein schweres Problem gelöst werden. Mein Pferdefuhrwerk befand sich in einer acht bis zehn Kilometer weiter östlich gelegenen Kolchose zur Reparatur. Ich fuhr los mit dem Fahrrad. Es war nicht möglich zu fahren. Die Straße war von zurückflutender Wehrmacht und Flüchtlingen völlig verstopft. Zu Fuß dorthin zu gehen war sinnlos, denn die Zeit hatte ich nicht. Als ich zurück war, bot der Meister des Fuhrparks an, dass wir mit den Autos mitfahren könnten. Dankbar nahm ich es an. Wir luden unsere Sachen auf einen LKW, und wieder ging es los, Richtung Westen.

Wir kamen aber nur sehr langsam voran. Immer wieder stand die Kolonne. Über uns kreisten russische Flugzeuge. Vor einer Brücke kam es wieder einmal zu einem Stillstand. Da stieg ich aus, um nach der Ursache zu sehen. In dem Moment spürte ich eine Hand auf der Schulter. Ich wendete mich, und stand vor dem Gebietskommissar. Er fragte gleich: „Wie steht es mit Ihrer Familie? Ist sie in Sicherheit?" Ich wagte es nicht, die Wahrheit zu sagen, fürchtete ich

doch, er könne mich bitten, ihm zu helfen, falls er wisse, dass meine Familie in Sicherheit sei. Ich sagte dann: „Heute will scheinbar nichts klappen." Darauf er: „Aber beeilen Sie sich, denn ich habe zuverlässige Informationen, wonach die russischen Panzer in einer Stunde hier sein werden. Ich dankte für den Hinweis und war nun selber etwas ruhiger. Wir hatten ja noch eine Stunde Zeit. Bald darauf kamen wir auch über die Brücke und auf der anderen Seite des Dnjepr bis nach Nikopol. Die uns begleitende Einheit der Wehrmacht sollte auf dem rechten Ufer des Flusses

Stellung beziehen, um den russischen Vorstoß am Fluss zu stoppen. Nach einem eintägigen Aufenthalt in Nikopol, während dessen wir dank der Tatsache, dass im Verpflegungsbüro eine ehemalige Studentin des Chortitzer Lehrerseminars beschäftigt war, gut versorgt wurden, ging es weiter Richtung Westen.

Etwa 40 Kilometer westlich von Nikopol lebte mein Schwager Rempel in der Ortschaft Schöndorf. Er war schon einberufen worden, aber seine Frau, die Schwester meiner Frau, war noch da, und so nahm sie uns gerne auf. Dort erreichte uns auch der Fahrer des Gebietskommissars, der die Nachricht mitbrachte, dass sein Vorgesetzter Selbstmord begangen habe. Wie vermutet wurde, habe er nicht darüber hinwegkommen können, dass ihm die Evakuierung Pokrowskojes nicht vollständig gelungen war. Natürlich dachte ich in dem Augenblick daran, dass wir ihn ja vorgewarnt hatten.

Im Gepäck führten wir zwei Fahrräder mit. Wir liehen uns noch eines aus, um nach Gulaj Pole zu radeln, einem Gestüt, das vorher der Roten Armee zugearbeitet hatte und jetzt von den Deutschen genutzt wurde. Es lag 50 Kilometer westlich von Schöndorf. Ich kannte den Leiter. Es war ein H. Epp, der an unserer Schule Buchhalter gewesen war. Er freute sich, als er uns erblickte und ließ sogleich einen LKW herrichten, mit dem wir die Familien holen fuhren. Noch vor Finsterwerden kamen wir zurück, und in der Zwischenzeit hatte man uns Quartiere eingerichtet. Epp hatte auch für jeden eine Anstellung. Friesen, der Dolmetscher, der schon auf der ersten Flucht dabei gewesen war, wurde zum Lagerverwalter ernannt, Funk dem Fahrdienst zugeteilt und mir oblag das Hüten der annähernd 3000 Pferde. Sie weideten in Gruppen zu 200 bis 300 Tiere.

Am folgenden Tag, als alle zur Arbeit gegangen waren, sagte Epp zu mir, wir wollten erst einmal in die Kreisstadt fahren und Herrn Klingenhöfer besuchen.

Herr Klingenhöfer war deutscher Kreislandwirt, und ich kannte ihn gut aus der Zeit, in der ich Schulreferent in Bogedarowka gewesen war. Als er mich sah, sprang er aus seinem Sessel hoch: „Na, wo nehmen Sie sich jetzt auf einmal her?" Ich sagte, dass das Pokrowskojer Gebiet von der Roten Armee eingenommen worden sei und dass ich nun in Gulaj Pole als Gestütsarbeiter angestellt worden sei. Da lachte er mich aus, stand auf, öffnete eine Tür und sagte: „Hier, das ist Ihr Büro! Sie sind ein Beamter des Kreises. Wo ist Ihre Familie?" Wie ich ihm sagte, dass sie sich in Gulaj Pole befinde, ließ er sogleich der Fahrbereitschaft mitteilen, dass die Familie Redekopp abzuholen sei. Ich bat ihn darum, davon zu lassen, denn meine Frau würde sich bestimmt ängstigen, wenn jemand vorbeikäme, sie gleich mitzunehmen. Ich musste ihm aber versprechen, dass wir am nächsten Tag kommen würden. Es muss erwähnt werden, dass Gulaj Pole schon zum Kreise Bogedarowka gehörte.

Unsere Pläne waren nun zunächst durchkreuzt. Am anderen Morgen kam ein LKW uns abholen. Man hatte uns ein möbliertes Quartier gegeben. Ich ging am ersten Tag nicht auf Arbeit, sondern half mit, die Unterkunft herzurichten.

In der Nacht erlebten wir einen Fliegerangriff. Wir wohnten in der Nähe des Bahnhofs, dem der Angriff galt. Die Erschütterungen waren bis zu uns vernehmbar. Ich überlegte, ob ich überhaupt noch auf Arbeit gehen sollte oder ob die Flucht nicht gleich fortgesetzt werden müsse. Schließlich ging ich um neun Uhr doch zum Verwaltungsgebäude. Vor dem Gebäude wartete H. Epp bereits auf mich. Er hatte in der Nacht den Befehl erhalten, mit den Pferden nach Westen zu ziehen. Er wollte uns dabei haben. Um den Winter auf der Flucht zu überstehen, hatte er in die fahrbare Traktorenbude einen Ofen bauen lassen.

Darin sollten die Frauen und Kinder Zuflucht finden, während wir mit Autos die Pferde kontrollieren würden. Ich erklärte mich dazu sogleich bereit, hätte mich jedoch am liebsten davongestohlen.

Doch während ich auf den LKW wartete, der uns abholen sollte, kam leider der Gebietskommissar vorbei, den ich noch von früher kannte. Er wollte nun wissen, was ich hier betreibe. Ich erzählte ihm von unserer Flucht und ihren Ursachen. „So", fuhr er fort, „dann wurde das Gebiet wieder abgegeben. Wissen Sie auch, dass wir Sie damals lediglich dorthin ausgeliehen haben, damit Sie Herrn Hacker helfen, das Gebiet aufzubauen? Sie gehören überhaupt hierher." Mit diesen Worten nahm er mich am Arm, und so musste ich mit ihm zum Verwaltungsgebäude gehen. Vor einer Tür blieb er stehen und sagte: „Hier, dies ist Ihr Büro! Richten Sie es sich entsprechend ein!" Ich blieb gedankenversunken vor der Tür stehen. „Stimmt etwas nicht?", wollte er wissen. „Herr Gebietskommissar, ich weiß ja nicht einmal, welche Funktion ich hier haben soll und ob ich der Aufgabe gewachsen bin. Ich weiß nicht einmal, wer ich eigentlich bin." Das entlockte ihm ein Lachen: „Lassen Sie sich sofort ein Schild machen 'Sonderbeauftragter des Gebietskommissars`!" Nun, da war nichts zu machen. Ich musste bleiben, und Epp fuhr unverrichteter Dinge zurück.

Einen knappen Monat, bis zum 20. Oktober, habe ich hier dann auch meines Amtes gewaltet. Meine Hauptaufgabe bestand darin, die Wehrmacht mit Lebensmitteln zu versorgen.

Da die Front zunehmend näherrückte, war mir klar, dass unser Bleiben hier nicht sein würde. Um die weitere Flucht vorzubereiten, hatte ich mir zwei Fuhrwerke mit je drei Pferden besorgt.

Eines Abends stand ich an der Straße, als ein Feldwebel mit der Frage an mich herantrat, ob ich ihn nicht ins nächste Dorf fahren könne.

Er hatte meine beiden Wagen gesehen. Ich erklärte ihm, dass wir wegen der angespannten Lage die Stadt ohne Erlaubnis der Kommandatur nicht verlassen dürften. Da schaute er mich an und sagte: „So viele Pferde habe ich dir zukommen lassen, und du willst mich nicht ins nächste Dorf fahren lassen!" Da erkannte ich ihn. Es war der Feldwebel, der uns damals in Kamenskoje so behilflich gewesen war. Wir begrüßten uns ganz herzlich, ich bat ihn ins Haus und sagte, ich würde telefonisch um Erlaubnis anhalten. Nein, das sei nicht nötig, beschied er mir, er wolle gar nicht ins nächste Dorf, er habe nur mal sehen wollen, ob ich ihn auch erkennen würde.

Da ich von Amts wegen viel mit der Wehrmacht zu tun hatte, war ich über den Frontverlauf stets bestens informiert. Doch diese Informationen wirkten keineswegs beruhigend auf mich. Bei Krementschuk hatten die Russen bereits den Dnjepr überquert. Da ich meinen Bruder im 60 Kilometer westlich gelegenen Gnadental wusste, fuhr ich am 16. Oktober zu ihm, denn er hatte eine große Familie, verfügte aber nur über einen Wagen. Wir einigten uns dahingehend, dass wir bei der Evakuierung zu ihm kommen würden, um dann mit insgesamt drei Wagen zu fahren.

Meine Schwiegermutter verstand nicht, warum ich auf Pferdewagen fliehen wollte, da mir doch ein Platz in der Bahn zustehe. Ich sagte: „Ich will, wenn Deutschland den

Krieg verspielt hat, etwas haben, um es zu Geld zu machen, um vielleicht nach Amerika auswandern zu können. Darum habe ich zwei Wagen und sechs Pferde." Darauf fragte sie ganz überrascht: „Glaubst du, Deutschland kann den Krieg verlieren?" - „Nein, unmöglich", gab ich zu verstehen, „Deutschland hat ihn bereits verloren." Seit Stalingrad stand das für mich fest.

Am 20. Oktober war es dann wieder so weit: Der Bahnhofsvorsteher rief mich an, um mir mitzuteilen, dass mir und meiner Familie ein Platz in einem Zug bereitstand. Ich nahm das Angebot an, doch mitten in den Vorbereitungen kam der Gebietskommissar, um mich davon abzubringen. Er meinte, wenn wir mit der Bahn führen, wären wir in drei Tagen im Reich und da würde man mich sofort einberufen. So machte ich die beiden Wagen fahrtüchtig. Vor den großen spannte ich vier Pferde. Ich hatte eine Bude draufgebaut. Die wenigen Habseligkeiten, die wir noch besaßen, fanden auch noch Platz. Ein Wagen wurde mit Lebensmitteln und Pferdefutter beladen. Ernst war der Kutscher dieses Wagens. Bei der Mühle wurde noch ein Sack Mehl aufgeladen, bei der Kooperative ein Sack Zucker und eine Kiste Wodka. Beim Getreidespeicher kamen noch einmal acht Säcke Hafer für die Pferde hinzu. Wurst von zwei Schweinen, die ich hatte verarbeiten lassen und 52 Kilo Honig waren bereits vorher verladen worden. Wir schlossen uns mit dem Rajonchef und seiner Familie zusammen. Er besaß ein altes Ford-Automobil. Die Frauen fuhren voraus mit dem Auto, wir folgten mit den Pferdewagen.

Die erste Nacht wollten wir in Sofijewka verbringen. Zwölf Kilometer weiter lag schon Gnadental. So fuhren die Frauen zur Nacht nach Gnadental. Wir folgten ihnen am nächsten Morgen, doch wir waren noch nicht bis Gnadental, als die Frauen uns entgegenkamen. Sie berichteten, dass aus Gnadental alle geflüchtet waren.

Nun fuhren wir wieder zurück nach Sofijewka. Dort hofften wir, unseren Treck zu treffen, der aus 364 Fuhrwerken bestand. Vergeblich! Er war ohne uns weitergefahren, und zwar nicht wie geplant über Sofijewka, sondern in eine andere, uns nicht bekannte Richtung. Wir fuhren nun direkt in südliche Richtung. Sechs Kilometer vor Apostolowo blieben wir zur Nacht. Es gab einen großen Fliegerangriff auf Apostolowo, dessen Verlauf wir aus unserem Quartier gut beobachten konnten. Später stellte sich heraus, dass unser Treck die Nacht in Apostolowo verbracht hatte. Bei Kronau holten wir ihn am folgenden Tag ein.

Hier einigten wir uns mit dem für den Treck verantwortlichen SS-Unterstumführer, dass er vorne fahren würde, um den Weg zu bahnen. Das war nötig, weil die Straßen von Flüchtlingen überfüllt waren. Ich sollte den Schluss bilden, und so sollte die Gruppe zusammengehalten werden. Die Frauen fuhren im Ford vorneweg bis an den jeweils vereinbarten Treffpunkt.

Am Fluss Ingul wurden wir durch eine Explosion überrascht. Zu dem Zeitpunkt waren noch etwa 20 Fuhrwerke auf dieser Seite. Als ich mich vortastete, konnte ich feststellen, dass die Brücke gesprengt worden war. Zwei Soldaten standen dabei. Ich begehrte zu erfahren, wieso hier gesprengt würde, während die Flüchtlinge noch nicht alle die Brücke passiert hätten. Sie sagten, die russischen Panzer seien schon ganz nahe, man wolle sie hier aufhalten. Ich meinte, wir hätten keine Lust, auf dieser Seite zu sein, wenn die Panzer kämen. Da erklärten sie, es gebe 4 bis 5 Kilometer flussaufwärts eine Furt, die mit Pferdefuhrwerken befahrbar sei. Ich schlug diese

Richtung ein. Unseren 20 Wagen schlossen sich auch die nachfolgenden an.
Wir kamen tatsächlich unbeschadet über den Fluss. Nun galt es, die Strecke auf der anderen Flussseite wieder zurückzufahren. Es hatte zu nieseln begonnen, und ich fuhr aus dem Grunde langsamer. Da sprengte plötzlich eine Gruppe Schwaben an uns vorbei. Sie hatten es offensichtlich sehr eilig. Nach einer Weile kamen sie uns wieder im Volltempo entgegen. Nun war ich doch sehr begierig, den Grund zu erfahren. Ich fragte ganz laut im Vorbeifahren, was das denn zu bedeuten habe. Da sagten sie uns, dass ein Soldat ihnen erklärt habe, aus der Richtung kämen die Russen. Ich ließ halten und überlegte. Mir kam nur ein Gedanke. Tatsächlich fuhren wir den Russen entgegen, aber das nur die vier oder fünf Kilometer, die wir als Umweg fahren mussten. Danach änderte sich unsere Richtung. Also ließ ich weiterfahren. Nach wenigen Augenblicken kamen auch die Schwaben - wieder im Affentempo - heran, um uns erneut zu überholen. „Seid ihr total verrückt geworden?", fragte ich. Die Leute saßen wegen des Regens in Decken gehüllt auf ihren Wagen. Nach meiner Frage hob sich eine Decke und eine Frauenstimme sagte: „Aber Herr Lehrer, wir wollen auch mit Ihnen zusammen fahren." Sie hatte mich erkannt, denn sie war in den dreißiger Jahren meine Schülerin gewesen. Als wir uns zur Nacht sammelten, begrüßten wir uns, um dann doch trotz der ernsten Lage über den Vorfall gemeinsam zu lachen.
Das Nieselwetter hatte die Straßen aufgeweicht, sodass die Frauen im Ford auch nicht mehr so recht vorankommen konnten. Wir mussten ihn stehen lassen. Auch ein Pferdewagen musste zurückgelassen werden. Es war auch für die Pferde sehr schwer, die Wagen durch den Schlamm zu ziehen. Nun konnten sich zwei Pferde jeweils hinter dem Wagen ausruhen, während vier den Wagen zogen.
In Brailow holten wir die Gandentaler ein. Zufällig gab es dort einen großen Schuppen, in dem wir gemeinsam übernachten konnten. Allerdings waren wir nicht die einzigen Nachtgäste dort. Im Stroh hatten sich auch zahlreiche Läuse eingenistet, sodass am Morgen für Gesprächsstoff gesorgt war. Ich blieb von den Viechern verschont, weil ich es mir zur Angewohnheit gemacht hatte, auf dem Wagen zu schlafen, da es auch vorkam, dass Diebe einen Wagen leerräumten. Als es nun weiterging, schlugen wir unterschiedliche Wege ein.
Als wir durch Proskurow kamen, stand Epp, der für die Pferde verantwortlich war, auf der Straße, und er begann sogleich, mir sein Leid zu klagen. Jede Nacht verliere er durch die Einwirkung der Partisanen Pferde, und nun beschuldige die SS ihn, mit den Partisanen gemeinsame Sache zu machen. Wir gingen sofort zu unserem Treckführer, Herrn Kuter, der ebenfalls von der SS war, und baten ihn um Hilfe. Er nannte uns eine Ortschaft, die 7 Kilometer weiter westlich lag. Dort sollten wir laut Plan zwei Tage stehen, damit die Pferde ausruhen könnten. Er würde dann eine Bescheinigung aufstellen, aus der hervorginge, dass Epp zu unserem Treck gehöre. So geschah es auch. Epp und Familie konnten nun mit uns weiterziehen.
Die SS kümmerte sich um die Pferde. Da der erste Wintereinbruch Schneesturm mit sich brachte, verzögerte sich unsere Weiterfahrt um einige Tage. So kam es, dass wir in einer Nacht von Partisanen aufgesucht wurden. Es waren aber keine Roten, sondern ukrainische Nationalpartisanen. Sie hatten eine selbständige Ukraine zum Ziel. Uns gegenüber waren sie sehr korrekt. Allerdings mussten wir ihnen leihweise

einige Fuhrwerke zur Verfügung stellen.

Als es dann weiterging, hatten wir nur noch eine Tagesfahrt bis nach Pusyrki-Mefwedjewka, wo wir den Winter abwarten sollten. Im Frühling, so hieß es, würde man uns mit der Bahn ins Reich bringen.

Wir kamen als Familie in einem Zimmer eines Ukrainers unter. Da die Kolchose noch nicht gedroschen hatte, gab es kein Stroh zum Heizen. Aus dem Grund erhielten wir von der Kommandantur die Erlaubnis, für jede Familie einen Kubikmeter Holz aus dem 20 Kilometer entfernten Walde zu holen. Diese Menge war unzureichend. Außerdem war die Angelegenheit peinlich, denn die Ukrainer, die uns ihren Wohnraum zur Verfügung stellen mussten, durften sich kein Heizmaterial holen. Wir aber würden es uns in deren Wohnungen warm machen.

Darum wurde ich gewählt, um mit dem Förster zu verhandeln, dass er uns mehr Brennholz geben sollte. Ich fuhr mit einem Herrn P. Neufeld auf einem Wagen in den Wald. Wie wir dort ankamen, sahen wir Waldarbeiter. Der Weg in den Wald und somit zu den Arbeitern machte eine große Schleife. Ich stieg hier ab und zu Fuß war ich schneller da als Neufeld auf dem Wagen. Die Waldarbeiter zeigten mir den Förster. Leider stark angetrunken! Ich überreichte ihm unseren Erlaubnisschein, und schon begann er auf Russisch zu schimpfen, dass es seine Art hatte. Ich rügte ihn wegen der Ausdrucksweise, und das machte ihn noch nervöser. Doch hier hatte Neufeld das bessere Rezept. Als er mit dem Wagen herankam und das Schimpfen hörte, bediente er sich der gleichen Ausdrucksweise.

Offensichtlich hatte Neufeld hier den richtigen Tonfall gefunden, denn der Förster wurde freundlich, lud uns in seine Bude zum Tee ein, und selbstverständlich durfte jede Familie eine ganze Wagenladung Holz abholen. Wie viel Holz eine „Wagenladung" enthält, durfte jeder Wagenlenker selber bestimmen.

Am nächsten Tag fuhren wir geschlossen in den Wald. Die meisten hatten einen Leiterwagen von fünf bis sechs Metern Länge und vier Pferde davor. Ich fuhr ebenfalls mit dem großen Wagen, allerdings nur mit drei Pferden. Neufeld hatte einen kleinen Wagen mit zwei Pferden. Als wir aufgeladen hatten, lud der Förster mich zum Frühstück ein. Ich wollte ohne Neufeld nicht gehen. Als der auch eingeladen wurde, blieb mir nichts anderes übrig. Natürlich pflegte man bei solchen Gelegenheiten das Frühstück mit Wodka einzunehmen. Ich mahnte Neufeld, diesem Getränk nicht allzu sehr zuzusprechen, leider vergebens.

So blieb mir nichts anderes übrig, als zum Aufbruch zu mahnen, denn wir hatten das letzte Wegstück bei Dunkelheit zurückzulegen, und da musste man stets mit Partisanen rechnen.

Es ging los. Gleich im nächsten Dorf sah ich einen unserer Wagen vor einer Schmiede stehen. Ich sagte dem Wagenbesitzer, dass wir ebenfalls warten würden, bis der Wagen in Ordnung sei. Doch Neufelds Geduld war erschöpft. Er wollte sogleich weiterfahren. Wie er auf den Wagen stieg, lag er auf der anderen Seite auf der platten Erde. Darauf meinte mein Sohn Ernst, er werde mit Neufeld mitfahren, damit nichts passiere. Doch Neufeld schickte ihn sogleich vom Wagen. Er werde es uns beweisen, dass er nüchtern sei und ganz alleine nach Hause kommen würde, belehrte er uns. So ließen wir ihn denn auch in Ruhe und beim zweiten Versuch blieb er tatsächlich auf dem Wagen sitzen und fuhr ab.

Als der Wagen repariert war, fuhren wir auch los und kamen ohne Probleme zu Hause an. Es war schon spät abends. Da wir alle Pferde zu Nacht gemeinsam einzusperren pflegten, sah ich nach den Pferden von Neufeld. Sie waren nicht da. Ich fuhr nun mit dem Schlitten auf die Suche nach ihm, doch ich fand ihn nicht. Es stand zu befürchten, dass er es mit Partisanen zu tun bekommen hatte.

Ich begab mich ebenfalls zur Ruhe. Auch am Morgen fand ich seine Pferde nicht im Stall. Wieder begab ich mich auf die Suche. Ich fand ihn glücklicherweise. Er hatte sich verfahren und war dann in einen Strohschober zum Schlafen eingekehrt. Es sei aber sehr kalt gewesen. Als ich ihn fand, konnte er vor Heiserkeit nicht einmal mehr sprechen. Wir waren dankbar, dass wir ihn lebend gefunden hatten.

Holz hatten wir nun für den Winter 1943/44 genug, doch leider konnten wir davon nicht lange Gebrauch machen. Im Januar 1944 hatten die russischen Panzer uns wieder eingeholt. Nun sollten wir in Zügen nach Deutschland gebracht werden. Da unser Treck sehr groß war, teilte man uns in drei Gruppen auf. Es waren die Gruppen Katerinowka, Kudaschewka und Miloradowka. Nun wurde gelost, in welcher Reihenfolge die Gruppen abfahren sollten. Den ersten Zug bekam die Katerinowka-Gruppe durch das Los zugesprochen. Wir gehörten zur Miloradowka-Gruppe, die Los Nummer zwei zog.

Die erste Gruppe sollte in der Nacht vom 12. auf den 13. Januar starten. Am 12. Januar fragte mich der Bürgermeister von Katerinowka, ob ich nicht auch mit ihnen fahren wolle. Ich sagte ihm, sehr gern, doch das wäre wohl nicht möglich, da der SS-Mann Kuter die Liste habe und da stünde mein Name in der Milodarowka-Liste. Nun bekannte er, dass er meinen Namen auf seine Liste gesetzt und der SS-Mann diese schon unterschrieben habe. Nun gab es keine Hindernisse mehr, und ich eilte zu meiner Familie, um alles für die Abfahrt vorzubereiten. Jede Familie durfte zwei Pferde mitnehmen, aber leider keine Wagen. Wir wollten schlau sein und zerlegten unseren Wagen in seine Einzelteile, die wir in dem bereitstehenden Waggon verstauten.

Mitten in der Verladerei kam der SS-Mann Kuter vorbei, mit der erstaunten Frage, was ich denn in dieser Gruppe zu suchen hätte. Zum Glück wurde er in diesem Augenblick zum Telefon gerufen. Doch die Nachricht, die er dort vernahm, war für uns nicht die beste: Russische Panzer hatten unsere Bahnlinie überrollt und abgeschnitten. Es hieß, alles ausladen und mit den Wagen weiterfahren. Nun wirkte sich unsere schlaue Idee, den Wagen mitzunehmen, negativ aus. Es waren bei der Demontage sogar Teile zu Bruch gegangen.

Bevor wir uns aber an die Arbeit machten, ging ich zum Bahnvorsteher, um mich persönlich zu erkundigen. Er sagte, wir sollten mit dem Ausladen noch etwas warten. Vielleicht ließe sich noch ein Ausweg finden. Es folgte eine unruhige Nacht. Die Milodarower und die Kudaschower waren mit ihren Fuhrwerken abgefahren und wir waren zur quälenden Untätigkeit verdammt. Die Ungewissheit dauerte den ganzen nächsten Tag an, bis es dann gegen Abend hieß, wir sollten uns schnell fertig machen, es ginge gleich los.

Um 18 Uhr fuhr die Dampflok vor, und wir fuhren ab. Aber nicht in Richtung Westen, sondern nach Osten! Es gab nun ein großes Geschrei: „Jetzt werden wir den Russen ausgeliefert!"

Dem war natürlich nicht so. Es war ein Umweg über Gebiete, die noch von der Wehrmacht kontrolliert wurden. Bald drehten wir nach Süden ab, um endlich westliche Richtung einzuschlagen. Ohne Zwischenfälle kamen wir nach Lemberg, wo wir einen Tag Aufenthalt hatten. Dann ging es weiter über Lublin bis nach Pobijanitze. Hier wurden wir entlaust. Wer ein Gewehr gehabt hatte, musste es abgeben. Unsere Gruppe wurde geteilt. Die eine fuhr weiter nach Rawitsch, und wir kamen nach Krotoschin, wo wir in einer Schule untergebracht wurden.

Somit hatten wir folgenden Fluchtweg zurückgelegt:
- Mit der Wehrmacht: 1. Poprowskoje, 2. Lukaschewo, 3. Orechowo, 4. Saporoshje, 5. Nikopol, und 6. Schöndorf.
- Mit dem LKW: Gulaj Pole und Bogedarowka.
- Mit den Pferdefuhrwerken: 1. Bogedarowka, 2. Sofiewka, 3. Apostolowo, 4. Kronau, 5. Tiege-Sagradowka, 6. Inguletz, 7. Umanj, 8. Brailow, 9. Winniza, 10. Proskurow und 11. Pusyrki-Medwedjewka
- Mit der Bahn: 1. Medwejewka, 2. Proskurow (nämlich zurück in den Osten), 3. Lemberg, 4. Ljublin, 5. Lodz und Krotoschin.

In Krotoschin wurden die Frauen mit den Kindern im unteren und die Männer im oberen Stockwerk untergebracht. Gleich am ersten Morgen erschien die Frauenhilfe. Sie hatten die Männer um sich versammelt und unterhielten sich mit ihnen. Ich hatte ein Buch gefunden und versteckte mich hinter einem Tisch, um in aller Ruhe zu lesen. Jemand muss mich verpetzt haben, denn es kam eine Frau zu mir mit der Frage, ob es stimme, dass ich Lehrer von Beruf sei." - „Stimmt", sagte ich, „aber ich bin Lehrer gewesen". - „Wieso gewesen?", begehrte sie zu wissen. Ich gab zur Antwort, dass der Unterricht in Russland ein eher politischer als wissenschaftlicher gewesen sei und dass ich den Eindruck hätte, dass es hier nicht anders sei. Und mit Politik, so erklärte ich, wolle ich am liebsten nichts zu tun haben.
Nun stimmte sie ein Loblied auf die deutschen Schulen an. Ich habe erst später erfahren, dass sie die Frau vom Schulrat war.
Nach zwei Tagen wurden uns Baracken zugewiesen. Wenn auch zwei bis drei Familien ein Zimmer teilen mussten, so war es doch bequemer als die Schule.
Die mitgebrachten Sachen wurden alle in einen Saal gebracht. Nachdem das geschehen war, ging ich in den Aufenthaltsraum, um Nachtruhe zu finden. Da kam der Lagerleiter ganz aufgeregt an mich heran mit der Feststellung: „Herr Redekopp, aus Ihrer Gruppe hat jemand Sprengstoff mitgebracht." Ich sagte, das sei undenkbar. Wir hätten sogar Ladung abgeworfen, um Gewicht zu sparen, und dabei würde wohl niemand den Sprengstoff verschont haben. Er blieb aber darauf bestehen. Der Lagerverwalter kenne sich aus, und der habe es ihm mitgeteilt.
Ich bestand darauf, zuerst einmal zu untersuchen, wo der Sprengstoff gefunden worden sei. Da verschob er die weitere Untersuchung auf den nächsten Tag. Auch wenn mir die allermöglichsten Zweifel kamen, so habe ich doch gut geschlafen. Es war schlichtweg undenkbar, dass Sprengstoff dabei war, denn bereits unterwegs waren wir gründlich von der SS gefilzt worden, sogar meine kleine, vernickelte Pistole hatten sie gefunden. Sollten sie da eine Ladung Sprengstoff übersehen haben?

Hier muss ich etwas zurückgreifen. Die „Organisation Todt" (zuständig für bauliche Maßnahmen im Rahmen des Krieges) hatte in unserem Hause ein Warenlager geführt. Zum Zeitpunkt unserer Flucht war das Lager längst aufgelöst worden. In der Hoffnung, einige Lebensmittel zu finden, unterzog ich den Raum einer gründlichen Inspektion. Dabei fand ich 200-Gramm-Päckchen mit gemahlenen Erbsen. Für die Reise kamen sie wie gerufen.

Während der ganzen Fahrt hatten sie uns treue Dienste geleistet. Im Handumdrehen konnte man damit eine Suppe zaubern.

Bei einer Gelegenheit hatte die Erbsenkiste Regen abbekommen. Da wir es sofort bemerkten, entfernten wir die Umverpackung, sodass die gemahlenen Erbsen nun nur noch im Glanzpapier waren. Gegen Ende der Reise war der Vorrat geschrumpft, sodass die Köchin die letzten Päckchen in den Kochtopf gesteckt hatte. Am nächsten Tag ging ich mit dem Lagerleiter ins Lager. Und wieder hatte ich unsere Unschuld beteuert, während er darauf bestehen blieb, dass wir Sprengstoff angeschleppt hätten.

Als mir der nun gezeigt werden sollte, sah ich unseren getreuen Kochtopf und darin die gemahlenen Erbsen. Ich lachte laut los: „In der Tat, das ist ein gefährlicher Sprengstoff, aber den muss man zuerst essen, dann sprengt er von innen!" Er ließ nun den Erbsentopf zurücktragen und bat mich inständig darum, diese Angelegenheit nicht im Lager zu verbreiten. Er habe den „Sprengstoff" nicht selber in Augenschein genommen, sondern sich auf den Lagerverwalter verlassen, der an der Ostfront gewesen war und behauptet habe, das sei russischer „Arnual".

Eines Tages kam der Schulrat ins Lager und bat darum, mit mir unter vier Augen sprechen zu dürfen. Er sagte, er habe von seiner Frau erfahren, ich sei Lehrer von Beruf. Er habe Anweisung, die Lehrer unter den Flüchtlingen zu beschäftigen. Ich gab zu verstehen, dass ich nicht mehr als Lehrer arbeiten wolle. Er ließ aber nicht locker, versprach mir eine gute Schule, sodass ich vielleicht noch etwas dazulernen könnte. Mit dem Hinzulernen war das so eine Sache, und ich erzählte ihm meine Erfahrung mit Dr. Hasselich in Lemberg. Er blieb aber dabei, dass er mir eine Schule geben würde, an der ich bestimmt etwas hinzulernen würde.

Am folgenden Tag suchte ich ihn auf, und er schrieb mir eine Anstellung an der Treustädter Schule aus. Doch zunächst musste ich mich beim Treustädter Bürgermeister wegen des Quartiers melden. Die Stadt lag acht Kilometer entfernt und war mit der Bahn zu erreichen.

Der Bürgermeister versprach mir eine möblierte Wohnung. Doch ich werde etwas Geduld aufbringen müssen, gab er zu verstehen und verwies mich an den Schuldirektor. Die Schule befand sich in einem großen, neuen Gebäude mit einer hervorragend ausgestatteten Sporthalle. Vom Direktor wurde ich freundlich empfangen. Meine zukünftige Arbeit, vor allen Dingen meine Integration in das Kollegium, malte er allerdings mit düsteren Farben aus. Er wusste die ausstehenden Schwierigkeiten auch mit Beispielen zu belegen. Er beschäftige bereits seit zwei Jahren Lehrer aus dem Baltikum und aus Bessarabien, und die galten immer noch als Hilfskräfte.

Bei mir befürchtete er darüber hinaus, dass ich erhebliche Schwierigkeiten haben würde, mich von einem System auf das andere umzustellen. Es war eine Art, mir mitzuteilen, dass ich unerwünscht war. Er war ein Berliner, was ja nicht weiter tragisch ist, aber er war auch ein überzeugter Nazi, und deren tausendjähriges Reich war auch das „System", auf das ich mich schwer würde einstellen können, wie er befürchtete. Darin hat er sich sicherlich nicht geirrt. Mir reichte es! Ich nahm meinen Anstellungsvertrag und ging.

In Krotschin suchte ich sofort die Schulbehörde auf. Zum Glück war der Schulrat nicht da. So meldete ich dem Sekretär, dass es mit dem Quartier nicht klappe, und insofern sei es mir unmöglich, den Vertrag anzunehmen. Nun legte er mir eine Liste mit Schulen vor mit der Aufforderung, mir eine auszusuchen. Ich bat darum, dann kommen zu dürfen, wenn der Schulrat da wäre. Er nannte mir noch Tag und Stunde, wann ich ihn antreffen würde, und ich ging.

Wie ich ins Lager kam, kam mir Herr Lutz vom Umsiedlungsstab entgegen. Ich hatte ihm verschiedentlich geholfen, und so waren wir recht gut miteinander bekannt. Er fragte sogleich, ob es geklappt habe. Ich erzählte, was vorgefallen sei. Und schon griff er zum Hörer, um mir in Treustädt trotz allem ein Quartier zu besorgen. Zum Glück war der Bürgermeister nicht da, denn ich fürchtete schon, es würde nun doch noch so weit kommen, dass ich die Stelle antreten musste. Herr Lutz war sichtlich erzürnt darüber, dass der Bürgermeister nicht da war, knallte den Hörer auf die Gabel und fragte mich schließlich, ob ich sehr an meinem Beruf hänge. Nun erklärte ich ihm, dass ich keine Lust hätte, *hier* Lehrer zu sein.

Nun fragte er mich, ob ich Gutsinspektor werden wolle. Und zwar brauche sein Schwiegervater einen zuverlässigen Mann für diesen Posten. Der Schwiegervater war Baron von Stackelberg, wohnhaft in Berlin und im Landwirtschaftsministerium tätig. Deshalb wollte er einen zuverlässigen Inspektor einstellen.

Ich bat darum, mir das Gut ansehen zu dürfen, und so nahm er sich dafür einen Tag. Das Anwesen war ein Musterbetrieb. Wunderbar eingerichtete Stallungen, große Getreidelager und Schober für ungedroschenes Getreide. Das abgemähte Getreide am Halm wurde eingefahren und dann im Winter gedroschen. An Zugkraft gab es 24 Arbeits- und vier Kutschpferde. Den einzigen Traktor hatte man zu Kriegszwecken abgeben müssen. Außerdem gab es eine Milchfarm mit 42 Rassekühen, eine Schweine- und Hühnerfarm. An Land zählte das Gut 820 Morgen Eigen- und 150 Morgen Pachtland.

Als wir alles gesehen hatten, wollte Herr Lutz wissen, ob ich die Stelle annehme. Ich sagte sofort zu. Nun bat er meinen Vorgänger, Herrn Walter, darum, mir die Schlüssel zu übergeben. Er reichte sie mir, aber ich nahm sie nicht an. Herr Lutz begehrte den Grund zu erfahren, hätte ich doch eingewilligt. Ich gab zu Bedenken, dass die Speicher voller Getreide seien. Sollte später etwas fehlen, so würde man es mir anlasten. Darauf sagte er: „Nehmen Sie die Schlüssel. Dass Getreide fehlt, wissen wir. Dass Sie es nicht genommen haben, wissen wir ebenfalls."

Später habe ich herausbekommen, was er damit meinte. Herr Walter hatte Getreide verkauft, ohne es als Gewinn in die Bücher zu schreiben.

Ich nahm nun die Schlüssel in Empfang und war ein neugebackener Gutsinspektor. Nun sagte Herr Lutz, mir fehle zur Ausübung meines Amtes nur noch der Stock. Er und Herr Walter trügen je einen Gehstock unter dem Arm. Darauf antwortete ich:

„Ich will es einmal anders versuchen." Darauf Herr Lutz: „Wenn man keinen Stock hat, dann glauben die Polaken nicht!" Wir hatten nämlich von 63 Arbeitern 47 Polinnen und Polen. Es hat sich im Laufe meines Dienstes als Gutsinspektor herausgestellt, dass sie ohne Stock besser arbeiteten als mit.

23- Gutsinspektor

Der Vogt (Wirtschafter) war ebenfalls ein Pole. Ich teilte ihm mit, dass ich am nächsten Morgen um acht Uhr mit ihm zusammen die Felder abfahren wolle. Am folgenden Morgen stand die Kutsche bereit. Ich ging zum Wagen, und er stellte sich neben das Trittbrett. Obwohl mir das merkwürdig vorkam, stieg ich ein. Nachdem ich Platz genommen hatte, stieg er auch auf, setzte sich aber zum Kutscher auf die Bank. Da fragte ich ihn nach dem Grund, denn so etwas kannte ich nicht. „Sie sagten doch, dass ich mitfahren soll", gab er zu verstehen. „Ja", antwortete ich, „aber doch nicht auf der Kutscherbank, sondern hier auf dem Sitz. Wir wollen doch über die Felder sprechen." - „Nein, das darf ich nicht." Hierauf sagte ich: „Was heißt hier, darf ich nicht? Kommen Sie hierher!" Und schon packte ich ihn am Arm und zog ihn halbwegs zu mir herüber. Da kollerten dem alten Mann Tränen über die Wangen, und er sagte, er arbeite nunmehr 17 Jahre auf dem Gut, doch hier sitze er heute das erste Mal.

Ich hatte den Plan der Felder mitgenommen, und so konnten wir alle Einzelheiten der weiteren Bearbeitung besprechen.

Die Arbeit verlief reibungslos. Der Vogt hatte es so organisiert, dass sich alle Arbeiter vor ihrem Einsatz auf dem Hof einfanden. Jeder besaß einen Ring mit seiner Nummer. Alle, die an einem Tag zur Arbeit erschienen, wurden vermerkt. Somit konnte sich jeder schnell einen Überblick über die fehlenden Arbeiter machen.

Als eines Tages Herr Lutz gerade zu dem Zeitpunkt ankam, wunderte er sich darüber, wie ruhig alles zuging. Zu Zeiten des Vorgängers sei das immer ein Geschrei und Gerenne gewesen. Ebenso wunderte er sich über den Fortgang der Arbeit. Er hatte in der Buchhaltung nachgesehen. Er sagte, die Arbeit ginge trotz dieser Ruhe jetzt schneller voran.

Ich antwortete nur: „Das macht eben der Stock!" Er schaute mich an, sagte aber nichts. Seinen Stock hatte er wieder dabei.

Eines Tages wollten wir Lupinen dreschen. Diese befanden sich in Schobern auf dem Feld, die mit Stroh zugedeckt worden waren. Es war gemäß einer ungeschriebenen Regel so, dass der Maschinist an Dreschtagen bereits um vier Uhr früh mit dem Heizen der Dampfmaschine beginnen musste, damit um acht die Drescharbeit beginnen konnte. Ich scherte mich nicht an diese Regel und ordnete an, dass ab sechs Uhr geheizt werden solle. Wenn nämlich die Arbeiter erst um acht Uhr hinausfahren würden, um die ungedroschenen Lupinen vom Feld zu holen, dann würde der Kessel längst heiß sein bei ihrer Rückkehr.

Unglücklicherweise kam ausgerechnet an dem Tag Herr Lutz auf das Gut. Er ließ seinen Zorn gleich am Maschinisten aus, der sich auf den Vogt berief. Sofort bekam der die Schelte, und der berief sich natürlich auf mich. Nun war ich an der Reihe, doch bevor er schimpfen konnte, unterbreitete ich ihm meine Überlegungen, die mich zu der Änderung geführt hatten. Ich zeigte auf ein Plakat an der Wand, welches jemanden zeigte, der Kohlen vergeudet. Solche Kohlenklauer wären wir, wenn wir den Kessel für Stunden ungenutzt unter Dampf halten würden, erläuterte ich. Das sah auch Lutz ein.

Das war nur ein Beispiel dafür, wie starr „nach Regeln" hier vieles ablief. Eine dieser „Regeln" sah auch vor, dass ein Inspektor nur Befehle zu erteilen, nie aber selber Hand anzulegen habe.

Auch bei der Haferernte machte ich die Bekanntschaft mit dieser sturen Haltung. Die „Regel" sah vor, dass zwei Mädchen den gedroschenen Hafer in Säcken zu je 25 kg wegtragen mussten. Dabei halfen sie sich gegenseitig, die Säcke zu schultern. Wenn ich dabei war, dann half ich den Mädchen, die Säcke aufzunehmen.

Wieder kam bei so einer unpassenden Gelegenheit Herr Lutz hinzu. Wie er es sah, regte er sich auf mit den Worten: „Das dürfen Sie nicht, denn wenn die Polaken sehen, dass Sie arbeiten, dann verlieren Sie ihnen gegenüber die Autorität."

Ich blieb trotzdem bei meiner Art und bin auch noch heute davon überzeugt, dass ich auf die Arbeiterschaft eine größere Autorität ausgestrahlt habe als Herr Lutz. Er selber muss das spätestens auf der Flucht ebenfalls begriffen haben, denn bei der Gelegenheit - hier greife ich vor - haben unsere polnischen Gutsarbeiter, die gemeinsam mit ihm und meiner Familie die Flucht antraten, ihn verprügelt. Danach hat er zu meiner Frau gesagt: „Wenn Herr Redekopp hier gewesen wäre, dann wäre das nicht passiert."

Ich habe mit den Arbeitern, egal welcher Nationalität sie waren, nie Schwierigkeiten gehabt, doch ich habe wohl hier und da nicht nach den deutschen Besatzungsbestimmungen gehandelt. Den Polen durfte niemand Weizenmehl aushändigen, sondern lediglich dunkles Roggenmehl. Trotzdem lieferte ich den Alten und Kranken Weizenmehl.

Auch der Vogt hat oft welches bekommen. Ich pflegte bei der Gelegenheit zu sagen: „Da ist beim Mahlen etwas schiefgegangen. Es muss etwas Weizen hineingekommen sein." Der Vogt verstand diese Sprache, galt doch das Gebot der Geheimhaltung, da man uns als „Saboteure" hätte betrachten können. Alle hielten dicht!

Es gab aber auch kleine Unannehmlichkeiten. Beim Hafersäen musste vorher gedüngt werden. Da die Dungmaschine drei Meter fasste, die Sämaschine aber vier, gab ich Anordnung, dass der Fahrer der Dungmaschine eine Stunde früher beginnen solle. Als wir dann mit dem Säen begannen, sagte ich ihm, er solle zusehen, dass die Sämaschine ihn nicht einholen würde. Ich habe mir dabei nichts Besonderes gedacht. Als der Hafer nun in Reihen stand, war das Feld wellig. Ausgerechnet kam zu diesem Zeitpunkt der Baron zu Besuch. Ich beichtete ihm, dass dieses Haferfeld mein Schandfleck sei. Ob er eine Erklärung für die Wellenartigkeit des Wachstums habe. Er fragte, ob beim Säen Wind gewesen sei. Tatsächlich hatte ein starker Wind geherrscht. Darin sah er die Erklärung des Phänomens. Der Wind habe den Dünger von einem Ende weg zum anderen hin gepustet.

Als ich nun wieder alleine war, ließ ich mir diese Erklärung noch einmal durch den Kopf gehen. Ich stellte fest, dass sie nicht stichhaltig war. Ich bat nun den Vogt darum, mir des Rätsels Lösung zu geben. Er hatte sie: „Der Fahrer der Dungmaschine hat Zwischenräume gelassen". Nun ließ ich den Fahrer rufen, der uns dieses bestätigte. Warum er das getan hatte, lag auf der Hand. Es war meine Drohung gewesen, die ich unbedacht ausgesprochen hatte. Ich ließ die Streifen mit einem schnell wirkenden Dünger nachstreuen, und nach zwei Wochen war kein Unterschied mehr zu sehen.

Ich führte auch Neuerungen ein. So ließ ich Roggen und Gerste sogleich auf dem Felde dreschen. Dem Baron gefiel das nicht besonders, doch als ich bereits in der Wehrmacht war, bekam ich von ihm einen Brief, in welchem er mir mitteilte, das Gut habe in keinem Jahr so hohe Gewinne abgeworfen wie in dem von mir geleiteten. Mir war klar, dass das nicht nur an einer effektiveren Arbeitsweise gelegen hat, sondern wesentlich auch daran, dass in dem Jahr nichts in dunkle Kanäle versickerte und die freundlichen Menschen aus unserem östlichen Nachbarland keine Polaken sonder Polen waren!

Auch die Arbeiterschaft profitierte von meinen Neuerungen. Es war üblich, die Arbeiter während der Arbeit zu beaufsichtigen. Ich sah mir das bei einer Gelegenheit beim Lichten der Rüben an. An die 40 Frauen und Mädchen, überwiegend Polinnen, bewegten sich in gebückter Haltung über das Feld, um Rübenpflanzen zu zupfen. Ich erfuhr, dass sie solches bereits seit drei Stunden ohne Pause getan hatten. Ich schrie über das Feld: „Setzt euch hin, und ruht euch aus!"

Nun erreichten mich von überallher erstaunte Blicke. Da sie nicht verstanden, was ich von ihnen wollte, gab ich Handzeichen. Da sagte der Vorarbeiter: „Das durften wir nie." Bei mir durften sie das hinfort, und ich glaube nicht, dass sie danach weniger geleistet haben.

Während ich mit großer Freude Gutsinspektor war, ließ der Schulrat nicht locker, mich andererseits einzuspannen. Bei der ersten Meldeaufforderung schrieb ich zurück, dass ich eine entsprechende Arbeit gefunden hätte und nun auf die Lehrertätigkeit nicht angewiesen sei. In seinem zweiten Schreiben wurde er deutlicher. Es sei schlichtweg nicht erlaubt, dass ein Lehrer nicht in der Schule arbeite. Er habe mich einem Gymnasium zugeteilt, wo ich meine Fächer geben solle. Auf dieses Schreiben habe ich dann nicht mehr geantwortet, da ich einberufen wurde.

So schön es auch war, so sehr wurde auch hier deutlich, dass wir dem Krieg noch nicht endgültig entronnen waren. Mich erreichte ein Einberufungsbefehl.

Als ich das Gut verließ, hatte ich fast ein Jahr als Gutsinspektor gearbeitet. Vor allem hatte ich 1944 Aussaat und Ernte einmal durchgeführt.

In den letzten Tagen meiner Anwesenheit passierte noch etwas Merkwürdiges. Eine ledige Tochter des Barons, die auf dem Gut wohnte, starb an Tuberkulose. Sie wurde in der nahe gelegenen Stadt beerdigt. Die Baronin, die sich wegen des Krieges auch auf dem Gut aufhielt, fuhr jeden Tag in die Stadt, um für die Verstorbene die Messe lesen zu lassen. Da immer zwei Pferde dafür beansprucht wurden, versuchte ich irgendwie mit ihr darüber zu reden. Eines Tages trat sie mit der Frage an mich heran: „Ich habe nun für Angelika schon 32 Messen lesen lassen und drei weitere dem Priester bezahlt. Das reicht doch schon, um in den Himmel zu kommen?" Darauf antwortete ich ihr: „Gnädige Frau, das ist schon zu viel. Christus erhört Gebete auch ohne Messe. Bei Christus suchen Sie Trost, da werden Sie ihn finden. Und der ist überall."

24- In der Wehrmacht

Der Einberufungsbefehl, der mich im Oktober 1944 erreichte, betraf ebenso alle aus Russland gekommenen Männer im wehrfähigen Alter. Ich hatte mich in Posen zu melden, und es hieß, alle aus unserer Gruppe kämen zur SS.
Man steckte uns sogleich in Waggons, und es ging in Richtung Süden, doch wohin, das hatte uns niemand verraten. Am Tage stand der Zug auf Nebengleisen. Eines Abends mussten wir aussteigen. Zu Fuß marschierten wir durch eine Stadt, die mir irgendwie bekannt vorkam. Am Morgen stellten wir fest, dass es Krakau war, wo ich 1941 Schulbücher besorgt hatte.
Wir wurden wieder entlaust. Danach bekamen wir Marschverpflegung, und mit LKWs brachte man uns in die Karpaten. In der Burg Pilsudsky wurden wir untergebracht und in Züge und Gruppen eingeteilt. Der Ausbilder für die Gruppe, der ich angehörte, war ein Österreicher. Wastl hieß er. In meiner Gruppe befand sich ein Kollege von mir aus Russland. Als wir uns in Russland kennen gelernt hatten, war er ein junger Komsomolist und arbeitete an der Schule, der ich als Leitender vorstand. Als Lehrer waren wir verpflichtet gewesen, in der Kolchose verschiedene Kulturarbeiten auszuführen. Er als Komsomolist hatte sich da meistens erfolgreich gedrückt, an Ausreden nie verlegen. 1937 war er in ein anderes Gebiet versetzt worden, und seitdem hatte ich ihn nicht mehr gesehen.
Hier trat er sogleich mit der Frage an mich heran, ob wir „diesen Skandal" hier auch mitmachen wollten. Ich meinte, es würde uns wohl nichts anderes übrig bleiben. Er sah das ganz anders: „Lass uns zum Stabsfeldwebel gehen, und der muss uns als Lehrer eine andere Arbeit geben. Ich lehnte es ab, doch er ging und schien tatsächlich Erfolg gehabt zu haben, denn er berichtete, der Feldwebel habe ihm andere Arbeit versprochen. Nun überlegte ich, ob ich den Schritt auch wagen sollte, doch ich gedachte der Worte, die mir mein Vater für solche Gelegenheiten mitgegeben hatte: „Junge, bei solchen Gelegenheiten muss man sich immer so unschuldig wie möglich stellen, damit kommt man am weitesten." Er war auf der Forstei zu dieser Erkenntnis gekommen. Als wir nun am nächsten Morgen auf dem Appellplatz angetreten waren, wurden er und zwei weitere herausgerufen, während wir unserer Ausbildung entgegengingen. Am Abend dann war ich sehr neugierig. Ärgerlich gab er zur Antwort, dass er Toiletten geputzt habe.
Unser Ausbilder hatte erfahren, dass auch ich Lehrer war. Bald waren wir befreundet. Er benutzte die Nächte gern, um gesellig zu sein (obwohl verboten), ein Grund, aus dem er am Tage oft Schlaf brauchte. Darum übertrug er mir einen Teil der Ausbildung. Er sagte dann zu mir: „Erklären Sie ihnen die verschiedenen Giftgase und wie man sich dagegen schützt. Das wissen Sie besser als ich. Ich gehe etwas schlafen."
Es kam auch vor, dass er uns an den Waldrand führte und sagte: „Erklären Sie ihnen, wie man die Himmelsrichtung bestimmt, wenn die Sonne nicht zu sehen ist.

Ich lege mich etwas im Schatten nieder." Der Komsomolist hingegen hatte weniger Glück. Oft habe ich ihn bedauert. Beim geringsten Fehler, den er beging, hieß es: „Aha, Sie sind ja auch Lehrer von Beruf!"

Nach drei Wochen Ausbildung kam der Spieß vorbei und sagte, er würde jetzt 20 Namen vorlesen. Die sollten vortreten. Als es so weit war, fehlten zwei der Aufgerufenen. Da forderte er zwei Freiwillige. Ich stand bei Wastl, und der stieß mich gleich mit den Worten an: „Treten Sie vor!" Ich wollte noch wissen, wohin es denn nun ginge, doch er schob mich und sagte: „Schnell, schnell, besser können Sie es nicht antreffen." Ich trat der Gruppe bei, und nun hieß es Sachen packen. In einer Stunde sollte es losgehen.

Ich machte mir nun die bittersten Vorwürfe, dass ich vorgetreten war, denn ich war davon überzeugt, dass es nun zur Front ginge.

Ein LKW brachte uns nach Krakau in eine große Kaserne. Wir erfuhren, dass unsere Kompanie hier Winterquartier beziehen solle. Wir seien die Vorhut, die die Kaserne in Schuss zu bringen habe. Es nieselte. Aus dem Grund nahm ich die Gelegenheit wahr, bei der Aufforderung „Holzarbeiter einen Schritt vortreten", mir schnell einen neuen Beruf zu verpassen, bei dem man erstens nicht schießen muss und zweitens drinnen ist.

Sieben „Holzarbeiter" gab es hier. Ich stand dem Spieß am nächsten, und so fragte er mich: „Sie sind Schreinermeister?" Ich konnte nun keinen Rückzieher machen, also war ich Schreinermeister. Nun befahl er mir, ein Stück Kreide zur Hand zu nehmen und damit durch alle Räume zu gehen und alle Stellen zu markieren, die einer Reparatur bedürften. So einfach hatte ich mir meinen neuen Beruf nicht vorgestellt.

Nach etlichen Tagen hatte ich alle Zimmer kontrolliert. Gerade saßen wir bei einer Raucherpause, als ein Unteroffizier hereinkam. Da ich der Meister war, sprang ich auf und machte Meldung. Er fragte: „Können Sie auch Regale bauen?" Ich sagte, wir müssten zuerst sehen, wohin die Regale gebaut werden sollten. So führte er mich ein Stockwerk höher, wo ein Lagerraum eingerichtet werden sollte. Da lagen bereits einige Bretter und Kisten herum, in denen angeblich Bücher sein sollten. Ich gab zu verstehen, dass es uns wohl möglich sein würde, die Regale zu bauen, doch ich bräuchte dafür den Befehl des Spießes. Diesen Befehl erhielt ich, und zusammen mit dem Unteroffizier Jochen musste ich an die Arbeit gehen.

Er sagte plötzlich: „Hör einmal, ein Schreiner bist du nicht, dafür ist dein Wortschatz zu groß!" Er war ein Student aus Hannover. Ich erzählte ihm nun die Wahrheit. Er lachte und meinte, er habe sich so etwas schon gedacht. Er gab mir den Schlüssel zu dem Zimmer und sagte, ich solle hineingehen, mir Bücher aus den Kisten nehmen und lesen. Ohne seine Erlaubnis käme niemand herein, nicht einmal der Chef.

Ich besorgte mir zuerst ein Alibi, indem ich an einem Brett herumhobelte und ordentlich Späne produzierte und zog mich dann zu einem Lesestündchen zurück.

Am Nachmittag kam Jochen. Als er die Späne sah, fand er das sehr lustig, aber auch sehr sinnreich. Am folgenden Morgen kam er mit dem Spieß herein. Dem fielen auch sogleich die Späne ins Auge, und er freute sich, dass hier so kräftig gearbeitet wurde. Er wollte nun wissen, ob ich auch einen Spiegelrahmen herstellen könne. Auch hier durfte ich mich nicht verraten und sagte wiederum, ich müsse den Spiegel erst einmal sehen. Schnell erkundigte ich mich bei anderen Tischlern, die mir erzählten, man benötige spezielles Holz und anderes Werkzeug für Spiegelrahmen. Nun klagte ich Jochen mein Leid. Er meinte, man könne vielleicht in der Stadt eine polnische Werkstatt auftreiben, die den Rahmen machen könnte.

Doch noch vor dem Abend kam Jochen freudestrahlend mit der Nachricht an, der Spieß fahre in Urlaub und wolle den ungerahmten Spiegel mitnehmen.

So half Jochen mir etliche Male aus der Patsche. Er hatte freien Zugang zum Stab und wusste immer im Voraus, welche Übungen angesagt waren. Wenn es unangenehme waren, dann meldete er meinem Vorgesetzten, dass Waren angekommen seien und er mich brauche, um diese auszupacken.

Anfang November war unsere Kompanie aus den Karpaten nachgerückt. Es war die 6. Kompanie, und sie war im Bataillon als Rebellenkompanie berüchtigt. Vielleicht lag es daran, dass alle Zwangsgezogenen aus Russland stammten und nicht das Privileg einer nationalsozialistischen Erziehung genossen hatten.

Wie sich dieses „Rebellentum" bemerkbar machte, zeigt die folgende Begebenheit. Hier in Krakau mussten wir, um zum Übungsplatz zu gelangen, über die Hauptstraße, vorbei am Wawel-Schloss marschieren. Bei so einer Gelegenheit gab der Junker (SS-Führeranwärter) mitten auf der Straße den Befehl zum Singen. Die Vorsänger begannen auch zu singen, wir fielen mit ein, doch anscheinend gefiel dem Junker unsere Tonart nicht. Er gab den Befehl: „Hinlegen!" Gleich darauf: „Aufstehen!" Und so fort. Dabei war es so, dass der Befehl „Hinlegen!" enthielt, dass das Gewehr abgenommen werden musste, doch vor dem Weitermarsch musste der Befehl erteilt werden „Gewehr schultern!" Davon vergaß unser Junker hier mitten auf der Hauptstraße in Krakau. Und schon funktionierte das „stille Telefon", dessen Zentrale drei große Jungs aus Odessa bildeten. Wegen ihrer Größe marschierten sie immer vorneweg und konnten daher ihre „subversiven" Kommandos bestens anbringen. Die „Odessaer Vorhut" gab durch: „Gewehre schleifen lassen!" Als hätten wir kleine Hunde auszuführen, zogen wir unsere Waffen durch Krakau. Die Polen fanden das im höchsten Maße amüsant. Ihr Lachen schließlich war es, das den künftigen Heerführer veranlasste, den Kopf zu wenden, um das Spektakel endlich in Augenschein zu nehmen. Er teilte die Begeisterung der Menschenansammlung keineswegs, sondern führte uns in ein vor Schnee und Wasser nur so strotzendes Tal. „Hinlegen!", hieß es da mitten im größten Dreck. Doch die „Odessaer Vorhut" funktionierte wieder einwandfrei, denn es kam der ersehnte Gegenbefehl „Weitermarschieren!", und so war es, als hätte der Junker zu Steinen gesprochen. Nun ließ er halten und fragte mit unbeherrschter Stimme: „Seid ihr taub oder wollt ihr rebellieren?"

Nun gab er den Befehl zur Umkehr. Auf der gleichen Stelle gab er wieder den Befehl zum Hinlegen. Alle waren wir uns darin einig, ihn zu ignorieren.

Wieder in der Kaserne, hat er sich wohl bei seinen Vorgesetzten über uns beklagt. Strafexerzieren war die Folge. Es war nun unser Ausbilder Wastl, der dieses vorzunehmen hatte. Zunächst befahl er uns zu singen. Großes Schweigen. Nun wollte er aber wissen, was mit uns los war. Bei solchen Gelegenheiten pflegten die Kameraden mir das Wort zu überlassen, denn wir waren ja alle aus Russland, und von daher sprachen die wenigsten ein fließendes Deutsch. Vom Lehrer konnte man das ja erwarten.

Von überall hörte ich es flüstern: „Redekopp, sag doch was!" Nun begehrte Wastl zu wissen, warum wir nicht singen wollten.

„Wir wollen", gab ich zur Antwort, „aber vorher möchten wir wissen, warum wir Strafe bekommen haben." Darauf er: „Ach so, ihr habt schlecht gesungen. Und jetzt marsch in eure Zimmer!" Somit war der Fall dank Wastl auch erledigt.

Der Junker hingegen versuchte auch weiter, uns zu schikanieren. Wir übten Antreten. Dabei war es so, dass der Größte unter uns sich ihm gegenüberstellen musste. Danach folgten die anderen. Nun stellte er sich bei dieser Übung jeweils so hin, dass die Kleinsten ihren Platz im Fluss gehabt hätten. Die waren aber nicht so blöd, ins nasse Element zu steigen. Nun schimpfte er wieder. Auch beim zweiten Versuch begaben sich die Kleinen bis an das Ufer, ohne aber in den Fluss zu steigen. Und wieder flüsterten die anderen mir zu, endlich etwas zu sagen.

Gerade passend kam auch die Frage des Junkers, warum wir den Befehl verweigerten. Da gab ich zur Antwort: „Wir wissen nicht, ob es zum Sieg beiträgt. Wenn es zum Sieg beiträgt, dann wollen wir es gerne machen. Wenn aber nicht, dann wollen wir uns in dieser Kälte nicht nassmachen, um später das Krankenbett hüten zu müssen." Er blieb uns die Antwort schuldig. Bald darauf wurde er versetzt, was uns nicht gerade traurig stimmte.

Mit unserem Ausbilder Wastl blieb ich auch weiterhin gut befreundet. Oft hat er Fehler, die ich machte, großzügig übersehen. Bei einer Gelegenheit übten wir nachts den Sturm mit Flammenwerfern auf einen Bunker. Da das Gelände nass war und wir uns kriechend dem Bunker zu nähern hatten, bedeutete diese Übung keine reine Freude. So erkannte ich einen Strohballen, der beim Wenden trockene Stellen aufwies, als hochwillkommenes Ruhebett.

Jemand stieß mich mahnend an: „Warum liegst du hier? Wir sollten doch weiterkriechen!" - „So kriech, wenn du Lust hast, ich will nicht!", beschied ich ihm. Als nun der Bunker „erobert" und „Hurra!" geschrien worden war, kam ich gerade noch rechtzeitig, mich beim Antreten auf meinen Platz zu stellen. Wastl schritt die Front ab und erklärte, was richtig und was falsch gewesen war. Bei mir blieb er stehen und sagte: „So, Redekopp, Sie hatten also heute keine Lust zum Kriechen!" Er war es nämlich gewesen, der mich zum Weiterkriechen aufgefordert hatte. Trotzdem blieb der Vorfall ohne Folgen.

Nach einer dreitägigen Übung in den Karpaten kamen wir wie die Drecksschweine zurück in die Kaserne. Auch die Gewehre waren verdreckt, und als Erstes gilt es ja bekanntlich in solchen Fällen, diese zu säubern. Ich aber fand Post aus Berlin vor. Die SS teilte mir mit, in Berlin werde eine Spezialschule für Jugendliche aus dem Osten eingerichtet und ich solle dort als Lehrer tätig werden. Ich solle meinen Lebenslauf einreichen. Das war mir nun wichtiger als das Gewehrputzen. Ich wischte am Gewehr von außen den gröbsten Dreck weg und widmete mich dem Papierkram. Um zwölf Uhr in der Nacht war ich fertig damit. Zufrieden ging ich ins Bett. Um vier Uhr früh gab es Alarm: Gewehrappell. Nun wusste ich sogleich, dass meine Lage nicht die beste war. Der Kontrolleur war auch noch einer der schlimmsten Ausbilder. Als er durch den Lauf meines Gewehres sah, meinte er: „Da kann man ja Kartoffeln pflanzen!" Links bei den Sträflingen galt es nun Aufstellung zu nehmen und der Strafe zu harren.

Als die Kontrolle beendet war, fragte der Spieß, ob jemand zum Arzt müsse. Darin erkannte ich meinen Ausweg. Ich trat hervor, wissend, dass dieses Manöver durchaus riskant war. Fand der Arzt nämlich nichts, so hieß es gleich, man sei ein Simulant.

Ich entschied mich für „Zahnschmerzen", denn da ist es schwer für einen Zahnarzt, das Gegenteil zu behaupten. Der Kontrolleur marschierte an uns vorbei zum Strafexerzieren. Dabei sagte er, unsere Strafe werde am Nachmittag nachgeholt. Zu meinem Glück war der Zahnarzt verreist, und so hatten wir - es gab noch einen Kameraden, der zum Zahnarzt wollte - freie Zeit in der Stadt.

Bauer indessen wollte die Strafaktion am Nachmittag nachholen. Wastl kommandierte mich ab zum Tausch meiner Gasmaske und so blieb mir die Schikane erspart.

Trotz aller Bemühungen gelang es den Ausbildern nicht, den rebellischen Geist zu vertreiben und so wurde unsere Kompanie aufgelöst. Die aufnehmenden Einheiten kannten den Hintergrund und wir mussten davon ausgehen, dass die Schikanen nunmehr gezielt den Neuankömmlingen gelten würden. Ich jedoch kam auch hier wieder rechtzeitig aus dem Schneider. Mich rettete ein M. Maier, den ich von einem Lehrerkursus in Odessa kannte. Er war der Vorsänger der Kompanie. Er sorgte dafür, dass ich sein Stellvertreter wurde.

25- Krieg

Im Januar 1945 rollten die russischen Panzer auf Krakau zu. Unsere Kompanie wurde von Frontoffizieren übernommen, die wir nicht kannten. Das war durchaus üblich, denn Ausbilder waren in der Regel unbeliebt. Tatsächlich gab es unter den Kameraden das Gerede, den Bauer würde man bei der ersten sich bietenden Gelegenheit abknallen.

Zur Übergabe musste die Kompanie antreten. Nachdem abgezählt war, befahl der Spieß: „Wer die deutsche Sprache beherrscht, der trete einen Schritt vor." Mein Vornehmen war, mich nirgendwo freiwillig zu melden. Ich wollte nur still das Notwendigste tun. Es traten drei Personen vor. Der Spieß sprach kurz mit ihnen, schickte sie dann aber wieder zurück. Er hielt sie für seine Zwecke wohl für ungeeignet. Und wieder die gleiche Aufforderung.

Da sagte ein Neudorf, dass der Redekopp gut Deutsch könne. Nun musste ich gehen. Der Spieß wollte meinen Beruf erfahren. Ich sagte es ihm. Darauf meinte er: „Oh-ho-ho, da haben wir einen Volksschulmeister!" - „Mit Erlaubnis, Stabsfeldwebel, einen Oberschulmeister." Da blieb er verwundert stehen: „Ein Oberschulmeister? Was machen Sie denn hier?" - „Ich stehe hier und erwarte Befehle", gab ich zur Antwort.

Nun sah er auf seine Uhr und bestellte mich in einer Stunde in der A-Uniform zum Bataillonskommandeur, ich knallte die Hacken zusammen und marschierte ab.

Nach einer Stunde meldete ich mich beim Bataillon. Dort wusste man Bescheid. Ich wurde zum Verbindungsmann zwischen unserer Kompanie und dem Bataillon ernannt. Ich hatte die Befehle vom Bataillon telefonisch an die Kompanie weiterzumelden und im Bataillon über die Kompanie zu berichten.

Schon am ersten Abend erlebten wir die Feuertaufe. Russische Panzer versuchten, den Verteidigungsring um Krakau zu durchbrechen. Dadurch gab es auf unserer Seite zahlreiche Tote, Verwundete und Vermisste. Gleich an diesem Abend fehlte auch der Lehrerkomsomolist. Ich konnte mir aufgrund seiner Gesinnung denken, dass er übergelaufen war, doch später habe ich erfahren, dass seine Frau vergeblich nach ihm gesucht hat.

In der Nacht kam der Adjudant vom Chef in unser Zimmer und meldete: „Der Chef hat etliche russische Panzer eingekreist, und er braucht noch einige Männer, um die Panzer zu vernichten. Alle schnell fertig machen!" Draußen stand ein LKW, der uns mitnahm. Beim Aufsteigen erhielt jeder eine Panzerfaust, die bereits mit einer Zündkapsel versehen war.

Ohne Licht ging es in nördliche Richtung. Da ich mich mit Panzerfäusten inzwischen auskannte und durch die Finsternis unbeobachtet war, schraubte ich die Zündkapsel heraus und ließ sie in den Graben fallen.

Außerhalb der Stadt kamen wir an ein ehemaliges Gefangenenlager, welches von einem dichten Stacheldrahtzaun umgeben war. Von vorne bekamen wir Feuer. Da kam der Befehl: „Alle mit der Panzerfaust antreten!" Ich meldete beim Antreten, dass meine Panzerfaust keine Zündkapsel habe. Zur Kontrolle meiner Aussage war keine Zeit, denn der Russe griff bereits an. Da sagte der Befehlhabende: „Dann hilft sie ja nichts, werfen Sie sie weg!" Muss ich besonders hervorheben, dass das meine Absicht gewesen war?

Zur Verteidigung waren bereits Löcher ausgehoben worden, und wir bekamen den Befehl, in den Löchern Stellung zu beziehen. Leider hatte der Befehlgebende in der Fahrerkabine noch ein Gewehr, das er mir nun aushändigte. Er gemahnte zur Vorsicht, da weiter vorne Deutsche noch dabei wären, Minen zu verlegen. Ich sprang gleich in das erste Loch, denn das war den Baracken am nächsten. Wir waren kaum in unseren Löchern, da griffen die Russen mit Flammenwerfern an. Die Flammen waren so mächtig, dass man es nicht wagte, auch nur den Kopf zu heben.

Von der Straße her war das Geräusch rollender Panzerketten zu hören, leider nicht erkennbar, ob deutsche oder russische. Schließlich war alles mucksmäuschenstill. Ich hob den Kopf und sah zwei Gestalten auf mich zukommen. Entfernung etwa 200 Meter. Da erklang von der Straße her eine russische Stimme: „Serogha, komm zurück, denn da findest du keinen Teufel mehr!" Und wirklich, die beiden machten kehrt.

Ich kroch zu meinem Nachbarn im nächsten Loch und fragte ihn, ob er es auch gehört habe. Er hatte es gehört, sich aber keine Gedanken darüber gemacht, weil er der Meinung war, es seien von unseren Leuten welche, die Minen verlegten.

In der Tat gab es ja zahlreiche Russlanddeutsche in der Kompanie, und besonders die Schwaben pflegten oft Russisch miteinander zu sprechen. „Nein!", sagte ich, „Mensch, unsere sprechen ein Kauderwelsch, doch das hier war reiner Moskauer Akzent. Das waren Russen!" Ich hatte mich soeben in mein Loch zurückgekuschelt, da kam mein Nachbar zu mir mit der Meldung: „Unsere gesamte Linie ist voller Russen und die nehmen gerade unsere Leute gefangen. Was können wir schnell machen, um zu entkommen?" Ich sagte, dass er mich antworten lassen solle, falls wir angesprochen werden sollten. Da es finster war, hoffte ich, die Russen täuschen zu können, so dass sie uns für Kameraden hielten.

Kriechend begaben wir uns zu den Baracken. Etliche standen schon in Flammen, und auf dem Hof waren Soldaten, die auf Russisch miteinander sprachen. Wir versuchten, hinter die Baracken und von da auf die Hauptstraße zu kommen. Wir waren kurz vor der Straße, da hörte ich dort einen Soldaten sagen: „Wo führst du uns hin, hier schlagen die Germanzy uns ja alle tot."

Nun verließen meinen Kumpel die Nerven. Unter Tränen sagte er: „Unsere Offiziere sind alle abgehauen, und uns haben sie dem Russen ausgeliefert." Ich versuchte, ihn flüsternd zu beruhigen und sagte, dass er mir schweigend und kriechend folgen solle. Wir fanden eine Stelle am Stacheldrahtzaun, an der wir untendurch kriechen konnten. Wir setzten die Kriecherei noch eine halbe Stunde lang fort, bis wir erhobenen Hauptes in einem weiten Bogen nach Krakau zurückgingen.

In der Morgendämmerung kamen wir an, wo uns sogleich die Feldgendarmerie aufgriff. Ein Gendarm wollte unsere Geschichte nicht so recht glauben, behauptete gar, unsere Kompanie existiere nicht einmal. Wir sollten uns etwas anderes ausdenken, so sein Rat. Doch der andere kannte sich besser aus. Sie brachten uns zum Bahnhof, wo sich der Stab im oberen Stockwerk befand. Wie ich die Tür zum Stab aufmachte, hätte ich beinahe geschrien. Da saß der Kompaniechef der „Rebellenkompanie". Ich machte eine Meldung von den Erlebnissen in der letzten Nacht, worauf er mich ins Nebenzimmer schickte, wo ich erst einmal ausschlafen sollte. Als ich sagte, dass noch ein Kamerad dabei sei, wurde auch ihm die Erlaubnis erteilt. Der Kamerad warf sich sogleich ins Bett, während ich mich auf die Bettkannte setzte, und über unsere Lage nachdachte.

Weit kam ich nicht, da erschütterte eine Explosion das Gebäude, das Fenster unseres Zimmers zerbrach in tausend Stücke, das ganze Haus bebte. Ich stürzte ans Fenster und sah den russischen Panzer, der den Schuss abgegeben hatte. Ich war so schnell unten, dass ich den Eindruck hatte, nur einen Schritt gemacht zu haben. Der Panzer war inzwischen von einer Panzerabwehrkanone getroffen worden, er brannte aus, und dabei explodierte die an Bord mitgeführte Munition. Ein zweiter Panzer kam heran gerollt. Die Kanone schoss, doch sie traf ihn nicht. Der Panzer rollte nun direkt auf die eingegrabene Kanonenstellung zu. Die Bedienung war schon geflüchtet, als der Schütze noch eine Ladung nachschob und abdrückte. Aus der Entfernung weniger Meter ein Volltreffer. Das stählerne Gefährt brannte lichterloh, und im Widerschein war zu erkennen, dass ein dritter Panzer wendete und zurückfuhr. Jetzt war alles ruhig, nur der Magen nicht. Doch es sollte nicht sein. Schon wurde ein neuer Angriff gemeldet.

In nur 1500 Meter Entfernung von uns zogen russische Panzer in Krakau ein. Sie kamen über die Bahnlinie heran. Da nun die Gefahr drohte, dass wir auf dem Ostufer der Weichsel abgeschnitten werden könnten, kam der Befehl zum Rückzug. In der Stadt mussten wir uns kriechend bewegen, denn die Polen waren den Deutschen nicht wohl gesonnen und schossen aus den Fenstern auf die Wehrmacht. Auf dem linken Weichselufer sammelten wir uns erneut, und da wir wieder unseren alten Chef hatten, gehörte ich auch zum Stab. Der Stab bekam ein Haus zugewiesen, doch eigentlich war ich da alleine, da alle Offiziere angesichts der katastrophalen Entwicklung bei ihren Einheiten waren. Meine Kompanie war bekanntlich so gut wie aufgerieben worden. Als Angehöriger des Stabes gehörte ich keinem Zuge an, und hatte folgedem auch nichts zu tun.

Als ich mich nun auf diese angenehme Art und Weise um die „Verteidigung" des 1000-jährigen Reiches kümmerte, stürzte ein junger Leutnant herein, um mich wie folgt anzuschreien: „Was machen Sie denn hier? Haben Sie den Befehl nicht verstanden, dass alle in Stellung gehen sollen?" Ich versuchte ihm zu erklären, dass ich im Stab tätig sei und von daher keinem Zuge und keiner Gruppe angehöre. Darauf entgegnete er: „Wir brauchen jetzt aber jeden Mann. Der Russe hat die Weichselbrücke besetzt, und die muss wieder freigekämpft werden, damit sie gesprengt werden kann." Ich sagte ihm, dass ich kein Gewehr hätte und außerdem nicht in der Lage sei zu kämpfen. Zu meinem Unglück stand ein Gewehr in einer Ecke. Er überreichte es mir mit den Worten: „Jetzt aber schnell, denn dort wird ja schon feste gekämpft!"

In der Tat drang der Lärm von heftigem Gewehrfeuer von außen herein. In nahm das Gewehr und begab mich auf den Weg zur Brücke. Als ich etwa 100 Meter vor der Brücke war, gab es eine Explosion. Man hatte die Brücke gesprengt. Ich wurde durch die Wucht mitsamt einem Holztor in eine überdachte Einfahrt geschleudert. Das stellte sich im Anschluss als glücklicher Umstand heraus, denn zahlreiche andere Personen, die kein Dach über dem Kopf gehabt hatten, waren verletzt worden von den herabfallenden Brückenteilen.

Als nun wieder alles ruhig war, ging ich zurück ins Stabsquartier. Auch die Offiziere fanden sich dort ein. Sie meinten, wir könnten uns jetzt zur Ruhe begeben, denn bis morgen früh werde der Russe Ruhe geben, die Angreifer hätten hohe Verluste gehabt. Zu Rödel, dem Chef unserer Kompanie, sagte ich, dass ich lieber im Schuppen auf dem Heu schlafen wolle, da es im Gebäude unruhig zugehen würde. Er hatte nichts dagegen.

Am Morgen fand ich vom Stab nur den Adjutanten vor. Er teilte mir mit, dass der Befehl zur endgültigen Räumung Krakaus eingegangen sei und alle Offiziere zu ihren Einheiten gegangen seien, um den Rückzug zu organisieren. Er gab mir den Rat, mich auf der Straße in südwestlicher Richtung zu bewegen, da würde ich auf unsere Einheiten stoßen. Das tat ich auch, und ich war nicht der Einzige dabei. Die ganze Straße war voller zurückflutender Wehrmacht. Aus allen Richtungen wurde geschossen.

Beim Marschieren sah ich in einem offenen Fenster Brot und Butterpäckchen stehen, und mir fiel der Hunger ein, der mich nun schon seit geraumer Zeit geplagt hatte. Es handelte sich dabei um ein bereits verlassenes Wehrmachtlager. Ich bediente mich, ging wieder zurück auf die Straße, um mir ein günstiges Plätzchen für mein Frühstück zu suchen. Eine Holzkiste unter einem großen Baum schien mir ein fürstlicher Tisch zu sein. Leider fehlte nun noch die königliche Ruhe, denn ein Unteroffizier stürmte heran und rief mir im Vorbeilaufen zu: „Mensch, verschwinde, denn da kommen doch russische Panzer angerollt."

Mir war mein Frühstück jetzt aber wichtiger als russische Panzer. Diesen Gedanken hatte ich noch nicht zu Ende gedacht, als ganz in meiner Nähe eine Fliegerbombe explodierte. Jetzt erst bemerkte ich die Flugzeuge über mir. Ich ließ Brot und Butter liegen und flüchtete in einen Hof, in den ich schon vorhin Soldaten hatte verschwinden sehen. Dort bemerkte ich einen Graben, angefüllt mit Soldaten. Ich warf mich mitten hinein und schon erfolgte Detonation auf Detonation. Die Splitter flogen über uns hinweg.

Als der Angriff vorüber war, suchte ich nach meinem Brot. Weg! Wir setzten den Marsch in südwestlicher Richtung fort. Dabei galt es, stets auf der Hut zu sein, um in keinen Hinterhalt zu geraten. Ich ging mit einem jungen Unteroffizier zusammen, der plötzlich schrie: „Schau, da steht ein russischer Panzer. Der will uns den Rückzug abschneiden. Das darf nicht sein!" Er begab sich querbeet in Richtung Panzer, während ich versuchte, diese Stelle schnell zu verlassen. Ich war etwa 200 Meter weit gekommen, als es eine heftige Explosion, gefolgt von zahlreichen kleineren Detonationen gab. Also hatte er den Panzer getroffen. Gegen Abend stieß ich auf unsere Kompanie, die aus versprengten Landsern neu formiert worden war.

Wir verbrachten die Nacht in einem großen Schuppen. Als es am nächsten Morgen weitergehen sollte, traf ich den Unteroffizier vom Vortage. Natürlich fragte ich ihn nach seinem Erfolg. „Der wird keinem den Weg abschneiden. Den habe ich hochgejagt!", sagte er, als habe er mit einem Stein nach einem Hund geworfen.

Westlich von Krakau wurde nun eine neue Verteidigungslinie aufgebaut. Unsere Kompanie bezog Stellung auf einem Bahnhof, der sich zwischen Krakau und Prag befand. Die Geleise standen voller Züge, beladen mit allerlei Vieh wie Kühen, Schafen, Schweinen und Geflügel. Es wurde sogleich ein Schlachtkommando herausgestellt, das für ein kräftiges Mahl zu sorgen hatte, denn wie mir erging es wohl vielen. Wir waren hungrig. Rödel wies jedem Zug seine Stelle zur Verteidigung zu, und da ich zu keinem Zuge gehörte, suchte ich mir ein ruhiges Plätzchen aus, um mich hinzulegen. Da wurde ich von Rödel gerufen. „Kommen Sie", sagte er „wir suchen ein Quartier für den Stab."

Mit einem schiefen Blick auf die gefüllten Kochtöpfe zögerte ich etwas. Da beruhigte er mich. Den ersten Braten werde man uns schon bringen, meinte er, es sei alles geregelt.

In einem kleinen Haus, aus dem die polnischen Einwohner geflohen waren, machten wir es uns gemütlich. Der Braten wurde tatsächlich angeliefert. Was es gewesen ist, Schweine- oder Rinderbraten, das weiß ich bis auf den heutigen Tag nicht. Aber wohlschmeckend, das war er! Allerdings galt es, nach der langen Fastenzeit mäßig zu bleiben.

Für den erhofften Schlaf fehlte leider die nötige Ruhe. Der Russe griff die ganze Nacht an. Um nicht im Schlaf überrumpelt zu werden, setzte ich mich auf einen Stuhl, um wenigstens etwas zu dösen. Am Morgen gerieten wir unter Artilleriebeschuss, und zwar aus westlicher Richtung. Rödl hieß mich, mit einigen Freiwilligen in das Dorf zu gehen, aus dem der Beschuss erfolgte, denn es handelte sich dabei um eine deutsche Einheit, die uns für Russen hielt. Er zeigte mir das Dorf auf der Karte. Die Entfernung betrug etwa sieben bis acht Kilometer. Freiwillige zu finden war kein Kunststück, denn sobald es Richtung Westen ging, war die Bereitschaft groß. Als ich zwei Leute ausgewählt hatte, gesellten sich noch ein Gendarmerieleutnant und ein Gendarm zu uns, sodass wir zu fünft loszogen. Die kamen mit, weil sie glaubten, zu der Einheit zu gehören, die uns unter Beschuss nahm.

Am Dorfausgang trafen wir einen Wehrmachtsleutnant, der unseren Leutnant gut kannte und uns aus dem Grunde zu einer Tasse Kaffee einlud. Gerade fing es an, gemütlich zu werden, als ringsum Minen niedergingen. Ich schnappte nach meiner Tasse und schlich in den Garten. Hinter einem Baum beobachtete ich das Gelände. Eine unendliche Schneelandschaft tat sich mir auf. In etwa fünf Kilometern Entfernung befand sich ein Hügel, von dem sich einzelne dunkle Gestalten lösten und nach einiger Zeit in einem Tal, das in das Dorf führte, wohin wir zu gehen hatten, verschwanden.

Als nun der Rest des Kaffeekränzchens draußen ankam, wollte der Leutnant das Ergebnis meiner Beobachtungen erfahren. Ich erläuterte und äußerte den Verdacht, dass es sich um Russen handeln müsse. Er meinte, das könne ich doch ohne Fernrohr gar nicht feststellen. Genauso gut könnten es auch Deutsche sein. Ich versuchte ihm zu erklären, dass Soldaten in Feindesland einzeln vorangingen, um hohe Verluste zu vermeiden. Wenn es Deutsche wären, so würden sie im Verband marschieren. Das schien ihn zu überzeugen, und er wollte von mir wissen, was zu tun sei.

Mein Vorschlag bestand darin, zunächst nach Norden, dann nach Westen und schließlich von dort aus ins Dorf zu marschieren. Gesagt getan:

Ich ging voran. Zunächst mussten wir das Tal durchqueren. Es war hier besonders tief eingeschnitten. Beim Hinaufsteigen auf der anderen Seite rutschten wir wegen der vorherrschenden Schneeglätte ständig aus. Als sich nun der Leutnant wieder einmal aus dem weißen Element emporrichtete, war er wütend und sagte:

„Ihr seid alle feige Angsthasen. Hier, kommt!" Damit ging er wieder ins Tal hinunter. Es war das Tal, in das ich die dunklen Punkte hatte verschwinden sehen und wir mussten eh folgen, denn er war schließlich ranghöher.

Nach drei Kilometern bekamen wir Feuer von vorne. Im Laufschritt verließen wir das Tal in nördlicher Richtung. Es war hier nicht so steil, sodass wir schnell hinaufkamen. Oben löste ich mich von der Gruppe, um in etwa 100 Metern Entfernung abseits zu laufen. Sogleich begann das Granatfeuer. Der dritte Schuss war ein Volltreffer, alle vier Kameraden waren

zerfetzt.

Jetzt verfolgten sie mich mit ihren Granaten. Es sind nur Augenblicke, die ein Schrapnell vor dem Einschlag zu hören ist. Doch die Zeit reichte, mich platt hinzuwerfen. Ein Geschoss platzte so nah von mir, dass ich mit Erde beschüttet wurde. Da blieb ich ganz still liegen in der Hoffnung, sie würden denken, ich sei getroffen worden. Es folgten keine weiteren Schüsse. Nach etlichen Minuten sprang ich auf und lief in Richtung einer Allee, die in etwa 400 Meter Entfernung vor mir war, um mich hinter dem ersten Baum in Sicherheit zu bringen.

Nachdem ich mich ein wenig ausgeruht hatte, marschierte ich die Allee entlang, die in die Ortschaft führte, wo ich hin sollte. Die Straße endete einen halben Kilometer vor dem Dorf. Als ich mich auf dieser freien Strecke der Ortschaft näherte, pfiffen mir Kugeln um die Ohren. Ich blieb stehen. Das Schießen hörte auf. Sobald ich aber weiterging, wurde wieder geschossen.

Rechts von mir war eine Senkung, da wollte ich hin, schon mit dem Gedanken spielend, dass es ja letztendlich egal sei, ob ich den Russen in die Hände fiele oder von einer Kugel getroffen würde. Doch sobald ich mich auf die Senke hin bewegte, peitschten wieder die Kugeln den Schnee auf. Ich schaute in alle Richtungen und gewahrte in der Ortschaft bei einem Baum einen winkenden Mann. Ich gab Handzeichen, dass ich zu ihm kommen wolle. Er zeigte an, dass ich kommen könne. Zu meiner Erleichterung stellte ich fest, dass es ein Landser war.

Ich nannte ihm meinen Namen, meine Einheit und meinen Auftrag, doch trotzdem schrie er mich wütend an, warum ich denn nicht mit erhobenen Händen gekommen wäre. Ich sagte, ich sei davon ausgegangen, dass man sich nur dem Feinde mit erhobenen Händen zu nähern habe. Er verdächtigte mich der Spionage, denn in dem Tale, aus dem ich gekommen war, befänden sich bereits die Russen. Das, so klärte ich ihn auf, hätte ich gerade ganz schmerzlich zur Kenntnis nehmen müssen, denn vier meiner Kameraden lägen dort nun tot im Schnee.

Nun brachte er mich mit dem Auto ins Dorf zu einem Hauptmann, der mich verhörte. Ich gab ihm einen Bericht. Nun wollte er den Namen des Gendarmerieleutnants wissen, der mitgegangen und umgekommen war. Zum Glück waren wir von dem Wehrmachtsleutnant zum Kaffee eingeladen worden. Dabei war der Name des gefallenen Leutnants genannt worden. Als ich damit herausrückte, schenkte man mir endlich Glauben. Er bedauerte den Tod des Leutnants und gab Anordnung, einen Vorstoß zur Bergung der Leichen zu unternehmen. Ob das allerdings gelungen ist, entzieht sich meiner Kenntnis.

Mir wurde ein Zimmer zum Ausruhen zugewiesen, in welchem sich bereits zwei Leute befanden. Ich hatte mich noch nicht hingelegt, als der Koch mit der Frage kam, ob jemand gewillt sei, in der Küche zu helfen. Selbstverständlich meldete ich mich.

Auf dem Wege zur Küche fragte er mich, ob ich schon gefrühstückt habe. Ich schilderte ihm kurz die letzten Tage hinsichtlich der leiblichen Versorgung. Darauf genehmigten wir uns ein Frühstück am Tisch, mit Brot, Butter, Käse und Marmelade! Nun fragte er mich, wie es mit der Zuteilung von Verpflegung bestellt sei. Ich sagte, dass diese seit einer Woche nicht existent sei. Nun meinte er, ich solle ruhig weiter frühstücken, er werde diesem Mangel innerhalb kürzester Frist abhelfen.

Während er noch weg war, beobachtete ich das Treiben auf der Straße. Als er zurückkam, meldete er mir, dass ich am Nachmittag zwei Tafeln Schokolade, zwei Päckchen Zigaretten und 100 Gramm Schnaps abholen könne. Genüsslich stellten wir uns an die Straße und plauderten. Das stellte sich sogleich als Fehler heraus. Wer kam ausgerechnet jetzt die Straße entlang? Es war mein Vorgesetzter Rödel.

Er stieg sogleich aus seinem Wagen und wollte von mir wissen: „Wie sind Sie nur durchgekommen?" Er hatte auch davon Wind bekommen, dass das Tal von den Russen besetzt war und aus dem Grunde war die Einheit im großen Bogen nachgerückt. Ich berichtete meine Erlebnisse. Danach hieß er mich einsteigen.

Weiter vorn hatte er vor, unsere Kompanie zu sammeln. Mir bereitete dieser Befehl keine Freude. Ich hatte mich so auf meine Verpflegung gefreut. Sollte die nun verloren sein? Ich bat darum, den Zeitpunkt der Ausgabe abwarten zu dürfen, um später nachzukommen. „Da haben wir jetzt keine Zeit für, " sagte er, „wir haben Befehl, eine polnische Ortschaft zu besetzen, die an einer Wegkreuzung liegt. Diese Kreuzung soll freigehalten werden, damit sie für den Rückzug der deutschen Truppen

sicher ist. Wir sollen dem Russen zuvorkommen."
Ja, da musste ich mit. Die Kompanie übernachtete in einer großen Scheune. Die Vorbereitungen zur Besetzung der polnischen Ortschaft liefen auf Hochtouren. Leider wusste niemand zu sagen, ob diese nicht schon durch die Russen eingenommen worden war, denn den ganzen Tag hatte man von dort keine Nachrichten erhalten.
In unmittelbarer Nachbarschaft zu unserer Scheune befand sich das Lager der Wehrmacht, die das Lager gerade räumte, denn auch da wurde die Flucht vorbereitet. Wie es im Krieg so üblich war, hat ein Kumpel von mir, der ebenfalls aus Gnadental stammte, sich dort umgesehen. Freudestrahlend kam er an mit der Nachricht, dort befände sich jede Menge Seide, die von der Wehrmacht nicht mitgenommen würde.
Er schlug vor, wir sollten uns dort Seide besorgen, um sie den Frauen daheim als Geschenk zu überreichen. Ich sagte ihm, dass meine Frau wohl froh sein würde, auch wenn ich ohne Seide nach Hause käme. Er holte sich trotzdem vier Meter davon. Weil es verboten war, wickelte er sich den Stoff um den Leib und zog den Mantel darüber.
In der Nacht marschierten wir ab. 300 Meter vor uns befand sich der Vortrupp. Plötzlich hörten wir aus der Richtung eine Sprengung und dann heftiges Maschinengewehrfeuer. Wir warfen uns alle in den Graben. Wer da schoss, das wusste niemand. Später hat sich herausgestellt, dass das Feuer von einer deutschen Einheit stammte.
Als alles wieder ruhig war, setzten wir den Marsch fort, und nun sahen wir, dass eine Brücke, die über einen Bach führte, gesprengt worden war. Das war die Explosion gewesen, die wir nachts gehört hatten. Trotz der Sprengung war es möglich, über die Trümmer kletternd das andere Ufer zu erreichen. Dabei entdeckte ich Rödel neben mir. Ich platzte mit der Frage heraus: „Soll diese Dummheit noch lange so anhalten?" Darauf sagte er: „Nein, dieses ist der Ort, den wir besetzen sollen."
Es waren noch 100 Meter bis zum Ortseingang, und gleich dort stand eine große Schule. Rödel wies den einzelnen Zügen Klassenzimmer und Wachaufgaben an. Und wieder suchte ich mir ein ruhiges Plätzchen zum Schlafen. Da wurde ich von Rödel gerufen. Er schlug vor: „Kommen Sie, wir suchen uns ein anderes Nachtquartier!" Damit begab er sich auf den Schulhof, wo ein kleines Haus stand, vermutlich das Lehrerquartier. Auf unser Klopfen meldete sich niemand, die Tür war verschlossen. Rödel befahl mir, durchs Fenster zu steigen. Es ließ sich öffnen. Ich stieg ein und tastete mich zur Tür, um den Riegel zu suchen. Da hörte ich hinter der Tür ein Gespräch.
Es fiel das Wort „Russe". Und schon sagte Rödel, ich solle zurückkommen. Schneller als ich eingestiegen war, kam ich raus. Rödel war schon weg, doch Unteroffizier Moos stand da und beschied: „Diese Ortschaft ist von russischem Militär besetzt". Er berichtete auch, wie man es entdeckt hatte. Nach Rödels Abgang habe auch er zusammen mit anderen nach einem Nachtlager Ausschau gehalten. Da hätten sie in einem Hause Licht gesehen. Beim Näherkommen hätten sie gemerkt, dass es voller Rotarmisten saß.
Rödel gab sogleich Anordnung, das Haus zu nehmen. Es wurde umstellt, Rödel, zwei Unteroffiziere mit Maschinengewehren und zwei Landser mit Handgranaten, die auch

Russisch sprachen, näherten sich dem Haus. Ich blieb auf der Straße stehen. Meinen Standort wählte ich so, dass ich das gesamte Areal im Blick hatte. Direkt neben mir gab es einen Graben, in den ich mich bei Gefahr werfen konnte. Mir gegenüber stand Schindel, der Laufbursche des Stabes. Mit einem Mal rief er: „Ein Russe!" Ich fragte noch „Wo?", drehte mich aber sogleich um und sah, dass direkt neben uns ein Rotarmist stand. Der war ebenso überrascht und erschrocken wie wir, denn er stieß ein „Boshe moj" (mein Gott) hervor und verschwand in der Finsternis. Offenbar hatte er uns beim Näherkommen für Russen gehalten.

Das war für uns nicht gerade beruhigend. Ich schaute in gebückter Haltung in die Richtung, in die der Rotarmist verschwunden war und sah im Schnee viele dunkle Gestalten. Ich befahl Schindel, Rödel zu melden, dass gleich ein Angriff von rechts erfolgen würde.

Drinnen im Hause war alles nach Plan verlaufen. Die Eingekreisten hatten sofort die Hände hochgenommen und waren aufgestanden. Doch just in dem Augenblick hatte draußen eine Schießerei angefangen. Da ließ Rödel die russischen Gewehre aus dem Fenster werfen. Und nun wurde aus allen Rohren gefeuert. Da es finster war, wusste niemand so recht, wo der Freund und wo der Feind steckte. Unsere Kompanie zog sich kämpfend zurück.

Aller Wahrscheinlichkeit nach hatten die Russen unseren Einzug beobachtet und lediglich den günstigsten Moment abgewartet, die Falle zuschnappen zu lassen.

Ich hatte mich zu Beginn der Schießerei in den Graben geworfen. Der Schauplatz des Kampfes entfernte sich in westlicher Richtung. Ich begab mich ebenfalls in westliche Richtung. Dabei nutzte ich die Gärten als Deckung. Als ich an eine Kirche kam, stellte ich mich an die dunkle Tür, um so getarnt die Straße zu beobachten. Da marschierte ein Trupp Rotarmisten auf der Straße zurück ins Dorf. Wie die Gruppe vorbei war, schlich ich weiter durch die Gärten in Richtung Westen. Ich kam aus der Ortschaft raus und hatte nun das freie Schneefeld vor mir. Kriechend bewegte ich mich fort. Da sah ich einen dunklen Gegenstand im Schnee liegen.

Was konnte es sein? Mein Gedanke war, dass es von unseren Leuten jemand sein könnte. Denn einen Russen hätten die Rotarmisten ja sicherlich mitgenommen. Trotzdem näherte ich mich dem Punkte mit äußerster Vorsicht. Doch dann war die Überraschung komplett: Ich hatte die Seide für die Frau meines Kameraden vor mir!

Sie kam mir sehr gelegen, denn ich nahm sie mir als Mantel um und war dadurch im Schnee bestens getarnt. Aufrechten Ganges ging ich weiter. Die Spuren ließen sich deutlich verfolgen. In einem tiefen Tale fand ich schließlich meine Kompanie. Dort war das Erstaunen über mein Erscheinen groß, denn mein Name stand schon unter denen der Vermissten. Es waren zahlreiche Soldaten gestorben oder wurden vermisst. Ich aber ließ sogleich den Kameraden mit der Seide herbeirufen, um ihn daran zu erinnern, dass er sie doch für seine Frau mitgenommen habe. Da meinte er: „Mensch, wenn du wüsstest, wie froh ich war, als ich die Seide erst einmal los war. Wir mussten laufen, und ich kam wegen der Seide fast nicht von der Stelle."

Nun ging es weiter, bei Nacht und Schnee. Ein Dyck aus Nikolaital war an einem Bein verwundet worden. Er konnte nicht gehen. Auf einem Handschlitten wurde er von zwei Personen gezogen. Einer musste nebenher gehen und ihn abstützen. In der Morgendämmerung kamen wir in eine polnische Ortschaft. Hier überholte uns ein

Pferdewagen der Wehrmacht. Hinten am Wagen lief ein Reservepferd mit. Um dieses bat ich für den Verwundetentransport, und es wurde mir gewährt. Einer führte nun das Pferd, und ein anderer stützte Dyck ab. Als wir an einen polnischen Bauernhof kamen, fragte ich den Polen, ob er nicht einen alten Schlitten erübrigen könne. Da gab er mir seinen neuen Schlitten mit der Bemerkung, dass andernfalls der Russe diesen nehmen würde. Nun war es ganz einfach, den Verwundeten zu transportieren.

Die ganzen Straßen waren voll zurückflutender Wehrmacht. Das bekamen wir auch nachts zu spüren, als wir in einem verlassenen Bauernhaus Unterschlupf suchten. Das Haus war brechend voll. Allerdings hatte unser Pferd es gut. Der Schuppen war voller Heu. Da sperrten wir das Tier ein, und ich bin sicher, dass es keinen Grund zur Klage gehabt hat. Besser als zuvor ist es wahrscheinlich auch dem am Bein verletzten Dyck ergangen, denn noch am Abend waren wir auf ein Lazarettauto gestoßen, das ihn mitgenommen hatte.

Am Morgen hatte uns die bittere Realität des Krieges wieder eingeholt. Das Schießen war so nahe herangerückt, dass Eile geboten schien. Der Schlitten stand uns, nachdem Dyck nicht mehr dabei war, voll zur Verfügung. Ich ergriff die Leine, andere Schlitten folgten.

Nach einer Stunde Schlittenfahrt kamen wir nach Teschen. Bei einem Fliegerangriff in der vorangegangenen Nacht war die Schnapsfabrik getroffen worden. Das Getränk ergoss sich in zahlreichen Bächlein bis auf die Straße, und man sah schon, dass einige Leute daran ordentlich genippt hatten. Auch meine Passagiere gedachten, sich diese Gelegenheit nicht entgehen zu lassen. Wir hielten ... Hätten wir es bloß nicht getan! Denn in dem Augenblick stand ein Feldgendarm am Schlitten. Er hieß uns mitkommen. Hier sollte eine Verteidigungslinie eingerichtet werden.

Da fiel mir eine List ein. Ich sagte, ich sei vom Pionierbataillon und mit einer Meldung unterwegs. Nun sagte er, ich könne ja allein weiterfahren, aber die anderen müssten mitkommen. Ich kam gerade noch fertig, ihnen zuzuflüstern, dass ich am westlichen Ortseingang auf sie warten würde.

Ich wartete bis zum Einbruch der Dunkelheit bei einer Schmiede am Dorfausgang. Doch niemand kam. So fuhr ich alleine weiter. Es war aber unheimlich, ganz allein im fremden Land. Ringsum wurde geschossen, und der Horizont war von Feuer hell erleuchtet. Selbst die Flüchtlinge hatten anscheinend Nachtquartiere bezogen, denn auch die Straße war leer.

Um Mitternacht fuhr ich in eine Ortschaft hinein. Auch hier wurde ich sogleich von der Feldgendarmerie angehalten. Hier half meine Finte mit der Meldung nichts. Sie nahmen mir den Schlitten ab und brachten mich in eine Kaserne.

Schon am Morgen hieß es, diese Einheit würde sich zurückziehen. Wer Kleider haben wolle, dürfe sich im Lagerraum etwas aussuchen. Meine Stiefeln waren etwas eng. Darum hatte ich immer kalte Füße gehabt. Nun suchte ich mir größere Stiefeln aus, in die mein Fuß und zwei Paar Socken passten. Als Reserve nahm ich Fußlappen mit. Da ich auch noch warme Wäsche gefunden hatte, war ich nun für den Winter besser gerüstet.

Es hieß, dass unsere Kompanie erst morgen einrücken würde. Rödel hatte die versprengten Reste wieder eingesammelt.

Bis dahin sei ich ein freier Mann. Mir stand aber der Sinn nicht nach touristischen Vergnügungen, da laut meiner Berechnung die Rote Armee bereits links und rechts an unserem Dorf vorbeimarschiert sein musste, was auf die Absicht einer Einkesselung schließen ließ.

Am Morgen hatten sich weitere Truppenteile gesammelt, auch die drei Kameraden, mit denen ich mir zu Anfang den Schlitten geteilt hatte. Wir flüchteten immer weiter Richtung Westen. Zur Nacht kamen wir in eine Ortschaft, aus der die Einwohner bereits evakuiert worden waren, da es sich um Deutsche gehandelt hatte. Da wir wieder einen ganzen Tag keine Verpflegung bekommen hatten, durchsuchten wir die Häuser nach Essbarem. Kartoffeln und ein altes Stück Brot war die ganze Ausbeute, die aber für eine Suppe ausreichte.

Im nächsten Dorf hatten wir mehr Glück. Da standen sogar Kühe im Stall, die furchtbar brüllten, weil sie gemolken werden wollten. Ich ließ mir die Gelegenheit, an frische Milch zu kommen, nicht entgehen. Eier und Mehl gab es auch, sodass ich auf die Idee kam, mir einen Kuchen zu backen. Andere machten es mir nach. Wieder andere schlachteten Hühner und machten einen Braten.

Die Häuser mussten von ihren Bewohnern Hals über Kopf verlassen worden sein, denn es gab nicht nur genügend Lebensmittel, auch Bekleidung war ausreichend vorhanden. Den Landsern war das recht, denn sie suchten sich passende Zivilbekleidung heraus für alle Fälle. Auch ich fand etwas Passendes.

Am Morgen traf Rödel ein. So sehr ich ihn auch schätzte, hier fand ich seine Anwesenheit nicht so passend. Er ließ nämlich alle Soldaten auf Zivilkleider untersuchen. Das wurde mir noch gerade rechtzeitig mitgeteilt, als ich die Treppe herunterstieg. Schweren Herzens entledigte ich mich meines Anzugs. Als ich dann zu den beiden Unteroffizieren kam, die die Kontrolle durchführten, sagten sie, ich könne gehen, bei mir würde man sowieso nichts finden. Schade, dachte ich, der Anzug, der Leben retten kann, war leider weg.

Der Marsch wurde fortgesetzt, auch nachts. Es gab nur kurze Rastzeiten. Am Morgen erreichten wir eine polnische Ortschaft, die wir besetzen sollten. Rödel holte mich wie üblich zu sich, um die Stabskanzlei zu errichten. Zur Versorgung wurde verschiedenes Vieh geschlachtet. Am folgenden Tag stellten wir mit Schrecken fest, dass wir bereits umzingelt waren.

Über Rundfunk erging der Befehl, uns für die Nacht bereitzuhalten. Die SS würde eine Bresche in den Ring schlagen, die wir zum Ausbruch nutzen sollten.

Unsere Verpflegung wurde auf einen Schlitten geladen. Mit Finsterwerden zogen wir los. Wir konnten einer Schlucht folgen, die in westlicher Richtung aus der Ortschaft führte. Diese war von der SS freigekämpft worden. Beschossen wurden wir ununterbrochen, aber dank der Schlucht flogen die Projektile hoch über uns hinweg. Ich marschierte mit Rödel zusammen. Gerade sprachen wir darüber, dass wir aus dem Ring raus waren, als ein Melder entgegenkam und den Befehl übermittelte, die Ortschaft sei bis zum letzten Mann zu halten.

Ich platzte mit der Äußerung heraus: „Na, größer könnte die Dummheit wohl nicht werden!" Rödel sah mich an, sagte aber nichts. Er rief die Zugführer zusammen, erteilte die Befehle zur neuerlichen Besetzung des Dorfes. Zu mir sagte er: „Redekopp, sorgen Sie dafür, dass unsere Verpflegung in Sicherheit kommt!" Damit er es sich nicht noch anders überlegen konnte, wiederholte ich schnell den Befehl, sprang auf den Schlitten und fuhr los, wieder in westlicher Richtung die Schlucht entlang.

Die Schlucht war von Sträuchern umsäumt, die jetzt im Winter keine Blätter hatten. Nach zehn Minuten Fahrt sah ich hinter einem Strauch einen Soldaten. Er näherte sich mir, und nun erkannte ich ihn, es war Abram Fröse, ein Kommilitone aus dem Chortitzer Lehrerseminar.

Ich fragte ihn, was er hier mache. Da erklärte er mir sein Dilemma und mit diesem den ganzen Wahnsinn eines Krieges: „Was soll ich nur machen? Zurückgehen bedeutet für uns den Tod, denn so falle ich in russische Hände und wir gelten bei den Russen als Verräter. Nicht gehen, dann gelte ich als Deserteur und werde von den Deutschen erschossen."

Darauf sagte ich ihm: „Jetzt ist keine Zeit zum Diskutieren. Hier, setz dich auf den Schlitten. Du hast deine Einheit verloren, und ich habe dich mobilisiert, um die Verpflegung zu bewachen."

Zu zweit fuhren wir weiter. Wir kamen ins Gebirge. Der Weg war von beiden Seiten durch hohe Felswände geschützt. Am frühen Morgen erreichten wir eine Stelle, die von Norden her offen war. Der Russe hatte sich auf diese Wegstrecke eingeschossen. Es erfolgten immer sieben Schüsse nacheinander, dann gab es eine Pause, die wohl zum Nachladen benötigt wurde. Die Pause dauerte nur wenige Minuten. Da der Weg voller Leute war, gab es hier einen Rückstau. Während jeder Schießpause eilte ein Grüppchen über die freie Strecke.

Fröse hatte große Angst, in die Hände der Russen zu fallen. Immer wieder betonte er, dass wir uns gegenseitig nicht im Stich lassen wollten. Als wir nun an der Reihe waren und uns auf den Weg machten, begann die Schießerei, als wir die halbe Strecke zurückgelegt hatten. Ein Geschoss schlug in unmittelbarer Nähe ein. Es traf ein Pferd. In dem Augenblick schrie ich: „Runter!", und schon lag ich in Deckung. Fröse war nicht so schnell, er kletterte vom Schlitten statt zu springen. Im gleichen Augenblick explodierte die nächste Granate. Sie zertrümmerte ihm ein Bein.

Fröse jammerte sogleich: „Jetzt falle ich dem Russen in die Hände, denn ich kann nicht gehen." Ob ich ihm würde helfen können, wusste ich zu dem Zeitpunkt noch nicht, denn auch mein Gesicht war von Blut bedeckt. Splitter, bestehend aus glühend heißem Metall, hatten mich getroffen. Doch eine erste Überprüfung der Wunden ergab, dass der Schmerz zwar groß, die Wunden aber klein waren. Vor allem war mein Augenlicht nicht - wie ich im ersten Augenblick befürchtet hatte - beschädigt worden.

Ich begab mich kriechend zu Fröse, um sein Bein abzubinden. Nun hieß ich ihn, auf meinem Rücken Platz zu nehmen, und zu zweit bewegten wir uns nun kriechend im Graben weiter. Da der Graben mit einem Schnee-Wasser-Gemisch angefüllt war, wurde ich sehr schnell müde.

Bei der eingelegten Ruhepause sah ich plötzlich Rödel den gleichen Graben entlang gekrochen kommen. Er rief: „Redekopp, was ist mit Ihnen?" Er fügte hinzu, dass mein ganzes Gesicht voller Blut sei. Ich erklärte, dass es um mich nicht schlecht bestellt sei, aber Fröse sich in einer üblen Lage befinde. Nun half Rödel mir, den verletzten Fröse zu transportieren, und dort, wo der Weg wieder von einer Felswand geschützt war, stand ein Lazarettfahrzeug, das den Verwundeten aufnahm.

Wir indessen setzten unseren Marsch zu Fuß fort. Ob sie denn die Ortschaft nicht besetzt hätten, wollte ich von Rödel wissen. Er erzählte, dass das Dorf längst von den Russen besetzt gewesen sei.

Als wir an eine Stelle kamen, wo im Graben etwas Wasser stand, sagte Rödel zu mir: „Waschen Sie sich das Blut ab, sonst sieht das so gefährlich aus."

Beim Weitermarsch kamen wir an die Reichsgrenze. Ein von weitem sichtbares Tor diente als Durchgang. Der Russe hatte seine Geschütze auf dieses Tor eingespielt, ein Grund, aus dem es von den Landsern gemieden wurde. Etwa 500 Meter südlich davon zog sich ein Tal in südlicher Richtung und ihm folgten die Soldaten. Rödel sagte zu mir: „Redekopp, aber wir beide wollen mit allen Ehren durchs Tor ins Reich einmarschieren."

Mir aber warum diese Ehre gar kein bisschen zu tun. Darum richtete ich es so ein, dass ich hinter Rödel marschierte. Als wir an das Tal kamen, bog ich, von ihm unbemerkt, links ab. Eine halbe Stunde später war Rödel wieder da. Auf meine Frage, was denn los sei, sagte er: „Es war unmöglich, durch das Tor zu gehen, denn es folgte Geschoss auf Geschoss." Die folgende Nacht verbrachten wir in einem verlassenen Haus.

Es war die Nacht, in der ich Rödel aus den Augen verlor. Einige berichteten, er sei bei einem Ausfall in russische Gefangenschaft geraten. Andere wieder behaupteten, er sei abberufen worden. Ich aber habe ihn nie wieder gesehen und hatte mich nicht einmal für seine Mühe um mich bedanken können.

Der Rest unserer Kompanie wurde in Ostrau (heute Ostrawa, Tschechoslowakei) gesammelt und dann zur Formierung eines Ersatzbataillons nach Dresden geschickt. Von 127 Mann waren noch 28 Personen übrig. Der Rest? Gefallen, gefangen, verirrt, verwundet, vermisst ... Von Fröse erhielt ich bald darauf eine Karte. Darin schrieb er, dass er beginne, auf Krücken zu gehen. Ob das Bein abgenommen oder geheilt worden war, davon stand nichts in der Karte. In späteren Jahren habe ich mehrere Anläufe gemacht, etwas über ihn in Erfahrung zu bringen. Als ich zu Beginn der 90er Jahre wieder einen Hinweis erhielt, schrieb ich an die mir genannte Adresse. Nach einiger Zeit kam ein Brief von seinem Sohn, in dem mir mitgeteilt wurde, dass der Vater vor wenigen Monaten verstorben sei.

In Dresden erfuhren wir, dass unser Ersatzbataillon nach Prag verlegt worden war. Wir erhielten Marschverpflegung und mussten mit der Bahn hinterher. Es war der 13. Februar 1945! Gleich um elf Uhr sollte der Zug abfahren. Also hatten wir noch etwas Zeit, und so gingen wir in den Stadtpark. Da hörten wir über Radio, dass der Zug doch eher fahren würde. Wir sollten uns zum Bahnhof begeben. Tatsächlich ging es sogleich los.

Wir waren etwa 15 Kilometer gefahren, als der Zug hielt und alle in den Wald laufen sollten. Als Soldat brauchte man mir nicht zu erklären, dass Gefahr im Verzuge war. Als ich ein geschütztes Plätzchen im Wald gefunden hatte, begann das große Bombardement der Stadt Dresden, bei dem 150.000 Menschen ums Leben gekommen sind. Wieder einmal hatte der liebe Gott seine schützende Hand über mir gehalten.

Als der Angriff vorüber war, fuhren wir weiter, um am Morgen Prag zu erreichen. Wir fanden unser Ersatzbataillon und während wir draußen warten mussten, bis unsere Anmeldung erledigt war, hörte ich meinen Namen rufen. Es war Jochen, der Student, dem ich in Krakau so viel verdankte. „Mensch, lebst du noch?", begrüßte er mich, „ich glaubte, dass du ebenfalls in Krakau gefallen seiest." Nun erklärte er mir, dass er hier als Koch arbeite. Ob ich ihm nicht helfen wolle, er benötige dringend eine Küchenhilfe. Und ob ich wollte! Besseres konnte mir in dieser Lage nicht passieren. Schon entfernte er sich, um mit dem Spieß zurückzukommen. Es war unser Spieß von Krakau.

Ich muss jetzt etwas zurückgreifen. In unserem Bataillon waren überwiegend Russlanddeutsche. Die Schwaben sprachen ein Kauderwelsch und die Mennoniten ein gebrochenes Hochdeutsch. Wenn hoher Besuch angemeldet war, wählte man solche aus, die gut Deutsch konnten, um Meldung zu machen. Dadurch wurde ich in der Regel ausgesucht.

Als der Spieß nun die Liste vorlas, um zu kontrollieren, ob alle da waren, kam er bis zu meinem Namen, den er zweimal las, um dann fortzufahren: „Wir kennen uns doch schon?" - „Jawohl, Stabsfeldwebel!" - „Na, hier können Sie wieder Posten stehen, aber vorher gehen Sie erst einmal in die Küche und helfen dem Unteroffizier Jochen beim Kochen!" Wer war froher und glücklicher als ich? Zuerst erzählte ich Jochen bei einem guten Frühstück meine ganzen Erlebnisse. Danach machten wir das Mittagessen fertig und begaben uns zur Ruhe. Es schlief sich wunderbar in einem richtigen Bett.

Nach dem Abendbrot gingen Jochen und ich in die Stadt. Er wollte herausfinden, bei welchem Wurstmacher wir die Wurst für unsere Küche bestellen konnten, denn wir brauchten so 50 bis 69 kg täglich. Wir waren bei drei verschiedenen Metzgern, und alle drei waren Russen. Sie waren während der Revolution hierher geflüchtet. Auch sie fürchteten sich davor, in russische Hände zu fallen.

Gleich beim ersten Russen wurden wir - wie es so ihre Art ist - zum Abendbrot eingeladen. Für sie war es sehr erfreulich, dass ich Russisch konnte. Es wurde ein gemütlicher Abend, an dem wir nicht an den Krieg dachten.

Doch der ruhte nicht. Dieses schöne Leben hielt nur wenige Tage an. Dann wurden wir nach Radotin, 25 Kilometer nördlich von Prag, versetzt. Dort sollten wir Baracken bauen. Als wir damit fertig waren, ging es 20 Kilometer weiter westlich, wo wir Pferdeställe zu bauen hatten. Doch das alles war weit besser als die Frontnähe. Nach zwei Monaten hieß es jedoch, dass wir wieder an die Front müssten.

Bevor es losging, sollten alle in die Schreibstube kommen, um die Post abzuholen. Ich hatte keine Lust zu gehen, da ich durch Zeitungen bereits erfahren hatte, dass Birkenstein sich bereits in russischer Hand befand, und dort vermutete ich meine Familie. Die Kameraden baten darum, dass ich auch mitginge. Als mein Name als Erster verlesen wurde, war ich sehr erstaunt. Ich bekam eine Karte von Frau Pagenkopf mit folgendem Inhalt: „Laut letzter Nachricht befindet sich Ihre Familie im Amt Leimbach, Kreis Mansfeld. Morgen flüchten wir auch."

Hier muss zurückgreifend erwähnt werden, dass Frau Pagenkopf die Frau des stellvertretenden Gebietskommissars in Pokrowskoje war. Er war damals mit Hacker zusammen nach dem Stalingrader Durchbruch zur Wehrmacht einberufen worden. Er wurde verwundet und befand sich 1944 in Dresden auf Genesungsurlaub. Als wir nun

im Warthegau gewesen waren, da hatten er und seine Frau uns sogleich besucht. Da Pagenkopf bald danach wieder zum Militär musste, bat er darum, dass seine Frau von Dresden zu uns aufs Land nach Krotoschin kommen könne, wegen der Bombenangriffe, versteht sich. So war sie mit ihren drei Jungen zu uns gekommen und auch etwa einen Monat geblieben. Wir hatten ja noch Lebensmittel aus Russland mit, sodass wir sie alle mit unterhalten konnten. Das mag verwunderlich klingen, doch zu dem Zeitpunkt konnte man nur gegen Lebensmittelkarten einkaufen.
Seit dieser Zeit standen wir mit dieser Frau im engen Briefkontakt, und vor meiner Einberufung hatten wir sie als Kontaktadresse ausgemacht. Auf dem Wege hofften wir, uns nach dem Kriege zu finden. Diese Karte, die ich mit großer Freude las, sagte aus, dass sich meine Familie im Harz befand.
Am nächsten Tag rollten wir mit der Bahn der Front entgegen. Bei Tageslicht stand der Zug, in der Nacht ging es weiter. In Waldenburg, Riesengebirge, wurden wir ausgeladen. Zu zweit nahmen wir Aufstellung, und jedes Paar bekam 20 Zwangsarbeiter aus dem Osten zur Verfügung gestellt, mit deren Arbeitskraft wir Panzergräben ausheben sollten. Mein Kumpel war ein ganz junger reichsdeutscher Soldat. Uns 22 Leuten wurde ein Schuppen als Unterkunft zugewiesen, der ganz voller Heu war, sodass die Arbeiter gut schlafen konnten.
Die meisten waren Ukrainer, sodass ich mich mit ihnen gut unterhalten konnte.
Der Deutsche und ich waren dafür verantwortlich, dass keiner flüchten konnte. Ich besprach es mit meinem Kumpel, dass er nachts Posten stehen würde, während ich am Tage bei der Arbeit dabei sein würde. Den Arbeitern sagte ich, dass wir sie anständig behandeln und nach Möglichkeit beschützen würden. Das aber könne sich ändern, wenn einer zu fliehen versuchte. Wir haben uns die ganze Zeit gut verstanden, und einen Fluchtversuch hat es nicht gegegeben.
Am nächsten Tag hatte ich bereits 30 Arbeiter! Sie waren aus anderen Gruppen geflohen und hatten sich uns angeschlossen. Ich konnte nun nicht alle 30 mit zur Arbeit nehmen, da es dabei herauskommen würde, woher die anderen zehn kamen, und das wäre für alle, auch für mich, gefährlich gewesen. So ordnete ich an, dass zehn Mann im Schuppen bleiben sollten. Mittags würden wir dann wechseln, sodass jeweils zehn ausruhen konnten. Die Einteilung überließ ich den Arbeitern. Niemand sollte den Schuppen verlassen. Wenn etwas zu besorgen wäre, dann sollten sie einzeln austreten.
Die Tochter des Bauern, dessen Scheune wir als Quartier nutzten, war Lehrerin. Darum interessierte sie sich dafür, von mir etwas über das russische Schulwesen zu erfahren. So luden sie mich zum Abendbrot ein. Wir saßen gerade bei Tisch, als der Spieß hereinstürzte. Ich sprang auf und machte Meldung. Da sagte er: „Ja, ihr schmaust hier, und eure Arbeiter laufen weg." Ich sagte ihm, dass wir nur treue Arbeiter hätten, die wären froh, wenn sie abends schlafen könnten. Er glaubte mir das nicht und ordnete eine sofortige Überprüfung unseres Schuppens an. „Wenn Ihnen da einer fehlt, dann wehe Ihnen. Kein Wachposten, die können ja alle abhauen! Kommen Sie!"
So merkwürdig es sich auch ausnimmt, aber meine einzige Sorge war die, dass der aufgebrachte Spieß bemerken könnte, dass mehr als zwanzig Leute im Schuppen schliefen. Ich gab auf Russisch den Befehl anzutreten, betonte aber, dass nur

zwanzig solches tun sollten. Die anderen sollten sich ruhig verhalten. Wie sie angetreten waren, zählte er. Er kam nur bis achtzehn: „Na, sehen Sie, zwei Arbeiter sind schon weg, und ihr schmaust da!" Ich sagte ihm, dass da wohl keiner weg sei, die zwei würden so tief schlafen, dass sie den Appell nicht gehört hätten. Und wieder bediente ich mich der russischen Sprache, um genau zwei und keinen mehr zu „wecken". Es gelang. Sie räkelten sich gekonnt, stellten sich in die Reihe und der Ordnung war hier Genüge getan. Nun sagte der Spieß, ich hätte aber Schwein gehabt, das keiner weggelaufen sei. Er gab mir dann noch den Rat, in Zukunft vorsichtiger zu sein. Schwein gehabt hatte ich, aber ganz anders als von ihm angenommen.

Doch auch diese Zeit nahm ein Ende. Nach zwei Wochen erhielt ich den Befehl, mich beim Versetzungsstab zu melden. Die Arbeiter organisierten ein Abschiedsfest. Dabei überreichten sie mir ein Geschenk, das aus Lebensmittelkarten bestand. Auf meine Frage, wo sie die denn her hätten, sagten sie, ich solle lieber nicht fragen. Natürlich hatten sie die „unrechtmäßig" erworben.

Im Laufe des Abends kam ich einmal bei zwei ukrainischen Mädchen aus Kiew zu sitzen. Während wir so plauderten, fing die eine an zu weinen. Nach dem Grund gefragt, sagte sie: „Ich fürchte mich so, was mit uns passiert, wenn die Rote Armee hier sein wird." Da erklärte ich ihnen, dass ich viel schlimmer dran sei. Darauf sagten sie, dass sie erfahren hätten, dass alle Zwangsarbeiter nicht gleich nach Hause dürften, sondern zuerst ein Umschulungslager besuchen mussten. In der Tat ist dies tausendfach geschehen. Wahrscheinlich wollten die Kommunisten nicht, dass die in der Regel gut im Brot stehenden Verschleppten vom Wohlstand des Klassenfeindes zeugten.

Doch auch dieses angenehme Zwischenspiel hielt nicht lange an. Wir sollten in den Kampf geworfen werden. Zu melden hatte ich mich in Waldenburg. Da wir zu Pionieren ausgebildet worden waren, wurden wir mit Sprengaufgaben betraut. Zu dem Zweck wurden wir in Gruppen aufgeteilt. Ich kam mit sechs Leuten nach Ottendorf, an einem Nebenfluss der Oder gelegen. Die Ortschaft lag auf der Südostseite des Flusses, aber auf der Ostseite hatten die Bauern ihr Ackerland. Drei Brücken führten hinüber. Ausgerechnet diese drei Brücken sollten wir angesichts anrückender russischer Panzer sprengen: Meine Aufgabe dabei bestand darin, die Stärke der Pfeiler zu bemessen und die benötigte Menge Sprengstoff festzusetzen. Die Landser hatten die Brücken Tag und Nacht zu bewachen. Einquartiert waren wir im Obergeschoss einer Wohnung, die einer Frau gehörte, die im Untergeschoss wohnte und dort auch einen Kaufladen führte. Am 7. Mai 1945 kam der Bürgermeister des Ortes zu mir mit der Frage: „Ihr werdet doch aber die Brücken nicht sprengen? Dann können wir unsere Felder nicht erreichen, und das würde Hungersnot bedeuten." Ich erklärte ihm, dass dies nicht von uns abhinge. Wenn der Befehl käme, dann müssten wir sprengen. Ohne Befehl würden wir nicht sprengen.

Er hat wohl schon mehr gewusst als ich, denn er sagte, ich solle um 12 Uhr nachts einmal zu ihm kommen. Dann würden wir weitersehen. Punkt 12 Uhr fand ich mich bei ihm ein. Er hatte das Radio schon eingeschaltet, und wir hörten die Rede von Dönitz - die Kapitulationsrede. Doch jedes Mal, wenn der Redner Atem holte, schrie jemand dazwischen: „Das ist Verrat, der Krieg geht weiter, bis zum ehrenhaften

Sieg!" Das wiederholte sich so bis zum Schluss, sodass wir nicht wussten, woran wir waren.

Ich begab mich zu den sechs Landsern. Wir berieten die neue Lage und einigten uns dahingehend, dass ich mit dem Fahrrad nach Lahn zum Stab fahren würde, um genauere Informationen einzuholen. Das Verlassen des Postens könnte für uns alle gefährlich werden. Das Städtchen Lahn lag in einem tiefen Tal. Sobald das Gelände den Blick hinunter freigab, sah ich das Stabsgebäude in Flammen stehen. Ich fuhr trotzdem näher heran, doch von unseren Leuten war niemand zu erblicken. Ich fuhr zurück. Das Rad musste ich führen, da es zunächst steil bergan ging. Auf dem Weg begegneten mir zwei Kameraden, unter ihnen ein Sawatzky aus Russland. Sie hatten den Auftrag, Panzersperren anzubringen. Sie baten mich darum, ich solle mich ihnen anschließen, damit wir gemeinsam die Flucht bewerkstelligen könnten. Ich bestand darauf, dass ich zuerst zu meinen Kameraden an den drei Brücken zurückkehren wolle, um sie nicht im Stich zu lassen. Ottendorf lag im Osten. Sie blieben darauf bestehen, dass sie mit mir zusammen fliehen wollten. Daraufhin sagte ich, wir könnten uns am Nachmittag um vier Uhr auf der Hauptstraße in Hirschberg treffen.

Als ich zu den Kameraden kam, berichtete ich, was ich gesehen, vor allem aber gehört hatte und gab die Anordnung, die Stellung binnen einer Stunde zu räumen. Während wir nun unsere Sachen im Obergeschoss packten, kam die Wirtin hoch, um sich zu erkundigen, was denn los sei. Ich erklärte ihr, dass Deutschland kapituliert habe und wir nun gedächten, schleunigst das Feld zu räumen. Sie wollte auch wissen, wie wir in den Westen zu kommen gedächten. Als ich ihr sagte, wir würden zu Fuß bis nach Hirschberg gehen, da bot sie uns ihre beiden Fuhrwerke an. Sie wolle ebenfalls mit.

Als die Wagen beladen waren und wir uns anschickten, die Pferde einzuspannen, erschien die Tochter des Hauses mit der herzlichen Einladung zum Abschiedsessen. Ich sagte sofort ab, doch die Kameraden bestanden darauf, eine Einladung, auf die man so lange gewartet habe, nicht abzuschlagen. Um aber fluchtbereit zu sein, holte ich meinen Rucksack von oben. Rogalsky, ebenfalls ein Kamerad aus Russland, kam mit mir.

Das Haus stand nah an der Straße. Ich ging auf die Treppe, die zur Straße führte. Wie ich auf die Veranda kam, liefen überall Frauen und Mädchen umher. Eine Frau blieb stehen, schlug die Hände zusammen und sagte: „Die Straße ist voller Rotarmisten, und Sie hier noch in Uniform!" Ich schaute auf die Straße und fand diese Aussage bestätigt. Ich schrie ins Haus: „Der Russe ist da, haut ab!", und sprang über den Gartenzaun, um nach hinten wegzukommen. Rogalsky folgte mir. Hinter dem Garten durchwateten wir einen kleinen Bach und befanden uns dann auf einem von Büschen aufgelockerten Feld. Hinter den Büschen jammerten überall Frauen und Mädchen. Wir konnten ihnen nicht helfen, da wir uns selber in einer üblen Lage befanden.

Nach einer Stunde mühseligen Laufens näherten wir uns der Ortschaft Senftenberg. Wir hatten keine Ahnung, ob dieser Ort bereits von den Roten eingenommen worden war. Plötzlich hörte ich jemanden „Halt!" schreien. Wir entdeckten einen Offizier in SS-Uniform. Er rief uns zu sich heran, und wir waren erleichtert, dass es Deutsche waren. Wie wir bei ihm waren, fing ich an, meinen Rapport herunterzuleiern:

„Sprengtrupp, sieben Personen, nur zwei. ... "
Weiter kam ich nicht, da schrie er mich an: „Warum habt ihr die Brücken nicht gesprengt? Ihr seid Verräter, ihr glaubt ebenfalls, dass der Krieg schon aus ist!" Ich meldete: „Obersturmführer, wir hatten keine Sprengkapseln!" Schon unterbrach er mich erneut: „Ihr seid Deserteure, ich lasse euch gleich erschießen. Melden Sie sich dort beim Untersturmführer!"
Es handelte sich um die litauische SS-Division. Ich knallte die Hacken zusammen, und dann gingen wir zum Untersturmführer. Rogalsky flüsterte mir zu: „Wollen durchgehen!" Überall in den Löchern lagen SS-Leute mit MGs im Anschlag. Ich erklärte Rogalsky, dass wir es vor dem Zusammenbrechen höchstens auf drei Schritte bringen würden.
Wir meldeten uns beim Untersturmführer. Er befahl uns, auf einen Lieferwagen zu steigen, der gerade im Begriff war, abzufahren. Der Wagen fuhr Richtung Hirschberg. Wir waren der Gefahr zunächst entronnen.
Was aus den fünf Kameraden geworden ist, die ebenfalls zum Sprengkommando gehörten, weiß ich nicht. Als wir etwa 300 Meter von dem Haus weg gewesen waren, da hatten wir eine große Schießerei hinter uns gehört. Haben sie sich gewehrt? Wurden sie niedergeknallt?
Wir aber fuhren Richtung Hirschberg. Nach einiger Zeit stieß Rogalsky mich an und deutete nach hinten. In einem Wagen folgte der Obersturmführer uns nach. Er mag nichts Schlimmes im Sinn gehabt haben, aber uns gingen bei seinem Anblick ganz schlimme Gedanken durch den Kopf.
Die russische Artillerie hatte sich schon auf Hirschberg eingeschossen. Die Hauptstraße stand unter Beschuss. Unser Fahrer bog gleich in die erste überdachte Einfahrt. Dort standen bereits so viele Autos, dass unser Wagen nur ganz knapp unterkam. Der nachfolgende PKW mit dem Obersturmführer fand dort keinen Unterschlupf. Er blieb auf der Straße stehen. Da platzte in seiner unmittelbaren Nähe ein Geschoss. Wohl aus dem Grunde fuhr der Fahrer weiter in den nächsten Hof. Da sagte ich zu Rogalsky: „Jetzt ist es für uns Zeit!" Wir sprangen vom Auto, überquerten den Hof, kletterten dort über einen Zaun und schlichen uns nach Westen in den Wald hinein.
Die Straße, die nach Westen führte, war überfüllt von Militär und Flüchtenden. Ein Vorankommen war fast nicht möglich. Daher wählten wir nach Möglichkeit Fußwege. Am Morgen stießen wir auf einen alten Mann, der Reisig einsammelte. Er war Deutscher. Wir baten ihn, uns bei der Beschaffung von Zivilbekleidung behilflich zu sein. Er führte uns in eine kleine Ortschaft mitten im Walde. Mit mir ging er auf einen Hof und erklärte, die Kleider dieses Mannes müssten mir passen.
Der Mann war nicht da, denn auch er war Soldat, aber seine Frau war gewillt, mir zu helfen. Zu Rogalsky sagte unser Helfer, dass die Kleider seines Sohnes passend wären für ihn. So gingen sie weiter zu seinem Hause. Ich bestellte noch an Rogalsky, dass er im Anschluss zu mir kommen solle. Ich hatte mich gerade umgezogen, da kam ein Mädchen hereingestürzt - wohl die Tochter des Hauses - und schrie: „Die Straße ist voll russischer Soldaten und hier noch die SS-Kleider frei auf dem Tisch!" Sie raffte die Kleider zusammen und rannte zur Hintertür hinaus. Ich wollte ihr folgen, da rief die Frau: „Warten Sie einen Augenblick!" Sie brachte mir einen Pfennig und

sagte, dass es ein Glückspfennig sei. Den solle ich in die Tasche stecken und dann würde ich Glück haben. Den Pfennig habe ich während der ganzen Flucht bei mir gehabt. Nun hinterließ ich noch eine Nachricht für Rogalsky, nämlich, dass ich am Waldrand bis zum Einbruch der Dunkelheit auf ihn warten würde. Leider habe ich Rogalsky nie mehr gesehen.

Einen halben Kilometer bis zum Wald bewegte ich mich schleichend. Als mein Kamerad nach Einbruch der Dunkelheit nicht erschien, war ich sicher, dass die Russen ihn erwischt hatten. Beim Warten gesellte sich zu mir ein Gendarm, ebenfalls in Zivil, der es nicht wagen wollte, alleine zu wandern. Es wurden damals viele Deutsche von Tschechen erschlagen. Davor hatte er Angst. Er stammte aus Reichenberg, was von dort aus gesehen westlich lag. Das kam mir sehr gelegen, denn nun hatten wir ein Wanderziel, und er kannte sich in der Umgebung aus. Nach dem ersten Tage übernachteten wir 15 Kilometer vor Reichenberg. Da er die Leute hier kannte, wusste er, bei wem wir gefahrlos schlafen konnten. Morgens machten wir uns früh auf den Weg. Um acht Uhr waren wir in Reichenberg. Die Stadt war voller Russen, doch sein Haus stand am Ostrand der Stadt, sodass wir es problemlos erreichten. Seine Frau war sehr erfreut, den Mann wiederzuhaben. Sie bereitete uns ein köstliches Frühstück.

Da er sich in der Stadt gut auskannte, brachte er mich über Höfe und Gärten bis an den westlichen Rand der Stadt. Hier stießen wir auf vier Landser, die ebenfalls in Richtung Westen zu den Amerikanern wollten. So waren wir jetzt fünf an der Zahl. Sie waren solche Fußmärsche nicht gewohnt und klagten beständig über Fußschmerzen. Beim Überqueren einer Eisenbahnstrecke begegneten wir einem deutschen Eisenbahner. Er meinte, der Russe wolle nichts von uns, der sei froh, wenn wir nach Hause gingen. Soeben fuhr ein Zug vorbei, vollbesetzt mit Landsern, die sich auf dem Weg nach Hause befanden. Meine vier Kameraden waren nun vollends begeistert. Warum sollten wir uns die Füße wundlaufen, wenn es doch die Möglichkeit gab, bequem mit der Bahn nach Westen zu fahren? Ich versuchte, es ihnen auszureden. Vergeblich! Allein hatte ich ebenfalls Angst, durch die Tschechei zu gehen, und so schloss ich mich ihnen an.

Auf dem nächsten Bahnhof kauften wir Fahrkarten bis nach Chemnitz, denn weiter wurden nicht Karten verkauft, weil dort die amerikanische Zone begann. Wir fuhren ab. Ich setzte mich ans Fenster, um alles zu beobachten. Mir war diese Fahrt kein bisschen geheuer. Ich kannte die Rote Armee und argwöhnte, dass wir uns in eine Mausefalle begeben hatten. Die Kameraden aber waren sonder Sorgen. Sie freuten sich, so bequem nach Hause zu kommen.

Nach etwa 40 Minuten hielt der Zug auf freier Strecke. Aus dem Fenster sah ich, dass wir von russischem Militär umstellt waren. Etliche Soldaten gingen durch die Waggons und trieben alle Fahrgäste hinaus. Draußen mussten wir uns aufstellen. Frauen mit Kindern und Greise, die nicht ohne Stock gehen konnten, durften wieder einsteigen. Alle anderen wurden zu Kriegsgefangenen erklärt.

Uns führte man auf ein freies Feld, wo bereits viele Gefangene versammelt waren. Dort verbrachten wir die Nacht. Das Lager war von Panzern umstellt, die ihre Scheinwerfer nach außen gerichtet hatten und jeden niederknallten, der in den Lichtkreis eindrang. Im Lager durften wir uns frei bewegen.

Am Morgen mussten wir uns erneut aufstellen. Wir bildeten Gruppen zu zwölf und wurden in Marsch gesetzt. Nach jeweils fünfzig solcher Gruppen fuhren zwei Panzer. Es wurde erzählt, dass unser Zug sieben Kilometer lang sei. Die ersten viereinhalb Kilometer marschierten Männer, den Rest bildeten Frauen. Jede Gruppe musste einen Verantwortlichen benennen, und meine Gruppe wählte mich. An jeder Seite ging ein Wachposten. An den Seiten ritten Reiter. Da ich der Verantwortliche war, ging ich meistens an der Seite eines Postens. Ich „lernte" bei ihm Russisch, obwohl er es sehr schlecht sprach. Er lernte von mir Deutsch.

Bei der Registratur hatte ich als Herkunftsort Siebenkirchen bei Köln genannt. Nun zur zweiten Nacht hatte man uns die Mäntel und Jacken abgenommen, so war es zum Schlafen zu kalt. Ich wanderte mit einem Mitgefangenen aus Köln umher, den ich nun beiläufig, ohne dass er den Grund erfuhr, über Siebenkirchen ausfragte. Ich wusste nämlich, dass das NKWD genau nachfragen würde.

Dabei kamen wir an eine trockene Wasserrinne. Ich machte ihm den Vorschlag, dass wir uns da Rücken an Rücken hineinlegen und etwas schlafen könnten. Wir legten uns hinein, und ich schlief sofort ein. Da kam mir ein Traum. Unser Marsch, so der Traum, führte weiter bis in ein Dorf. Wie ich mich im Dorf umsah, sah ich am Zaune unseren Sohn Ernst stehen.

Auf meine Frage, was er hier mache, sagte er, dass alle hier seien. Er zeigte auf ein Haus und meinte: „Da sind Mama, Erna und Sina." Ich sagte ihm, er solle hier warten, ich würde nur vorn Bescheid geben, dass ich hier nicht weiter mit marschieren würde.

Da wachte ich auf. Der Traum hat mir viel zu denken gegeben. Wollte der Liebe Gott mir vielleicht etwas sagen?

Am nächsten Morgen ging es wie gehabt weiter. Mittags wurde Halt gemacht. Die auf Russisch vorgebrachten Befehle verstand ich natürlich. Wie wir da so herumstanden, erging der Befehl an alle Reiter, sich an den Kopf des Zuges zu begeben.

Unsere Gruppe stand gerade neben einem Brunnen. Der Posten lehnte sein Gewehr an die Brunnenaufbauten. Ich wollte Wasser zum Trinken herauspumpen. Da sagte der Soldat, dass es da kein Wasser gebe. Beinahe hätte ich mich nun verraten, da ich schon antworten wollte, als mir einfiel, dass ich ja „nichts" verstanden hatte.

Wie ich mich nun wendete, kehrte das Bild aus meinem Traum wieder. Doch dort, wo Ernst gestanden hatte, stand eine Frau am Zaun. Die Terrasse vor dem Haus reichte bis an die Straße. Ich zeigte dem Posten durch Gesten an, dass ich dort im Hause Wasser trinken würde. Er stand auf, schaute zu der Frau und fragte:

„Aber du zurück?" Ein psychologischer Moment, ein Moment des Zweifels, ein Moment der Schwäche, des Mitgefühls. Ich mimte den Beleidigten, nach dem Motto, „Du wirst doch nicht so sein?" - Und ging, mich dabei umsehend, denn bevor er geschossen hätte, wäre ich natürlich stehen geblieben. Doch er schlug schließlich mit der Hand und setzte sich wieder.

Als ich nun den Blick nach vorn richtete, war die Frau verschwunden. Doch die Tür ins Haus stand offen. Die Entfernung zum Posten betrug so etwa zehn bis fünfzehn Meter. Ich sagte ganz laut, sodass der Posten es hören musste: „Das ist aber nett von Ihnen. Jetzt wollen wir uns einmal gut satttrinken!"

Die Frau war weit und breit nicht zu sehen, doch die Hintertür stand offen. Ich lief hindurch bis in den Garten, kletterte dort über eine Gartenmauer und kam auf eine Wiese, die von Entwässerungsgräben durchzogen war. Die Gräben waren schlammig, trotzdem warf ich mich in einen und kroch darin bis zum Waldrand. Der Wald war ein halben Kilometer entfernt.

Im Wald standen Felsblöcke. Auf einen, der schwer zu erklettern war, begab ich mich, um dort eine Nacht zu verbringen, in der ich Gott nahe war. Ich bat ihn, mir einen Rettungsweg zu zeigen.

Am Morgen merkte ich mir, wo die Sonne aufgegangen war. Nun ging ich vorsichtig weiter in westliche Richtung. Ich durfte weder Weg noch Steg benutzen, da überall russische Soldaten auf Fahrrädern und Pferden Jagd auf Entflohene machten. Es durfte auch kein Hölzchen unter den Füßen knacken. Nach zwei Stunden hörte ich ein näher kommendes Geräusch. Ich versteckte mich und hörte bald Deutsch sprechen. Ich zeigte mich den Herannahenden und entdeckte zwei Landser. Sie waren nachts vom Gefangenenzug gesprungen. Man hatte auf sie geschossen, doch da sie sogleich den Bahndamm hinunter gekollert waren, war niemand getroffen worden. Nun waren wir wenigstens zu dritt. In der Nacht suchten wir uns ein sicheres Plätzchen zum Schlafen, denn besonders nachts war das Wandern gefährlich. Überall hingen Schilder, auf denen zu lesen stand, nachts werde nicht gefragt, sondern nur geschossen. Wir durften uns in den Ortschaften nicht blicken lassen. Zu essen hatten wir nichts, doch es gab überall Quellen, sodass wir wenigstens immer frisches Wasser hatten.

Am zweiten Tage stießen wir auf einen deutschen Förster. Der herrschte uns an, was wir in seinem Revier zu suchen hätten, soeben seien russische Soldaten mit Hunden da gewesen, und die hätten ihn gewarnt. Falls sie bei ihm entflohene Deutsche finden würden, käme er auch mit. Da platzte ich heraus: „Das trifft sich ja gut, dann werden Sie uns auch nicht verraten!" Er schaute mich ernst an, sagte dann aber: „Dann kommt!"

Er ging voran, wir folgten ihm bis an eine Wasserstelle von 300 bis 400 Metern Länge und Breite. Er zeigte uns auf der gegenüber liegenden Seite einen Felsen und sagte: „Geht immer auf diesen Felsen zu, dann ist es nicht tiefer als bis zum Gürtel. Die Hunde aber haben dann Ihre Spur verloren." Wir zogen die Oberkleider aus und gingen durch. Auf einem trockenen Plätzchen ließen wir die Kleider trocknen, um dann den Marsch fortzusetzen.

Jetzt am dritten Tag meldete sich der Hunger bereits ganz deutlich. Die Kameraden wollten schon verzagen. Der eine sagte: „Wenn wir heute keine Lebensmittel finden, dann wollen uns einfach bei dem Russen melden. Soll er uns doch erschießen, denn das ist besser als hier zu verhungern." Beide kamen aus Thüringen und hatten die Hoffnung wohl schon aufgegeben, je nach Hause zu kommen. Ich versuchte, ihnen zu erklären, dass der Russe uns nicht erschießen, sondern langsam zu Tode quälen würde. Trotzdem ließen sie sich von dem Gedanken nicht abbringen. Da betete ich still um einen Ausweg aus dieser Lage.

Wir waren stets bestrebt, auf den Gebirgskämmen zu wandern, da dort am allerletzten mit russischen Soldaten zu rechnen war, da sie da weder Rad fahren noch reiten konnten. Am dritten Tag unserer gemeinsamen Wanderschaft stießen wir auf eine Mauer. Wir beobachteten dabei das Umfeld. Alles blieb ruhig.

Wir hatten eine Reihenfolge eingeführt, wer wann zur Erkundung dran war, damit jeweils nur einer sich in größere Gefahr begeben musste. Bei dieser Gelegenheit war ich dran. Ich fand einen Holzklotz, auf den ich mich stellte. Nun konnte ich über die Mauer sehen. In der Mitte des Hofes stand ein kleines Schloss. Hinter dem Schloss befand sich ein längeres Gebäude, wohl das Wirtschaftshaus.

Alles war ruhig. Ich kletterte über die Mauer und versuchte ins Schloss zu kommen. Doch Türen und Fenster waren verriegelt. Nun versuchte ich es beim Wirtschaftshaus, und da ließ sich schließlich ein Fenster öffnen.

Was ich sah, war ein Raum voller Lebensmittel. Ich winkte die Kameraden heran. Im Nebenzimmer fanden wir ganz neue Rucksäcke. Davon nahmen wir uns jeder einen, den wir mit Essbarem füllten. Dabei wurde feste gegessen. Ich steckte noch einen Beutel mit Mehl ein, da ich gehört hatte, dass in Deutschland gehungert werde, und ich wollte wenigstens die ersten Tage des Wiedersehens etwas zu essen haben.

Als wir nun wieder aufbrachen, war ich der Letzte, der noch im Hofe war. Da hörte ich Hühner gackern. Ich sah in der Richtung einen Hühnerstall. Ich überreichte meinen Rucksack den Kameraden und lief noch schnell ein paar Eier ausnehmen. Mit einer Mütze voller Eier kam ich zu den Kameraden.

Nachher haben wir festgestellt, dass das Schloss als Jugendherberge gedient hatte, die beim Herannahen der Front Hals über Kopf verlassen worden war. Da sie so einsam gelegen war, hatten die Russen sie zu unserem großen Glück noch nicht gefunden.

Auf einem sicheren Plätzchen kochten wir nun erst einmal eine Suppe, die uns allen vortrefflich mundete. Beim Essen sagte einer der Kameraden: „Gott speist uns hier wie die Israeliten in der Wüste." Nach dem Essen dankten wir und begaben uns zur Nachtruhe. Wir schliefen besser als bisher in dieser Nacht, und auch am nächsten Tag wollte alles besser klappen.

Schließlich kamen wir auf deutschen Boden. Nun waren wir schon etwas mutiger, auch wenn es sich um die sowjetisch besetzte Zone handelte. Wir übernachteten meistens in den Häusern der Leute, wobei dann natürlich wieder je einer zur Erkundung losgeschickt wurde. Die meisten Leute nahmen uns ohne Umschweife auf und bedienten uns mit Abendbrot und Frühstück.

Als wieder einmal die Reihe an mich gekommen war, Kontakt mit den Bewohnern eines Hauses aufzunehmen, sagte mir die Frau, sie sei dazu gern bereit, doch wir sollten uns zuvor beim russischen Kommissar anmelden. Ich erklärte ihr, dass wir gerade das nicht dürften, denn wir hätten keine Ausweise dabei. Nun erklärte sie, dass nachts oft kontrolliert wurde, ob jemand unangemeldete Gäste bei sich habe. Fände man solche, so würde auch der Wirt mitgenommen. Aber sie riet uns, zum Parteimann zu gehen, bei dem würde nie kontrolliert. „Ja", sagte ich, „der geht uns selber anmelden." Das schloss sie als Möglichkeit voll und ganz aus. Wir glaubten es ihr. Sie beschrieb uns, wie wir auf einem Schleichwege dahin kommen konnten.

Der Mann nahm uns freundlich auf. Nach dem Abendbrot fragte ich ihn, ob wir hier sicher vor Kontrollen seien. Darauf antwortete er: „Zu mir kommt keine Kontrolle, und wenn die Russen kommen sollten, dann schlage ich denen die Fresse voll!" Ob er seinen Mut einmal umgesetzt hat, entzieht sich meiner Kenntnis, doch sollte er es gewagt haben, dann ist er wohl auch in Sibirien gelandet. Wir aber haben in seinem

Heuschuppen hervorragend geschlafen. Am Morgen gab es noch ein deftiges Frühstück, und für unterwegs etwas Wegzehrung.
Unser Marschziel war Chemnitz. Einer der Kameraden hatte dort eine Anschrift. Als er nämlich seinen Absprung vom Zuge vorbereitet hatte, hatte ihn jemand aus Chemnitz darum gebeten, für den Fall, dass er durchkäme, seiner Frau in Chemnitz Bescheid zu geben, dass er bis zu dem Augenblick noch gelebt habe.
Chemnitz lag an der Zonengrenze. Das Haus der Frau, deren Adresse wir hatten, befand sich am Ostrand der Stadt, sodass es für uns günstig zu erreichen war. Zuerst ging der Kamerad, der die Anschrift bekommen hatte. Als es finster wurde, holte er uns nach. Wenn ich die Anschrift dieser Frau wüsste, würde ich ihr noch heute ein Dankschreiben zukommen lassen. Wir wurden bestens aufgenommen, und konnten die Nacht in weichen Betten schlafen.
Am Morgen war die Frau weg. Auf dem Tisch lag ein Zettel, auf dem stand, dass wir uns bedienen sollten. Ich war aber etwas beunruhigt. War sie vielleicht nur gegangen, uns anzuzeigen? So schlich ich mich nach dem Frühstück in den Garten, um alles zu beobachten.
Da kam die Frau zurück, zwei Kinderwagen hinter sich herziehend. Sie meldete, dass alles in Ordnung sei.
Es muss noch erwähnt werden, dass westlich von Chemnitz die Autobahn in nördlicher Richtung verlief. Wieder einige Kilometer westlich der Autobahn befand sich die Zonengrenze. Aus dem Grunde durfte die Autobahn nur mit einem Passierschein überquert werden. Unsere Gastgeberin hatte eine Erlaubnis für sich und drei weitere Personen eingeholt, um im Wald Reisig zu sammeln. In welchem Wald, das stand nicht auf dem Papier!
So spannten wir uns zu zweit vor je einen Wagen und zogen los. Auf der Autobahn kontrollierte der Posten die Bescheinigung, und wir konnten gehen. Dort im Walde sammelten wir beide Wagen voll Reisig, brachten die Frau zu einer anderen Übergangsstelle, da wir fürchteten, dem Posten, der uns durchgelassen hatte, könnte es auffallen, dass die drei Männer fehlten. Wir marschierten weiter und kamen am folgenden Tag nach Ronneberg, das schon an der Zonengrenze lag.
Mein Plan war es, mich bei den Amerikanern freiwillig in Gefangenschaft zu begeben. Ich hatte dieses Versteckspiel satt. Ich wollte gesetzlich entlassen werden.
In Ronneberg fand sich eine Frau, die gewillt war, uns nachts über die Grenze zu bringen. Die Frau wusste ganz genau, wo sich ein russischer und wo ein amerikanischer Posten befand, sodass wir so ziemlich im Zick-Zack gehen mussten. Es durfte auch nicht gesprochen, geschweige denn ein Geräusch verursacht werden. Schließlich blieb sie mit den Worten stehen: „So, jetzt sind wir durch!" Sie gab uns noch eine Anschrift, wo wir uns in der nächsten Ortschaft melden sollten. Ja, und da nahm sie Abschied von uns. Wir hatten ja nichts, und konnten ihr kein Dankesgeschenk machen. Aber unsere Worte kamen aus tiefstem Herzen.
Mit Hellwerden fanden wir auch den uns benannten Bauern. Er wusste wohl schon Bescheid, denn das Frühstück stand bereits auf dem Tisch. Beim Frühstück erkundigte ich mich nach einem Gefangenenlager. Ja, sagte er, gut zwei Kilometer von der Ortschaft, da befinde sich ein großes Lager. Als ich ihm sagte, was ich vorhätte, meinte er: „Sind Sie wirklich des Lebens überdrüssig? Da werden jeden

Morgen Tote hinausgefahren, die verhungert sind! Die haben Angst, dass die Deutschen einen Aufstand machen werden, und deshalb lässt man die Männer hier verhungern. Wenn Sie es bis hierher beim Russen geschafft haben, durchzukommen, dann werden sie es hier beim Amerikaner ebenfalls schaffen."

Was er da vom Verhungern gesagt hat, muss wohl gestimmt haben, denn ich sprach in späteren Jahren mit einem Kanadier, dessen Sohn ein Lagerkommandant gewesen war. Und der berichtete, dass sie Anweisung hatten, einen Teil der Gefangenen verhungern zu lassen.

Also doch weiter, denn das, was der Bauer mir sagte, warf mein Vorhaben um. Er stattete uns mit Harke und Heugabeln aus, sodass man uns für Landarbeiter halten musste, die Heu wenden wollten. In einem Wald stießen wir auf einen LKW mit Wehrmachtskleidung. Wir bedienten uns, da die Russen uns ja alles abgenommen hatten. Als wir auf ein Feld kamen, auf dem Schulmädchen Rüben lupften, sagte ich zu ihnen: „Na, Mädchen, zur Schu1e gehen ist dann woh1 doch besser als diese gebückte Arbeit zu erledigen!" Ein Mädchen richtete sich auf und sagte: „Aber werfen Sie doch Ihren Pullover weg, denn daran sieht man doch, dass Sie in der SS waren, und die werden im nächsten Dorf verhaftet." Nun war es mir klar, warum der feine Pullover dort liegen geblieben war. Im nächsten Waldstück, das wir durchwanderten, blieb er wieder liegen.

Es war auch höchste Zeit gewesen, denn hier kontrollierte eine polnische Einheit. Wir bekamen zu hören, dass die besonders scharf auf entflohene Deutsche waren. Noch am Vortage waren zwei deutsche Soldaten erschlagen worden. Wir übernachteten und überlegten, was weiter zu tun sei. Schließlich entschlossen wir uns zum Weitermarschieren.

Ich hatte die ganze Zeit meinen russischen Pass bei mir gehabt, und zwar im Stiefel versteckt. Den zog ich nun heimlich hervor. Diese Heimlichkeit war nötig, da man nie wissen konnte, wie die Deutschen es aufgefasst hätten, wenn sie meinen russischen Pass gesehen hätten.

Der Bauer erklärte uns einen Weg, den er für ungefährlich hielt. Wir waren kaum eine Stunde unterwegs, da merkte ich, dass ein polnischer Posten uns gesehen hatte. Er kam auf uns zu. Fliehen konnten wir nicht mehr. Da sagte ich zu den Kameraden: „Wir setzen uns auf diesen Baumstamm und essen. Wenn der was fragt, werde ich antworten." Der Pole kam näher, gefolgt in gewissem Abstand von einem weiteren Soldaten. Als er sich uns bis auf 15 Meter genähert hatte, sagte er auf Polnisch: „Aha, jetzt haben wir euch geschnappt, seid wohl versteckte SS?" Darauf antwortete ich ihm auf Russisch: „Was schreist du hier so? Kannst du nicht vernünftig sprechen? Wir sind nicht taub!" Er stutzte und blieb stehen. Schließlich fragte er: „Wer seid ihr überhaupt?" Ich antwortete ihm: „Genau solche wie du einer bist!" Da fragte er weiter, wie ich das beweisen könnte. Ich zeigte ihm meinen russischen Pass, mit meinem Bild und dem Stempel. Ich wusste ja, dass er die russische Schrift nicht lesen konnte. Er rief den anderen herbei. Der schaute ihm über die Schulter und sagte: „Stimmt, ist richtig."

Ich verstand sie gut und sie verstanden mich gut, denn auf dem Gutshof hatte ich ja bekanntlich viel mit Polen zu tun gehabt. Nun wollten sie noch wissen, was ich hier mache. Darauf antwortete ich ihm: „Man hat uns hierher geschleppt, um

Panzergräben auszuheben, und jetzt ist der Krieg aus, und wir wollen nach Hause. Ich wurde mit Frau zusammen verschleppt, und will sehen, dass wir wieder zusammen zurückfahren können. „Stimmt", sagte er, „aber dann musst du dich beeilen, denn morgen soll von Chemnitz ein Transport abgehen.

Nun wollte er noch wissen, wer die zwei Jungen waren. Ich erklärte, dass sie sich in der gleichen Lage befänden wie ich. Ich bedankte mich bei ihnen, und wir gingen weiter, nachdem der Pole mir noch erklärt hatte, wo wir gehen konnten, um nicht gleich wieder angehalten zu werden.

Nun waren meine Kameraden neugierig. Sie wollten wissen, in welcher Sprache ich geredet und was ich mit den beiden besprochen hätte. Ich sagte ihnen nur, dass sie jetzt schweigen und Gott danken sollten, dass er uns aus dieser Lage so wunderbar errettet hatte.

Zwischen Weimar und Jena schlichen wir nach Norden hin durch, und in der Nähe von Neumark trennten sich unsere Wege, da die beiden ja in Thüringen beheimatet waren. Beim Abschied erzählte ich ihnen noch die Wahrheit über meine Person. Bis dahin hatte ich ihnen immer erklärt, ich sei ein Bauer aus dem Rheingebiet.

Als sie nun erfuhren, wo ich herkam und was ich von Beruf war, da meinten sie, dass sie vieles nun auch besser verstehen könnten. Ihnen sei aufgefallen, wie gut ich mich in der Gegend ausgekannt habe und wie ich die Himmelsrichtung auch bei Dunkelheit hatte bestimmen können.

Ich war nun gezwungen, alleine weiterzugehen, doch ich war aus zwei Gründen ziemlich ruhig. Ich befand mich auf deutschem Boden und in der amerikanischen Zone.

Die nächste Nacht schlief ich bei einer russlanddeutschen Familie. Den Abend verbrachten wir mit einem sehr gemütlichen Gespräch. Am nächsten Morgen erklärten sie mir einen Schleichweg nach Amt Leimbach.

Als ich auf den Hof kam, wo laut Karte meine Familie sein musste, sah ich gleich auf der rechten Seite einen Gemüsegarten und im Garten eine Frau, die dort arbeitete. Ich fragte sie, ob hier eine Frau Redekopp wohne. Sie rief dann: „Sina, dein Papa ist gekommen."

Sina, unsere jüngste Tochter, fünf Jahre, hatte hinter dem Hause mit anderen Kindern gespielt, und nun kam sie im Sturmlauf auf mich zu. Das war die erste Begrüßung mit der Familie. Meine Frau arbeitete zu dem Zeitpunkt auf dem Felde, aber sie wurde sogleich benachrichtigt und für diesen Tag von der Arbeit befreit. Ernst und Erna kamen später aus der Schule.

Wie dankbar waren wir, dass wir wieder zusammengefunden hatten. Das war zu der Zeit keine Selbstverständlichkeit. Alle waren gesund, und dass man alles verloren hatte, spielte in dem Augenblick keine Rolle.

Meine Frau war mit den Kindern vom Gut aus ohne nennenswerte Zwischenfälle bis in den Harz gefahren, wobei ihr die polnischen Kutscher tatkräftig geholfen hatten. Diese begrüßten mich und teilten mir mit, dass sie Herrn Lutz, den Schwiegersohn des Barons, gleich bei den Amerikanern gemeldet hätten, denn der war auch bei der SS. Er sei dann auch abgeholt worden. Nun, ich war ja auch bei der SS gewesen, und das wussten die Polen. Daraufhin sagte ich zu ihnen, ich sei nur gekommen, um die Familie kurz zu sehen. Ich würde mich wieder auf den Weg machen, denn die

Amerikaner würden mich wohl auch holen. Da sagte einer von ihnen: „Nein, du nicht. Die Amerikaner holen dich nicht ab, du bleibst hier!" Damit war für mich klar, dass diese Leute mich nicht verraten würden. Bald darauf schickten sie sich an, zurück nach Polen zu fahren und wir verabschiedeten uns als Freunde.
Ich fand auch hier eine Beschäftigung, sodass wir über die Runden kamen.

26- Unter amerikanischer Besetzung

Bei der Flucht aus dem Warthegau hatte meine Familie nicht einmal alle Kleider mitnehmen können. Darum musste ich nach einer besseren Verdienstmöglichkeit Ausschau halten, denn auf dem Gut erhielten wir nur Lebensmittel. Doch um Arbeit zu bekommen, benötigte man ein Personaldokument mit Fingerabdruck, das man wiederum nur bekam, wenn man Entlassungspapiere aus der Gefangenschaft oder aber eine Bescheinigung, wonach man nie in der Wehrmacht gedient hatte, vorweisen konnte. Ich besaß weder das eine noch das andere. Trotzdem ließ ich alle meine Zeugnisse und Papiere ins Deutsche übersetzen. Damit begab ich mich zum Schulrat. Doch, wie befürchtet, verlangte der nach einem mit Fingerabdruck versehenen Dokument. Fehlanzeige. Er gab mir den Rat, zum Bürgermeister zu gehen. Der habe von den Amerikanern die Erlaubnis, die Scheine auszustellen.
Doch auch der Bürgermeister verlangte nach den Entlassungspapieren und verwies mich wiederum weiter, diesmal direkt an den amerikanischen Kommandanten. Ich machte mich also auf den Weg zur Kommandantur. Das letzte Stück Weg war eine Allee. Hinter einem Baum härte ich Rufen. Als ich mich wendete, sah ich eine Frau, die mir zuwinkte. Sie fragte, ob ich zur Kommandantur wegen eines Ausweises wolle. Als ich nickte, sagte sie: „Gehen Sie nicht hin. Mein Mann ist gestern gegangen und immer noch nicht zurück, und die sagen mir auch nicht, was los ist." In der Nähe befand sich eine Bank. Gemeinsam setzten wir uns, um abzuwarten. Es wurde Abend, doch ihr Mann kam nicht. Darum ging ich unverrichteter Dinge nach Hause.
Am folgenden Morgen meldete ich mich auf dem Gut wieder zur Arbeit. Ich musste mit der Häckselmaschine Futter für das Vieh schneiden. Am Morgen darauf bekamen wir zu hören, dass die Amerikaner eine Razzia veranstaltet hätten. Alle Männer ohne den Schein hatten sie mitgenommen. Kurz vor unserem Quartier hatten sie Schluss gemacht. Da sagte ich mir, es wäre wohl besser, freiwillig zu gehen als nachher erwischt zu werden. Meine größte Sorge bestand darin, dass ich zurück nach Russland geschickt werden könnte. Das war damals keine Seltenheit.
Meine Frau packte mir einige Sachen ein, und so ging ich erneut die Allee entlang. Oh Schreck, da sah ich wieder die gleiche Frau auf der gleichen Bank sitzen und auf ihren Mann warten. So setzte ich mich wieder zu ihr und fand nicht den Mut, ins Tor zu gehen.
Da schrie sie plötzlich: „Dort kommt er!" Sie sprang auf und lief weg. Ich sah den Mann herbeikommen, wartete ab, bis die Eheleute sich begrüßt hatten und ging ebenfalls zu ihnen. Nun erzählte er, dass man ihn zum Kommandanten gebracht habe. Der habe ihn sofort einsperren lassen. Nach drei Tagen sei der Sekretär mit der Mitteilung gekommen, er solle sich den Schein beim Bürgermeister geben lassen.

Ich ging ebenfalls mit, und so erschienen wir zu zweit beim Bürgermeister. Wir wurden gleich vorgelassen. Ich ließ ihm den Vortritt. Er erzählte dem Amtsträger seine Erlebnisse. Der Schein wurde ausgestellt. Dann wandte sich der Bürgermeister mir zu: „Und Sie? Ach ja, Sie habe ich ja ebenfalls dahin geschickt, also in Ordnung." Ich kam nicht einmal zum Antworten, da war meine Angelegenheit ebenfalls geregelt. Am anderen Tage nahm ich wieder meine Papiere und begab mich zum Schulrat. Ein handgeschriebener Lebenslauf musste ebenso dabei sein. Er meinte, bei mir läge nichts Politisches vor, er könne mich ohne Weiteres einstellen. Allerdings müsse er diese Einstellung erst noch vom Kommandanten bestätigen lassen. Wir unterhielten uns noch kurz über das russische Schulwesen, dann ging ich, um nach drei Tagen wieder zurückzukommen.

Der Schulrat fragte sogleich: „Na, Herr Lehrer, wie stehen denn die Aktien?" - „Herr Schulrat", sagte ich, „das möchte ich gerne von Ihnen erfahren, wie es um meine Einstellung steht." Darauf entgegnete er: „Sie sind ohne jeglichen Verdacht genehmigt worden, aber ich weiß nicht, ob es sich noch lohnen wird. Heute Morgen gab der Luxemburger Sender durch, dass der Amerikaner sich aus diesem Gebiet zurückziehen wird und dass russisches Militär Einzug halten wird." Ich bedankte mich und sagte, dass ich in dem Fall auch keine Anstellung beanspruche. Meine Freude war vergebens gewesen. Doch was nun, vor allen Dingen, wohin?

27- Nach Württemberg

Unsere Nachbarn hatten ein Radio, und so setzten wir uns vor das Radio und hörten Nachrichten. Mit folgenden Worten kam die Nachricht: „Laut Meldungen aus Moskau … " Und dann wurden Gebiete aufgezählt, die sowjetisch besetzt werden sollten. Ganz aufgeregt kommentierten wir diese Durchsage, und der Tenor war der, dass für uns klar wurde, dass Moskau diese Ansprüche stelle, wir aber meinten, die Amerikaner würden die schwer erkämpften Gebiete nicht wieder hergeben.

Also begab ich mich wieder zum Schulrat. Ich erklärte ihm, dass ich das Gerede von einem Wechsel der Besatzungsmacht nicht für ernsthaft halte. Ja, auch der Schulrat gab mir darin in gewisser Hinsicht Recht. Er sei beim Kommandanten gewesen, um sich nach diesem Wechsel zu erkundigen. Der habe aber nur gelächelt.

Nun schrieb er mir eine Dienststelle aus. Die Schule befand sich drei Kilometer von unserem Quartier entfernt. Am nächsten Tage ging ich hin. Der Rektor begrüßte mich sehr freundlich, und so saßen wir in seinem Zimmer und unterhielten uns über Schulfragen. Während unserer Unterhaltung stürzte ein Lehrer herein mit der Meldung, dass russisches Militär im Anmarsch sei. Ihn hätten sie in Eisleben überrascht. Alle Wege nach Westen seien gesperrt gewesen. Er sei durch die Gärten geschlichen. Dann habe er sich ein Fahrrad ausgeliehen und sei schnell hierher gekommen. Unterwegs hingen überall Plakate mit dem Hinweis, beim Einmarsch der russischen Truppen Ruhe zu bewahren.

Im Eilschritt begab ich mich nach Hause. Hier sagte ich zu meiner Frau: „Schnell das Wichtigste zusammenpacken. In einer Stunde müssen wir weg sein, denn der Russe ist im Anmarsch." Während wir die Vorbereitungen trafen, kam die Tochter des

Barons von Stackelberg, meines ehemaligen Arbeitgebers auf dem Gut bei Krotischin. Nun wollte sie sich uns anschließen. Da sie über drei Gespanne verfügte, war ihre Begleitung auch für uns von Vorteil. Uns fehlte lediglich ein Kutscher, und nun machte ich zur Bedingung, dass ich den stellen dürfte.

Wenige Kilometer von uns entfernt wohnte nämlich Heinrich Epp, der in Gulaj Pole Gestütsleiter gewesen war. Ich schickte sofort meinen Sohn Ernst los, ihm Bescheid zu geben.

Die Baronesse war in der Zwischenzeit nicht unfleißig gewesen. Von der amerikanischen Kommandatur hatte sie ein Schreiben besorgt, welches uns als Flüchtlinge auswies, die in München zu Hause waren, und nun auf dem Weg dorthin waren. Tatsächlich wurden wir mehrfach kontrolliert, aber immer sogleich durchgelassen.

Die größten Schwierigkeiten gab es unterwegs mit den hohen Herrschaften, zu der außer der Baronesse auch noch ihre Freundin und deren zwei Kinder gehörten.

Zur Nacht durften wir nämlich nie auf einen Bauernhof fahren, weil das ein zu „niederer" Umgang für das blaue Blut war. Nun war es gar nicht so einfach, auf der Flucht ein Schloss oder doch wenigstens einen Gutshof aufzutreiben.

Als wir eines Tages bei starkem Regenfal1 durch eine Ortschaft fuhren, sah ich ein geöffnetes Scheunentor und davor den Bauern. Ich fuhr heran und fragte, ob ich mal in die Scheune fahren dürfe. Das wurde gestattet, und alle drei Wagen fanden in der Scheune Schutz vor dem kühlen Nass. Die Pferde bekamen Futter, wir wurden verpflegt, und für die Herrschaft richteten die Bauersleute ein Zimmer her. Bei der Weiterfahrt sagte die Baronesse zu mir: „Sie haben Recht. Es ist wohl doch besser, bei Bauern zu übernachten. Diese haben uns sehr gut aufgenommen." Seitdem haben wir dann nach Möglichkeit bei Bauern übernachtet. Für Mensch und Tier war da für Verpflegung gesorgt.

Mittags strebten wir an, in der Nähe von Getreidespeichern zu rasten, damit die Pferde auch etwas bekamen. Die Baronesse ging dann oft zur amerikanischen Kommandantur, um sich nach der Lage zu erkundigen. Als Baronesse hatte sie da immer Zutritt.

Eines Tages kam sie zurück und sagte, um zwölf Uhr nachts würde das letzte Stückchen besetzt und die Zonengrenze geschlossen werden. Uns fehlten noch 40 Kilometer bis zur künftigen Zonengrenze. Nun waren wir bestrebt, schnell voranzukommen, was aber keineswegs einfach war, da die Barons ihr ganzes Hab und Gut verladen hatten. Mit Sonnenuntergang passierten wir die Zonengrenze. Sie war noch nicht bewacht. Wir befanden uns endlich in der amerikanischen Zone. Als Lohn für ihre Arbeit durften die Pferde auf einem Kleefeld weiden.

Bei Bayrisch Fulda hätten wir allesamt auf einem Gut Arbeit gefunden, doch das war uns zu nah an der Zonengrenze. Da wir die Erlaubnis hatten, bis nach München zu fahren, wollten wir das auch nutzen.

Schließlich fuhren wir durch bis nach Württemberg. Doch wo sollten wir bleiben? Alles war mit Flüchtlingen übersät. In Laubenheim, Kreis Aalen, überraschte uns wieder einmal ein Regen. Ein Bauer, dessen Schuppen etwas abseits lag, erlaubte uns, dort einzufahren. Im Schuppen befand sich auch Heu, mit dem wir unsere Pferde versorgen durften. Da es auch am folgenden Tage regnete, durften wir noch bleiben.

Die Familie Epp hatte ein Fahrrad mitgenommen. Leider war ein Schlauch kaputt, doch in Bopfingen, drei Kilometer entfernt, fand Epp Hilfe. Dort sprach ihn eine Frau an. Sie war eine Ärztin aus Russland. Nachdem Epp ihr unsere Geschichte erzählt hatte, lud sie uns für Sonntag zum Kaffee ein. Das war an einem Freitag. Sie versprach, bis Sonntag ein Quartier für uns zu suchen.

Am Samstag war sehr schönes Wetter, und wir mussten aufbrechen, da der Bauer uns keinen Tag länger leiden wollte. Wir fuhren durch Bopfingen, doch da das eine Stadt war, gab es da kein Futter für die Pferde, und so fuhren wir gleich weiter. Auch im nächsten Ort, Trochtelfingen, vier Kilometer entfernt, ließ sich keine Bleibe finden. So fuhren wir weiter und kamen nach Klein-Memmingen. Es liegt kurz vor Nördlingen. In Memmingen auf der Straße stießen wir auf einen Herrn von Kampen aus Alt-Chortitza. Mit seinem Bruder zusammen hatte ich das Lehrerseminar besucht. Ich war auch hin und wieder bei ihnen zu Hause gewesen. Daher erkannte ich ihn hier auf der Straße in Memmingen, und auch er erinnerte sich an mich. Er strahlte einen gewissen Optimismus aus, denn er meinte, hier seien lauter gute Leute und wir würden ganz bestimmt unterkommen.

So begaben wir uns gemeinsam zu seinem Großbauern. Der nahm uns tatsächlich auf, mitsamt den drei Gespannen. Auch die Pferde bekamen Futter, und die Herrschaft durfte in einem eigenen Zimmer logieren.

Am Sonntag fuhren Epp und ich auf Fahrrädern die zwölf Kilometer nach Bopfingen. Die Ärztin hatte uns schon erwartet und bat sogleich zum Kaffee. Wir fanden es sehr gemütlich, wieder einmal an einem Tisch zu speisen.

Sie hatte schon feste für uns gearbeitet. So ging sie mit uns nach dem Essen zu dem Bauunternehmer Bartollazi. Wegen der Kriegswirren hatte er das Unternehmen vorläufig stillgelegt, was sich für uns als Vorteil herausstellte, denn dadurch gab es für uns die Möglichkeit, in einem zurzeit von der Firma nicht genutzten Haus unterzukommen.

Es war ein großes, zweistöckiges Gebäude. Unten befand sich eine Gießerei, und oben, im ersten Stock, gab es verschiedene Zimmer, die russischen Zwangsarbeitern als Wohnraum gedient hatten. In den Räumen befanden sich Bücher des Verlages Neff und Öttinger, die dort zum Schutz vor Bombenangriffen gelagert worden waren.

Bis zu diesem Haus führte uns Bartollazi und sagte: „Wenn ihr wollt, dann dürft ihr hier einziehen. In den Stuben aber sind so viele Flöhe, dass ich jetzt nicht mit euch nach oben gehen möchte. Wir haben schon verschiedene Gifte angewendet, aber wir kriegen sie nicht weg."

Wir befanden uns nicht in einer Lage, in der man wählerisch sein konnte. Also nahmen wir das hervorragende Angebot augenblicklich an. Auch für die adelige Herrschaft hatte die Ärztin ein Quartier gefunden.

Am Montag zogen wir los in unsere neue Heimat. Zu dem Haus gehörte ein Schuppen, in welchem wir es den Pferden, und für die erste Zeit - wegen der Flöhe - auch uns gemütlich machten. Den ersten Tag nutzten wir, um den zahlreichen anderen Untermietern mit heißem Wasser zu Leibe zu rücken. Dieses schütteten wir mehrfach über alles, was sich uns in den Weg stellte. Diese Kur war sehr viel erfolgreicher als die verschiedenen Chemikalien, die Bartollazi angewendet hatte. Mit einem Schlag war die Etage frei von Läusen. Das fand der Bauunternehmer sehr erstaunlich.

Insgesamt gab es im ersten Stock drei Zimmer. Das größere bezog die Familie Epp, wir teilten uns zwei kleinere.

Untergekommen waren wir nun, es fehlte noch der Unterhalt. Die Schulen waren hier von den Amerikanern geschlossen worden, und sie funktionierten immer noch nicht. Da einigten wir uns mit der Baronesse, ein Fuhrunternehmen zu gründen. Dafür sprach einiges, nicht zuletzt auch die Tatsache, dass wir über drei Gespanne verfügten.

28- Fuhrunternehmer

Zu dem Zeitpunkt funktionierte die Bahn noch nicht, da die im Krieg zerstörten Brücken noch nicht wieder hergestellt worden waren. Die wenigen Autos, die es noch gab, konnten in der Regel wegen Benzinmangels nicht eingesetzt werden.

Alles Umstände, die zu einem raschen Erfolg unseres Unternehmens beitrugen. Hier einige Erlebnisse aus der Zeit. Ich hatte Bier auszufahren, vierzig Fässer, die an fünf Gasthäuser, verteilt auf verschiedene Ortschaften, ausgeliefert werden mussten. Jede Gaststätte war verpflichtet, dem Kutscher ein Frühstück zu spendieren. Ich aß nur bei der ersten die mir gereichte Stulle. Alle weiteren ließ ich mir einpacken und nahm sie mit nach Hause. Um zwölf Uhr war ich mit der Arbeit fertig. Ich brachte nun noch die leeren Fässer zur Brauerei zurück. Der Chef war ganz wild und wollte wissen, was denn eigentlich passiert sei. Ich sagte ihm, dass ich mit der Arbeit fertig sei und zeigte ihm die Unterschriften der Gasthausbesitzer. Da rief er: „Johann, Johann, doa komm guck! Der Herr doa isch schoa fertig!" Und als Johann das mit eigenen Augen festgestellt hatte und wieder verschwunden war, erklärte mir der Braumeister, dass Johann von solchen Fahrten erst am Abend zurückzukehren pflege. Nun, mir war klar, dass er wohl überall zu der Stulle ein Bierchen trinken würde.

Ein andermal sollten wir Heu für die amerikanische Reiterei aus Kerkingen fahren. Der dortige Bürgermeister hatte angeordnet, dass jeder Bauer die Menge, die er zu liefern hatte, gebündelt an den Straßenrand bringt. Wir hatten dann nur noch aufzuladen. Bei einem Bauern fanden wir kein Heu vor. Als ich mich so umsah, kam er an und sagte, er habe zu wenig Heu, ob er nicht statt Heu Geld geben dürfe. Ich sagte, dass wir den Auftrag hätten, eine Tonne Heu anzuliefern und nicht Geld. Wenn er solches nicht liefern könne, solle er das mit dem Bürgermeister abmachen. Mit dem, so meinte er, sei diesbezüglich nicht zu reden. Wir sollten doch das Geld nehmen, die Amerikaner würden schon nicht nachwiegen, und wir hätten das Geld.

Nun erklärte ich ihm, dass wir keine Schwindler seien, und er als alter Mann ebenfalls die Finger davon lassen solle. So fingen wir munter an zu streiten. Es war aber die Mittagszeit und Punkt zwölf Uhr läutete die Kirchenglocke. Da sagte er: „Warten Sie einen Augenblick, jetzt muss ich erst beten." Er betete den Rosenkranz, und dann stritten wir weiter. Nachdem er eingesehen hatte, dass es zwecklos war, mit uns zu verhandeln, holte er das Heu, welches er abgewogen liegen hatte. So konnten wir das volle Gewicht abliefern.

Transportbedarf herrschte aber auch im Personenverkehr. Es gab ja überall auf dem Lande die so genannten „Evakuierten", die während des Krieges aus den Städten geflüchtet waren und die nun zurück wollten. Wir sind mit solchen Rückkehrern bis zu 200 Kilometer gefahren, so auch in die Städte Stuttgart, Nürnberg und Karlsruhe. Die Leute waren dankbar für die Möglichkeit, nach Hause gebracht zu werden. Wir waren froh, dass wir Arbeit hatten. Als Entgelt hatten die Kunden uns und die Pferde für die Dauer der Fahrt freizuhalten. Das war eine ganze Menge, damals in der Nachkriegszeit.

Es entstanden sogar Freundschaften durch die Fahrten. So mit der Familie Söhnle in Bopfingen. Eine verheiratete Tochter dieser Familie lebte in Dinkelsbühl bei ihrem Großvater, der ihr das Haus vererbt hatte. Nun hatten die Eltern ihr eine Küchenausrüstung geschenkt, die die 50 Kilometer bis nach Dinkelsbühl transportiert werden musste.

Auf Wunsch der Frau Söhnle fuhr ich die Sachen persönlich. Sie kam auch mit, da es ja zu ihrer Tochter und zu ihrem Vater ging. Nun erzählte sie mir ihr Leid. Die Tochter war mit einem ehemaligen Führer der HJ verheiratet. Der Großvater war aber ein entschiedener Gegner der Nazis, sodass es zum Streit zwischen ihm und dem Mann der Tochter gekommen war. Sie hielten es nicht einmal bei Tische gemeinsam aus.

Als wir nun angekommen waren und alles abgeladen hatten, mussten die Pferde zu einem Gasthof gebracht werden. Dabei begleitete mich der ehemalige HJ-Führer. Nun klagte er mir seinerseits sein Leid. Ich gab mir Mühe, ihn davon zu überzeugen, dass es ratsam wäre, diese schweren Zeiten ohne Streit zu überbrücken. Im Hause des Großvaters angekommen, setzten wir das Gespräch fort, bis er so weit war, von seiner Seite den Konflikt zu lösen. Abendbrot aßen Frau Söhnle, ihr Vater und ich gemeinsam. Nach dem Essen kam ich nun mit dem Nazigegner ins Gespräch. Der pochte auf sein Recht und verwies auf den Untergang des Nazireiches, nach dem Motto: Wer verloren hat, soll nun auch schweigen. Doch ich malte ihm ein ganz anderes Bild aus. Wie schön es doch wäre, das Alter in Harmonie mit den Großkindern zu verbringen. Spät trennten wir uns, um die Nachtruhe zu nehmen. Am nächsten Morgen aber saßen wir alle gemeinsam am Frühstückstisch. Seit dieser Fahrt gehörten die Söhnles zu unseren Freunden. Der Großvater schrieb mir einen Brief, in dem er betonte, dass das Leben im Familienfrieden doch sehr viel angenehmer sei.

Dass wir uns so gut verstanden, lag vielleicht auch daran, dass wir eines Glaubens waren. Söhnles gehörten der Neuapostolischen Kirche an, die in ihrer Grundüberzeugung kaum vom Mennonitentum abweicht.

Immer wieder machte ich die Erfahrung, dass die Schwaben sehr hilfsbereite Menschen sind. Als ich einem Bauern eine Fuhre Holz nach Hause gebracht hatte und im Anschluss auf seinem Hof die Pferde fütterte, zog eine Schar Gänse an uns vorbei. Da fragte ich: „Züchten Sie auch Gänse?" Darauf fragte er sogleich: „Haben Sie schon eine Weihnachtsgans?" Es war nämlich Anfang Dezember 1945, und was den Amerikanern der Truthahn zu Weihnachten ist, das ist den Schwaben die Weihnachtsgans. Natürlich hatte ich keine Gans, und schon sagte er, dass er mir eine schenken werde.

So erfreulich das alles auch war, so sehr lag mir doch daran, wieder in meinen Beruf zu kommen. Schon im Oktober hatte ich meine ins Deutsche übersetzten Papiere bei der Schulabteilung des Kreises abgegeben. Als ich dem Schulrat meine Papiere vorlegte, sagte er, ich müsse sie mir noch beglaubigen lassen. In Aalen befände sich ein russischer Kommissar, der das erledigen könne. Ich erklärte ihm, dass der Kommissar in erster Linie dazu da sei, Leute wie mich aufzuspüren und nach Russland zu schicken.

Also blieb alles beim Alten. Ich widmete mich wieder dem Fuhrunternehmen. In wirtschaftlicher Hinsicht war das auch sicherlich erfolgreicher als der Lehrerberuf. Denn allein durch den Kontakt zu den Bauern kannten wir zahlreiche Engpässe nicht. So hatten wir bereits genügend Kartoffeln für den Winter 1945/46 beisammen. Auch Obst, das ich bekommen hatte, war für den Winter konserviert worden. Als Fuhrlohn erhielten wir nämlich Naturalien.

Doch mit dem Herannahen des Winters gingen leider auch die Aufträge zurück, wobei die kalte Jahreszeit es gleichzeitig mit sich brachte, dass kaum noch Pferdefutter aufzutreiben war.

Eines Tages holte ich für einen Lehrer Holz aus dem Walde. Er begleitete mich. Auf der Rückfahrt gingen wir beide hinter dem beladenen Wagen her, da es verboten war, auf einer vollen Fuhre mitzufahren. Die Pferde kannten die Strecke, sodass wir uns unterhalten konnten. Plötzlich sagte er: „Dies ist aber nicht Ihr Beruf?" Ich, sagte ihm, dass ich ebenfalls Lehrer sei. Er wunderte sich darüber, dass ich dann Holz führe. Ich solle doch, empfahl er mir, zum Arbeitsamt gehen und um Unterstützung bitten. Das aber wollte ich nicht. Mir lag daran, meinen Lebensunterhalt selber zu verdienen, solange die Gesundheit es erlaubte.

Im Januar erfuhr ich von einem Dolmetscher in Stuttgart, der Übersetzungen machte. Dem legte ich meine eigenhändig vorgenommenen Übersetzungen meiner Unterlagen vor. Ohne Umschweife setzte er seine Unterschrift darunter. Er hatte nicht einmal alles gelesen.

So gerüstet begab ich mich wieder zum Schulrat. Dieser bat darum, die Papiere dabehalten zu dürfen, und nun ging es Hals über Kopf weiter. Ich war gerade zu Hause, da wurde ich auf das Bürgermeisteramt zum Telefon gerufen, wo mich die Nachricht erreichte, dass ich zum Schuldirektor an einer Schule in Trochtelfingen ernannt worden war.

Am nächsten Tage begab ich mich in die Schule, um meinen neuen Posten anzutreten.

29- Wieder Schulleiter

Die Schule war genau vier Kilometer von unserem Quartier in Bopfingen entfernt. Es war eine neunklassige Schule. Ich übernahm die oberen Klassen. Zum Antritt gehörte natürlich auch ein Besuch beim Bürgermeister. Dieser informierte mich dann auch sogleich über die Schulregeln: „Herr Lehrer, wenn Eltern kommen und ihre Kinder ein bis drei Tage zur Arbeit aus der Schule nehmen wollen, dann müssen sie dem Lehrer Eier und Butter bringen." Das war für mich ganz neu, und darum sagte ich, das würde

auch ohne Eier und Butter zu regeln sein. Darauf sagte er in seinem schwäbischen Dialekt: „Nein, Herr Lehrer, dess isch doa so Brauch, dess wolle mer auch behalte."
Die Eltern haben sich auch immer streng daran gehalten. Die Nachkriegszeit war für alle schwer, und darum war es so geregelt worden, dass der Schulleiter bis zu drei Tage hintereinander Schüler vom Unterricht befreien durfte. Wenn ein Kind länger zu Hause helfen sollte, dann benötigten die Eltern die Erlaubnis des Schulrates.
Eine Frau hielt sich nicht an „Eier und Butter", sondern brachte jedes Mal fetten Schinken mit, obwohl ihre Tochter nur einen Tag vom Unterricht befreit werden sollte. Ich mochte kein fettes Fleisch, doch ich konnte sie ja nicht beleidigen und lobte es jedes Mal, wenn ich sie sah. Diese Lobeshymne sollte später noch einmal von Bedeutung sein.
In der Schule lief alles bestens an. Da jeder Lehrer alle Fächer einer Klasse zu unterrichten hatte, tauschte ich mit der Musiklehrerin, die in meiner Klasse Musik gab, während ich ihre Klasse in Religion übernahm. Etwa 10 Prozent der Kinder waren katholisch, der Rest evangelisch. Für die katholischen Schüler kam der Pater zur Religionsstunde in die Schule. Er sollte es zumindest, denn die seltenste Zeit war er da. Die Schüler liefen dann im Pausenhof umher und störten den Unterricht. Aus dem Grunde sagte ich den Eltern, dass die Katholischen immer dann in meinen evangelischen Unterricht kommen müssten, wenn der Pater nicht da sei. Da geschah ein wahres Wunder: Seitdem kam der Pater pünktlich zum Unterricht!
In der ersten Zeit ging ich die vier Kilometer zu Fuß. Da war ich erst am Abend zu Hause, denn es war eine Ganztagsschule. Später borgte mir die Frau des Pfarrers ihr Fahrrad. Schließlich wurde das Lehrerquartier in Tropfelfingen frei, und wir konnten endlich umziehen.
Nach einiger Zeit wurde mir auch der Konfirmandenunterricht anvertraut. Ich gab dem Pfarrer gegenüber zu bedenken, dass möglicherweise am Ende lauter Mennoniten daraus entstehen würden. Doch das war ihm egal, er meinte, Hauptsache, es seien Christen.
Eines Tages erhielten wir in der Schule ein Schreiben, welches uns darüber in Kenntnis setzte, dass die amerikanische Besatzung an alle Schulkinder Schokolade austeilen würde. Die Freude war groß, denn es gab Schokolade so gut wie gar nicht. Der Ort der Vergabe war zehn Kilometer von der Schule entfernt, doch das spielte keine Rolle - für Schokolade wäre die Jugend noch weiter gelaufen. Am Zielort waren zahlreiche Schulen versammelt, doch von Schokolade war weit und breit nichts zu sehen. Wir gaben uns alle Mühe, die Kinder zu beschäftigen, was gar nicht so einfach ist, wenn man weder über Bälle noch über sonstiges Spielzeug verfügt. Schließlich hieß es, der LKW mit der Schokolade sei ausgebrannt.
Durchgebrannt wäre wohl der passendere Ausdruck gewesen, denn wir haben uns später erkundigt. Nirgendwo hatte ein amerikanischer Laster gebrannt. Nun, Schokolade war damals so gut wie Bares.
Eine andere Bekanntschaft mit den Besatzern machte ich während einer Turnstunde. Es waren ja 16- und 17-jährige Jungs dabei. Als wir nun auf dem Hof eifrig Sport trieben, fuhr ein amerikanischer Jeep vorbei, der auch sogleich hielt. Ein Offizier wollte wissen, wer mir hier erlaubt habe, militärische Übungen abzuhalten. Die seien für die Deutschen verboten. Ich versuchte, ihn darüber aufzuklären, dass es sich hier

um eine Schule und konkret um eine Sportstunde handle. Nun musste ich ihm alle Räume zeigen, sodass er sich davon überzeugen konnte, dass es sich um keine versteckte Kaserne handelte.

Und wie fand Unterricht statt im Jahre Eins der neuen deutschen Geschichte? Ich hatte 82 Wissbegierige vor mir sitzen, eine mittlere Volksansammlung. Zur Kontrolle der Hausaufgaben marschierte ich durch die Gänge, um wenigstens festzustellen, ob alle dieselben auch gemacht hatten. Danach mussten die Hefte getauscht werden, und bei der sich anschließenden Kontrolle hatte jeder das Heft eines Mitschülers zu korrigieren.

Diese meine Kontrollgänge waren häufig auch die einzigen Augenblicke, in denen ein halbwegs persönlicher Kontakt - abgesehen vom Pausenhof - stattfinden konnte. Und als ich wieder einmal durch die Klasse marschierte, meldete ein Mädchen: „Herr Lehrer, die Mina Suffel hat in der Pause ein sehr schlechtes Wort gesagt." Als ich nun bei meinem Rundgang zu Mina kam, fragte ich sie, ob das stimme. Sie bestätigte es, doch nach der Kontrolle hatte ich das „schlechte Wort" vergessen, nicht aber Mina! Während der Mittagspause saß ich im Lehrerzimmer, als sie weinend ankam. Ich fragte natürlich, was denn jetzt los sei. Da antwortete sie: „Herr Lehrer, ich hatte heute in der Pause ein schlechtes Wort gesagt, und Sie haben gar nicht gescholten!" Ich dachte bei mir, so verschieden sind die Menschen. Wie viele wären heilfroh gewesen, dass der Fall mit Stillschweigen bedacht worden war, hier aber hatte sich ein feines Gewissen gemeldet. Ich denke, es war pädagogisch vertretbar, dass ich ihr auch jetzt die Standpauke ersparte und ein paar nette Worte fand.

Wie es der Zufall so wollte, fuhren meine Frau und ich zwanzig Jahre später in dieser Gegend mit der Eisenbahn. Auf einer Station stieg eine Frau mit zwei Kindern ein, und sie setzte sich in unser Abteil. Um nicht nur so dazusitzen, fing ich ein Gespräch mit ihr an. Da stellte es sich heraus, dass sie nach Trochtelfingen unterwegs war. Auf meine Frage, ob sie in und mit Trochtelfingen bekannt sei, antwortete sie, dass sie dort wohne. Nun fragte ich, ob Mina Suffer noch lebe und wo? Sie antwortete: „Herr Lehrer, das bin ich." Sie hatte uns gleich erkannt und war deshalb zu uns ins Abteil gekommen.

Im Jahre 1947 erreichte uns eine unangenehme Nachricht. Ein Martens, ebenfalls aus Russland, der im Nachbarort Flochberg gelebt hatte, war von fünf amerikanischen Soldaten in seiner Wohnung festgenommen und der Besatzungsmacht überstellt worden.

Angefangen hatte es durch den plötzlichen Besuch eines russischen Kommissars. Der hatte Martens aufgefordert, nach Russland zurückzufahren. Martens hatte das mit dem Hinweis darauf, dass er ein deutscher Soldat gewesen war, abgelehnt. Daraufhin müssen sich die Russen an die Amerikaner gewandt haben, die nun wiederum ihre Militärmacht eingesetzt hatten.

Martens war zusammen mit anderen nach Stuttgart gebracht worden, von wo es nach Russland ging. Ich bekam zu hören, dass bei der Gelegenheit ein russischer Kommissar gesagt hatte, es befände sich noch ein gewisser Redekopp in der Umgebung, den wolle man auch noch finden.

Diese Nachricht löste bei mir einiges aus. Sofort begab ich mich zu Professor Benjamin Unruh in Adelsheim. Er hat zahlreichen Mennoniten bei der Flucht und

Übersiedlung geholfen. Mit ihm zusammen fuhren wir nach Stuttgart zum holländischen Verbindungsoffizier. Professor Unruh wollte ihn dazu überreden, uns eine Bescheinigung auszustellen, wonach wir Niederländer seien. So abwegig war das auch gar nicht, denn die ersten Mennoniten, die im 16. Jahrhundert nach Preußen wanderten, waren Niederländer. Es ist nicht auszuschließen, dass meine Vorfahren ebenfalls Niederländer waren.

Sehr wohl war dem Offizier dabei nicht, doch schließlich stellte er uns die Bescheinigung aus, vermerkt mit der Bitte, uns in Ruhe zu lassen, da wir später nach Holland übersiedelt werden sollten. Beim Abschied bat er darum, dieses Papier wirklich nur im Notfall vorzuzeigen, da er gar nicht berechtigt sei, so etwas auszustellen.

Mir blieb die ganze Angelegenheit suspekt, denn die russischen Kommissare hatten große Freiheit in den westlichen Besatzungszonen.

In der Zeit organisierte das MCC eine Versammlung, zu der alle Flüchtlinge aus Russland geladen waren. C.F. Klassen, Abgesandter des MCC, sprach zu uns. Nur die Auswanderung betrachtete er als Rettung vor dem Zugriff der Russen.

Da ich sowohl am Sonnabend als auch am Sonntag frei hatte, nutzte ich das Wochenende, um mich in München nach der Möglichkeit einer Auswanderung nach Paraguay zu erkundigen.

Dort war man optimistisch, dass eine Auswanderung nach Lateinamerika gelingen würde. So. ließ ich uns ebenfalls auf die Liste setzen. Den Schulrat verständigte ich darüber, dass ich mich um eine Auswanderung bemühte, vermied aber eine Kündigung, da ich meine Stelle behalten wollte, falls es nicht klappen sollte mit der Auswanderung.

Doch dann verlief die Angelegenheit mit der Auswanderung viel schneller als erwartet. Am 25. Januar 1947 erhielten wir die Nachricht, dass wir am 28. Januar in München sein sollten, um durch die Kontrolle der amerikanischen Geheimpolizei zu gehen. Am 26. Januar hielt ich noch Unterricht, doch in der letzten Stunde sagte ich zu den Schülern, dass sie alles weglegen sollten, damit wir den Abschied feiern könnten. Ein Mädchen stand auf mit der Frage:

„Herr Lehrer, Sie wollen weg?" Und wie ich dieses bekräftigte, fingen etliche an zu weinen. Ja, das war auch meine Stimmung, denn schon oft hatte ich im Leben die Schule gewechselt, aber so schwer gefallen wie hier, war es mir noch nirgends.

Es hatte keine besonderen Schwierigkeiten gegeben. Weder mit den Schülern noch mit den Vorgesetzten. Die wunderten sich manchmal darüber, dass ich buchstäblich wunschlos glücklich war. Vorgänger von mir hätten dieses und jenes bemängelt und ständig Forderungen gestellt. Während meiner Tätigkeit hatte ich sogar einmal das Lehrerzimmer für eine kurze Zeit als Schlafstätte an Ungarnflüchtlinge abgeben müssen, ohne mich darüber beklagt zu haben. Das hatte wohl einen nachhaltigen Eindruck hinterlassen.

Nachdem wir in der Schule Abschied gefeiert hatten, begab ich mich zum Schulrat. Dieser konnte es nicht begreifen, dass ich auswandern wollte und begehrte zu erfahren, bis wann ich denn in Trochtelfingen bleibe. „Bis heute um drei!", gab ich zur Antwort. Das war ihm vollkommen unverständlich. Wie konnte man bis drei Uhr nachmittags unterrichten und am nächsten Tag auswandern?

Nun, wir hatten auf der Flucht oft genug Gelegenheit gehabt, das „Auswandern" von einem Moment auf den anderen zu üben und unsere Habe war schnell verpackt. Wir hatten ja auch keinen großen Besitz, den es mitzunehmen galt.

Mein Sohn Ernst hatte bei einem Bauern Arbeit gefunden. Auch der bedauerte den Verlust seiner Arbeitskraft.

Vor der Abreise bekam ich noch ein besonderes Angebot. In dem Haus, das wir bewohnten, lagerten die Bücher des Verlages Neff und Öttinger. Als Herr Öttinger erfuhr, dass wir nach Lateinamerika gingen, bot er mir eine große Bücherspende an. Für den Verlag war das kein besonderes Opfer, da alle Bücher einem Verkaufsembargo unterlagen wegen der anlaufenden Entnazifizierung. Aber verschenken, sagte er, könne er sie wohl. Ich habe dann beim MCC nachgefragt, ob ich die Bücher mitnehmen dürfe auf die große Reise. Dort wurde mir beschieden, dass das MCC den Auftrag habe, Menschen und nicht Bücher zu transportieren. So ließ ich die Bücher unangetastet, was mir nachher leid tat, denn als Familie standen uns 300 kg Gepäckvolumen zur Verfügung, wir besaßen aber nur 120 kg. Die Bücher hätten also keinem Flüchtling den Platz genommen.

Zuletzt ging ich mich noch vom Bürgermeister verabschieden. „Herr Lehrer, warum wollen Sie weg? Wir haben doch versucht, alles zu tun, damit es Ihnen hier gefallen soll, und jetzt wollen Sie weg!" Ich erklärte ihm unsere Lage und sagte dann: „Herr Bürgermeister, es hat uns hier nicht nur gut gefallen, sondern außerordentlich gut gefallen, und dafür sind wir Ihnen von Herzen dankbar. Aber der russische Kommissar hat schon nach uns gefragt, um uns zurück nach Russland zu schicken, und der wird von den Amerikanern unterstützt, darum wollen wir weg." Darauf sagte er: „Der Kommissar war schon bei mir und fragte nach Ihnen. Ich sagte, solche Leute hätten wir hier nicht." Ich bekundete ihm meinen Dank dafür, betonte aber, dass es nun umso nötiger sei, dass wir verschwänden, denn falls es doch herauskommen sollte, dann wäre er genau so schlimm dran wie wir. Um dem vorzubeugen, würden wir nach Paraguay gehen, obwohl es für uns bestimmt keine Goldgrube sein würde. Schweren Herzens nahmen wir voneinander Abschied.

Dieses gute Verhältnis hat auch später noch Früchte getragen. Als wir schon länger in Paraguay waren, besuchte ich einen Schneider, der aus Bopfingen nach Asuncion gegangen war. Er fand an Paraguay nun wahrlich nichts Gutes und schimpfte nur. Er muss solches auch nach Deutschland geschrieben haben, denn irgendwann erhielt ich Post von ehemaligen Schülern, die mir schrieben, sie hätten gehört, es ginge uns dort nicht so gut. Sie seien bereit, uns das Ticket zu bezahlen, dann könnten wir ja wieder nach Deutschland kommen. Die Elternschaft würde das Geld aufbringen. Das war ein ausgezeichnetes Angebot, doch so schlecht ging es uns in Paraguay nun doch nicht.

30- Unsere Reise nach Paraguay

Am 27. Juli 1947 fuhren wir ab nach München, wo wir in der Funkkaserne Unterschlupf fanden. Gleich am ersten Abend wurden wir durch die amerikanische Geheimpolizei kontrolliert. Ein russischer Offizier saß dabei, um seine „Schäfchen" herauszupicken und zurück nach Russland zu schicken. Laut Anweisung vom MCC durften wir keine Papiere bei uns haben. Wir sollten angeben, sie auf der Flucht verloren zu haben. Politisch sollten wir uns staatenlos geben. Nun bei der Kontrolle zog der Kommissar einem Ausreisewilligen einen russischen Pass aus der Tasche. Er wurde sofort abgeführt und soll auch zurückgeschickt worden sein.

Ich besaß nur noch mein Arbeitsbüchlein vom Gut Birkenstein bei Krotoschin. Es enthielt nur wenige Angaben zu meiner Person. Das Gut lag im Warthegau, was ja zu Polen gehörte, und so kamen wir ohne Beanstandungen durch.

Am 29. Januar wurden wir in Frachtwaggons geladen und nach Bremerhaven gebracht. In Fulda hatten wir einen längeren Aufenthalt. Da ging ein Raunen durch den Zug, auf der Straße befände sich russisches Militär, man solle nicht Russisch sprechen. Wir fürchteten, der Zug könnte in die nahe gelegene sowjetisch besetzte Zone umgelenkt werden. Zum Glück geschah das nicht.

Am 30. Januar in der Frühe erreichten wir Bremerhaven. Dort im Hafen stand die „Volendam" zur Abfahrt bereit. An Bord befand sich bereits eine Gruppe von Auswanderern aus Holland. Auch wir schickten uns an, den Zug zu verlassen und auf das Schiff zu steigen. Da es bitterkalt war, hatte ich unseren Kindern meinen Pelzmantel untergelegt. Als wir den jetzt mitnehmen wollten, stellten wir fest, dass er angefroren war. Nun, sagte ich mir, in Paraguay ist es so warm, dass ich dort sicher keinen Pelz benötige. Das war ein Irrtum. Das Kleidungsstück hätte oft gute Dienste tun können.

Organisiert wurde die Reise vom MCC (Menonite Central Comite), das seinen Sitz in den Vereinigten Staaten, mit einer Zweigstelle in Kanada, hat. Die Beauftragten des MCC für unsere Schiffsreise war das Ehepaar Peter und Elfriede Dück. Dück befand sich bereits auf dem Schiff, doch da gab es eine Verzögerung. Neben der Gruppe aus Holland, bei der es sich ebenfalls um geflüchtete Mennoniten handelte, die kurzzeitig in Holland Asyl gefunden hatten, und unserer Gruppe aus München, wurde eine dritte Gruppe aus Berlin erwartet. Diese hatte man im amerikanischen Sektor gesammelt. Mit der Bahn sollten sie nach Bremerhaven gebracht werden, doch die Russen erteilten keine Genehmigung zur Durchquerung ihrer Besatzungszone. Erst nach einiger Zeit war sie schließlich erteilt worden. Unsere Abfahrt verzögerte sich dadurch bis zum 1. Februar.

Mit 2.305 Personen an Bord stachen wir endlich in See. Die Erleichterung darüber war riesengroß, doch sie hielt nicht lange an. Nach einer Stunde ankerte das Schiff. Und schon plagte uns die Angst, das Ganze könne eine Falle der Sowjets gewesen sein. Zum Glück hatte dieser Zwischenstopp einen sehr viel friedlicheren Grund. Der Kapitän fürchtete, bei Dunkelheit auf eine Mine zu fahren. Darum wartete er hier erst einmal das Tageslicht ab, um jene Zone zu durchkreuzen, die noch immer ein riesiges Minenfeld war.

Als wir nun vollends in Sicherheit waren, hielten wir am ersten Sonntag auf See einen Dankgottesdienst für die Errettung aus größter Gefahr ab. Auf dem Fest dienten fünf Chöre mit Gesang: ein holländischer, zwei Münchener und zwei Berliner Chöre.

Im Golf von Biscaya war das Wetter schlecht, sodass viele seekrank wurden. Das hielt aber nicht lange an.

Auf den Kanarischen Inseln legte das Schiff zur Aufnahme von Brennstoff an, und dann ging es weiter, nur von einem Zwischenfall begleitet. Ein Fräulein sprang mitten in der Fahrt über Bord. Obwohl das Schiff sogleich stoppte, entfernte es sich doch noch beträchtlich, so dass die Dame nur noch als kleiner, dunkler Punkt wahrnehmbar war. Als die Rettungsmannschaft sie schließlich barg, war sie schon bewusstlos. Sie hat überlebt.

Warum sie ins Meer gesprungen ist, das ließ sich nicht so genau feststellen. Anscheinend war sie in den Diebstahl einer Uhr verwickelt. Was auch immer, einen Namen hatte sie weg: Walfisch.

Natürlich gab es auch zahlreiche Kinder an Bord, sodass das Deck mit Toben und Schreien angefüllt war. Um die Kinder zu beschäftigen, wurde ich damit beauftragt, eine „Schule" einzurichten. Nach meinem Aufruf meldeten sich 607 Schüler und 26 Lehrer. Ich teilte die Kinder in Klassen ein, versah eine jede mit zwei Lehrern, sodass die sich abwechseln konnten bei der Beschäftigung der Kinder. Der „Unterricht" ging bis Mittag, danach war frei.

Am 20. Februar 1947 kamen wir in Buenos Aires an, von wo aus es mit Flussschiffen weiterging, die nur 300 bis 350 Personen aufnehmen konnten. So verzögerte sich die Weiterfahrt. Aus dem Grunde hatte man in Buenos Aires ein Zeltlager errichtet, das wir nun bezogen. Im ersten Schiff waren überwiegend Familien mit Kleinkindern mitgereist. Es gab zwei Reiseziele: Ostparaguay und der Gran Chaco, im Westen gelegen.

Ursprünglich sollten wir alle im Chaco angesiedelt werden, doch von dort kamen nicht die besten Meldungen. Aus dem Grunde verhandelte der MCC-Vertreter C.A. DeFehr mit den zuständigen Stellen und erreichte es, eine Siedlungsmöglichkeit in Ostparaguay zu eröffnen. In der Nähe der Kolonie Friesland wurde Land gekauft, das in zehn Jahren zu bezahlen war.

Das zweite Schiff fuhr zu diesem Siedlungskomplex, wo später die Kolonie Volendam gegründet wurde. Danach begab sich ein drittes Schiff mit Siedlern wieder zum Chaco. Doch es kam nicht weit. Es wurde unterwegs angehalten. Der Grund war eine in Paraguay ausgebrochene Revolution. Im Lager verbreitete sich in Windeseile die Nachricht, dass die paraguayische Grenze hinfort für uns dicht sei. Wir blieben aus dem Grunde auf unabsehbare Zeit in Buenos Aires im Zeltlager.

Nun mussten die Kinder wieder beschäftigt werden. Die Lage war nämlich fast so eng wie auf dem Schiff, denn das Lager, das von Stacheldraht umgeben war, durften wir nicht verlassen. Nun wurden einige Zelte freigemacht, und wir konnten problemlos auf die zu hoher See gesammelten Erfahrung im Schule halten zurückgreifen.

Die Nachricht von der Revolution erfüllte uns nicht gerade mit Wonne, hatten wir uns doch erhofft, dem Kriegstreiben entkommen zu sein. Vor allen Dingen waren wir der festen Überzeugung gewesen, dem Kommunismus entronnen zu sein, doch ausgerechnet im Lager erreichte uns mittels einer deutschsprachigen Zeitung aus Argentinien die Meldung, es gäbe gar keine Mennonitenkolonien mehr in Paraguay. Die kommunistischen Revoluzzer hätten sie ausgeplündert und viele Menschen umgebracht. Der Rest befände sich auf der Flucht nach Bolivien.

Die Zeitung wurde uns von Deutschen gebracht, die in Buenos Aires lebten. Sie wollten uns dazu überreden, ebenfalls in Argentinien zu bleiben. Hatten sie bis dahin kaum Anhänger gehabt, so wandelte sich nunmehr die Stimmung. Natürlich wollte jetzt die Mehrheit in Argentinien bleiben. Das aber war gar nicht so einfach. Das MCC hatte für uns die Durchfahrt ausgehandelt und sich dabei verpflichtet, für jeden, der im Lande bleiben sollte, 500 Dollar zu zahlen. Doch das wussten wir zunächst nicht. Die im Lager verbliebenen Personen wählten Kornelius Reimer und mich zu Verhandlungsführern dem MCC gegenüber.

Wie es der Zufall wollte, befand sich gerade der Vorsitzende des MCC, Herr P. C. Hiebert, in Buenos Aires. Als wir ihm nun unseren Wunsch vortrugen, sagte er: „Die Zeitungen übertreiben oft, und dieses ist wohl auch nicht so schlimm, wie es dargestellt wird." Ich entgegnete, dass wir unabhängig davon, ob die Meldung konkret stimme oder nicht, Angst vor dem Kommunismus hätten. Wenn also die Aufständischen dort gewinnen sollten, dann wäre Paraguay kommunistisch. Darauf gab er zur Antwort: „In Paraguay nutzt man die Kommunisten nur aus, um die Regierung zu stürzen. Wenn das gelingen sollte, dann wird man die Kommunisten schon abzuschieben wissen."

Ich antwortete: „Genau so war es in Russland. Dort nutzte man die kommunistische Partei, um den Zaren zu entmachten. Aber als dies gelungen war, merkten die anderen, dass nunmehr die Kommunisten allein herrschten. So könne es auch in Paraguay kommen!"

An der Stelle erzählte Hiebert von einem Abkommen zwischen der argentinischen Regierung und dem MCC, wonach für jeden in Argentinien bleibenden Flüchtling 500 Dollar Strafe zu zahlen seien.

Reimer und ich hatten keine Schwierigkeiten damit, diese Sachlage zu verstehen und unterbreiteten entsprechend das Ergebnis der Verhandlung den übrigen Lagerbewohnern. Doch unter der Hand wurde weiter für ein Bleiben in Argentinien geworben, sodass ein Sturm der Unzufriedenheit im Inneren tobte.

Was geredet wurde, fand einen merkwürdig verzerrten Ausdruck in einem Artikel der „Deutsch-Argentinische(n) Zeitung", den der Vertreter des MCC, Peter Dyck, ins Lager brachte und ohne Kommentar der Versammlung vorlas. Hier der gekürzte Inhalt:

„Der Handel mit Sklaven blüht. Das MCC hat an die Gesellschaft Casado in Paraguay 2.300 Flüchtlinge zu 500 Dollar pro Kopf verkauft. Die argentinische Regierung sollte doch endlich diesem Sklavenhandel ein Ende bereiten und dem einen Riegel vorschieben."

Dück ging mit den Worten: „Ich wollte euch nur über diese Angelegenheit informieren. Was ihr macht, ist eure Angelegenheit."

Die Versammelten wählten mich zum Wortführer, um darüber weiter zu diskutieren. Zunächst drehten sich die Wortmeldungen darum, die eigene Unschuld unter Beweis zu stellen. Niemand wollte mit dem Artikel etwas zu tun gehabt haben, niemand draußen etwas gesagt haben.

Schließlich ergriff ich das Wort: „Der Artikel ist da, ob wir jetzt schuldig oder unschuldig daran sind. Lasst uns lieber darüber beraten, wie wir dem MCC helfen können, richtig mit dieser Rufschädigung umzugehen. Seien wir doch einmal ganz offen. Wir haben uns alle mit dem Gedanken beschäftigt, hier in Argentinien zu bleiben. Das heißt, wir haben alle mit Feuer gespielt. Dies sind jetzt die Folgen davon."

Nun wurde ein Komitee gewählt, das eine Gegendarstellung verfassen sollte. Dazu gehörten Kornelius Reimer, Lydia Peters und ich. Der Inhalt (verkürzt) der Gegendarstellung war folgender:

„Das MCC hat uns aus den Kriegswirren Europas herausgeholt. Dieses Unternehmen war von Beginn an darauf ausgelegt, uns nach Paraguay zu bringen. Niemand wurde dazu gezwungen. Wir sind der argentinischen Regierung von Herzen dankbar für die freundliche Aufnahme hier. Wir bewundern und bestaunen die Ordnung und die Schönheit der Natur Argentiniens. Unser Ziel aber war Paraguay, und wir wollen daran festhalten."

Auf der nächsten Versammlung lasen wir diesen Artikel vor, um Gelegenheit zur Stellungnahme zu geben. Dabei stellte sich heraus, dass besonders der Schlusssatz, wonach wir an Paraguay festhielten, umstritten war. Bei der Abstimmung zeigte sich aber, dass die Mehrheit für diese Fassung der Gegendarstellung stimmte.

Trotzdem bildete sich eine Gruppe von 132 Personen, die auf alle Fälle in Argentinien bleiben wollten. Sie wollten auch mich noch dazu überreden. Ich gab zu verstehen, dass es für mich nur dann in Frage käme, wenn es vom MCC aus erlaubt würde.

Indessen war die Revolution in Paraguay noch nicht zum Abschluss gekommen. Trotzdem hatte die amtierende Regierung inzwischen die Erlaubnis erteilt, die Flüchtlinge bis nach Asunción zu bringen. Es wurde auch Zeit, denn der Unterhalt war in Buenos Aires wesentlich teurer als in Asunción. Als viele bereits weg waren, wurden wir im Emigrationshotel untergebracht, da sich die kalte Jahreszeit bemerkbar machte. Wir 132 Personen bekamen eine eigene Abteilung zugewiesen.

Ich wurde zum Hausvater bestimmt. Als bei einer Gelegenheit erneut der Vorsitzende des MCC, Hiebert, zusammen mit dem Ältesten Plennert, aus Brasilien kommend, in Buenos Aires weilten, erzählte Plennert mir, dass er bei meiner Schwester in Brasilien gewohnt habe. Die hatte uns eine Bescheinigung mitgeschickt, woraus hervorging, dass sie in Brasilien für uns aufkommen würde.

Es hieß, Brasilien nähme Emigranten auf, sofern diese nachweisen konnten, dass sie dort für die erste Zeit versorgt waren.

Nun brach ein kleines Brasilien-Fieber aus, denn viele hatten dort Verwandtschaft und die korrespondierten nun eifrig, um die entsprechende Bescheinigung zu erhalten. Als es aber losgehen sollte, klappte es nicht, da der brasilianische Konsul kein Einvernehmen gab.

Dafür klappte es mit den „Argentiniern" umso besser. Es kam ein Vertreter des MCC nach Argentinien, dem es gelang, die Regierung von der Erhebung des Kopfgeldes abzubringen. Mit der letzten Gruppe verließen wir Buenos Aires.

Da die Revolution aber immer noch kein Ende gefunden hatte, wurden die Einwanderer in einem Lager in San Lorenzo, etwa zwölf Kilometer von Asuncion, untergebracht. Die ersten Transporte waren in einer Landwirtschaftsschule untergebracht worden. Wir kamen auf einem Fabrikgelände, ebenfalls in San Lorenzo, unter.

Auch hier wurde ich zum Lagerältesten bestimmt. Für die Verpflegung sorgte ein Vertreter des MCC.

Die Frontlinie verlief weiter nördlich von Asuncion, in der Gegend von Concepción und war somit weit weg. Darum suchten einige Leute Arbeit, während es mir wieder oblag, die Schule zu organisieren. Wir haben es hier sogar geschafft, die Neuntklässler zu examinieren und „aus der Schule" zu entlassen. Das Zeugnis wurde mit einem Siegel des MCC versehen.

Eine Gruppe von Männern fuhr ohne Familien in das neue Siedlungsgebiet in Ostparaguay, und ausgerechnet als sie weg waren, näherte sich die Front rapide. Und wie sehr wir plötzlich wieder von Waffen und Gewalt umgeben waren, zeigte sich daran, dass die Verteidigungslinie der Hauptstadt Asunción ausgerechnet durch das Fabrikgelände verlief, auf dem wir kampierten. Allzu bekannt war uns das Bild: Gräben ziehen, Löcher für MG-Stellungen ausheben, und die Einrichtung des Stabes. Eine Gartenkapelle musste als Stabsquartier dienen.

Dieser Umstand bescherte uns die Gelegenheit, den Regierungschef Paraguays kennen zu lernen. Er besuchte in Begleitung seiner Tochter die Verteidigungslinie. Die Tochter verteilte während der Besichtigung Zigaretten an die Soldaten.

Es war ein deutschsprachiger Leutnant, der uns bis vor den Präsidenten brachte. Bei der Gelegenheit baten wir darum, evakuiert zu werden. Dieser Bitte wurde stattgegeben. Am nächsten Tag kamen LKWs, die uns in ein Randgebiet San Lorenzos bringen sollten, da der Kampf auf der Hauptverbindungsstrecke San Lorenzo - Asuncion erwartet wurde.

Als nun Soldaten und Zivilisten beobachteten, wie unsere Leute auf die Fahrzeuge stiegen und weggebracht wurden, versammelten sich immer mehr Personen auf dem Fabrikgelände. Das hatte einen einfachen Grund. Das Militär hatte Anweisung, nur Personen, nicht aber die Sachen zu evakuieren. Das war bald bekannt, und so kamen wir zu der Überzeugung, dass die umliegende Bevölkerung gerne etwas abstauben wollte. Die Bitte darum, auch die Sachen mitzunehmen, blieb unerhört. Aus dem Grunde beschlossen wir, 20 Freiwillige zur Bewachung unserer wenigen Habe an Ort und Stelle zu lassen. Ich war ebenfalls dabei. Es gab viel zu bewachen, denn es befanden sich hier noch Sachen der Siedler, die schon weitergereist waren.

Wir bereiteten uns nun auf eine lange Belagerung vor. Leere Fässer, derer wir habhaft werden konnten, wurden gereinigt und mit Wasser gefüllt. Alles Geld legten wir zusammen, und einige gingen in die Stadt Lebensmittel kaufen.

Wir befanden uns in zwei fensterlosen Räumen, deren Türen wir mit Holzkisten verbarrikadierten. Wir wähnten uns für mindestens zwei Wochen sicher und geborgen. Die beiden Räume waren nur durch ein Loch in der Wand miteinander verbunden. Jeder Raum wählte einen Leiter. Im größeren Raum wurde ich dazu bestimmt, im kleineren ein gewisser Löwen.

Wir einigten uns darin, alle Handlungen miteinander abzustimmen.

Am Abend saßen wir vor dem Gebäude und unterhielten uns. Worüber? Natürlich über die Kriegserlebnisse in Europa. Ein gewisser Herr G. war dabei, der laut seinen eigenen Worten die Verteidigungslinie bei Kriwoj-Rogg aufgebaut hatte, und zwar, weil die deutschen Soldaten beim Herannahen der Russen alle weggelaufen seien, und in der Situation habe er das Kommando an sich genommen:

Auch Breslau war auf ähnlich wundersame Weise durch einen Herrn F. „gerettet" worden, wie er selber erzählte. Beide waren dabei bestrebt, den anderen zu

überbieten, bis ich anfing, herzhaft zu lachen.
Das störte diese Helden, und sie wollten wissen, was es denn hier zu lachen gebe. Ich gab zur Antwort: „Ich lache, weil ich wieder einmal eine Dummheit gehört habe." Da waren die Wortführer ziemlich aufgebracht, weil ich ihre „Heldentaten" ins Lächerliche zog.
Am folgenden Morgen wurde es langsam ernst. Die Kugeln pfiffen längst durch die Gegend, und von Zeit zu Zeit schlug eine ins Dach. Da kamen die beiden „Helden" vom Vorabend an mich heran. Sie waren aus dem Nebensaal. Nun wollten sie nur noch wissen, ob wir den von ihnen gefassten Plan auch mitmachen wollten. Ich merkte schon, dass ihnen der Boden hier zu heiß wurde und wollte nun wissen, was genau wir mitmachen sollten und wohin es denn ginge. Nun meinten sie, in ihrem Saal sei beschlossen worden, zum MCC zu gehen. „Hier wird es zu gefährlich", betonten sie einhellig.
Das MCC befand sich in Hafennähe der Stadt Asunción. Der Hafen liegt westlich, die Front näherte sich vom Osten. Da sich die meisten Flüchtlinge noch in San Lorenzo befanden, wohin sie ohne Gepäck evakuiert worden waren, hätte die Ausführung des Plans der „Helden" bedeutet, dass nach der „Errettung" von Kriwoj Rogg und Breslau nunmehr die eigenen Familien dem Frontgeschehen ausgesetzt worden wären, während wir zur Bewachung Abgestellten uns durch den Marsch zum Hafen in Sicherheit gebracht hätten. Das ging mir so durch den Kopf. Ich sagte zu ihnen: „Nein, so feige will ich nicht sein, die Familie der Front überlassen und selber abhauen! Da mache ich nicht mit!"
Da regten sie sich auf in den folgenden Worten: „Was, Sie meinen, dass wir feige sind? Wir sind nicht 14.000 Kilometer geflüchtet, um uns hier totschießen zu lassen."
Darauf antwortete ich ihnen, dass ich nicht gesagt habe, sie seien feige, sondern lediglich, dass ich nicht feige sein wolle. Wir hätten uns freiwillig gemeldet, um die Sachen zu bewachen. Dies in uns gesetzte Vertrauen dürften wir nicht enttäuschen.
Ich bat nun noch darum, mit Löwen, ihrem Vorgesetzten, über den „Plan" sprechen zu dürfen, denn ich musste ja davon ausgehen, dass die Aussage „wir im Nebenraum" so zu verstehen wäre, dass alle dort Versammelten einhelliger Meinung waren.
Dem war nicht so. Löwen wusste von alldem nichts. Im Gegenteil, er war richtig erbost über das eigenmächtige Vorgehen der „Helden" von Kriwoj-Rogg und Breslau, und wie ich ihn einschätzte, war er ein Schlägertyp. Ich sah nun meine vordringliche Aufgabe darin, die beiden Herren vor der Faust Löwens zu retten, was mir schließlich auch gelang. Meine Argumentation verlief so, dass wir alle gut daran täten, die beiden ihren Plan auch durchführen zu lassen, und zwar alleine, damit wir sie los seien, denn die wären wohl angesichts der Gefahr unberechenbar. Als wir ihnen solches mitteilten, verschwanden sie auch sofort.
Beim MCC angekommen, haben sie über uns ganz falsch berichtet. Wir säßen dort ohne Verpflegung, und sie seien delegiert worden, Nahrung heranzuschaffen. Es war dann aber keiner der beiden, sondern der MCC-Vertreter Buhr, der einen Rucksack voller Lebensmittel schulterte, um unserer angeblichen Not zu begegnen. Er kam nicht durch. Wir waren inzwischen eingeschlossen, ringsum wurde geschossen. Buhr wurde von den Regierungstruppen gefangen genommen und der Spionage

verdächtigt. Das MCC hatte Mühe und Not, um ihn wieder freizukriegen.
Indessen näherte sich die Schlacht unserem Standort. Wir waren eingekesselt. Aus allen Richtungen schlugen Kugeln an das Fabrikgebäude. Es gelang aber keiner einzigen, bis zu uns vorzudringen, da wir alle Türen verbarrikadiert hatten. Die Kugeln blieben im Kistenholz stecken. Das Schießen hielt den Tag und die Nacht an. Mit dem Anbruch der Morgenröte war plötzlich alles ruhig. Vorsichtig wagten wir uns ins Freie. Alles war weg. Auf der Straße lagen Gefallene, und im Garten drei tote Pferde. Es stellte sich heraus, dass in der Nacht die Entscheidungsschlacht stattgefunden hatte, die Regierungstruppen hatten die Revolutionäre nach deren Niederlage in die Flucht geschlagen.
Wir suchten Spaten, um die Pferde zu begraben. Als die Paraguayer das bemerkten, wurden wir von ihnen ausgelacht. Die sagten uns, dass so eine Arbeit hierzulande von den Geiern verrichtet würde. Und wirklich, in zwei Tagen war alles aufgeräumt.
Die Revolution war beendet. Wir durften unsere Familien wieder zurückholen, doch aus praktischen Erwägungen war das nur denjenigen gestattet, die zur Bewachung der Sachen in der Fabrik geblieben waren, denn die anderen Familien sollten von ihrem neuen Lager, in dem sie die Revolution ohne Schaden überstanden hatten, direkt auf das Siedlungsland gebracht werden. Die „Helden" erhoben ebenfalls den Anspruch, ihre Familien holen zu dürfen, obwohl sie doch den Wachposten verlassen hatten.
Es gab verschiedene Vorfälle, die das triste Lagerleben auflockerten, denn auch auf der Flucht bleibt der Mensch Mensch und somit anfällig für alle Arten von Spießigkeiten.
So einen Fall erlebten wir mit einem Herrn G., der gern etwas tiefer in die Flasche sah. Bei einer Gelegenheit kam unsere Lagerköchin angeflitzt mit der Meldung: „Herr Redekopp, kommen Sie schnell, Herr G. will den Schmidt schlagen". Als ich mich nun der Küche näherte, gewahrte ich tatsächlich Herrn Schmidt, den MCC-Vertreter und Zuständigen für die leibliche Versorgung der Flüchtlinge, im Klammergriff. Da Schmidt ein Amischer war und folgedem einen Bart trug, sah dieser Klammergriff so aus, dass G.s Linke den Bart packte, während die Rechte schon zu ersten sanften Schlägen auf die Schulter ansetzte. Dabei äußerte er sich wie folgt: „Ich will Essen haben!" Es war ihm wohl zu wenig, was er für seine Familie bekam. Ich näherte mich den Streithähnen, legte jedem eine Hand an die Brust, und schob sie auseinander mit den Worten: „Wenn Sie hungrig sind, dann lässt sich das regeln, aber nicht auf diese Art. Wenn Sie so weitermachen, dann werden Sie hungrig bleiben."
Wie ich mich nun umdrehte, sah ich Löwen mit der geballten Faust hinter mir stehen. Ich fragte ihn, was das denn zu bedeuten hätte. Er meinte: „Ich hörte den Hilfeschrei der Frau Peters und sah, dass Sie gleich gingen. Ich folgte Ihnen. Wenn ich gesehen hätte, dass G. Sie auch nur im Geringsten bedroht hätte, wäre meine Faust auf ihn niedergegangen!" Zum Glück kam es nicht so weit.

Jacob Redekopp u Familie 1947 auf dem Schiff nach Südamerika.

31- Im Gran Chaco

Nun, nach Beendigung des Bürgerkrieges, sollte es endlich losgehen in die Siedlungsgebiete. Wie schon bemerkt, gab es die Möglichkeit, in den Chaco zu gehen oder in Ostparaguay zu siedeln. Die Wahl war jedem freigestellt, doch es stellte sich bald heraus, dass die Interessengruppen etwa gleich groß waren. Meine Familie und ich gehörten zu einer Gruppe, die nach Brasilien wollte. Diese Aussicht war aber äußerst gering. So kam es, dass wir uns von Cornelius A. DeFehr dazu überreden ließen, in den Chaco zu gehen, und zwar nicht in die erst neu zu gründende Kolonie, sondern nach Fernheim, eine Kolonie, die bereits im Jahre 1930 im Chaco angelegt worden war. Fernheim wiederum liegt in unmittelbarer

Nachbarschaft zur ältesten Mennonitenkolonie in Paraguay, der Kolonie Menno, gegründet 1927.

DeFehr meinte, in Fernheim gebe es deutsche Schulen, und die könnten mich da als Lehrer sicherlich gut gebrauchen. Am 4. November 1947 kamen wir in Puerto Casado an. Von dort wurden wir nach Fernheim gebracht. Losgefahren waren wir in Europa am 1. Februar. Somit waren wir beinahe ein Jahr unterwegs gewesen. Aus dem Grunde war die Freude groß, als wir in Fernheim endlich eine Bleibe fanden. Aufgenommen wurden wir von Missionar Gerhard Giesbrecht. Der aber lebte mit seiner Familie überwiegend auf der Missionsstation, und er stellte uns seinen Hof mitsamt Haus und Hühnern zur Verfügung. Ich erhielt auch sofort Anstellung als Lehrer an der Zentralschule in Filadelfia.

Der größte Teil der Flüchtlinge, die in den Chaco gekommen waren, hatten südlich von Fernheim die Kolonie Neuland gegründet. Der Älteste der Mennonitengemeinde war Hans Rempel. Eines Tages kam er zu uns und fragte mich, ob ich mich schon einer Gemeinde in Fernheim angeschlossen habe. Ich verneinte, und daraufhin sagte er, ich solle es auch lassen. Die Neuländer Mennonitengemeinde habe mich zum Prediger gewählt, und dann könne ich mich gleich der dortigen Gemeinde anschließen. Ich wehrte mich dagegen mit dem Hinweis auf meinen Lebenswandel, der einem Prediger nicht gezieme. Ich sei zu einem tadellosen Leben nicht in der Lage.

Trotzdem blieb Rempel darauf bestehen, dass ich ihm wenigstens helfen solle, das Gemeindeleben aufzubauen, da die Neuländer mehrheitlich das Gemeindeleben aus Russland nicht kannten. Sie waren schon nach der Oktoberrevolution herangewachsen. Ich sagte zu, und die Arbeit hat mir auch gefallen, besonders wenn ich es mit der Jugend zu tun hatte.

Einfach war das nicht, denn wir lebten ja in Filadelfia. Neu-Halbstadt, das Zentrum der Kolonie Neuland, befindet sich 35 Kilometer von Filadelfia entfernt. Ich fuhr jeweils am Samstag mit dem Pferdefuhrwerk nach Neuland und kehrte am Sonntag wieder zurück.

Trotz dieser Belastung hatte diese Arbeit einen doppelten Nutzen. Einmal die Gemeindearbeit, dann aber auch eine Familienangelegenheit. Im Jahre 1948 kam meine verwitwete Schwägerin mit sechs Kindern ebenfalls nach Paraguay. Meinem Bruder war das passiert, wovor ich geflohen war: die Amerikaner hatten ihn an die Russen ausgeliefert. Die haben ihn in die Verbannung geschickt, wo er auch gestorben ist.

Die Schwägerin kam schon krank an, und nach einem Jahr starb sie. Auf dem Sterbebett sprach sie die Bitte aus, man solle ihre Kinder nicht an verschiedene Familien verteilen, sondern zusammenlassen. Ich versprach, dem Wunsch nach Möglichkeit nachzukommen. Wir hatten für sie in dem Neuländer Dorf Einlage ein Häuschen gekauft. Die älteste Tochter war bereits 17. Und so blieben die Kinder alleine in dem Haus wohnen. Ich konnte dank meiner Gemeindearbeit in Neuland jedes Wochenende nach dem Rechten sehen.

32- Volendam

Nach drei Jahren stand uns wieder ein Umzug ins Haus. Vertreter der Allgemeinen Mennonitenkonferenz aus den USA, J. J. Thießen und Ältester Nickel, befanden sich zu Besuch im Chaco. Diese Herren wohnten einem Jugendtreffen in Neuland bei. Das Programm des Tages bestand aus folgenden Teilen: 1. Eine kurze Andacht. 2. ein Vortrag zu einem Thema von allgemeinem Interesse und 3. Entspannung und Spiel.

Dieses Jugendtreffen hat die Besucher aus dem hohen Norden so stark beeindruckt, dass sie mit der Bitte an mich herantraten, doch nach Volendam in die in Ostparaguay von den Flüchtlingen angelegte Kolonie zu gehen. Dort sei solche Arbeit wichtiger als im Chaco, weil es kaum Leute dafür gebe, während im Chaco kein Mangel an Lehrern und Predigern zu beklagen sei.

Ich lehnte es mit der Begründung ab, dass wir nunmehr genug gewandert und froh seien, endlich ein ruhiges Fleckchen Erde gefunden zu haben. In diesem Sinne nahmen wir Abschied. Doch aus Asunción schrieben sie mir noch einen Brief vor der Abreise, in welchem sie mich wiederum ernstlich darum baten, nach Volendam zu gehen. Sie waren nämlich vor der Abreise noch einmal in Volendam gewesen und hatten den großen Bedarf verstärkt festgestellt. Auch vom Kolonieamt und der Gemeinde Volendams erhielt ich ein Bittschreiben. Das Gemeinde- und das Schulwesen befänden sich im Aufbau und es fehle an Arbeitern. Nach langen Beratungen und vielen Gebeten entschlossen wir uns, ein weiteres Mal umzuziehen.

Im November 1950 fuhr ich - so wie ich es immer getan hatte - zunächst ohne Familie nach Volendam, um mich vor Ort kundig zu machen. Ich hatte ja nicht bloß für meine Familie zu sorgen, sondern auch für die Kinder der Schwägerin in Einlage. Die älteste Tochter war jetzt 18. Für meine Familie und mich würde die Allgemeine Konferenz aufkommen, doch für die Waisenkinder hatte ich zu sorgen. Glücklicherweise konnten alle Probleme gelöst werden. Ich erwarb ein Grundstück gleich neben der Schule, auf dem wir bauen konnten, und für die Kinder meiner Schwägerin konnten wir ein Haus kaufen. Im Januar 1951 siedelten wir nach Volendam über, wobei zwei unserer Kinder im Chaco zurückblieben. Ernst hatte eine Lehre als Mechaniker angefangen, die er nun nicht unterbrechen wollte, und die Tochter besuchte die vierte Klasse der Zentralschule, die es in Volendam nicht gab. Aus dem Grunde musste sie da bleiben. Auch die Waisenkinder kamen nicht gleich mit. Ich hatte es mit ihnen so abgemacht, dass sie erst die ausgesäte Baumwolle abernten würden. Danach würde ich sie abholen.

Bevor es losging, wurde uns noch eine Tochter geboren, die leider gleich nach der Geburt starb.

In Volendam war erst alles im Entstehen begriffen. Das Schulgebäude war noch nicht fertig gestellt worden. Trotzdem begannen wir in dem halbfertigen Bau mit dem Unterricht. Auch das Internat war noch nicht gebaut worden, sodass die Schüler acht bis neun Kilometer Schulweg hinter sich zu bringen hatten, was besonders um die Mittagszeit im Sommer keine Kleinigkeit war. Fahrräder besaß zu dem Zeitpunkt natürlich niemand.

Trotz bescheidener Mittel gelang es, das Schulwesen innerhalb kurzer Zeit funktionstüchtig zu gestalten.

Noch vor Beginn des Unterrichts boten wir den Lehrerinnen und Lehrern, 16 an der Zahl, einen Dirigentenkurs an. Alle nahmen daran teil, was sich für alle auch finanziell bemerkbar machte, denn es war so üblich, Lehrer nur während des achtmonatigen Schuljahres zu bezahlen. Wer aber am Dirigentenkurs teilnahm, bekam zehn Monate bezahlt.

Ein halb fertig gestelltes Wohnhaus, das jemandem gehörte, der nach Argentinien ausgewandert war, diente als Internat. 20 Schüler fanden darin Unterkunft. Wir konnten sogar eine Köchin einstellen. Eine Küche für das Internat war nicht existent. Es ließ sich so einrichten, dass die Köchin den Krankenhausherd mitbenutzen durfte, wobei der Krankenhausbetrieb Vorrang hatte. Im zweiten Halbjahr 1951 erlaubte uns das MCC, in ihrer Küche zu kochen.

1952 hatten wir bereits um die 90 Zentralschüler, und allein im Internat waren es 62. Sogar der Lehrkörper ließ sich durch die Einstellung der Universitätsabsolventin, Frau Brandt, und Dr. Postma aus den Niederlanden wesentlich verbessern.

So fühlten wir uns ermuntert, der vierjährigen Zentralschule einen zweijährigen pädagogischen Kursus anzuhängen, um die so dringend benötigten Lehrer auszubilden. Auch das ließ sich ohne ernsthafte Schwierigkeiten bewerkstelligen. Die Absolventen dieses Lehrerseminars haben nicht nur in Volendam, sondern auch in anderen Kolonien als Lehrer gedient.

Nach vier Jahren der Tätigkeit war die Lehrerknappheit überwunden. In der Zeit hatten wir sogar einige Studenten aus dem Chaco gehabt. Bei der Finanzierung des pädagogischen Kurses war uns das „Westliche Hilfskomitee" mit seinem Sitz in Kanada behilflich. Ältester Thießen und C. A. DeFehr waren ihre Vertreter, die viel für die Mennoniten in Paraguay getan haben.

Auch in Sachen Kirchengemeinde gab es viel zu tun. Wie schon bemerkt, handelte es sich bei uns Flüchtlingen um eine Generation, die ihre aktiven Jahre in Russland zu dem Zeitpunkt gehabt hatte, als jegliche religiöse Betätigung unmöglich oder wenigstens doch sehr stark eingeschränkt war. Um nun den Leuten die Gelegenheit zu bieten, so entstandene Bildungslücken zu schließen, hielt Dr. Postma eine Abendbibelschule ab. Ich war ihm dabei behilflich. An dem Kurs nahmen 62 Personen teil. Dreimal die Woche versammelten wir uns.

Das Gemeindewesen lag völlig brach. Es gab kaum eine einheitliche Richtlinie. Vielmehr wollte jeder es so gestaltet wissen, wie er es von Russland aus seiner spezifischen Gemeinde her kannte, und das waren etliche. Aus dem Grunde sind Dr. Postma und ich an den Nachmittagen zu den Leuten gefahren, um Hausbesuche zu machen. Dabei ging es uns darum, das religiöse Leben zu pflegen und für den Aufbau der Gemeinde einen gemeinsamen Nenner zu finden.

Gottesdienste fanden jeden Sonntag an zwölf verschiedenen Stellen statt. Doch auch da gab es keine ausgebildeten Theologen, sondern lauter Laien. Aus dem Grunde versammelten wir uns jeden Montagabend als Prediger. Jeweils einer hielt eine Predigt, die wir dann aus den verschiedenen Blickwinkeln beleuchteten und die „Spreu vom Weizen" trennten. Auf die Art gab es sogar - wenn man es so nennen will - eine Fortbildung für Prediger.

Ein besonderes Erlebnis aus der Schulzeit sei hier angefügt. Mit der Austrittsklasse der Zentralschule machten wir einen Ausflug nach den in Brasilien liegenden Iguazu-Wasserfällen, ein Unternehmen, das unserem Fußmarsch auf der Krim an Abenteuerlichem nicht nachsteht. Es gab noch keine Landstraße dorthin. So nahmen wir zunächst von Asuncion aus den Zug nach Encarnación und von dort sollte es mit einem Schiff weitergehen. Sollte, denn es ging zunächst nicht. Obwohl ich alles brieflich geklärt hatte, kamen wir nicht weg, weil das Schiff wegen Streik gar nicht fuhr.

Nun saßen wir in Encarnación fest. Wohin sollten wir nun mit 26 Personen? Da trafen wir einen russischstämmigen Baptisten. Als wir ihm unsere Lage erklärten, und das auch noch auf Russisch, da öffnete sich zuerst sein Herz und dann das Tor seines Holzschuppens. Ein Lehrer aus Encarnación, den wir bei der Gelegenheit ebenfalls kennen lernten, stellte uns ein weiteres Häuschen zur Verfügung, sodass Mädchen und Jungen getrennt unterkamen. Zum Kochen brachte uns der Russe einen großen Kessel, und bald waren Frau Postma und meine Frau die Oberköchinnen. In der Stadt fanden wir zu allem Glück auch noch einen mennonitischen Fleischer, ein Letkemann, der uns verbilligt Fleisch und oft umsonst Suppenknochen lieferte.

Um die Zeit des Wartens nicht vollkommen sinnlos verstreichen zu lassen, stellten wir ein kulturelles Programm zusammen, mit verschiedenen Beiträgen, die die Schüler auswendig konnten. So gestalteten wir einen Kulturabend in Encarnación, der sehr stark besucht war.

Außerdem organisierten wir eine Zusammenkunft mit Jugendlichen aus Encarnación. Das war eine lebhafte Begegnung.

So verstrichen zehn Tage, ohne dass eine Einigung der Schiffseigner mit den Matrosen in Sicht gewesen wäre. Da kam zum Glück ein brasilianisches Schiff vorbei, das bereit war, uns zu einem stark herabgesetzten Fahrpreis mitzunehmen.

Glücklich und wohlbehalten kamen wir in Foz do Iguazu an. Einen Hafen gab es da nicht. Das Schiff fuhr nahe ans Ufer heran. Dann legte die Besatzung einen Laufsteg aus, und wir marschierten voller Stolz an Land. Nun galt es, ein Quartier zu suchen. An ein Hotel war wegen der hohen Kosten und der chronischen Ebbe in unserer Reisekasse nicht zu denken. So begaben Dr. Postma und ich uns auf die Suche nach einer Lösung. Wie wir so die Straße entlang gingen, kam uns ein Mann entgegen. Da sagte Dr. Postma zu mir gewandt:

„Dieses ist unser rettender Engel, der wird uns helfen!" Und wirklich, wie wir uns begrüßten, stellte es sich heraus, dass sein Name Engel war. Für unser Quartierproblem hatte er die Lösung. Er habe eine große, leere Stube, die er uns zur Verfügung stellen könne, erläuterte er. Wir nahmen sie in Augenschein und fanden sie sehr gut geeignet.

Nun stellte es sich heraus, dass auch Frau Engel nicht nur so hieß, sondern auch einer war, denn sie erbot sich, für die ganze Gruppe täglich eine Suppe zu kochen.

Drei Tage hielten wir uns dort auf. Zeit genug, die Wasserfälle zu besichtigen. Danach, fuhr der Kollege Wiebe mit den Schülern zurück, während das Ehepaar Postma und wir nach Curitiba weiterreisten. Wir wollten Verwandtschaft besuchen, Dr. Postma aber hatte sich für das kommende Schuljahr in Witmarsum, eine Mennonitenkolonie in der Nähe von Curitiba, verpflichtet.

Inzwischen war unser Sohn Ernst auch nach Curitiba ausgewandert, sodass es sich für uns lohnte, dort Weihnachten zu feiern. Doch danach war es Zeit, an die Heimreise zu denken. Wir hatten uns erkundigt, wann das brasilianische Schiff wieder in Foz do Iguazu sein würde. Wir trafen auch auf das Schiff, wir stiegen ein, doch erst dann bemerkten wir, dass es sich flussaufwärts bewegte, wo wir doch flussabwärts nach Encarnación mussten. Es fuhr hoch bis an die Guairá-Wasserfälle, wo es für uns hieß aussteigen. Das Schiff würde dort bis zum Morgen liegen, um dann die Rückfahrt anzutreten.

Als wir nun das Steilufer hochkamen, war dort weit und breit kein Mensch zu sehen. Wir sahen dann doch ein Licht, von dem wir uns leiten ließen und wurden so zu einem Restaurant geführt. Abendbrot bekamen wir da, aber eine Übernachtungsmöglichkeit hatten sie nicht anzubieten. Dabei muss ich bemerken, dass die Verständigung nicht besonders gut klappte. Spanisch hatte ich mir schon einiges angeeignet, doch Portugiesisch verstand ich kaum. So wusste ich gar nicht, ob der Restaurantbesitzer mich verstanden hatte.

Er verschwand in der Dunkelheit und kam mit einem Polizisten wieder. Dieser brachte uns zur Polizeistation, führte uns in ein Zimmer mit zwei ordentlichen Betten und gab zu verstehen, dass wir hier schlafen könnten.

Trotz aller Ungewissheit haben wir so gut geschlafen, dass wir erst am Morgen erwachten, als wir nicht weit entfernt Menschen Deutsch sprechen hörten. Wir wuschen uns mit dem Wasser, das man uns dafür bereitgestellt hatte und fragten den Polizisten, ob wir zu den Männern gehen dürften, die sich draußen auf Deutsch unterhielten. Er sagte, wir seien frei, und könnten gehen, wohin und wann wir wollten. Beim Gespräch mit den Leuten stellte sich heraus, dass sie einer deutschen Kolonie, einen halben Kilometer von der Polizeiwache entfernt, angehörten. Dort hätten wir gut und gerne übernachten können. Nun, es wäre ungerecht, wollten wir uns über die Nacht im Wachhaus der brasilianischen Polizei beklagen. Um acht Uhr früh des nächsten Tages ging es dann den ganzen Weg wieder zurück und noch weiter bis nach Encarnación. An der paraguayischen Grenze verlangte die Polizei ein Visum von mir. Ich hatte nicht einmal eines für Brasilien gehabt, die ganze Zeit.

Hier muss ich etwas zurückgreifen. Pässe besaßen weder Lehrer noch Schüler. Um nun das Unmögliche doch noch möglich zu machen, hatte ich mich an die deutsche Botschaft gewandt, die auch ein Erbarmen mit uns gefunden hatte. Sie beglaubigte mir eine Liste der Reiseteilnehmer, und deren persönliche Daten. Zuletzt kam noch ein Foto von jedem hinzu, sodass man es mit einem kollektiven Personalausweis zu tun hatte. Dieser wurde an den brasilianischen Konsul weitergeleitet, der uns dann ein Gruppenvisum ausstellte.

Dieses Visum hatten die Schüler natürlich mitgenommen, als sie wieder zurück nach Volendam gereist waren, während Postma und ich uns ohne Visum nach Curitiba begeben hatten. Das einzige Dokument, das ich vorzeigen konnte, war ein Arbeitspapier aus Deutschland. Mit etwas Verhandeln gelang es mir schließlich, paraguayischen Boden zu betreten.

In Asunción kam es beim Zoll zu einem kleinen Missverständnis. Ich brachte von Curitiba einen Sack voller gespendeter Kleider mit, die für die Leprakranken der mennonitischen Leprastation Kilometer 81 bestimmt waren. Das aber glaubten mir die Zollbeamten nicht. Sie meinten, es sei wohl eine Finte, „Lepra", das gebe es hier

nicht.
Da fiel mir ein, dass die Paraguayer dieses Wort am liebsten gar nicht hören, und ich betonte nun, dass die Kleider für das Krankenhaus am Kilometerstein 81 bestimmt seien. Dieses war ihm bekannt, und sofort wurde mein Gepäck zollfrei genehmigt. Das letzte Stück Weg legten wir dann schon ganz bequem im Flugzeug zurück.

Nun war der Alltag wieder da, und der machte sich durch Lehrermangel bemerkbar. Dr. Postma war, wie weiter oben berichtet, nach Brasilien gegangen, Frau Brandt hatte es nach Argentinien verschlagen.
Nun erwies sich Kanada als Rettung. Von dort konnten zwei deutschsprachige Lehrer angeworben werden, die zu unserem großen Glück auch noch von Kanada gelöhnt wurden.

Jacob Redekopp und Familie in Volendam.

33- Oberschulze

Wer meint, mein Leben sei nun endlich „zur Ruhe" gekommen, der irrt sich. Nach vier Jahren Schul- und Gemeindearbeit wurde ich zum Oberschulzen der Kolonie gewählt. Das war nicht mein Fach, und aus heutiger Sicht bereue ich es, die Wahl angenommen zu haben. Auch damals sträubte ich mich verzweifelt dagegen, doch es waren am Ende meine eigenen Argumente, die mich dazu brachten, das schwierige Amt anzunehmen.
Oft hatte es nämlich Situationen in dieser schwierigen Gründerzeit gegeben, in denen

Jacob Redekopp mit Predigern und Taufgruppe in Volendam.

für irgendein Amt gewählte Personen dasselbe nicht hatten annehmen wollen. Ihnen hatte ich gesagt, dass wir geradezu dazu verpflichtet seien, Gemeinschaftsaufgaben wahrzunehmen. Ich konnte mich nun schlecht herausreden. Leider hat mich das in eine peinliche, ja schmerzliche Situation gebracht.
Ich stellte die Bedingung, dass ich täglich zwei Stunden in der Schule bleiben dürfe. Dieser Bitte wurde stattgegeben. Als ich mich dann im Amt befand, erhielt ich auch noch Glückwunschschreiben, unter anderem vom „Westlichen Hilfskomitee", darin schrieb Bruder DeFehr wörtlich: „Bruder Redekopp, ich bin dankbar, dass Du Dich entschlossen hast, das Schicksal der Kolonie steuern zu wollen."
Nach drei Amtsjahren erfolgten laut Statut Neuwahlen. Wieder wurden drei Kandidaten aufgestellt, deren einer ich war. Nun hoffte ich, durch einen Trick aus der Affäre zu kommen. Ich machte zur Bedingung, dass geheime Wahlen stattzufinden hätten, in der Hoffnung, dass es dann für die Wähler leichter wäre, einen der anderen Kandidaten zu wählen. Nach der Wahl meldete der Vorsitzende der Wahlkommission: „Nicht Stalin und auch nicht Hitler sind so einstimmig gewählt worden wie Herr Redekopp: 100 Prozent Stimmanteil ohne Gegenstimme!"
Nun erfolgte der Rückschlag. In der Anfangsphase der Kolonie galt es, das Notwendige mit dem Nützlichen zu verbinden. Der Sinn der Russlandflüchtlinge stand nach der Landwirtschaft. Um diese betreiben zu können, musste der Urwald gerodet werden. Dafür aber fehlte es an den notwendigen Mitteln. Darum rodeten die Bauern den Wald und sammelten das anfallende Holz als Brennholz zusammen, welches von der Kolonie vermarktetet wurde.
Der Hauptaufkäufer war ein Herr Wunderlich aus Asunción. Als ich das

Oberschulzenamt übernahm, schuldete er uns 1.200.000 Guaraníes. Das waren damals etwa 12.000 Dollar.

Mir lag von Anfang an daran, dieses Guthaben einzutreiben. Doch Wunderlich trieb auf den Bankrott zu, was wir aber leider nicht ahnten. Durch zähes Verhandeln gelang es mir, das Guthaben bis auf 270.000 Gauraníes zu reduzieren. Nun aber setzte ein Teufelskreis ein. Wunderlich war, wie schon bemerkt, der größte Aufkäufer. Unser Lieferbedarf war enorm, da wir das gerodete Land dringend nötig hatten. Also lieferten wir fleißig weiter, Wunderlich zahlte, aber nie den vollen Betrag, und so wuchs das Guthaben wieder bis auf die alte Summe an. Und das war der Augenblick, in dem Wunderlich Bankrott machte. Das ganze Geld war weg!

Dafür musste ich nun geradestehen, und für die Leute ist in so einem Fall immer die Kolonieleitung daran schuld. Wie katastrophal dieser Verlust war, lässt sich daran bemessen, dass der Holzverkauf fast die einzige Einnahmequelle darstellte.

In dieser Zeit bekam ich ein Magenleiden, das dem Arzt keine großen Schwierigkeiten bereitete, es als ein nervöses Magenleiden zu diagnostizieren. Die Medizin, die er mir verordnete, bestand in einem Jahr Urlaub bei gleichzeitiger Niederlegung sämtlicher Ämter. In der Tat, es war die geeignete Medizin. Leicht fiel mir der Entschluss auch darum, weil die Nörgeleien der Leute aus verständlichen Gründen nicht nachließen. Die nun einberufene Kolonieversammlung bat mich noch darum, das Amt bis zur Neuwahl auszuüben, doch ich folgte dem ärztlichen Rat, wonach die „Medizin" ab sofort anzuwenden sei.

In Brasilien, bei den Verwandten, fand ich die nötige Ruhe zur völligen Genesung.

Jakob Redekopp bei der Arbeit am Schreibtisch in seinem Arbeitszimmer.

Jacob Redekopp rechts mit einer Gruppe auf einem Ausflug.

Jacob Redekopp mit Ältesten der Mennonitengemeinden Paraguays bei der Ausarbeitung der Regeln für die Lepraarbeit.

34- Nach Friesland

Als ich wieder zu Hause war, erwartete mich dort ein Brief der Allgemeinen Konferenz, in dem ich gebeten wurde, in Friesland für die Dauer von sechs Monaten eine Arbeit anzunehmen. Ich sollte den Lehrer Franz Dyck vertreten, der für ein halbes Jahr zu einem Kursus in die USA reiste.
Da wir bereits einige Kopf Vieh besaßen, wurden wir uns darin einig, dass die Familie in Volendam bleiben würde.
Die Arbeit in Friesland machte mir Spaß, besonders die mit der Jugend. Jeden Montagabend versammelte sich die Jugend. Dabei hatten wir es so eingerichtet, dass an jedem ersten Montag eines Monats Bibelarbeit gemacht wurde, jeden zweiten gab es einen wissenschaftlichen oder geschichtlichen Vortrag, am dritten Montag war es der Jugend anheimgestellt, ein Programm ihrer Wahl selber zu gestalten und schließlich wurde der vierte Montag dazu genutzt, alte Leute zu besuchen, um ihnen etwas vorzusingen.
Für die Fahrt mit dem Pferdefuhrwerk brauchte ich genau fünf Stunden für die 72 Kilometer bis nach Friesland. Den Stundenplan hatte ich mir so legen lassen, dass ich die ersten beiden Stunden am Montag frei hatte. Dadurch war es möglich, erst am Montag früh von zu Hause loszufahren. Nur wenn ich in Friesland am Sonntag für den Gemeindedienst zuständig war, konnte ich das Wochenende nicht mit der Familie verbringen.
Diese Fahrten mit dem Pferdefuhrwerk waren zwar lang, aber selten langweilig. Ich kannte zuletzt jeden Strauch und jeden Baum, und wusste auch genau, wie lange ich von bestimmten Stellen aus noch brauchte. Das fanden Passagiere, die ich gelegentlich mitnahm, amüsant.

35- Schulreform in Menno

Als nun auch dieses halbe Jahr der Vergangenheit angehörte, war ich der Meinung, es sei die Zeit gekommen, das Leben in ruhigere, vor allem sesshafte Bahnen zu lenken. Dabei stellte ich mir die Viehzucht als ideale Erwerbsmöglichkeit vor.
Es kam anders. Wieder einmal errichte mich Post aus dem hohen Norden, von der Allgemeinen Konferenz. In dem Brief wurde mir eine Arbeit in der Kolonie Menno angeboten. Die Siedler dieser Kolonie stammen aus Kanada, wohin ihre Vorfahren aus Russland gewandert waren. Die Schulen dieser Mennoniten hatten sich seit 1876 so gut wie gar nicht verändert. In der Schule durften nur die Fibel, die Bibel und der Katechismus als Lehrmittel eingesetzt werden. Nun hatte sich dort ein Schulverein gebildet, der zum Ziel hatte, die Schulen weiteren Bildungsinhalten zu öffnen.
Dieser Verein – er zählte damals 162 Mitglieder - hatte die Allgemeine Konferenz um Hilfe gebeten. In dem Brief, den ich von der Allgemeinen Konferenz bekam, wurde betont, dass man mich für den richtigen Kandidaten halte. Ich gab ein Nein zur Antwort. Ich dachte an die Rinder und den festen Wohnsitz.

1960 fand in der Kolonie Neuland eine Konferenz der südamerikanischen Mennoniten statt. Ich war auch anwesend. Auch der Älteste Martin Friesen aus der Kolonie Menno, Mitbegründer des Schulvereins, war präsent. Während einer Pause bat er mich darum, mit ihm spazieren zu gehen. Wir unterhielten uns über dieses und jenes, als er plötzlich stehen blieb und mich fragte: „Warum willst du nicht nach Menno?" Ich versuchte, es ihm zu erklären, warum ich nun endlich eine ruhigere Kugel schieben wolle, und dass ich mich außerdem für zu alt hielte, das Schulwesen einer Kolonie neu zu organisieren. Sie sollten doch, sagte ich, einen anderen Lehrer dafür nehmen. Ich erläuterte dann noch, dass ich aus der alten Zeit sei und es bestimmt schon Neuerungen gebe, die ich nicht würde vermitteln können.

Das Gespräch ging dann so in diesem Sinne weiter, doch mit einmal sagte er: „So seid ihr! Erst lacht ihr über uns, weil wir im Bildungswesen so weit zurückgeblieben sind, und wenn wir haben wollen, dass ihr uns helft, dann tut ihr es nicht." Das sagte er mit einem Ton in der Stimme, dass ich sofort antworten musste: „Herr Friesen, ich komme! Aber ich komme für ein Jahr, um den Anfang zu machen. Dann habt ihr ein Jahr Zeit, andere Leute zu suchen. Aber für dieses eine Jahr wollen wir uns nichts anschaffen, sondern ein möbliertes Quartier haben." Er sagte, dass er darüber erst mit dem Oberschulzen sprechen müsse.

Schon am nächsten Tag kam Friesen mit der Meldung zurück, dass die Wohnung genehmigt sei. Das war Ende Februar. Anfang März sollte ich schon in der Kolonie Menno mit einem Lehrerkursus beginnen.

So schnell konnten wir nur in Russland unter Kriegsbedingungen umziehen, hier war das nicht möglich. Darum wurden wir uns einig, dass ich für den Monat März alleine nach Menno gehen würde.

Am 1. März 1960 wurde der Kursus eröffnet. Es nahmen 26 Lehrer daran teil. Keiner von diesen besaß eine pädagogische Bildung. Was sie an Kenntnissen vermittelten, war das, was sie ihrerseits in der Schule gelernt hatten. So war es über viele Generationen Brauch gewesen.

Martin Friesen übernahm das Fach Deutsch, Lehrer Hiebert Spanisch und ich Pädagogik, Methodik und Rechnen. Ich war der einzige Auswärtige. Während der ersten Tage wohnten der Älteste Friesen und die Prediger Funk und Giesbrecht meinem Unterricht bei. Dann wurde ich von dem Ältesten zu einem Gespräch unter vier Augen gebeten. Er sagte: „Wir sind sehr zufrieden, so wie du es machst. Mach auch weiter so. Wir wünschen dir für diese wichtige Arbeit Gottes reichen Segen." Alle drei verabschiedeten sich dann von mir und gingen. Also war ich der Erste, der hier ein Examen bestanden hatte.

Es gab verschiedene Dinge, die damals für die Lehrer und überhaupt für die ganze Kolonie so neu waren, dass sich doch noch hier und da leiser Widerstand anmeldete. Die „Mennos" werden es mir nachsehen, wenn ich zwei Beispiele anführe.

Es ging um die Einführung des Faches der Literatur in den Schulen. Sie stieß auf wenig Gegenliebe, hielt man Literatur doch für das weltliche Gegenstück der Bibel, die ja bekanntlich bis dahin neben dem Katechismus und dem Gesangbuch das einzig lesens- und studierenswerte Buch gewesen war. Als ich darüber mit den führenden Personen sprach, sagte ich, dass wir auch die Bibel aus der Schule nehmen müssten, wenn Literatur rundherum abgelehnt würde. Wie ich das begründen könne, wollte man nun von mir wissen. Ich erklärte, dass das Suchen der Menschen nach Gott in der Literatur stattgefunden habe und dass die Bibel endlich das Werk der Literatur sei, das Antwort auf die ewigen Fragen gebe. Dieses Argument wurde akzeptiert, und so konnten wir das Fach einführen.

Ein Missverständnis hingegen gab es mit dem Fach der Physik. Als ich dieses einführen wollte, hörte ich eine Frau sagen: „Dei haf aul so veeli Fecha on nu wella noch eent *fi sitj*. (Der hat schon so viele, Fächer, und nun will er noch eines *für sich*)!" Da war mir klar, dass es sich hier lediglich um ein sprachliches Missverständnis handelte. Physik wird im Plattdeutsch der Menno-Mennoniten *fisitj* ausgesprochen, und diese Frau fürchtete wohl, der Redekopp wolle sich im Lehrplan für alle Zeiten ein Denkmal setzen.

Nach drei Wochen war der Lehrerkurs abgeschlossen. Ich hatte nun gerade noch eine Woche Zeit, vor Schulbeginn am 1. April meine Familie zu holen. Auf dem Weg nach Hause begab ich mich zur deutschen Botschaft in Asunción. Ich bat um Schulbücher. Ich wurde an einen Dr. Peter Bench verwiesen.

Der war ganz baff, als ich im Namen der Kolonie Menno um Bücher bat. Er habe gehört, die wollten keine Bücher, und jetzt sei ich da, um welche zu beantragen. Ich erklärte nun den Hintergrund dieser Konstellation. Er wurde neugierig und ich musste ihm meine Herkunft erläutern. Da stellte es sich heraus, dass auch er des Russischen mächtig war. Seine Frau stammte aus Russland, und bei ihr hatte er Russisch gelernt.

Wir setzten das Gespräch auf Russisch fort. Zum Schluss aber sagte er: „Stellen Sie einmal eine Liste auf, was Ihnen dort in der Schule fehlt, aber dabei lassen Sie Ihre mennonitische Bescheidenheit beiseite."

Danach ging es weiter nach Volendam. Der Umzug gestaltete sich diesmal wenig umständlich. Alle Kinder waren zu dem Zeitpunkt aus dem Haus, und in Menno fanden wir ein möbliertes Häuschen und auf dem Hof einen Hühnerstall mit 20 Hühnern vor. Darüber waren wir sehr froh, denn das war uns bei keinem der vorangehenden Umzüge passiert!

Mir war von der Allgemeinen Konferenz die größte Vorsicht anempfohlen worden, was meine Arbeit und mein Verhalten betrifft. Aus dem Grunde musste ich die Angelegenheit mit der Bücherspende aus Deutschland erst mit dem Schulverein absprechen. Das Ergebnis dieser Sitzung war, dass die Kolonie keine Bücher von der Botschaft haben wollte. Das Argument war echt bäuerlich: „Wir nehmen nur, was wir auch bezahlen können. Wir sind keine Bettler."

Darauf schrieb ich Dr. Bench einen Brief, in dem ich ihn einlud, die Sache mit den Büchern persönlich in der Kolonie zu klären. Er kam. Die Verwaltung bereitete ein allgemeines Gastmahl vor. Dr. Bench wurde gebeten, die Tafelrede zu halten. Die Antwort darauf sollte ich im Namen der Kolonie aussprechen. Doch hier die gekürzte Rede des Dr. Bench:

„Ich weiß, dass bei euren Vorfahren und auch bei euch das Glaubensleben die Hauptrolle spielte und spielt. Aber wir wollen einmal versuchen, die Angelegenheit von einer anderen Seite zu betrachten. Warum sind eure Vorfahren von Russland nach Kanada ausgewandert? Doch deshalb, weil sie in den Schulen Russisch lernen sollten. Sie wollten die Schulen aber deutsch erhalten. Das aber hatte die kanadische

Regierung zugesichert.
Warum sind eure Eltern, und vielleicht manche von euch von Kanada hier in diese Wildnis gekommen und haben die schwere Pionierarbeit auf sich genommen? In Kanada sollten sie in den Schulen Englisch unterrichten, und sie wollten die Schulen deutsch erhalten. Dieses wiederum wurde von der paraguayischen Regierung zugesichert. Erlaubt nun, dass die deutsche Botschaft euch im Namen der Regierung einen kleinen Dank ausspricht, indem sie euch einige Schulbücher für eure Mühe zukommen lässt."
In meiner Antwort äußerte ich mich dahingehend, dass niemand ein Recht habe, einen Dank abzulehnen. Somit stand der Bücherspende nichts mehr im Wege.
Ich bestellte für die bestehenden 42 Volksschulen und für die Zentralschule die benötigten Bücher. Außerdem setzte ich Landkarten für alle Schulen und verschiedene Hilfsmittel für den Anschauungsunterricht in der Zentralschule mit auf die Liste.
Als ich diese Liste, aufgestellt „ohne mennonitische Bescheidenheit", Dr. Bench vorlegte, hatte er seine Bedenken, ob er grünes Licht vom Botschafter bekommen würde. Doch er offenbarte mir sogleich die Lösung des Problems. Im kommenden Monat ginge der Botschafter in Urlaub, und er habe ihn zu vertreten. In der Zeit werde er die Liste bestätigen und abschicken. So haben wir es auch gemacht, und wir haben alles Bestellte erhalten.
Mit dem Beginn des neuen Schuljahres wurden die neuen Fächer eingeführt.
Lediglich bei der Zentralschule, die dort Vereinsschule genannt wurde, wurde ein neuer Schultyp aus dem Boden gestampft. Herr Martin Friesen hatte allerdings schon zuvor mit einigen Jugendlichen Fortbildungskurse gemacht. Diese Jugendlichen bildeten das erste Schülermaterial. Deren Wissen testeten wir ab, um sie dementsprechend in eine erste und eine zweite Klasse der Zentralschule zu teilen. Gleichzeitig nahmen wir Schüler auf, die keinerlei Vorbereitung aufweisen konnten. Diese sollten in einem Vorbereitungsjahr in den Stand versetzt werden, die erste Klasse der Zentralschule besuchen zu können. Doch auch da meldeten sich so viele, dass wir auch diese Gruppe aufteilten, und zwar wieder nach Wissensstand, wobei dann die mit den geringeren Kenntnissen zwei Jahre vorbereitet werden sollten.
In der Zentralschule führte ich den mehrstimmigen Gesang ein. Der wurde bis dahin nicht gepflegt. Aus dem Grunde wurde ich in die verschiedensten Dörfer der Kolonie geladen, um auch dort in den Chorgesang einzuführen. Ein Höhepunkt dieser Entwicklung war ein Sängerfest, auf dem der größte Chor 217 Sänger zählte.
Als das erste Jahr in Menno sich dem Ende näherte, kam der Oberschulze zu mir und teilte mit, dass auf der letzten Sitzung beschlossen worden sei, mich für ein weiteres Jahr einzustellen. Er nannte auch mein Gehalt mit der Bemerkung, wenn das nicht genug sei, dann würden sie mehr zahlen. Da sich mir ein reichhaltiges, interessantes Arbeitsfeld aufgetan hatte, gab ich sofort mein Einvernehmen.
Um aber den Ausbildungsstand der Volksschulen weiter zu fördern, plante ich für die Sommermonate einen Lehrerkurs. Dieser Vorschlag wurde abgelehnt mit der Begründung, dass die Lehrer nur die acht Schulmonate Gehalt bekämen und im Sommer die Felder zu bestellen hätten, da das Geld ansonsten nicht ausreiche.
Nun setzte ich mich an den Schreibtisch, um ein dreijähriges Programm für diese

Sommerkurse auszuarbeiten. Das übersandte ich der deutschen Botschaft, die mir prompt mit der Zusicherung einer finanziellen Unterstützung antwortete. Auch das Westliche Hilfskomitee erhielt das Programm. Im Antwortschreiben wurde ebenfalls eine finanzielle Unterstützung zugesagt. So konnte der Kursus im Sommer gestartet werden. Nach drei Jahren hatte die erste Gruppe von Lehrern ihn beendet. Ältester J. J. Tießen aus Kanada kam persönlich zu diesem Abschluss nach Menno. Er wohnte einen Tag lang den Examina bei. Am Ende des Tages sagte er: „Ihr habt ihnen in dieser kurzen Zeit doch einiges beigebracht."

Nach diesen drei Jahren begann ich mit einem weiteren dreijährigen Kursus, der ebenfalls bis zum Ende durchgeführt wurde. Dadurch konnte insgesamt das Ausbildungsniveau der Lehrer wesentlich verbessert werden.

Ein Erlebnis, das weniger mit dem Schulwesen, als vielmehr mit den besonderen Verhältnissen im Chaco zu tun hatte, möchte ich noch anfügen. Nachdem ich bereits zwei Jahre in der Kolonie Menno gearbeitet hatte, wurde mir die Reise zur siebten internationalen mennonitischen Weltkonferenz in Kanada freigehalten. Da wir uns mitten im Schuljahr befanden, stellte die Kolonie mir die Bedingung, dass ich selber eine Vertretung zu finden habe. Nach langer, zeitraubender Suche fand ich die, doch nun war es höchste Eisenbahn, die Reiseangelegenheiten zu regeln. Anmelden konnte ich mich in Kitchener, dem Konferenzort, nicht mehr, denn ich wäre noch vor dem Brief dort gewesen. So bestellte ich aufs Geratewohl den Flugschein in Asunción. An einem Dienstag ging das Flugzeug. Da aus Fernheim Lehrer Jakob Dürksen ebenfalls reiste, taten wir uns zusammen. Gemeinsam würden wir am Sonntag den Bus besteigen, und so hätten wir am Montag genügend Zeit, in Asunción den fälligen Papierkram zu erledigen. Als das Wetter dann am Samstag immer mehr auf Regen hinsteuerte, überredeten wir den Busfahrer dazu, bereits am Samstag loszufahren, denn damals bedeutete Regen auf der Ruta Transchaco, dass diese für den Verkehr gesperrt wurde. Seit Fertigstellung dieser bedeutenden Verkehrsverbindung im Jahre 1961 waren immer wieder Fahrzeuge „eingeregnet", wie man dazu sagte, was nichts anderes bedeutete, als dass man dort mitten auf der Strecke so lange warten musste, bis der Regen vorbei und die Straße wieder trocken war.

Genau das aber durfte uns nicht passieren, wegen des Fluges am Dienstag, versteht sich. Es war ein Wettrennen mit dem Regen.

Auf Tacuara, 83 Kilometer vor Asuncion, fuhr der Fahrer an die Tankstelle, stellte den Motor ab und stieg aus. Auf meine Frage, was das denn zu bedeuten habe, meinte er, es werde gleich regnen, und da sei es besser, wenn wir hier auf der Station blieben. Dürksen und ich waren für Montag acht Uhr früh im Reisebüro Mennotour wegen der Visangelegenheit verabredet. Darum bestanden wir auf die Fortsetzung der Fahrt. So fuhren wir auch los, kamen aber nur 20 Kilometer weiter. Da goss es in Strömen, an ein Fahren war nicht zu denken. Außerdem machte man sich strafbar, wenn man trotz Regens weiterfuhr.

Die Nacht verbrachten wir im Bus. Am Sonntagmorgen begrüßte uns um zehn Uhr die Sonne. Für Fußgänger war die Straße wieder begehbar. Als wir da nun so umhergingen, kamen zwei Fernheimer Mädchen an uns heran mit der Bitte, doch gemeinsam zu Fuß nach Asuncion zu gehen. Ich weigerte mich, doch die Mädchen ließen nicht locker. Und so gingen wir zu viert los. Am Tage ging es noch, als aber der Abend kam, da wollten sie gern verzagen. Auch Dürksen meinte, wir würden es nicht schaffen. Die Mädchen warfen sich ins nasse Gras nach dem Motto: Bis hierher und nicht weiter. Schließlich packte ich sie unsanft am Arm und riss sie hoch, und so marschierten wir weiter.

Um 24 Uhr kamen wir bis zu einem Polizeiposten, zwölf Kilometer vor Asuncion. Die Polizisten nahmen uns sehr freundlich auf, so dass wir dort die wohlverdiente Nachtruhe fanden. Am Morgen gab es einen Bus in die Hauptstadt. Vor der Abreise bat ich noch darum, am nächsten Tag, kurz vor dem Abflug, meinen Koffer vom Bus von einem Motorradfahrer holen lassen zu dürfen.

Punkt acht Uhr waren Jakob Dürksen und ich wie verabredet im Reisebüro. Als wir zurück zum Mennonitenheim kamen, wollten wir unseren Augen nicht trauen. Da begrüßte mich meine Frau, die ich beim Bus wähnte, neben einem Polizeiauto und einem freundlichen Polizisten stehend. Natürlich waren auch unsere Koffer dabei. So also war die paraguayische Polizei! Und nach dieser Reise durch den Chaco ging es am nächsten Morgen mit dem Flugzeug nach Kanada weiter.

Wären wir beim Bus geblieben, hätten wir den Flug verpasst.

In Toronto empfing uns ein Frauenverein, der sich den Fahrdienst zur Pflicht gemacht hatte. Sie brachten uns alle zu einer Autoreparaturwerkstatt, wo die weitere Verteilung vorgenommen wurde: Wir waren gerade angekommen, als ein Auto hielt, dessen Fahrer nach mir fragte. Er stellte sich als Pankratz vor. Mehr verriet er nicht, das hatte seine Frau ihm verboten. Als wir nun bei ihrem Zuhause ankamen, stellte es sich heraus, dass Frau Pankratz meine Schülerin gewesen war. Sogleich wurde mir mitgeteilt, dass Kost und Logis frei seien. Das Stadion, in welchem die Konferenz stattfinden sollte, war ganze 200 Meter vom Hause der Pankratz entfernt. Besser konnte ich es nicht antreffen!

12.000 Teilnehmer aus aller Welt hatten sich zu der Konferenz gemeldet. Kurz vor der Eröffnung stand der Hof Kopf an Kopf mit Menschen angefüllt. Mitten in der Menge erkannte ich C.A. DeFehr, wie er sich rudernd durch das Menschenmeer stracks auf mich zu bewegte. Wie er heran war, grüßte ich ihn, doch er erwiderte den Gruß nicht, und ich fand in dem Augenblick etwas bestätigt, was ich für üble Nachrede gehalten hatte. DeFehr war nicht nur in sozialer Hinsicht sehr aktiv, sondern dazu auch noch steinreich. So erzählten die Leute, er würde auf seinen Reisen sehr freundlich sein, doch in Kanada sähe er keinen, da sei er „der Millionär".

Nun wurden zuerst die Delegierten in den Saal gebeten. Dabei kam ich hinter Frau DeFehr zu sitzen. Nach der Eröffnung begrüßte ich sie. Da rief sie mit lauter Stimme über den ganzen Saal: „Cornelius!" Der kam dann auch umgehend: „Bruder Redekopp ist da!" Da sagte ich zu ihm, wir hätten uns draußen ja schon getroffen. Davon wusste er aber gar nichts. Ich nehme an, er hat mich übersehen, weil er die Konferenz im Kopf gehabt hat, und somit bestätigte sich wieder einmal, dass nicht jede üble Nachrede einen wahren Kern haben muss.

Seine erste Frage war, ob mir Geld fehle. Als ich ihm sagte, dass ich alles frei hatte und kein Geld bräuchte, gab er sich mit der Antwort zufrieden. Am folgenden Tage kam er zu mir und bat mich, wenigstens 50 Dollar als Geschenk anzunehmen. Seine Frau habe ihm keine Ruhe gegönnt, weil er mir nichts geschenkt habe. Hintergrund dieses Geschenkes war der, dass beide in Paraguay eine Zeitlang bei uns gewohnt hatten. Dafür wollten sie sich nun revanchieren. So kam es, dass ich nicht nur Kost und Quartier frei hatte, sondern auch noch einen Lohn erhielt.

Nun bekam ich ein tolles Angebot, das ich leider abschlagen musste, da ich ja nur einen Monat Urlaub bekommen hatte. Die Gemeinden baten mich darum, in Kanada die verschiedenen Mennonitengemeinden zu besuchen und dort über den aktuellen Stand der Dinge unter den Mennoniten Paraguays zu berichten.

Eine Fahrt nach Winnipeg, Manitoba, und Umgebung war mir jedoch vergönnt. Dort lebten zwei Kinder meiner Schwester, die 1923 nach Kanada gezogen war. Bei ihnen war ich dann auch zu Gast.

Bei der Gelegenheit besuchte ich sieben Sommerfelder Gemeinden. Ich sprach dort im Auftrage des Ältesten Martin Friesen, Kolonie Menno. Das hatte einen ganz besonderen Grund. Die Sommerfelder Mennoniten waren die Glaubensbrüder und -schwestern der Bewohner Mennos. Die Mennos waren aus Kanada weggegangen, weil sie in der Beschneidung ihrer Möglichkeit eines deutschsprachigen Unterrichts eine Beeinträchtigung ihrer Religionsausübung erkannt hatten. Nun aber waren es ausgerechnet diese ehemaligen Kanadier, die fern in der Chacowildnis einen eigenen Schritt in Richtung Schulöffnung gingen, und zwar vollkommen ohne äußeren Zwang. Das wiederum war von den Sommerfelder Gemeinden in Kanada nicht verstanden worden. Aus dem Grunde hatte man die Mennoniten der Kolonie Menno, Chaco, verbannt.

Was meine Berichte u.a. auch anrichteten, sei hier anhand eines Beispiels gezeigt. Nach der Versammlung in Niverville brachte mich ein Braun zurück nach Winnipeg, der ebenfalls 1926 nach Paraguay ausgewandert, dann aber nach Kanada zurückgekehrt war, weil ihm das ganze Projekt der Ansiedlung zu schwierig vorgekommen war. Nun, auf der Fahrt nach Hause, erzählte er mir diese Geschichte und seine Beweggründe. Jetzt aber, wo ich davon gesprochen hatte, welche Aufgabe und welche Bedeutung die Mennoniten in Paraguay haben, bereute er es, nicht doch dort geblieben zu sein.

Ich jedenfalls hoffte, dass meine Berichte dazu beigetragen hatten, die durch die Auswanderung der einen Gruppe entstandenen Spannungen abzubauen.

Nun aber musste ich wieder zurück nach Paraguay. Mit Dr. Postma stand ich in regelmäßigem Briefverkehr. Er war inzwischen nach Deutschland gegangen. Eines Tages fragte er mich, ob ich nicht auch dorthin kommen wolle. Leichtsinnig schrieb ich zurück, dass wir wohl kommen würden, wenn uns jemand die Reise freihielte. Prompt kam die Antwort, die Reise sei frei, ich solle nur mitteilen, wann und wie, ob zu Wasser oder zu Luft wir ankommen wollten.

Das war im Januar. Da ich für das folgende Schuljahr zugesagt hatte, konnten wir erst im November aufbrechen. Doch auch damit erklärte sich der Heimverein, mein künftiger Arbeitgeber, einverstanden.

Jakob Redekop (re) in den 1960er Jahren mit Schülern und Lehrern der Vereinsschule in Loma Plata, Kolonie Menno.

Jakob Redekopp (li) mit den Vereinsschullehrern Andreas F. Sawatzky, Helmut Isaak und Martin W. Friesen in Menno, 1963.

Jakob Redekopp (li) und Martin W. Friesen vor dem Knabenheim bei der Zentralschule in Loma Plata.

Jakob Redekopp (3. vl) 1960 in der Kirche in Osterwick beim ersten Dirigentenkurs in Menno, der unter seiner Leitung durchgeführt wurde.

Jakob Redekopp 1960er auf dem Sängerfest in Osterwick (stehend 3. vr).

36- Als Heimleiter in Deutschland

Nach sechs Jahren der Tätigkeit in Menno ging es zurück nach Europa, dieses Mal auf eine bequeme und schnelle Art, im Flugzeug. Für Beschäftigung und somit Einkommen in Deutschland war gesorgt. Wir sollten die Leitung eines mennonitischen Altenheimes übernehmen. Vom Frankfurter Flughafen brachte uns der Geschäftsführer des Heimvereins, Richard Hertzler, direkt bis an den künftigen Arbeitsplatz, wo er uns in den Saal führte um bekanntzugeben: „Dieses ist euer neuer Heimleiter. An den habt ihr euch in Zukunft zu wenden." Zu mir gewandt, fügte er hinzu: „Wir haben Telefonverbindung, und wenn irgendetwas nicht klappt, dann rufst du an." Das war auch schon die ganze „Einführung" in meine neue Arbeit.

Die Mennoniten Deutschlands unterhielten damals drei Altenheime und ein Kinderheim. Für diese vier Heime gab es ein Vorstandskomitee. Richard Hertzler war der Geschäftsführer dieses Komitees.

Das Heim, dessen Leiter ich nun war, beherbergte 82 Personen. Die meisten waren Aussiedler aus Danzig und Westpreußen. 21 oder 22 Mitarbeiter waren darin beschäftigt. Gleich am ersten Abend kam ein Flüchtling aus Russland zu mir und sagte: „Du willst hier Heimleiter sein? Das schaffst du nicht. Hier sind wir nur die Russen, und wir haben nichts zu sagen." Das empfand ich als wenig ermutigend, doch Gott sei Dank hat der Mann nicht Recht behalten. Ich habe die Leiterfunktion während der Dauer von fünf Jahren ausgeübt, ohne die genannten Schwierigkeiten zu haben.

Eine tatkräftige Stütze fand ich in der Buchhalterin, Fräulein Ewert. Sie hatte diesen Posten zu dem Zeitpunkt schon 17 Jahre innegehabt. Büroarbeit gab es genug. Alle

Insassen waren Beziehner staatlicher Renten, die über unser Büro liefen.

Auch die Wirtschafterin, Frau Fenske, war mir eine gute Hilfe. Bevor ich aber offiziell im Amt war, musste ich noch vom Arbeitsamt eine Bestätigung bekommen. Mir wurde ein Fragebogen zugeleitet, den ich auszufüllen hatte. Als ich den im Arbeitsamt vorlegte, studierte der Beamte ihn, um dann zu fragen: „Was, Sie sind Lehrer von Beruf und arbeiten jetzt als Heimleiter?" Ich bestätigte es, und dann fragte er nach der Höhe meines Gehalts. Ich sagte es ihm. Da nahm er einen Bleistift und rechnete. Danach sagte er: „Wenn Sie als Lehrer gehen würden, dann hätten Sie im Monat 150 DM mehr." Ich entgegnete: „Aber entschuldigen Sie, für 150 mehr verkaufe ich meine Nerven nicht." Nun sah er mich ganz erstaunt an. Doch plötzlich schien er mich zu verstehen. Er fing an zu lachen: „Da könnten Sie wohl Recht haben!"

Das Altersheim befand sich in Enkenbach. Im Ort gab es viele Mennoniten und somit auch eine Gemeinde. Ich wurde gleich zu Beginn zum zweiten Vorsitzenden der Gemeinde gewählt. Im Mai 1967 wurde ich auf der Konferenz der Mennoniten Deutschlands in den Vorstand der Vereinigung gewählt. Aber das war noch nicht genug!

In Enkenbach hatte die Siedlungshilfe sieben Häuser. Die Siedlungshilfe war ein Verein, der Häuser baute und sie an alte Leute vermietete, die selber nicht mehr in der Lage waren zu bauen. Sie wurden ihnen zur billigen Miete überlassen. Jedes Haus hatte zwei bis vier Wohnungen. Die Verwaltung dieser Häuser wurde mir auch noch übergeben! Angestellt war ich im Heim, aber diese zahlreichen Nebenbeschäftigungen nahmen häufig mehr Zeit in Anspruch als die Heimverwaltung.

Natürlich brachten die Nebenbeschäftigungen auch zahlreiche Vorteile mit sich. So führten die mich durch die Lande an verschiedene Orte. Besonders in meiner Funktion als Miglied des Vorstandes der Mennonitenvereinigung kam ich überall in die Gegenden, wo Mennoniten lebten. In allen Gemeinden habe ich Gelegenheit gehabt zu predigen.

Das war mehr als interessant. Ich habe zahlreiche Bekannte und Freunde, auch ehemalige Schüler aus Russland wiedergesehen. Aber auch die Arbeit im Heim war interessant. So der folgende Fall. Eine Schwester war dabei, für einen Herrn Reimer neue Hausschuhe zu kaufen. Bei solchen Gelegenheiten war es üblich, das Konto des Betreffenden zu konsultieren. Ich sah es mir an und erklärte der Schwester, sie solle die besten Hausschuhe kaufen, die sie finden könne. Am nächsten Morgen kam sie wieder ins Büro und klagte: „Herr Reimer weigert sich, die neuen Schuhe anzuziehen. Es sollen solche sein, wie seine alten." Dieses war noch ganz zu Anfang meiner Arbeit, und so musste ich mich zuerst erkundigen, in welchem Zimmer Herr Reimer wohnte, um ihn dann aufzusuchen.

Wie ich zu ihm ins Zimmer kam, stand er am Tisch. Ich blieb stehen, betrachtete ihn und sagte dann: „Onkel Reimer, wenn man sich Ihre Figur anschaut, dann denkt man, man hat es mit einem General zu tun, so eine feine Figur haben Sie." Mit einem erstaunten Blick auf seine Füße fuhr ich fort: „Was, und dann tragen Sie diese Schlappen? Aber die trägt doch ein General nicht! Hier stehen ja auch andere, probieren Sie die doch einmal!" Er zog die alten aus und die neuen an. „So", sagte ich, „jetzt möchte ich sogar eine Ehrenbezeichnung abgeben", nahm die alten Schlappen und warf sie zum Fenster hinaus.

Zur Schwester sagte ich, dass sie nun beruhigt sein könne, Onkel Reimer werde nie mehr nach den alten Schuhen verlangen. Das hat er auch nicht, aber ab dann nahm er beim Durchgang stets Haltung an.

Ein anderes Beispiel: Eine 87-jährige, erblindete Insassin, die geistig nicht mehr ganz da war, war aus dem Bett gefallen. Aus dem Grunde hatten die Krankenschwestern ihr ein Gitter am Bett angebracht. Doch das passte ihr nicht. Sie zerrte am Gitter und rief: „Ich will nicht ins Gefängnis!" Gemeldet haben uns das die anderen Heimbewohner, denn das Geschrei der alten Dame war recht kräftig gewesen. Ich ging in ihr Zimmer, und gerade zerrte sie wieder am Gitter: „Ich will nicht ins Gefängnis. Lasst mich raus!" Ich sprach ganz laut, damit meine Stimme die ihrige überschallte: „Guten Morgen, Frau Kliewer!" Sie verharrte und fragte: „Wer ist das?" - „Der neue Heimleiter!" - „Das ist gut! Man hat mich ins Gefängnis gesteckt, und ich will nicht ins Gefängnis!" Dabei schrie sie wieder. Ich ging nahe heran: „Frau Kliewer, man hat mir gesagt, dass sie wunderschön singen können, und da wollte ich Sie bitten, mir etwas vorzusingen, und jetzt machen Sie hier so ein Geschrei." Nun wurde sie neugierig. Wer das gesagt hatte, wollte sie wissen. Ich sagte, dass alle Heimbewohner hier von ihrer wundervollen Stimme sprächen. „Wollen Sie mir nicht doch etwas vorsingen?" Da wollte sie nur noch wissen, welches Lied ich hören wolle. Ich sagte, sie solle eines singen, das sie gut auswendig könne. Ja, da sang sie. Ich konnte keine Melodie erkennen, aber sie sang aus voller Kehle. Als es zu Ende war, bat ich um ein weiteres Lied. Und sie sang auch das. Nun bedankte ich mich und bemerkte: „So, Sie sind jetzt müde. Um Ihre Stimme zu schonen, müssen Sie etwas ruhen. Schlafen Sie etwas, und dann machen wir weiter. Sie haben ja eine Stimme wie eine Nachtigall, und die darf nicht verdorben werden." Tatsächlich legte sie sich hin, und ich ging an meine Arbeit. Die Schwester berichtete später, dass Frau Kliewer lange und tief geschlafen habe. Sie hat nie wieder an ihrem Gitter gezerrt.

Bei meiner Tätigkeit als Mitglied vom Vorstande der Vereinigung der Mennonitengemeinden Norddeutschlands kam ich bei einer Sitzung am Frühstückstisch neben Dr. Kauenhowen zu sitzen. Wie er erfuhr, dass ich Redekopp aus Paraguay war, sagte er mir Folgendes: „Ich habe in Paraguay Verwandte, und die haben eine blinde Tochter. Die Eltern bitten, dass ich mich bemühe, für sie einen kostenfreien Platz in einer Blindenschule zu finden. Ich habe schon an verschiedene Schulen geschrieben, aber überall negative Bescheide bekommen. Jetzt schreiben die Eltern, dass ich Ihnen die Angelegenheit übergeben soll." Ich gab zu bedenken: „Wenn schon ein Doktor nichts erreicht, wie soll es dann ein gewöhnlich Sterblicher?" In dem Moment wurde er irgendwohin gerufen, und er ging. Nach einiger Zeit erhielt ich mit der Post ein Paket mit Briefen. Es war die gesamte Korrespondenz, die Dr. Kauenhowen im Zusammenhang mit dem blinden Mädchen geführt hatte. Nun begann ich zu korrespondieren. Eine Blindenschule in Stuttgart nannte mir den Preis von 5.000 DM jähr1ich. Dr. Postma erklärte mir, dass eine Gemeinde in Holland bereit sei, Unterstützung aufzubringen. Auch deutsche Gemeinden waren dazu bereit, und so konnten wir das Mädchen kommen lassen.

Nachdem sie die Schule abgeschlossen hatte, äußerte sie den Wunsch, einen Beruf zu erlernen. Ihr Berufsziel war Masseurin. In Mainz wollte eine Schule 19.000 DM Jahreslehrgeld haben. Nun durchlief ich verschiedene Ämter, angefangen vom Sozialamt bis hin zum Jugendamt. Überall ablehnende Bescheide. Schließlich bot die Blindenzentrale in Bonn an, das Geld leihweise zur Verfügung zu stellen. Später haben sich dann auch noch das Jugendamt und das Sozialamt zur Unterstützung bereitgefunden, sodass am Ende noch Geld übrig war. Dafür kaufte sie verschiedene Geräte, die sie mitnahm, um in Paraguay eine eigene Praxis zu eröffnen.

Es gab in der Arbeit aber auch unangenehme Vorfälle. Ich führte die Bargeldkasse des Heimes. Um klare Rechnung zu behalten, kontrollierte ich sie jeden Morgen noch vor Beginn der eigentlichen Arbeitszeit um sechs Uhr früh die Kasse. Dafür begab ich mich ins Büro. Die Tür schloss ich nie ab. So konnte eines Tages ein Mann ohne Anklopfen eintreten. Er sah wenig vertrauensvoll aus. Das gesamte Geld lag auf dem Tisch. Ich dachte an einen Überfall und beobachtete, ob er unter dem viel zu kleinen, recht vergammelten Mantel eine Pistole hervorziehen würde. Das geschah nicht.

Er erzählte, dass er gerade aus dem Gefängnis entlassen worden sei und nun frühstücken wolle. Ich klärte ihn darüber auf, dass wir kein Hotel seien, gab ihm eine Mark mit dem Hinweis, im Gasthaus „Noll" nach einem Frühstück zu verlangen. Zum Glück nahm er dieses Angebot an. Seitdem habe ich aber die Tür stets abgeschlossen, wenn ich alleine im Büro war.

Die Mennonitengemeinde in Enkenbach war nach dem Krieg von Flüchtlingen gegründet worden, die selber froh gewesen waren, eine Bleibe zu finden. Aus dem Grunde verfügte die Gemeinde über kein Predigerhaus. Ich wurde nun beauftragt, eines der sieben Häuser des Siedlungskomitees, die ich verwaltete, vom Siedlungskomitee zu kaufen. Zur Verhandlung wurde ich nach Bad Dürkheim, in den Sitz des Komitees eingeladen.

Es ging alles sehr schnell. Der Vorsitzende fragte zunächst den Buchhalter, welchen Wert das Haus besitze. Der gab die Summe von 65.000 DM zur Antwort. Nun fragte der Vorsitzende, ob jemand etwas dagegen habe, wenn Enkenbach das Haus für 60.000 kaufen könne. Niemand hatte etwas dagegen. An mich gewendet, fragte er, wie wir denn zahlen könnten. Aus dem Bauch heraus antwortete ich, 20.000 sofort, den Rest und die Bankschuld in drei Jahren. Und schon wurde Enkenbach das Haus zugeschlagen.

Froh auf der einen, bedrückt auf der anderen Seite, begab ich mich auf den Heimweg. Als ich dann der Gemeinde über meinen Kauferfolg berichtete, gab es recht skeptische Äußerungen zu meiner Eigenmächtigkeit. Jemand warf gar ein, der Vorstand könne ja das Haus alleine bezahlen, wenn er es gekauft habe. Schließlich einigten wir uns dahingehend, eine Befragung aller Gemeindeglieder durchzuführen. Auf einem Fragebogen sollte jeder geheim eintragen, wie viel er sogleich zu geben bereit sei und wie viel im Laufe der nächsten drei Jahre. Als wir die Fragebogen auswerteten und eifrig rechneten, kamen wir auf einen Betrag, der es uns ermöglichte, das Haus sofort ganz in bar zu bezahlen.

Wenn es dann auf späteren Vereinssitzungen der Mennoniten um Geldsorgen ging, dann pflegten die Leute zu sagen: „Fragt Enkenbach, die wissen, wie man so etwas macht."

Jacob Redekopp bei der Rede auf einer Feier im Alter.

Jacob Redekopp und Frau im Alter.

37- Auf Kreuzfahrt

Nach fünf Arbeitsjahren in Enkenbach hatte ich selber das Rentenalter erreicht. Nun zog es uns wieder zurück nach Paraguay. Da wir jetzt mehr Zeit hatten, buchten wir eine Schiffsreise auf dem französischen Kreuzfahrer „Pasteur". Es sollte von Hamburg aus in See stechen, so fanden wir noch einige Tage Zeit, einen Neffen in Hamburg zu besuchen.

Dann ging es aufs Schiff und zum zweiten Mal nach Südamerika, diesmal ohne Angst vor russischen Kommissaren oder Schiffsminen. In der Nacht machte die „Pasteur" Fahrt, am Tage legte sie an. Dann konnte man an Land gehen und sogar Tagesfahrten ins Landesinnere mitmachen. Solche Ausflüge machten wir in Frankreich, Spanien, Portugal, Brasilien und Uruguay.

Bei der Planung eines Ausflugs in Portugal konnte ich den Hochmut einer Touristin meiner Meinung nach etwas stutzen. Diese Frau war mir von Beginn an unangenehm aufgefallen. Sie schikanierte den Kellner. Was immer er machte, es war nie gut genug, und so oft es ging, ließ sie ihn mehrfach laufen. Bei einer Gelegenheit hatte ich bemerkt: „Sie schikanieren ja den Diener doch nur." Darauf hatte sie geantwortet: „Dem habe ich beim Einsteigen fünf Mark gegeben, der soll nun laufen!"

In Lissabon wurden zwei Ausflüge angeboten: Eine kurze Stadtrundfahrt und eine längere Tour ins Inland. Am Frühstückstisch hatte ich zufällig gehört, dass „Madam" sich für die Stadtrundfahrt angemeldet hatte. Wir hatten uns zur großen Fahrt entschieden. Als sie mich nun fragte, zu welchem Ausflug wir führen, erklärte ich ihr: „Kann das überhaupt eine Frage sein? Uns wurde dort gemeldet, dass alle anständigen Leute sich zur großen Fahrt melden, und das Überbleibsel fährt durch die Stadt." Der Hieb saß gut. Sie fuchtelte mit den Armen und schimpfte. Ich nutzte auch spätere Gelegenheiten, sie in ihrem Hochmut zu treffen.

Als wir uns in Buenos Aires voneinander verabschiedeten, sagte sie: „Herr Redekopp, Sie haben mir zwar etliche unangenehme Denkzettel verpasst, aber ich achte Sie."

In Santos hatte das Schiff zwei Tage Aufenthalt. Darum hatten unser Kinder und Geschwister in Brasilien für die Zeit eine Ferienwohnung in Santos genommen, sodass wir Gelegenheit hatten, ausgiebig über die verflossenen fünf Jahre zu berichten.

In Buenos Aires wartete jemand auf uns, der uns auf der weiteren Reise behilflich war und wohlbehalten kamen wir bei Kindern und Großkindern in Volendam an.

Und wieder stand mir der Sinn nach einem ruhigen Lebensabend. Doch schon erreichte mich erneut ein Schreiben aus der Kolonie Menno, diesmal mit der Bitte, eine Bibelschule abzuhalten. Ich kam der Bitte nach. Dabei habe ich mehr gelernt als meine Schüler. Nach einer kurzen Unterbrechung, während der ich in Asunción einen Prediger zu vertreten hatte, ging ich 1974 noch einmal nach Menno, um die Arbeit an der Bibelschule fortzusetzen. Das war meine letzte Lehrtätigkeit.

Das Vieh musste immer noch warten, denn in Volendam wurde mir das Amt des Schulrates angetragen. Ich übte es für die Dauer von sechs Jahren aus. 1980 wurde ich schließlich zum Waisenältesten der Kolonie gewählt, ein Amt, das ich bis zum Jahre 1988 ausgeübt habe.

Heute leben meine Frau und ich wieder in Deutschland. Als die Rede davon war, gab meine Frau zu bedenken, dass wir die Wirtschaft, zu der zwar keine Kühe mehr gehörten, aber ein munteres Heer stolzer, Eier legender Hühner, doch nicht so ohne Weiteres im Stich lassen könnten. Sie ließ sich dann aber doch davon überzeugen, und so sind wir 1988 nach Deutschland gegangen. Hier leben wir mit der Tochter zusammen.

An dieser Stelle möchte ich noch meinen Dank aussprechen an meine Frau und meine Kinder. Sie waren mir bei allem eine Hilfe und eine Stütze.

In meinem Leben habe ich Ansprachen gehalten:
Allgemeine Gottesdienste 721
Hochzeitsansprachen 36
Beerdigungen 44

Nicht eingerechnet sind die täglichen Andachten in den Schulen.

Jakob Redekopp 1973 bei der 1. Abschlussklasse
der Zentralschule in Menno als Gastredner.

38- Bibliografie

- Drei Welten in einem leben

- Jakob Redekopp: Es war die HEIMAT ... BARATOW-SCHLACHTJIN, 1966.

- Jakob Redekopp: Mein Lebenslauf, 1989.

- Jakob Redekopp: Volendam - Der Weg in die Wildnis von 1947-1995. Lage: Logos Verlag, 1995.

- Jakob Redekopp: Chortitzer Lehrerseminar, 1987.